D0837689

Tonino Benacquista

Saga

Gallimard

Après avoir exercé divers métiers qui ont servi de cadre à ses premiers romans, **Tonino Benacquista** construit une œuvre dont la notoriété croît sans cesse. Après les intrigues policières de *La maldonne des sleepings* et de *La commedia des ratés*, il écrit *Saga* qui reçoit le Grand Prix des lectrices de *Elle* en 1998, et *Quelqu'un d'autre*, Grand Prix RTL-Lire en 2002.

Scénariste pour la bande dessinée (*L'outremangeur, La boîte noire*, illustrés par Jacques Ferrandez) et pour le cinéma, il écrit avec Jacques Audiard le scénario de *Sur mes lèvres*, et de *De battre mon cœur s'est arrêté*, qui leur vaut un César en 2002 et 2006.

Emprunts à Groucho, Bergman, Shaffer, Prévert et quelques autres.
Mais je dois d'abord rendre à César, mon père.

Remerciements à Daniel, Jean-Philippe, Francis et Frédéric.

Il écrivait les feuilletons au fur et à mesure qu'on les diffusait ; je m'aperçus que chaque chapitre lui prenait à peine le double du temps de son interprétation, soit une heure.

— Le gynécologue, dit-il, est en train d'accoucher de triplés une de ses nièces, et l'un des têtards s'est mis en travers. Pouvez-vous m'attendre cinq minutes ? Je fais une césarienne à la petite et nous allons prendre ma verveine-menthe.

Mario Vargas Llosa
(La tante Julia et le scribouillard)

La littérature est un luxe
La fiction une nécessité.

G.K. Chesterton

L'ÉQUIPAGE

Louis

Elle était allongée sur le parquet, le front en sang et la main gauche perdue dans les rideaux.

— J'ai vos pieds dans le champ, dit le type de l'Identification.

L'inspecteur principal recula d'un pas, le temps de lui laisser prendre quelques plans d'ensemble du corps.

— Ça s'est passé quand ?

— Il y a moyen de faire du café ?

— Le voisin a entendu du bordel vers sept heures du matin.

— On peut enlever le corps ?

— Elle n'était pas censée se trouver là, l'agresseur a été pris de court.

Le plus jeune des deux inspecteurs sortit le nez de son calepin, jeta un œil vers son collègue et proposa une hypothèse avant qu'on ne la lui vole.

— Ça ressemble à du boulot de casseur, le genre qui ne bosse qu'en août et qui merdoie face aux petits impondérables.

— En tout cas il avait les clés de l'appartement. Il

a fouillé un bon moment, il a retourné tout ce qu'il pouvait et ça a réveillé la victime, elle est sortie de son lit pour voir ce qui se passait dans le salon.

L'étrange ballet autour du corps de Lisa en était à son point le plus intense, des bribes de phrases fusaient un peu partout et ricochaient rarement.

— Il a paniqué, il a saisi le cendrier sur le rebord de la cheminée et l'a frappée deux fois au crâne.

— Pour taper comme ça, il a dû avoir une trouille noire.

— On sait ce qui a été volé ?

Le jeune flic montra une boîte en marqueterie incrustée de nacre.

— Le contenu de ça, sans doute des bijoux. Apparemment rien de plus.

— Et la famille ?

— Pas de gosses, elle vivait avec son mari, il est à Barcelone, il rentre dans la soirée.

— On peut emmener le corps ?

— On ne trouvera pas d'empreintes.

— La concierge et la femme de ménage ont un double des clés.

— Vous me les convoquez. Le voisin aussi.

Le brancard se faufila dans les couloirs. Comme à l'accoutumée, dès que le corps fut sorti, la pièce se vida presque d'un seul coup. L'inspecteur principal remonta la fermeture Éclair de son blouson, son collègue regarda une dernière fois par la fenêtre.

Un souffle de silence traversa enfin la pièce.

Il était bientôt onze heures et tous deux échangèrent pêle-mêle quelques mots à propos du déjeuner et de ce mois d'août qui ressemblait à octobre. Il leur fallait d'abord repasser au commissariat et Didier, le plus jeune, proposa d'éviter les Grands Boulevards en passant par la rue de Provence.

— Personne n'aurait aimé finir comme vous le décrivez…

Les deux flics, déjà dans le couloir, se retournèrent en même temps.

— Personne n'aurait aimé finir comme vous le décrivez.

Dans la pièce qu'ils venaient à peine de quitter, Louis se tenait assis sur une chaise coincée entre une bibliothèque pleine à craquer et la porte d'un bureau mitoyen. Il avait réussi à se fondre dans le décor avec une discrétion de caméléon, son étrange immobilité et son costume du même brun que le vieux bois des meubles l'avaient rendu invisible. Il n'éprouvait pas le besoin de se lever et restait imperturbable comme il savait si bien le faire dans les moments forts.

Didier se sentit pris en faute de n'avoir pas repéré l'intrus.

— Vous êtes là depuis quand ?

— Une bonne demi-heure. Je passais par hasard, personne ne m'a remarqué. J'attire rarement l'attention.

— Qu'est-ce que vous faites ici ?

— Je suis presque de la famille. J'étais marié avec elle il y a encore deux ans. Elle a divorcé pour se remarier avec un acteur connu. Je n'aurais jamais pu la faire vivre dans un endroit pareil.

— Vous vous appelez ?

— Louis Stanick.

Sans cesser de toiser Louis, l'inspecteur principal enleva son blouson avec des gestes agacés.

— Et vous passiez « par hasard » ?

— J'avais un rendez-vous de boulot à deux pas

d'ici. Je savais que son mari n'était pas là, j'ai lu un article sur le film qu'il tourne en Espagne. J'aurais dit que je passais *par hasard* et pour une fois elle m'aurait peut-être laissé entrer.

Le principal se demanda ce qui l'exaspérait le plus, le naturel incroyable de Louis ou cette manière qu'il avait de contourner toute l'étrangeté de la situation.

— Vous avez les clés d'ici ?

— Non. Mais j'ai un alibi, pour ce matin.

— On n'est pas dans un téléfilm américain.

Louis avait cinquante ans depuis peu. Une moustache droite et des sourcils épais lui donnaient un air grave que ses yeux clairs prenaient un malin plaisir à contrarier. Il se leva, déroula d'un coup son long corps noueux et fit craquer ses doigts. Sa voix lustrée gardait quelque chose de triste au fond de la gorge.

— Dans un téléfilm américain, je serais déjà en train de pleurer depuis un bon moment. Je préfère garder ça pour plus tard.

— C'est vrai au fait…, fit Didier. Vous avez l'air de vivre ça plutôt… plutôt bien…

D'un regard, l'inspecteur fit comprendre à son jeune collègue qu'il aurait pu s'épargner ce genre de remarque. Didier lui-même s'étonnait d'avoir dit une chose pareille.

— Vous vous trompez, ça m'a fait quelque chose de voir la porte grande ouverte et un essaim de types autour de son cadavre. Mais pour l'instant, ce qui me chagrine le plus, c'est votre version des faits.

Le flic prit une bonne dose d'air dans ses poumons pour faire imploser son énervement. Avec Louis, on ne pouvait qu'improviser, au risque d'y laisser des plumes.

— Qu'est-ce qu'elle a, notre version des faits ?

— Elle est vraisemblable mais peu réaliste. Crédible, mais sans le plus petit accent de réel. Non, personne n'aimerait finir comme ça.

— Si vous avez des renseignements à nous donner, faites-le.

— Qui a envie de mourir d'un coup de cendrier donné par un petit voyou qui va s'enfuir avec des bijoux ?

— Dans notre métier, on voit des morts bien plus absurdes.

— Pas dans le mien. Vous y tenez vraiment, à cette histoire de bijoux dans la boîte en nacre ?

— C'est son mari qui nous le confirmera, ou peut-être la femme de ménage.

Louis faillit dire qu'une femme de ménage n'avait rien à lui apprendre sur Lisa, encore moins un mari.

— Lisa détestait les bijoux, ça tombe bien parce que je n'aurais pas pu lui en offrir un seul en dix ans de mariage. Elle a même perdu son alliance pendant notre voyage de noces.

— … ?

— Et s'il y avait autre chose, dans cette boîte ? Quelque chose de très précieux pour elle ? Quelque chose que son agresseur venait spécialement chercher ?

— Pour l'instant ce n'est qu'un simple cambrioleur qui a manqué de sang-froid.

— Je crois qu'on peut trouver mieux.

Louis dit ça sans la moindre nuance d'ironie. Au contraire, on sentait chez lui comme un souci de rigueur, un désir de bien faire.

— Vous avez vécu avec elle pendant dix ans. On vous écoute.

Un rayon de soleil tapait sur le dossier d'un fauteuil. Louis s'y installa et ses yeux se crispèrent sous la lumière.

— Lisa avait le plus léger sommeil du monde, un type n'aurait jamais pu mettre à sac cet appartement sans qu'elle s'en aperçoive. Elle l'a vu faire. Il n'avait pas les clés, c'est elle qui l'a laissé entrer.

— Continuez.

— Ce type a fait le même raisonnement que moi, il est venu cette nuit parce qu'il savait que son mari était en Espagne. Et à sept heures du matin on ne peut laisser entrer qu'un intime.

— Un amant ?

— Pourquoi pas ? Un amant, c'était son genre. Les deux dernières années de notre mariage elle a bien eu une liaison avec cet acteur qu'elle a fini par épouser.

— Qu'est-ce qu'il serait venu chercher dans cette boîte, l'amant ?

— Nous pouvons envisager, pour l'instant, un ou deux cas de figure. Peut-être un troisième, mais plus tordu, donc négligeable. Imaginons que l'amant soit brusquement venu lui annoncer qu'il voulait mettre un terme à leur liaison. Mais Lisa est à mille lieues de s'en douter, elle veut enfin profiter de cette occasion inespérée de passer une nuit entière avec lui sans risquer une entrée en scène du mari. L'amant, lui, ne songe même pas à lui faire ce cadeau de rupture, il apparaît le plus tard possible, au petit matin, pour la mettre devant le fait accompli. Il a même pu se fendre d'une phrase du type : « *J'aurais tellement aimé que tu sois ma maîtresse, mais je n'ai été que ton amant.* » Le problème, c'est qu'il n'est pas encore tout à fait libre. Il doit récupérer ses lettres.

— Quelles lettres ?

— Les lettres d'un romantisme effréné qu'il lui a écrites pendant le temps qu'a duré leur idylle. Elle adorait ça, il lui fallait ce genre de preuves pour se sentir aimée. Bien plus de valeur à ses yeux que des bijoux ! Je sais de quoi je parle, c'est grâce à mes lettres que je l'ai eue. En ce temps-là, j'avais un beau brin de plume.

— Vous avez une idée de qui pouvait être cet amant ?

— Aucune, mais c'était un homme marié. Condition *sine qua non*. Elle ne se serait jamais intéressée à un jeune soupirant qui l'aurait harcelée jusqu'à ce qu'elle soit libre. Seule l'ambivalence des situations l'excitait, le double adultère. L'acteur aussi était marié quand elle l'a rencontré. Et Lisa ne recrutait pas le premier venu, il lui fallait quelqu'un qui la valorise, quelqu'un de très en vue, le genre show-biz, vous me suivez ?

— À peu près.

Louis aimait faire comme si l'insolite allait toujours de soi. Simple question de conviction.

— L'amant devait donc détruire ces lettres à tout prix, Lisa s'en serait servie à coup sûr. À force de vider les tiroirs, il finit par tomber sur la boîte en nacre. Hors de danger mais déjà nostalgique, il lui dit quelque chose comme : « *Maintenant le plus dur reste à faire, Lisa, oublier jusqu'à ton existence, n'en faire qu'un vague souvenir, et puis, oublier le souvenir.* » Ivre de rage, Lisa menace d'aller tout raconter à sa femme. Il panique, elle le gifle, il saisit le cendrier et…

Silence.

Le flic regarda un instant la boîte en nacre et demanda à Didier d'aller chercher un reste de café froid à la cuisine.

— Cette version des faits vous conviendrait mieux, monsieur Stanick ?

Pour l'inspecteur, ça ne faisait aucun doute. Ce meurtre-là était d'une autre tenue, il préférait de loin un crime passionnel chez les rupins qu'un petit casse de morveux.

— Je ne sais pas, répondit Louis. J'aurais tellement aimé que le mystère de sa mort me donne enfin le secret de sa naissance.

— Qu'est-ce que vous voulez dire ?

Didier réapparut, un fond de gobelet en main. Louis tira une cigarette de son paquet, l'inspecteur lui en demanda une, le temps d'installer un jeu de regards.

— Vous ne saviez pas que Lisa était une enfant trouvée ?

Sans même qu'on le lui demande, Didier sortit son calepin et relut les notes communiquées par le Fichier central.

— C'est vrai. Lisa Colette, trouvée devant un hôpital à Caen, en 1957, elle avait deux ans.

— La D.D.A.S.S. jusqu'à ses seize ans, dit Louis. À l'époque le bruit courait qu'elle avait un frère, mais on ne l'a jamais retrouvé.

— Vous avez l'air bien plus au courant que tout le monde.

— Pourtant, elle se livrait si peu. Et son secret me rendait encore plus fou d'elle…

De plus en plus impatient, le flic lui demanda de poursuivre.

— Imaginez que son frère ait voulu reprendre contact avec Lisa.

— Pour de l'argent ?

— Il se serait manifesté bien avant.

— Raisons sentimentales ?

— … Quarante ans plus tard ?

— Alors quoi ?

— Il n'y a qu'une seule raison : il a besoin d'une greffe de moelle osseuse.

— Pardon ?

— Cherchez-en une autre, vous verrez que c'est la seule qui fonctionne. Et seule sa sœur peut lui venir en aide.

— … ?

— Mais une opération chirurgicale de cette importance ne passe pas inaperçue et Lisa ne veut plus de ce passé qui lui revient en pleine figure. Elle refuse tout net. Son frère s'accroche, il y va de sa vie. Ce matin, il tente sa dernière chance et vient la supplier. Elle refuse à nouveau de le sauver. Il se sait condamné, il mourra, mais une chose est sûre : cette garce ne lui survivra pas.

À la manière d'un alcoolique qui cherche à tout prix à ne jamais paraître ivre, le flic mettait un point d'honneur à cacher sa surprise devant les accents de sincérité de Louis. Didier, lui, restait les bras ballants et attendait les réactions de son aîné.

— Elle aurait condamné son propre frère ?

— C'était le seul moyen de ne plus jamais le voir réapparaître.

— Vous nous décrivez un monstre.

— Il n'y a qu'eux pour déclencher les passions.

L'inspecteur commençait à regretter son enquête de routine. Surtout quand Louis ajouta :

— Tout bien réfléchi, j'ai autre chose à vous proposer.

Comme s'il s'y attendait, le flic leva les yeux au ciel et crispa le poing. Louis restait imperturbable. Sincère.

— Allez-y. Qu'on en finisse !

— À votre avis, inspecteur, qui peut avoir la peau d'un monstre ?

— … ?

— Un autre monstre, dit Louis.

Didier étouffa un soupir en le faisant passer pour un raclement de gorge.

— Vous vous souvenez de l'affaire André Carliers ?

Aucune réaction de part et d'autre.

— Ce criminel de guerre traqué par toutes les polices, qui a disparu dans la région de Caen, en 1957 ? On n'a jamais retrouvé l'homme.

— Jamais entendu parler !

— Un jour, dans le sac de Lisa, je suis tombé par hasard sur une vieille coupure de presse qui relatait l'affaire. Ce n'était évidemment pas une coïncidence. Elle était la fille d'André Carliers.

L'inspecteur n'eut pas même le temps de manifester sa surprise.

— Elle le croyait loin, peut-être même mort, mais le fantôme finit par revenir. Pourquoi ? Pour revoir une dernière fois sa tendre enfant avant de mourir ? Pour la faire chanter ? Ou, au contraire, pour lui léguer son trésor de guerre ? Impossible à dire. Ce matin, elle laisse entrer chez elle cet homme qu'elle n'a jamais vu et qui l'a abandonnée. Après des retrouvailles dont on ne saura jamais rien, Lisa meurt des coups qu'il lui porte à la tête.

— Pourquoi dites-vous qu'on n'en saura jamais rien ?

— Imaginez le personnage du père. Il n'a jamais expié son passé, il est vieux, traqué, et seule l'idée de revoir sa fille l'a fait perdurer jusque-là. Vous croyez qu'il va survivre à une scène comme celle qu'ils se sont jouée ce matin ? Pour les jours à venir, patrouillez vers les berges de la Seine, il se pourrait bien qu'on retrouve, trente ans après, le corps de ce pourri.

L'inspecteur croisait les bras, le regard absent. Songeur. Didier ouvrit son calepin et nota quelques mots.

Pour la première fois, le regard de Louis se brouilla en voyant, au sol, le contour à la craie du corps de Lisa. Il comprit peut-être à cet instant précis qu'il ne la reverrait plus.

— Monsieur Stanick, il faut que je fasse un rapport. Tout ce que vous venez de dire va être consigné.

— Pas la peine, inspecteur. Oubliez tout ce que je vous ai raconté.

— … Oublier ?

Louis ferma les yeux pour éviter qu'ils ne perlent, c'était toujours un moment de gagné.

— C'est vous qui avez raison, inspecteur. Lisa a sûrement été tuée par un voleur de bijoux.

— … ?

— Mais dans mon métier, on ne peut pas concevoir que les gens puissent mourir aussi bêtement. Surtout ceux qu'on a aimés. On aimerait leur trouver une mort passionnante.

Louis se dirigea lentement dans la chambre de Lisa. Les deux autres le suivirent, abasourdis.

— Et… c'est quoi votre métier ?

Après un instant de silence, Louis s'agenouilla au pied du lit.

— Je suis scénariste.

Il glissa la main dans les draps défaits et enfouit son visage dans l'oreiller.

Mathilde

L'amour.

L'amour n'avait jamais rapporté un sou à Mathilde. Ou si peu. Elle avait passé vingt ans à le servir, à le travailler comme une petite main, à lui faire rendre ce qu'il avait de meilleur. L'amour, c'était son job, elle en connaissait toutes les ficelles et les combines. Parfois elle en inventait de nouvelles. Avant de se livrer, l'amour lui imposait ses caprices, ses détours. Du matin au soir, jour après jour. À quoi bon compter ses heures dès qu'il s'agit d'amour ? Est-ce que l'amour dormait, lui ? Est-ce qu'il prenait des vacances ? L'amour en demandait toujours plus et ne donnait jamais le premier. Mathilde savait puiser dans ses trésors de tendresse cachés. Ses vingt années de sacrifice à traquer l'amour lui avaient enseigné que le don de soi est une matière vive inépuisable.

De toute façon, elle n'était bonne à rien d'autre. Victor le lui répétait tous les jours.

— Ton talent, c'est un don du ciel. Tu ne sais faire que ça mais, nom de Dieu, ce que tu le fais bien !

Elle avait fini par croire à cette image de grande

prêtresse de l'amour qu'il se plaisait à lui renvoyer. Sorcière du cœur, magicienne des passions et porteuse de la flamme, il n'avait jamais peur de trop en faire dès qu'il s'agissait de lui donner du cœur à l'ouvrage. Elle croyait *tout* ce qui sortait de la bouche de Victor, et ce depuis le premier jour.

Pas une seconde elle n'avait songé à éviter le piège qu'il avait dans le regard. Mathilde avait cessé net d'écrire son journal intime à cette seconde-là, sur un coin de table d'un bistrot de la place des Vosges. Avec le charisme d'un prédicateur qui aurait jeté sa foi aux orties, il avait su embobiner son âme de midinette. Et devenir son premier amant, le jour même. Elle n'avait pas dix-huit ans. Jamais il ne l'aurait gardée dans ses bras plus d'un après-midi si elle n'avait montré, très vite, de formidables aptitudes dans tout ce que l'amour a de meilleur et de pire.

Dix ans de bonheur. Elle à son ouvrage, lui au tiroir-caisse. On aurait dit une chanson de *L'Opéra de quat'sous*. Il savait la conseiller et lui apporter tout le confort dont elle avait besoin pour exercer tranquille. Il la sortait, parfois, histoire de lui changer les idées et de lui redonner un peu de couleur aux joues. Il lui suffisait d'une petite attention pour éviter de dire *Je t'aime* à celle qui n'attendait que ça.

Et tout est devenu si routinier, si tristement prévisible. Il passait toutes les trois semaines dans sa chambre de la rue Monsieur-le-Prince pour récolter le fruit de son labeur. Elle se laissait prendre en cinq minutes sur un coin de lit sans en demander plus. Elle avait encore en elle de quoi l'aimer pendant les dix années à venir. Ce qu'elle fit. Malgré son mariage avec la première venue et les deux enfants qui suivirent.

« L'amour n'est pas une affaire de famille », disait-il. Elle avait fini par le croire : à trente ans, il avait fait d'elle une vieille maîtresse à qui on ne promet plus rien.

Mathilde se mit à travailler avec plus d'acharnement encore. Pour oublier Victor ou pour le combler, elle-même n'aurait pas su le dire. Il en voulait toujours plus et lui demandait, parfois, de pimenter l'ordinaire.

— Pimenter… ? Qu'est-ce que tu veux dire ?

— Du fantasme, du torride, nom de Dieu ! Fais parler la chienne qui est en toi !

À quarante ans, Mathilde avait tout accepté. Le sacrifice de sa jeunesse et des enfants qu'elle n'aurait jamais. Et tout ça au nom de quoi ?

De l'amour ?

— Je suis désolé, ma grande. Je n'ai pas vendu mille exemplaires de *La maîtresse oubliée*.

— Mais, Victor… J'ai fait tout ce que tu m'as demandé. J'ai rajouté tous ces chapitres dans l'Éros Center.

— Je sais que tu as fait des efforts mais le cul n'intéresse plus les lecteurs.

— C'est à cause de mon pseudonyme. Qui a envie de lire le dernier roman de Clarisse Grandville ? Le prochain, je le signerai Patty Pendelton, ça fait longtemps qu'elle n'a rien publié.

Patty Pendelton. *À cœur perdu, Le manoir sans amour, Celle qui attend.* 35 000 exemplaires de chaque. Patty Pendelton et ses retournements de situation, son romantisme au-dessus des lois et ses cottages dans le Sussex.

— C'était il y a quinze ans, Mathilde. Aujourd'hui tu ne rembourserais même plus le prix du papier.

— Et Sarah Hood ? Tous les fans attendent la suite des aventures de Janice !

Janice et la Dame de cœur, Janice s'en va-t-en guerre, Janice a une sœur, L'héritage de Janice. Et tant d'autres.

— Qu'est-ce que tu vas nous pondre ? *Janice sur Internet ? Janice perd son dentier ?* Tout le monde se contrefout de cette bécasse.

— Je reprendrai la série *Extase.*

Rêves de soufre, Frissons exotiques, Andréa fille sauvage, L'oasis des plaisirs, etc.

Victor, assis derrière son bureau, laissa échapper un terrible ricanement et saisit un volume dans les rayonnages qui couvraient le mur.

— Toi ? Du sexe ? Tu veux que je te lise un passage au hasard de *La scandaleuse ?... Edwina sentait vaciller sa volonté sous la main experte de David. Elle savait que tôt ou tard elle s'abandonnerait à lui et l'heure avait sonné, enfin. Elle s'agenouilla aux pieds de son amant et fit remonter ses lèvres sur sa hampe.* Sa hampe ! Il faut avoir soixante ans pour comprendre ce que c'est, bordel ! Ton charme désuet, on s'en fout. Le pire, c'est que ça n'est même pas de ta faute. Comment veux-tu qu'on croie à tes *Extases* à la con, tu ne connais que deux positions au monde, et la seconde, c'est pour les soirs de fête.

— ...

— Ça me fait de la peine de te dire ça, Mathilde, mais il va falloir que tu reprennes ton dernier manuscrit.

— ... Qu'est-ce que tu dis ?

— Je ne le publierai pas.

— ...?

— Si je n'augmente pas un peu le chiffre d'affaires

je serai obligé de vendre des parts de la boîte. Je me
suis trop battu pour la partager avec des inconnus.

Livide, le souffle court, Mathilde se pencha sur le
bureau pour saisir la main de Victor.

— Les Éditions du Phœnix, c'est nous deux…
Depuis vingt ans… Nous l'avons créée ensemble, cette
maison… Tu la diriges mais c'est moi qui t'ai fourni
les premiers bouquins, sans à-valoir, sans contrat… Je
n'en ai même pas aujourd'hui… Nous avons toujours
travaillé dans la confiance… Nous avons toujours fait
équipe, non ?

Elle attendait qu'il lui renvoie un sourire. Il ne la
regardait même plus dans les yeux. La gêne, sans
doute. Ou le dégoût qu'elle lui inspirait.

— Reprends ton texte. Demain tu recevras ce que
je te dois sur *La maîtresse oubliée*.

Elle porta une main glacée à son front. Un geste à
la *Janice*, plein de délicatesse et d'emphase, à la façon
des amoureuses sacrifiées.

— Il faut que je laisse leur chance à d'autres auteurs,
comme tu as eu la tienne. Ils ont une écriture plus
contemporaine, plus en phase avec la demande du
public. Tu as trop travaillé ces dernières années, ma
grande. Prends des vacances. Essaie de faire autre
chose pendant un moment.

Elle s'accrocha au dossier du fauteuil pour garder
l'équilibre. Jamais elle n'avait ressemblé autant à ses
héroïnes, aussi belles que vulnérables.

— … Je ne sais rien faire d'autre…

— Tu vas avoir du mal à placer tes textes,
Mathilde. Je ne connais pas un éditeur sur la place qui
serait preneur.

Elle aurait préféré qu'il la frappe jusqu'au sang.

— … Comment je vais vivre… ?

— Travaille pour la presse du cœur, écris des bluettes pour la télé, c'est pas sorcier. Ou marie-toi. À ton âge c'est encore trouvable. Pourquoi ça concerne-rait toutes les autres sauf toi, l'amour ?

Jérôme

Deathfighter se penche vers le bonze drapé d'orange qui prie un Bouddha géant. Musique d'apocalypse. Une explosion fait vibrer les murs du temple, le sol se dérobe sous eux.

— La lévitation, ça s'apprend en combien de temps, mec?

Un fluide bleuté vient tournoyer comme un cyclone autour du Bouddha qui ouvre les yeux. Apparaît alors le visage de Jinzo.

Deathfighter n'en croit pas ses yeux et prend le bonze dans ses bras pour s'enfuir avant que le dernier mur ne leur tombe dessus. Ils sortent du temple et se retrouvent en plein Los Angeles.

Redevenu humain, Jinzo s'engouffre dans un gratte-ciel. Course-poursuite dans les étages, affrontement à mains nues, Deathfighter saute dans le vide avec Jinzo et se rattrape à une grue. Des ouvriers actionnent le déclencheur de dynamite et font sauter le gratte-ciel. Jinzo a disparu sous les décombres. Deathfighter se rétablit

comme un chat et regarde, du haut de la grue, la
nuit qui tombe sur Los Angeles.

Musique de fin.

Générique.

La salle était remplie de gosses excités et déjà pressés de sortir. Le reste du public attendit la fin du générique puis se dispersa dans la pénombre vers les portes
battantes. Quand la pleine lumière revint, il n'y avait
plus que Jérôme, perdu au milieu d'un désert de fauteuils. Blanc comme un linge, il se leva et chercha des
yeux un endroit pour vomir. Le voyant vaciller, une
ouvreuse le suivit dans les toilettes et tira quelques serviettes en papier du distributeur.

— C'est le film qui vous met dans un état pareil ?

— … Je suppose que ça marche du tonnerre ?

— Pensez… Stallone et Schwarzenegger dans
le même film… La séance de midi était pleine, on
va refuser du monde pour la suivante. On ne prend
plus de réservations au téléphone pendant toute la
semaine.

Jérôme plongea directement sa tête sous un robinet
d'eau froide, comme pour dessoûler. Sa dernière
goutte d'alcool remontait à plus de trois semaines. Il
sortit *Le Film français* de la poche de son vieil imper.
De l'autre émergeait une lame de bois ronde et peinte
en bleu. L'ouvreuse n'aurait pas pu imaginer qu'il
s'agissait d'un boomerang.

— J'ai lu là-dedans qu'aux États-Unis, il avait fait
plus d'entrées que *Batman*. Vous savez combien ça a
rapporté au créateur du personnage de *Deathfighter* ?
Quatre millions de dollars.

— Tant mieux pour lui, dit-elle.

Jérôme eut envie de la gifler. Il aurait frappé n'importe qui, à cette seconde-là, même une innocente.

*

Sans le moindre sou en poche, il se demandait comment il allait nourrir Tristan, ce soir, et les jours à venir. Trente-neuf francs pour *Le Film français*. Quarante pour une séance de DEATHFIGHTER sur les Grands Boulevards. Il regrettait de ne pas avoir essayé la sortie de secours mais ça avait été plus fort que lui, il s'était précipité au guichet. Pour voir. Pour *le* voir.

En attendant la tombée de la nuit, il alla se réfugier dans le bois de Boulogne comme il le faisait trop souvent depuis ces derniers mois d'errance. À une centaine de mètres du lac, il sortit son boomerang au milieu d'une aire déserte et dégagée. Un souffle de vent parfait lui parvenait dans la bonne direction.

Lance, mon petit pote, oublie ce pourri, tu n'as pas tout perdu, il te reste Tristan et ton boomerang, qu'est-ce que c'est, après tout, quatre millions de dollars ?

Dès le premier lancer, l'engin décrivit une parabole si savante que Jérôme ne se déplaça que de cinq mètres vers la gauche pour le rattraper au vol.

Recommence, ne pense pas à cette ordure, ça va te bouffer l'intérieur et ce soir tu n'auras plus assez de bile à lui cracher au visage, lance !

Le boomerang était, avec son imper, le dernier vestige d'une vie antérieure qu'il pensait ne jamais regretter. Il se l'était fabriqué lui-même, en forme de point d'interrogation, et Tristan l'avait peint aux couleurs du drapeau américain. Un petit bijou capable de tenir en vol une trentaine de secondes. Juste assez pour s'imaginer qu'il ne rentrerait plus jamais au bercail.

Encore ! Lance jusqu'à t'en décrocher le bras. L'impunité n'existe pas. Les salauds finissent toujours par payer.

Au moment d'armer son tir, il ressentit quelque chose de bizarre au fond du ventre.

L'impunité n'existe pas...

Comme un acide qui lui rongeait l'estomac.

L'impunité n'existe pas...

Un tison qui fourrageait dans ses tripes.

L'impunité n'existe pas...

La brûlure était si forte que Jérôme regretta de n'avoir plus rien à vomir. Il avait créé le personnage de *M. Vengeance* justement parce que l'idée de l'impunité lui faisait horreur. Tout le monde finit toujours par payer. C'est une loi divine.

Pourtant, un doute horrible vint lui déchirer les entrailles :

... Et si l'impunité existait vraiment ?

*

Il s'assit un instant sous un abribus des Champs-Élysées. De l'autre côté de l'avenue, il pouvait apercevoir cette longue terrasse où des ombres entrechoquaient des coupes de champagne. Tout près de lui, une femme ne cessait de fixer ses chaussures de tennis déchirées et son jean blanchi jusqu'à la trame. Jérôme regardait vers ces silhouettes en smoking, brillantes comme des lucioles.

Là-haut, les lumières s'éteignirent enfin. Il traversa l'avenue et se posta au bas de l'immeuble où les camions des traiteurs commençaient à remballer. Jérôme ramassa un carton d'invitation qui traînait dans un caniveau et s'adossa à la pierre blanche de la bouche du métro Georges-V.

LES PRODUCTIONS
BLUE-STAR PICTURES
VOUS INVITENT À FÊTER LA SORTIE DE
DEATHFIGHTER
DE NORMAN VAN VUYS
AVEC SYLVESTER STALLONE
ET ARNOLD SCHWARZENEGGER

Une poignée d'invités commençait à sortir. Yvon Sauvegrain en tête, vaguement éméché, la veste de smoking sur l'épaule. Quelqu'un proposa de continuer la fête ailleurs et Sauvegrain, ravi, grimpa à l'arrière d'une Mercedes ou s'entassait la petite bande de fêtards.

Tout à coup, on hurla son nom du côté de la bouche de métro. Sauvegrain reconnut Jérôme au premier coup d'œil, laissa passer une seconde de surprise et rassura son entourage d'un geste de la main.

— Attendez-moi une minute.

Il sortit de la voiture et avança d'un pas rapide vers Jérôme en glissant la main vers son portefeuille.

— Prenez ça et disparaissez, j'ai horreur du ridicule.

Abasourdi, Jérôme se retrouva avec un billet de 500 francs en main.

— *M. Vengeance* vous a rapporté quatre millions de dollars ! Je l'ai lu dans *Le Film français*. Il y avait tout un dossier sur LE scénario entièrement écrit par un Français directement vendu à Hollywood ! Et le scénariste c'était vous !

— … Vous allez perdre le peu qui vous reste.

— Deux ans ! Je vous l'ai envoyé il y a deux ans, et vous m'avez fait retravailler jusqu'à obtenir exactement le scénario du film que j'ai vu ce matin ! Vous avez juste changé le titre !

— Dans ce métier, tout le monde se fait avoir au moins une fois. Prenez ça comme un baptême. Un baptême de luxe, soit. C'est un boulot où la naïveté confine à la bêtise, et on paye toujours pour sa bêtise. Quelle idée d'envoyer un scénario à un collègue quand on ne l'a même pas déposé à la Société des Auteurs… Moi, c'est la première chose que j'ai faite en recevant le vôtre.

La main de Jérôme plongea dans son imper et se crispa sur le boomerang.

Il ferma une seconde les yeux et vit la pale s'écraser au ralenti sur le visage de Sauvegrain. L'image était nette : les traits déformés sous le choc, un filet d'hémoglobine qui gicle d'une arcade, une lèvre qui éclate, le tout en couleur et format scope. Un tel geste aurait pu le délivrer de sa douleur, mais une seule chose l'empêcha de le faire. La chose, c'était Tristan.

— Je pensais que personne n'était capable de ça.

— Bienvenue au club.

Sauvegrain voulut rejoindre son groupe, Jérôme le retint par le bras.

— J'ai un frère qui ne va pas bien du tout, je suis à la rue et…

— Le ministre de la Culture a tenu personnellement à me féliciter pour avoir montré aux Américains que nous pouvions écrire comme eux. Il m'a même

proposé de lui établir un rapport sur la crise du scénario en France. Ne me menacez surtout pas.

Jérôme tenta de le retenir encore, mais cette fois, il
reçut le revers de sa main en pleine figure.

— Les Américains commencent à parler de *Deathfighter 2*. Vous allez cruellement me manquer, Jérôme.

Moi

Lequel de nous quatre est le plus intimidé ? Moi, à
coup sûr, vu la nuit blanche que je viens de passer à
attendre ce rendez-vous. Mais aucun ne donne l'impression d'être franchement à l'aise. Nous nous regardons en chiens de faïence, assis dans deux canapés en
vis-à-vis, sans même chercher à faire connaissance.

Mathilde Pellerin a l'air de se demander ce qu'elle
fait là. Une fois ou deux elle s'est redressée comme
pour partir, sans savoir elle-même ce qui la retenait.
Je crois que ce qui la gêne dans la situation est d'ordre
purement physique : ces trois corps d'hommes qui se
sont imposés d'eux-mêmes dans ce bureau minable.
Trois regards inconnus. Scrutateurs.

Jérôme Durietz, lui, on sait très bien ce qui le maintient cloué sur ce canapé : le besoin de fric. Certains
peuvent afficher un souverain mépris face à leur propre
indigence mais Durietz n'est pas de cette race-là et se
trahit au moindre geste. Il a caché ses poignets de chemise en nous serrant la main, il a fait semblant de chercher de la monnaie au fond de ses poches devant la
machine à café, et quand je lui en ai offert un, il l'a

siroté comme s'il n'en avait pas bu depuis trop long-temps. J'ai eu envie de lui avancer un peu d'argent, rien que pour le voir se détendre, parce que sa façon de calculer chaque instant a vite commencé à me porter sur les nerfs. Dieu seul sait où ils sont allés le dégoter.

Celui qui m'intrigue le plus, c'est Louis Stanick. Le seul qui ait essayé de mettre tout le monde à l'aise avec un petit speech, façon doyen les jours de rentrée. Un privilège de l'âge, faut croire. Il a passé la cinquantaine de peu, il est grand et se tient droit comme un I, une moustache et une paire de lunettes en écaille lui donnent un petit air à la Groucho Marx. Il est le seul des trois dont j'ai retrouvé la trace dans les annuaires professionnels. Les cinq lignes qui lui sont consacrées dans le *Larousse du cinéma* disent qu'il a beaucoup travaillé en Italie dans les années soixante-dix, mais les titres de sa filmographie ne m'ont rien évoqué. De retour en France, il a écrit un long-métrage qui n'est jamais sorti, et puis plus grand-chose jusqu'à se retrouver ici, dans ce bureau bizarre. Son C.V. est tellement mince qu'il peut tenir sur un papier à rouler. Même si le mien n'en est qu'à la première ligne, je me fais le serment de ne pas finir comme Louis Stanick.

Personne ne cherche à rompre le silence. Je me lève pour jeter un œil par la fenêtre. Nous sommes dans un petit immeuble de trois étages de l'avenue de Tourville, dans le VIIᵉ arrondissement. La pièce où nous nous trouvons est terriblement vide, à part les deux canapés et la machine à café. Les anciens occupants ont dû déménager à la cloche de bois en emportant tout ce qu'il y avait de bon à prendre. Une cloison surmontée d'une grande vitre à hauteur de hanche permet de voir tout ce qui se passe dans le couloir. Et, pour l'ins-

tant, ce qui se passe dans le couloir est incompréhensible. Est-ce à cause de la fatigue, de l'impatience ou
du stress, j'ai l'impression de voir déferler une vague
de scalps blonds. On aperçoit tantôt un front, une paire
d'yeux ou encore une casquette, mais rien de tout ça
n'est vraiment net. La sonnerie du téléphone brise un
silence pesant et relâche la pression. Stanick a décro-
ché puis raccroché une seconde plus tard, le temps
qu'une secrétaire de l'unité de production lui annonce
que le rendez-vous est retardé de deux heures.

— Déjà une plombe qu'on est là à rien foutre, dit
Durietz.

Stanick hausse les épaules en signe d'impuissance.
Pour lui, la patience est devenue un boulot à plein
temps.

— Vous ne trouvez pas qu'ils se fichent de nous ?
demande Mathilde Pellerin.

J'ai envie de répondre que j'ai vingt-cinq ans et
toute une vie devant moi pour attendre un rendez-vous
comme celui-là. Elle préfère se lever et prendre la porte
sans nous épargner son courroux d'un autre siècle.

— Elle sentait bon, c'est dommage, dit Stanick.

Jérôme Durietz se retrouve tout seul sur son canapé.

— Je peux pioncer un chouia ? Je traverse une
période d'insomnie…

— Dans notre métier ce serait presque un atout, dit
Stanick. Mettez-vous à l'aise, je vous réveille dans
une heure et demie.

En moins de cinq minutes, Durietz dort d'un sommeil qui fait plaisir à voir.

— Il n'y a que les gosses pour s'endormir comme ça.

— Les gosses et les Chinois, dis-je. À Pékin, on
voit des types dormir dans n'importe quelles condi-

tions, contre un guidon de vélo, dans des restaurants bondés, entre deux arrêts de bus.

— Vous y êtes allé souvent ?

— Jamais. On m'a raconté.

Dans l'angle où je me trouve, je peux enfin saisir ce qui se passe dans le couloir grâce à la porte vitrée qui permet de voir les silhouettes en pied. Mais parfois, voir la réalité la rend encore plus floue.

— Dites, monsieur Stanick, à votre avis… c'est quoi cette ribambelle de nains dans le couloir ?

— Oh ça ? C'est PRIMA, l'agence de casting qui a ses bureaux au bout. Je suis passé les voir tout à l'heure, j'étais intrigué tout comme vous. Ils recrutent pour un film américain qui se tourne en partie à Paris. Ils ont besoin de deux cents nains adultes, blonds de préférence, et bilingues.

— Ça raconte quoi ?

— Ils n'ont pas su me le dire, pour l'instant ça s'appelle PANDÉMONIUM. Il y a une scène prévue avec les nains et des dizaines de femmes gigantesques, façon opulence maternelle.

— Baroque…

— Côté symbolique, les ricains n'ont jamais eu peur d'y aller à la truelle, c'est une de leurs forces.

Silence.

S'il faut tenir encore deux heures avant de rencontrer le directeur de l'unité de production, il va falloir meubler.

— Vous ne trouvez pas que ce rendez-vous sent le piège à con ?

— Laissez-moi deviner, Marco. Vous n'avez jamais travaillé pour la télévision, ni pour rien d'autre d'ailleurs, et vous ne comprenez pas pourquoi on vient de faire appel à vous pour cette mystérieuse série qui sera diffusée à l'automne.

— Si, j'ai déjà bossé pour cette chaîne. J'ai réécrit les dialogues français des *Seigneurs de la Galaxie*, un dessin animé japonais. Et j'ai proposé des synopsis pour *Deux flics en enfer*, mais aucun n'a été retenu.

Il me demande si j'ai été payé. On m'a donné une misère pour les dessins animés et rien pour le reste.

— Eh bien, voilà pourquoi on vous a appelé. Ils savent que vous êtes prêt à accepter n'importe quoi pour une somme dérisoire.

Il a sans doute raison. Et je suis bien capable de me faire avoir une seconde fois. Peu importe. Oui, moi, Marco, je veux devenir scénariste, c'est ma seule ambition dans l'existence et ça doit se lire sur ma gueule. Je donnerai mon âme à qui m'entrouvrira la porte. Je veux bien avaler des couleuvres, écrire les pires choses, être payé avec un lance-pierres, ne pas être payé du tout, je m'en fous. Un jour, ce sont eux qui me mangeront dans la main mais ils ne le savent pas encore.

— Et vous, pourquoi vous restez, Louis ?

Je sens qu'il hésite entre une banalité d'usage et une petite avalanche de sincérité.

— Parce que je suis ce qu'on appelle un has been. Postuler pour ce job, c'est ma manière à moi de faire la manche. Mon heure est passée depuis belle lurette, et aujourd'hui j'accepte n'importe quoi sans aucun ressentiment. Je suis comme un vieux cheval de labour qu'on garde en vie parce qu'il connaît bien la route et qu'il n'a plus gros appétit. Et de toute façon, je ne sais faire que ça.

— Quoi donc ?

— Débiter de la péripétie au kilomètre.

Durietz, dans son abîme de sommeil, se retourne dans le canapé. Une nouvelle vague de nains blonds comme les blés passe dans le couloir, tous sérieux comme des papes, prêts à montrer le meilleur d'eux-mêmes. Stanick met deux francs dans la machine à café et m'en tend un. D'après lui, le local appartient à la chaîne qui partage les lieux avec Prima et un atelier de montage au dernier étage. Hier, au téléphone, le producteur m'a demandé si j'étais libre tout de suite. Je n'ai pas compris pourquoi on avait besoin de moi pour un cas d'urgence.

— Écoutez, Marco, n'essayons pas de nier l'évidence. Si une chaîne réunit dans une même pièce un jeune scénariste fringant prêt à travailler gratuitement, une pisse-copie du roman rose, un S.D.F. fatigué et un vieil has been dans mon genre, c'est qu'il y a forcément une couille quelque part.

En temps normal, je n'ai aucune sympathie pour les cyniques. Surtout s'ils prennent pour cible des naïfs dans mon genre. Mais sa manière bien à lui de faire glisser la conversation sur une patinoire de transparence a quelque chose de séduisant. Comme s'il voulait déjà installer une dynamique de travail et débarrasser d'emblée nos rapports à venir des oripeaux du mensonge. Et enterrer définitivement ceux de l'ego. Malgré tout, le naïf en moi a eu envie de faire entendre sa voix. Avec un petit accent de sincérité, j'ai osé dire qu'il m'était impossible de prendre ce job à la légère. Respecter l'histoire que l'on crée, c'est respecter ceux qui vont l'écouter et se respecter soi-même. Peu importe l'aléatoire morale de ceux qui la commanditent.

Dans l'heure qui a suivi, j'ai eu le temps de lui raconter que je suis né devant une télévision. Et ce n'est pas une vue de l'esprit, la première image dont je me souvienne vraiment n'est pas le sein de ma mère mais une chose brillante et carrée qui m'a irrésistiblement attiré. La télé, c'était ma baby-sitter, c'était mes mercredis après-midi, c'était la découverte du monde en marche sous mes petits yeux ébahis. La télé, c'était le copain avec qui on ne s'engueule jamais, celui qui aura toujours une bonne idée en tête du matin au soir. La télé c'était une pleine brassée de héros qui m'ont appris l'exaltation. Les premiers émois, mais aussi les premiers dégoûts. J'ai été ce môme qui devient brutalement adulte le temps de changer de chaîne. J'ai évoqué les images interdites, le soir, dans l'entrebâillement d'une porte, comme il aurait pu, lui, me parler de ses nuits d'aventures, avec une lampe de poche et un bouquin sous les draps. J'ai fini par dire qu'au nom de tout ça, si une chance m'était donnée de passer de l'autre côté de la mire, je ferais tout pour ne pas trahir le gosse livré à lui-même devant l'écran bleuté.

Louis Stanick m'a regardé, troublé. À tout ce qu'il aurait pu dire, il a préféré sourire. La nostalgie de l'enthousiasme perdu, j'ai pensé.

Il était temps de réveiller Jérôme Durietz, à qui j'ai offert un café en échange d'un de ses rêves.

— … J'étais sur une montagne et je voyais apparaître une boule de feu qui parlait. Ensuite je redescendais vers une bande de types contre lesquels j'étais furax, et je leur jetais des pierres avec des ordres gravés dessus. Assez top, comme situation. Il se passait plein d'autres choses que j'ai oubliées.

Pas fière et si joliment confuse, Mathilde Pellerin est revenue parmi nous. Nous l'avons accueillie sans paraître surpris, sans lui poser la moindre question sur les obscures raisons que nous avions tous d'accepter le job.

Ça tombait bien. Alain Séguret, le directeur de l'unité de production, n'était pas curieux de les connaître.

*

Direct et pressé, Séguret n'a aucune envie de nous mitonner des périphrases à la sauce diplomate. Depuis qu'il est entré dans ce bureau, il aurait eu tout le temps de nous expliquer que sa chaîne cherchait un feuilleton qui ait du nerf, au coût raisonnable, sans jamais oublier sa mission prioritaire : plaire. Au lieu de ça, il a dit : «Faites-nous n'importe quoi, absolument n'importe quoi, pourvu que ce soit le moins cher possible.»

Au début, je n'y ai pas cru, j'ai même entendu exactement l'inverse.

Mathilde Pellerin et Jérôme Durietz ne mouftent pas. Seul Louis Stanick a la ressource de réagir.

— Qu'entendez-vous exactement par *n'importe quoi*?

— N'importe quoi, tout ce qui vous passe par la tête, de toute façon ce feuilleton n'est pas destiné à être vu. Il sera diffusé à raison d'un épisode quotidien de cinquante-deux minutes, entre quatre et cinq heures du matin.

— Vous pouvez répéter… ?

Accablé, il pose une main sur son front.

— Les quotas… Ces conneries de quotas obligatoires de création française ! Création française… Rien que la réunion de ces deux mots m'écorche la langue. À part vous, les scénaristes, à qui ça peut faire un peu d'argent, ça intéresse qui, la création française ?

Je ne savais pas que les énarques connaissaient le mot *connerie*.

— Nous venons d'acheter à prix d'or une série californienne bardée de récompenses et de filles qui font du 95C. La minute de pub nous rapportera 300 000 francs à la première coupure, dans deux mois nous sortirons les tee-shirts et tout le toutim. Nous venons d'arracher les droits de retransmission de la finale de la coupe d'Europe de football, et je suis en train de soudoyer l'animateur vedette d'une chaîne concurrente, croyez-vous que j'aie le temps de m'occuper de la création française ?

Avec un air de vieux briscard, Louis demande si jusqu'à présent les quotas ont été respectés. Comme tous les énarques, Séguret n'aime pas les questions directes, surtout celles où un simple *non* serait une réponse parfaite.

— Nous avons un peu fait traîner, mais cette fois nous venons d'être condamnés par le Conseil supérieur de l'audiovisuel qui nous oblige à rattraper quatre-vingts heures de création française. Nous devons même diffuser d'ici trois semaines, faute de quoi le gouvernement ne renouvellera pas la concession de la chaîne.

— Quatre-vingts heures !

— C'est pour ça que vous êtes quatre.

— Premier épisode dans trois semaines ? C'est une plaisanterie ?

— Il faut vous y mettre dès aujourd'hui.

Il est là, le piège à con.

Chacun exprime sa consternation comme il peut, excepté Stanick qui maintient le cap en disant que l'urgence a toujours un prix. Un peu étonné, Séguret retient un ricanement. On leur apprend à faire ça, dans les grandes écoles.

— Écoutez-moi bien, tous les quatre. Vous avez été choisis sur deux critères. Primo : vous êtes les seuls sur la place de Paris à être disponibles dans l'heure. Secundo : vous ne pouvez pas prétendre à plus de 3 000 francs chacun par épisode.

— Pardon ?

Séguret lève les bras au ciel et embraye direct :

— Tout le monde serait capable de l'écrire, ce machin ! Même moi si j'avais le temps ! Même ma femme de ménage si elle parlait un français correct. C'est à prendre ou à laisser. Ce feuilleton n'aura qu'un seul titre de gloire à nos yeux : il sera le moins cher de toute l'histoire de la création française.

— Qu'est-ce que vous voulez qu'on vous raconte d'ici trois semaines, pendant quatre-vingts heures, avec à peine de quoi se payer la quantité de café nécessaire pour tenir le coup ?

— N'importe quoi fera l'affaire. Racontez la sempiternelle histoire de deux familles rivales qui s'affrontent sur le palier d'une H.L.M., ça plaît toujours, mettez-y une ou deux histoires d'amour bien gluantes, rajoutez quelques drames humains, et nous sommes tirés d'affaire.

— On ne peut pas démarrer comme ça… Il nous faut… Un lieu de réunion…

— Ici.

— Ici ?

— Aucun loyer à payer et vous disposez de l'indispensable : deux canapés et une machine à café. Demain on vous livrera du matériel informatique et une imprimante. Le montage des épisodes se fera dans l'atelier du dernier étage. Les acteurs seront recrutés chez l'agence de casting Prima. Qu'est-ce que vous voulez de plus ?

Mathilde Pellerin, dépassée, n'ose plus dire quoi que ce soit. De peur qu'ils en prennent d'autres, plus décidés et moins scrupuleux, Louis Stanick et moi n'avons rien à ajouter. Durietz se risque à demander un petite avance mais Séguret ne veut pas en entendre parler avant la livraison des quatre premiers épisodes.

— J'ai un frère malade… J'ai besoin d'un peu d'argent pour des médicaments.

— Des médicaments ? Pour un frère malade ? Je sais bien que votre métier c'est d'inventer des histoires, mais là, vous ne trouvez pas que vous y allez un peu fort ?

Pour la première fois, je suis d'accord avec Séguret. Durietz a le droit de tenter sa chance sans pour autant jeter le discrédit sur toute la profession. J'aurais trouvé mieux que le coup des médicaments.

Séguret regarde sa montre, passe deux coups de fil et s'apprête à nous quitter.

— Ah oui, dernier point, pour le titre du feuilleton, nous avons pensé à SAGA. Ça donne l'impression de connaître l'histoire par cœur et qu'elle va durer des années. Exactement ce qu'il nous faut, non ?

SAGA

J'ai quitté le lit de ma Charlotte quand j'ai vu par la fenêtre quelque chose qui ressemblait au matin. Une bonne partie de la nuit je l'ai regardée dormir dans la pénombre, incapable de glisser avec elle vers un oubli bien mérité. En fait, j'avais surtout envie de précipiter le lendemain sans oublier la veille, comme si j'étais moi-même en devenir. Hier j'ai rencontré trois concurrents, aujourd'hui j'ai rendez-vous avec mon équipage. Hier j'ai eu peur de rester à quai, aujourd'hui je m'embarque dans un voyage de quatre-vingts heures qui va durer plusieurs mois.

J'ai fini par dériver loin du dos de Charlotte et me suis mis à rêver, les yeux grands ouverts, d'une odyssée grandiose avec des personnages en pagaille qui s'entrecroisent dans d'infinies intrigues. *Faites n'importe quoi ! Faites n'importe quoi !*

Et si on vous prenait au mot, patron ?

*

Jérôme Durietz et Louis Stanick sont déjà là à s'emberlificoter dans les branchements de nos quatre écrans.

— À mon avis, le seul moyen de les relier c'est de mettre le cordon A dans la fiche A' et le cordon B dans la fiche B', dit Louis.

— Ils nous ont refilé des rossignols qui prenaient la poussière dans un cagibi, jamais vu des bécanes pareilles, comment voulez-vous qu'on bosse là-dessus !

Malgré ses jérémiades, Jérôme réussit à les connecter un par un. Après une série de *bing*, des petits bonshommes se sont mis à courir sur les écrans pour nous souhaiter la bienvenue. Je pianote du bout des doigts sur un clavier, comme pour donner raison à Jérôme sur la vétusté du matériel.

— Vous êtes blasés, tous les deux, fait Louis. Sans vouloir jouer au vieux con, je peux vous assurer que si un outil aussi silencieux avait existé dans les années soixante-dix, à l'heure qu'il est je serais peut-être en train de me dorer les miches autour d'une piscine. C'est l'Underwood qui a sabré ma brillante carrière !

Durietz et moi échangeons un regard sceptique, mais Louis est lancé.

— À l'époque, je n'étais jamais meilleur qu'en pleine nuit. Le jour, je lambinais, rien ne me venait, et c'est tout juste si j'arrivais sur les coups de 19 heures avec une malheureuse réplique. Mais dès que la nuit tombait, la bête se réveillait et je m'acharnais sur la machine à écrire. Je travaillais dans des meublés minables, des bouges et des chambres de bonnes aux murs épais comme du papier à cigarettes, et dès que je m'y mettais, une armada de costauds menaçait de me casser en deux si je n'arrêtais pas sur-le-champ de faire du potin. Le destin peut se nicher dans des détails pareils.

Je ne me suis jamais posé la question du silence. Les scénaristes sont porteurs de bruit et de fureur mais leur travail commence bien avant le big bang, quand tout est vide et paisible.

— Quand je travaillais pour le Maestro, le problème était réglé. Il possède un hôtel aux environs de Rome, il en est même le seul client. Nous pouvions faire tout le boucan de la terre, personne ne s'en serait plaint.

Le mot *Maestro* est comme une aiguille piquée dans le bas du dos. Sans doute l'effet recherché par Louis qui croise les bras et nous toise avec un petit air satisfait. Jérôme et moi échangeons une œillade. *Maestro* précédé de LE. Un moment de gêne s'installe, Louis est prêt à donner des détails mais aucun de nous ne se dévoue. Maestro... Maestro... Il doit s'agir d'un quiproquo. De Maestro, il n'y en a qu'un, et plus personne ne songe à l'appeler par son vrai nom.

— Vous voulez parler du *vrai* Maestro ?

— N'en cherchez pas d'autres.

— Celui de Cinecittà ?

— Qu'est-ce que vous croyez, là-bas j'étais un prince, mes petits gars !

En clair, Louis Stanick aurait travaillé avec...

Impossible ! Cela fait bien dix ans que le Maestro ne fait plus rien, s'il avait écrit un de ses films avec un scénariste français, j'en aurais entendu parler, je l'aurais lu dans les dizaines d'ouvrages consacrés à l'un des plus grands génies de l'histoire du cinéma.

Impossible.

— Un jour, je vous raconterai tout ce qui me lie à lui. Mais nous avons une Saga à mettre en marche d'ici-là.

Comme si Louis venait de l'appeler, Mathilde est arrivée fraîche et souriante, peut-être à l'idée de nous revoir. Elle sent toujours aussi bon, comme une odeur naturelle qui se ferait passer pour un parfum. Après nous avoir salués, elle a déballé quelques affaires, un bloc de papier, une bouilloire à thé et une espèce de lampe kitsch qui sert à avaler la fumée de cigarettes.

— Ce n'est pas pour moi que j'allume ça, c'est pour vous. Je fume le cigarillo.

En la voyant telle qu'elle est vraiment, enfin débarrassée de ses appréhensions, on découvre un joli visage blond, des cheveux impeccablement noués dans la nuque et une robe en vichy rouge qui lui donne l'air d'une amourette de campagne. Jérôme s'est lavé les mains au lavabo des toilettes puis s'est installé à califourchon devant un écran pour lui faire cracher ce qu'il avait dans le ventre. Fin prêts, nous nous sommes tous retournés vers Louis, comme si le coup d'envoi ne pouvait être donné que par lui.

— J'ai entre les mains les deux feuillets qui constituent le cahier des charges de cette Saga. J'ai bien dit : deux feuillets. Il est difficile de faire plus ridicule. Vous pouvez vous en épargner la lecture, je vais vous résumer :

1. Aucune scène d'extérieur.

2. La totalité de chaque épisode devra se dérouler en tout et pour tout dans quatre décors qui restent à déterminer.

3. Pas plus de dix personnages dans tout le feuilleton et jamais plus de six par épisode.

4. Si vous respectez les points 1, 2 et 3, vous avez une totale liberté de manœuvre pour les scripts.

Mathilde esquisse un sourire mi-gêné, mi-amusé,

tout ceci doit lui paraître bien étrange. Quatre-vingts épisodes avec six personnages. À part un tournoi de ping-pong, je ne sais pas ce qu'on va pouvoir inventer pour les occuper. Jérôme demande si un cadavre compte pour un personnage.

— N'exagérons rien, ils peuvent prendre un éclairagiste pour faire le mort, dit Louis.

Jérôme nous explique qu'il a une grande habitude du massacre dans ce qu'il écrit. Il ne peut s'empêcher de parsemer ses scripts de macchabées, sans oublier une ou deux explosions pour donner du liant à l'ensemble. Louis, un poil narquois, lui demande si ses scénarios ont déjà été tournés et Jérôme baisse tout à coup les yeux.

Gêne…

Pas besoin d'être grand clerc pour comprendre qu'il s'agit d'une bourde. Louis, sans doute le plus confus des deux, embraye comme si de rien n'était.

— Là il faudra vous contenter d'un seul mort. On pourra éventuellement rajouter des blessés, avec des pansements, mais Séguret ne nous accordera rien de plus.

— Qu'est-ce que ça peut bien faire, après tout, puisque personne ne regardera, répond Jérôme.

— Six personnages sur quatre mois de diffusion quotidienne, dis-je, on risque de les épuiser très vite.

— On peut leur jouer ça façon Beckett, dit Louis. Deux pékins assis autour d'une caisse en bois, de la dérive verbale montée en boucle, et de temps en temps, l'un des deux se brosse les dents pour mettre un peu d'action.

— Je ne vois pas ce qui vous fait peur, dit Mathilde. Vous m'en laissez deux dans une chambre à coucher, si possible un mâle et une femelle, et je vous descends un bon paquet de quotas à moi toute seule.

Dit avec un tel aplomb, ça ne peut qu'être vrai.

Un bruit sinistre nous parvient de l'estomac de Jérôme. Il essaie de le cacher en portant une main à son ventre.

— Nous n'avons droit ni aux notes de frais ni aux tickets restaurant, dit Louis. En revanche, un crédit nous est ouvert chez Fly Pizza, il suffit de téléphoner.

Jérôme décroche le téléphone illico. Dans le couloir, je vois passer une créature étrange, monstrueusement étrange, à la limite de la beauté et de la catastrophe naturelle. Personne ne l'a remarquée et je préfère ne pas la montrer du doigt, persuadé d'avoir une hallu. Deux autres femmes géantes la suivent de peu. Le film avec les nains me revient en mémoire.

— Cette Saga me perturbe plus que je ne l'aurais cru, dit Louis. Depuis trente ans que je crapahute dans ce métier, c'est bien la première fois qu'on me demande de faire n'importe quoi, et donc forcément, tout ce qui me passe par la tête. Tout ce dont j'ai envie. Mine de rien, ça fait quelque chose. Je ne sais pas encore s'il s'agit d'un cauchemar de médiocrité ou d'un rêve tardif.

— Vu ce qu'ils nous payent, je pencherais pour le cauchemar de médiocrité, dit Jérôme en guettant le livreur par la fenêtre.

— Nous en avons déjà parlé, Louis, je ne peux pas encore me résoudre à écrire de la merde à mon âge.

— Marco, Marco, ne comptez pas sur cette Saga débile pour vous faire un nom !

— Peut-être, mais elle me permettra de vivre, même petitement, de mon métier. C'est déjà un bonheur. Ce matin, je me suis réveillé comme un scénariste, je me nourris comme un scénariste, j'ai déjà des habitudes et des soucis de scénariste, parce que depuis ce matin, je suis un scénariste, nom de Dieu.

Je ne sais pas ce qui m'a pris de dire une connerie pareille. Peut-être était-ce une connerie de scénariste.

— Dans ce cas, il n'y a plus une minute à perdre, on se met au boulot fissa, dit Louis. Ce jour est à marquer d'une pierre blanche. Nous sommes le… ?

— 29 septembre.

— Essayons de faire en sorte que ce 29 septembre reste historique. Après tout, l'Histoire, c'est un peu notre boulot.

*

Deux heures plus tard, la Saga n'en est pas encore au stade de la gestation, mais nous, ses géniteurs, avons franchi la première étape de l'approche amoureuse avant la grande copulation. Une approche cauteleuse, faite de regards appuyés qui s'étudient les uns les autres, de propositions hésitantes, au risque du ridicule. Nous avons fait comme tout le monde, partir des évidences et des lieux communs pour nous en éloigner avec un délicieux sentiment d'interdit. Entre nous quatre, il a très vite été question d'argent, de violence, et surtout, de sexe. Nous n'avons rien inventé sur les thèmes de départ, mais ils ont l'avantage d'être là sans qu'on les cherche. Sans être astreints à séduire autrui, il reste le plaisir de nous faire rêver nousmêmes, dernier rempart contre l'ennui et la mauvaise humeur. Prendre du plaisir à imaginer un tombereau de fariboles, c'est trouver d'emblée une dynamique de travail à long terme. Une tendance s'est affirmée tout de suite : ne refuser aucune proposition, si farfelue soit-elle.

En partant vaguement de la suggestion imbécile de Séguret, nous avons situé le tout dans un immeuble moderne avec un palier où se croisent deux familles. L'une d'elles est parfaitement classique, le père est cadre, la mère fait un mi-temps dans une association caritative, la fille aînée est étudiante en philo et le fils de seize ans redouble sa seconde. L'autre famille est plus atypique, voire foldingue, elle est revenue depuis peu en France après avoir passé vingt ans aux États-Unis (idée de Jérôme). Le père est le guitariste d'un groupe de rock qui a eu son heure de gloire dans les années soixante mais continue de tourner. La mère est la secrétaire d'un éditeur de livres d'art, leur fils de vingt-cinq ans veut être flic à Interpol (il est en train de passer les concours) et sa sœur de quinze ans est une surdouée (dotée d'une intelligence supérieure, aucun des siens ne peut la comprendre. Idée de Mathilde que nous n'avons pas essayé de discuter, elle se démer-dera avec). Tout ça n'étant absolument pas définitif mais une vague base de concertation. Il est presque 15 heures quand, pour nous détendre, nous comman-dons d'autres pizzas en cherchant des noms pour tous ces braves gens. Pour la famille lambda, quelques-uns ont fusé : les Martinet, les Portier, les Tisseron, les Garnier, et bien d'autres.

— Je veux bien éviter toute connotation xéno-phobe ou religieuse, mais il ne faut pas non plus exa-gérer, on peut trouver mieux, a dit Louis.

J'ai évoqué mes voisins de palier qui ressemblent un peu à ceux-là, ils ont une Safrane bleue qui ne dépasse jamais les trente à l'heure et s'appellent *Avoine*. Ceux

de Mathilde s'appellent *Durand-Cochet*. Avec mes
Avoine, j'ai eu l'air ridicule.

— Qu'est-ce que vous pensez de «Matignon»? a
demandé Jérôme. Serge et Claudine Matignon. Tout
le monde a envie de savoir quels emmerdements peut
avoir la famille Matignon.

— Impossible! a dit Mathilde, c'est le nom du
vieux monsieur qui vient tenir compagnie à ma mère
depuis que papa nous a quittées.

— Serge?

— Non, pas Serge, mais c'est tout de même gênant.

— Il est insomniaque? a demandé Jérôme.

— Non, pourquoi?

— Il prend son petit déjeuner à 4 heures du matin?

— Non.

— Son magnétoscope a été frappé d'une malédic-
tion et se déclenche tout seul en pleine nuit?

Elle hausse les épaules.

— Alors comment voulez-vous que votre Matignon regarde cette Saga à la con? Il n'en saura jamais
rien, c'est là notre drame. Vous pourriez même dévoiler son prénom, son numéro de sécu, les petits mots
doux qu'il susurre après l'orgasme, tout, parce qu'il
n'entendra jamais parler de nos histoires.

— On fait tout ce qu'on veut, Mathilde, on nous
l'a assez répété!

— J'ai dit: pas de Matignon.

— FRESNEL, ça vous va? propose Louis. Personne
n'a culbuté ou égorgé ou fait chanter un Serge ou une
Marie Fresnel? Bon, c'est réglé. Les voisins américains, on les appelle comment?

Jérôme a suggéré Callahan, c'est le nom de Clint
Eastwood dans *Dirty Harry*. Pour faire un heureux à

bon compte, nous acceptons à l'unanimité. Nous aurons
donc Walter et Jane Callahan, et leurs enfants Jonas et
Mildred.

FRESNEL *versus* CALLAHAN.

Que les meilleurs gagnent !

— Vous vous rendez compte qu'on va vivre avec
eux pendant des semaines et des semaines ?

— On ne choisit pas ses amis, on choisit sa famille.

*

Les deux décors se sont imposés d'eux-mêmes : le
salon des Fresnel et celui des Callahan, impossible de
tirer plus à l'économie. Les deux autres décors ne nous
sont pas utiles pour l'instant, il faut d'abord savoir où
nous conduisent ces huit individus. D'heure en heure
les choses se sont affinées. Mathilde nous a demandé
pourquoi nous tenions tant à avoir des couples. Pourquoi ne pas imaginer au contraire les couples que
nous aimerions voir se former sans que ce soit clairement défini au départ ?

Serge Fresnel, le mari de Marie, est donc mort aussi
vite qu'il est né. Marie ne s'est jamais remariée, et ses
enfants ne sont pas pressés d'avoir un nouveau père.
Pour remplacer Serge, nous avons créé Frédéric dit
« Fred », c'est le propre frère du défunt, un doux dingue
hébergé par Marie et ses enfants. Fred est inventeur et
sort rarement de son atelier (sauf pour nous tirer de certaines impasses). Un inventeur, ça plaît toujours. Les
gosses, Bruno (le cancre) et Camille (l'étudiante en
philo) sont encore embryonnaires.

Walter Callahan, lui, est père célibataire. Il a eu ses
deux enfants avec une certaine Loli qui les a quittés

après avoir accouché du second. Elle ne donne jamais de nouvelles, on ne sait pas où elle est ni ce qu'elle fait, nous la ressortirons au moment crucial. Louis a tenu ferme sur l'idée du départ mystérieux de l'ex-madame Callahan, on aurait dit un combat contre un vieux démon personnel. Je ne sais pas si avec tout ça nous donnons une image très fiable de la famille. À quoi bon, du reste, puisque aucun parent ne s'identifiera jamais aux nôtres. Les cœurs solitaires vont pouvoir se rencontrer. Marie Fresnel et Walter Callahan ont quatre-vingts heures devant eux pour lorgner l'un vers l'autre.

Pour l'épisode n° 1, Louis nous a proposé un peu de travaux pratiques, histoire de nous dégourdir les doigts. Il s'agissait d'écrire en quelques lignes la trame générale de l'épisode et de choisir certains éléments chez chacun de nous. Il ne faut jamais oublier que notre liberté est totale, a fortiori du point de vue de la méthode. Vu la destinée de cette Saga, il faut au contraire bousculer toute idée d'orthodoxie, puisque personne ne s'en plaindra.

— Économisez-vous, dit Louis, un épisode *Pilote* sert surtout à présenter les personnages et les lieux. Souvenez-vous que pour chacun de nous, ces cinquante-deux minutes de calembredaines vont nous rapporter des cacahouètes, ce n'est pas la peine de réécrire *Autant en emporte le vent*, O.K. ?

*

Nous avons lu avec précision le travail des autres. Là encore, les sensations que m'inspire cet exercice sont d'ordre amoureux. Les amants enfin nus osent se montrer tels qu'ils sont. Ils ont une manière de dire : *moi, je suis comme ça, voilà ce que j'aime, avec tout ce que ça peut avoir d'obscène ou de désuet*. Le tout nous a pris deux bonnes heures. D'emblée nos styles s'affirment dans leur expression la plus immédiate, nous savons désormais de quels matériaux sera faite notre Saga. Et pour l'instant, rien n'est incompatible.

Mon synopsis donne à peu près ceci :

Marie Fresnel est criblée de dettes. Sa famille sera bientôt à la rue, sauf si elle décide de céder aux pressions de tous les hommes qui l'entourent.

Le nouveau voisin est de ceux-là. Alcoolique depuis la disparition de sa femme Loli, Walter Callahan n'a pas encore trouvé de raison valable pour arrêter de boire. Ex-anarchiste et musicien de rock, il ne parvient même plus à dialoguer avec ses enfants : Jonas est devenu flic et Mildred est bien trop intelligente. Bruno Fresnel, le jeune voisin de palier, frondeur et turbulent, aurait été un fils idéal. Walter Callahan propose donc à Marie Fresnel d'échanger leurs enfants pour le bien de tous. Mais Marie doit d'abord en parler à S.O.S. Amitié, et sa fille Camille (l'étudiante en philo) à son psychanalyste.

Leur sympathique embrouillamini familial n'est rien en comparaison des desseins machiavéliques de Fred, le beau-frère de Marie. Fred, l'inventeur incompris, est un être torturé, rongé de solitude. Son électrocaptateur affectif n'est pas foutu de fonctionner correctement. Il cherche donc la perte de ceux qui l'entourent. Pour se venger ? Par démence pure ? Personne ne le sait encore. Il a

équipé son appartement et celui des voisins de caméras et de micros afin de contrôler leurs faits et gestes, intercepter la moindre information qui circule. Pour satisfaire ses bas instincts?

Je suis peut-être le plus inhibé des quatre, le moins sûr de moi. Je me suis donc raccroché aux principes de narration qui me sont familiers en respectant au mieux les éléments de départ. Louis et Mathilde ont perçu dans mon texte comme une « noirceur insoupçonnable pour un jeune homme si volontaire ». Je ne sais pas ce qu'ils entendent par « noirceur ». Pour moi, rien n'est noir ou blanc, ne m'intéressent que les histoires écrues, gris souris et bistre. J'aime les compromis, les ambiguïtés, les êtres complexes, changeants, les héros pleins de lâcheté et les couards chevaleresques. Jérôme aime l'idée d'un Fred qui espionne son entourage avec un matériel sophistiqué, mais Séguret ne nous accordera jamais les moyens de la mettre en place. En revanche, Louis pense que S.O.S. Amitié et le psychanalyste de Camille nous permettront de meubler quand nous serons à court, et pour pas cher.

On se demande comment Jérôme a réussi à pondre son texte. Il est incapable de rester en place, entre un morceau de pizza froide, la machine à café et les clopes qu'il va piquer chez les assistantes de Prima. Pendant les rares moments où il tape sur son clavier, j'ai l'impression qu'il massacre un jeu vidéo.

Jonas Callahan (le fils flic de Walter) sonne à la porte des Fresnel en gardant un œil sur Bruno, menotté, qu'il vient d'arrêter pour le vol d'une icône dans une église. Marie Fresnel n'est pas là,

c'est Camille qui plaide la cause de son délin-
quant de frère. Jonas, séduit, propose d'échanger
la liberté de Bruno contre un baiser. Troublée par
ce jeune flic fou, Camille l'embrasse. Au moment
où elle lui dit qu'elle préfère ne plus le revoir, il
sourit et entre dans l'appartement d'en face. Elle
comprend qu'il est son nouveau voisin de palier.

Marie veut remercier Jonas de lui avoir ramené
son fils et invite tous les Callahan chez elle. Mildred, curieuse comme tous les surdoués, s'aventure dans l'appartement et aboutit dans une pièce
fermée d'où parviennent des bruits étranges,
comme des cris ou des feulements de fauve.

Toute la famille Fresnel se précipite pour l'empêcher d'ouvrir. À son regard on comprend
qu'elle n'en restera pas là.

Dans l'atelier de Fred, une main gantée appuie
sur le bouton d'un mécanisme et le pose contre le
mur contigu à l'appartement des Américains.

Les Fresnel ne seraient-ils pas beaucoup plus
givrés que les Callahan ?

Long sifflement entre les lèvres de Louis.

— Vous êtes le roi du *teaser*, mon petit Jérôme.

— Du quoi ? a demandé Mathilde.

— La scène d'accroche, celle qui visse le spectateur sur son fauteuil.

— Si vous aviez lu celle que j'avais écrite pour *Le
requiem du chaos*, dit Jérôme. Il y avait un massacre
dans une fête foraine dans les quatre premières minutes,
ils avaient eu besoin de l'autorisation de la préfecture,
du ministère de la Défense et de la S.P.A., le tout sous
contrôle des pompiers et des C.R.S.

— *Le requiem du chaos* ? Jamais entendu parler.

— Ils ne l'ont jamais tourné, pourtant un beau paquet de thunes venait de toute l'Europe. Soi-disant qu'un ministre aurait eu la trouille au dernier moment.

— J'aime bien la pièce interdite avec des feulements. Vous savez déjà ce qu'il y a dedans ?

— Aucune idée.

Pour l'épisode Pilote, nous avons largement de quoi faire et il serait fort sage de mettre des biscuits de côté pour les jours maigres.

Au tour de Mathilde de s'y coller. Elle est allée se servir un café, histoire de nous laisser le temps de lire.

Bruno Fresnel est un garçon secret qui passe trop facilement pour un cancre aux yeux de sa famille. La seule à avoir deviné que sa vie intérieure est bien plus riche qu'il n'y paraît, c'est Mildred, la brillantissime fille des nouveaux voisins américains, les Callahan.

Bruno et Mildred concluent un pacte : ils uniront leurs efforts pour mettre au point une stratégie qui rendra heureuses leurs deux familles. Les objectifs majeurs : créer le couple parental, Marie et Walter, qui est fait pour se rencontrer. Puis créer le couple Jonas/Camille, le flic et la belle intellectuelle.

Le crétin et la surdouée vont-ils réussir ? Il se rendent compte que leurs chambres sont mitoyennes et percent un trou qui leur permettra de communiquer de nuit comme de jour.

Ils ne se doutent pas que Fred est amoureux depuis toujours de Marie, sa belle-sœur. N'obtient-il pas le maximum, chaque fois qu'il fait le test sur cette machine à mesurer la passion qu'il a inventée rien que pour elle ?

De son côté, Marie est habitée par un doux mystère. Une fois de plus elle trouve un gigantesque bouquet de fleurs sur le palier. Une carte l'accompagne : « *Il ne tient qu'à vous.* » La carte est signée : « *Votre admirateur inconnu* ». Elle range les fleurs dans sa chambre, qui en est pleine.

Tout ça m'a fait penser à une dizaine de chansons des Beatles. Mathilde a une drôle de façon d'abattre ses cartes, sans bluff, mais consciente de ses atouts. On sent derrière son synopsis toutes les potentialités des challenges amoureux, pas lénifiants, et porteurs de dangers sous-jacents. Elle sait ce que nous attendons d'elle : de la dextérité pour verser le sirop sur des gâteaux au miel.

— Pour l'instant on peut retenir l'admirateur inconnu et le trou creusé dans les chambres mitoyennes.

— Le mec amoureux de la femme de son frère défunt, ça me tirerait presque une larme, dit Jérôme.

Mathilde a répondu que la vie même était faite de ce genre de choses.

Louis a appuyé sur un bouton pour nous envoyer son texte.

Camille vient de passer sa thèse de doctorat de philo sur Heidegger, Schopenhauer, Cioran et quelques autres. D'une nature déjà très pessimiste, cette thèse n'a fait qu'encourager ses penchants morbides. Camille veut mettre fin à ses jours avec le secret dessein de faire de son suicide quelque chose d'exemplaire.

Seule peut la comprendre sa nouvelle voisine, Mildred, qui, bien que plus jeune qu'elle, est déjà terriblement mature. L'idée fixe de Mildred, c'est de ne plus être vierge : elle veut à tout prix faire correspondre son âge physique à son âge mental.

Walter Callahan croise dans l'ascenseur Marie Fresnel. Cette rencontre le chavire, et Marie sent l'étrange trouble qu'elle crée en lui, mais peut-elle se douter qu'elle ressemble terriblement à Loli, la mère des enfants Callahan, disparue il y a si longtemps ?

Jonas a noté l'inclination de son père pour la voisine. Il décide d'enquêter sur Marie. Et surtout, sur Serge, feu son époux, qui n'est peut-être pas mort comme on l'a dit…

Fred, l'inventeur, a décidé de ne plus sortir de son atelier, il est de plus en plus irritable et personne n'a le droit de pénétrer dans son domaine. Fred est sur le point d'inventer quelque chose qui peut donner un grand espoir à l'humanité. Mais aussi la précipiter dans la tourmente.

Louis vient de nous fournir une base de travail qui pourrait être le Pilote à lui seul. J'aime ce ton qui oscille entre mystère et désespoir, avec juste la petite pointe d'ironie qui emporte le tout. Curieux, ce contraste entre l'individu et ce qu'il écrit. Le gars est jovial, positif. Son style est retenu et presque secret. Quand je lui dis que question noirceur, il n'a rien à m'envier, il répond que ses drames et les miens sont de nature très différente. Lui croit à la fatalité, et moi pas.

Je me suis promis d'y réfléchir.

Il est 21 heures et nous venons à peine de finir la

synthèse de nos quatre textes. Il fait nuit, nous sommes sans doute les derniers dans l'immeuble. Louis nous distribue des doubles de clés, au cas où l'un de nous aurait envie de travailler seul, ou besoin de trouver un toit, une tasse de café, ou un collègue dans le même cas.

Au bout de quelques nuits le sommeil m'est revenu. Il m'arrive même de débrancher la machine mentale pour refaire des petites choses quotidiennes : me nourrir, changer de chemise ou inviter Charlotte à dîner. Comme avant.

— Je te préférais insomniaque.

Pourtant il faudrait que je note tout de suite cette idée de médium qui sait évaluer la théorie du 1 %. Je l'ai eue sur le chemin et je vois très bien ce que je pourrai en faire d'ici cinq ou six épisodes.

— Tu m'entends ? Je préférais quand tu étais insomniaque !

— Tu as un stylo, amour ?

Hier nous avons livré les épisodes 1, 2 et 3, les premières réactions doivent arriver demain. Le n° 4 est bien avancé, j'ai des suggestions à faire sur un neuvième personnage qu'il nous reste à créer. Je vois plutôt un homme d'âge mûr, reporter au long cours qui fait escale chez les Fresnel quand il passe à Paris. En revanche, je ne suis pas très fier d'un dialogue entre Mildred et Bruno, écrit à la va-vite cet après-midi.

— Je ne me suis plus lavée depuis trois jours pour sentir la femelle en rut.

L'ambiance au sein de l'équipe est d'un calme inespéré. Quand il y a comme un différend dans l'air, nous attendons tous le petit vent frais qui vient balayer la menace d'un orage. Soit nous avons trop besoin d'argent, soit nous avons su laisser notre ego à la porte.

— Stanick a téléphoné, il veut que tu passes au bureau à 4 heures du matin.

— Tu ne pouvais pas le dire plus tôt !

Charlotte sait ricaner sur commande avec une rare conviction, une vraie performance de comédienne. Elle sait à quel point je déteste ça.

— Parce que en plus tu y crois ! Le plus ridicule là-dedans, c'est que je ne peux même pas me confier à ma meilleure amie, je ne me vois pas en train de lui raconter que mon mec me trompe avec une Saga, qu'il rêve d'une Saga, et qu'il m'appelle Saga quand on fait l'amour.

— Tu charries, je n'ai jamais fait ça…

— Évidemment, on ne fait plus l'amour.

— Tout de suite, si tu veux…

— Chiche.

La chienne ! Je savais qu'elle dirait ça.

— Note, on n'est pas obligés non plus.

— Marco…

J'aimerais autant éviter ce genre de conversation dans un restaurant. Pour une fois qu'on sort ensemble, bordel.

— Ça te dirait de venir visiter le bureau, amour ? J'en profiterais pour relire un truc qui me chiffonne.

— Dis-moi que tu plaisantes…

— Ils nous ont livré une télé géante avec toutes les chaînes du câble.

— Ne me dis pas qu'il y a aussi un canapé et une machine à café.

— Bien sûr.

— Alors tu as tout ce qu'il faut pour y passer la nuit.

Elle se lève aussi sec et quitte le restaurant sans même un regard vers moi. La jalousie lui va tellement bien que pendant une seconde j'ai envie de la suivre.

Je n'aime pas me fâcher avec Charlotte mais ce sont pourtant les seuls moments où je réalise à quel point je suis dingue d'elle. Elle a ce genre de beauté qui laisse indifférents quatre-vingt-dix-huit hommes sur cent, mais qui fascine les deux qui restent. Je suis l'un d'eux, et par chance, l'autre ne s'est jamais manifesté. D'ailleurs je ne comprends pas comment on a pu la laisser en paix jusqu'à notre rencontre.

Elle doit tourner le coin de la rue, cette garce.

Je me souviens même d'avoir éprouvé une étrange inquiétude la première fois que je l'ai regardée. Je me suis dit que si par malheur elle n'était pas libre, je consacrerais ma vie entière à la débauche sans jamais me lier à personne.

Elle entre dans la bouche du métro Saint-Sébastien.

Des bras rachitiques, des tâches de rousseur partout. Pour accentuer son côté feuille morte elle se teint les cheveux au henné et ne porte que des choses brunes. Des jambes splendides. C'est ce qu'elle a de mieux, les jambes. Elle le sait. Quand elle m'a proposé de vivre sous le même toit j'ai répondu oui, à condition qu'elle arrête de porter des minijupes. Elle m'a traité d'un tas de noms d'oiseaux mais j'ai obtenu gain de cause.

Elle doit monter dans une rame sans même regarder si je l'ai suivie.

Il n'est pas question que je lui coure après. Jalouse d'un feuilleton ? Ridicule ! Vingt fois je lui ai dit que Saga était la chance de ma vie mais cette folle refuse de comprendre. Je suis en train de devenir un scénariste, un vrai, et c'est tout ce que ça lui fait. Un scénariste, nom de Dieu ! Si elle est un peu patiente, dans quelques mois, j'en serai un.

*

Les mains dans les poches, j'ai flâné dans la ville en me demandant ce que les trois autres pouvaient bien faire passé minuit. J'ai imaginé Mathilde entourée de roses rouges, plongée dans un roman à lire ou à écrire. Jérôme en train de réciter par cœur les dialogues de *Terminator* dans un cinéma vide. Et Louis dans les bras de Morphée, en train de rêver à son cher Maestro.

Incapable de trouver la minuterie, je monte l'escalier dans le noir et longe un bout de couloir. Dans notre bureau, la télé scintille. Nous la laissons allumée sans le son pendant toute la journée, et personne n'a pensé à l'éteindre en partant. Je tâtonne vers le canapé pour trouver la télécommande. Dans un clip assez sexy, une fille s'enveloppe de draps mouillés.

C'est là que ma main touche quelque chose de vivant. Je pousse un petit cri absurde et fais un bond en arrière.

— Excusez-moi…

Une silhouette que je discerne mal, recroquevillée dans le canapé. Je pousse le variateur de l'halogène à fond. Un jeune type me regarde avec des yeux de coupable. Les mêmes que ceux de Jérôme la première fois que je l'ai vu dans ce bureau.

— Qui êtes-vous ?

— C'est mon frère… Il est au drugstore…

Il reste là, vautré dans le canapé, après avoir tenté une ou deux fois de se redresser.

— Vous vous appelez Durietz ?

— Tristan.

— Vous êtes plus jeune que Jérôme.

— Trois ans.

— Moi c'est Marco, vous voulez un café ?

Il dit non de ses yeux tristes, irrésistiblement attirés par l'écran. Il ne demande qu'à rester peinard devant sa télé avec le zappeur en main, et je comprends ça. On n'a rien inventé de mieux que la petite fenêtre sur le monde pour l'oublier pendant quelques heures, le monde. D'un signe je fais comprendre à Tristan que je n'ai pas l'intention de le déranger. Sur quoi, j'allume mon ordinateur.

Je me souviens de la réaction de Séguret quand Jérôme a demandé une avance pour acheter des médicaments à son frère. « *Vous n'en faites pas un peu trop ?* » Je pensais moi aussi qu'il tentait un coup que n'aurait pas osé Dickens. Comme quoi, quand un scénariste parle du réel, personne n'y croit.

Je parcours la scène entre Mildred la surdouée et Bruno le cancre. Quelque chose déconne depuis le début entre eux deux et je n'arrive pas à trouver quoi. Il faut laisser à Mildred son côté pervers, mais j'aimerais aussi qu'elle soit attachante. Pas seulement une Savonarole de H.L.M. Lui, il faudrait qu'on le sente plus attiré par elle, physiquement. Il y a peut-être un moyen de bricoler autre chose.

12. CHAMBRE MILDRED.
INTÉRIEUR. JOUR

Mildred est allongée dans son lit, sous une grande affiche du *Fantôme de l'Opéra*. Bruno regarde par le trou dans le mur qui communique avec sa propre chambre, et s'en amuse, une cigarette à la main.

BRUNO : Tu as mon plumard en plein dans ta ligne de mire, tu t'emmerdes pas !

MILDRED : Ne t'inquiète pas, je sais que les ados ont besoin de leur intimité plus que les autres. J'en ai été une, moi aussi.

BRUNO : Pour moi, on a le même âge, tout intelligente que tu sois.

Il s'approche d'elle, s'assoit sur le rebord du lit et pose lentement sa main sur le mollet de Mildred. Elle le repousse fermement, il hausse les épaules.

BRUNO : Et qu'est-ce qui te dit qu'hier soir je ne t'ai pas vue, toute nue, en sortant de ta douche ?

Mildred se dresse sur le lit, les yeux graves.

MILDRED : C'est faux ! Tu m'aurais parlé des cicatrices !

BRUNO : Quoi ?

MILDRED : Tu connais la légende de la Méduse ? Celle qui rend fou ceux qui la regardent en face. C'est ce qui arrive à tous ceux qui m'ont vue nue.

BRUNO : Qu'est-ce que c'est que ce délire !

MILDRED : C'est comme ça depuis l'incendie de la maison de Bel Air. Je dormais tranquillement dans cette espèce de lit à baldaquin...

BRUNO : Quoi ?

MILDRED : Remarque, je n'ai rien senti, les vapeurs toxiques m'ont plongée dans un semi-coma qui a duré plusieurs jours. Il paraît que les moustiquaires ont fondu autour de moi, brûlures au quatrième degré. Il leur a fallu un temps fou pour m'enlever tout ça sur la table d'opération. (Elle pose les mains sur les parties de son corps qu'elle énonce.) La peau de mes jambes ressemble à du fromage sur de la pizza, je suis marquée au fer rouge sur la hanche droite, comme une vache texane, c'est un ressort du matelas rendu incandescent, et puis sur la poitrine, j'ai des choses... je ne sais pas comment les décrire... Des cloques et des cavités bizarres... Il paraît que je dois attendre encore cinq ou six ans avant de montrer ça à un chirurgien plastique, mais je ne sais pas si je le ferai, j'y suis attachée à ce corps, après tout.

Bruno se lève, défait, et se précipite vers la porte.

BRUNO : T'es qu'une folle ! Pas un mot de vrai, pas un !

MILDRED : À toi de vérifier, si t'en as le courage, petit voyeur.

Il claque la porte.

— Marco ?

Je lève le nez de l'écran, un peu dans les vapes. Jérôme, un sac de papier kraft à la main, l'air penaud. Je commence à m'habituer à sa silhouette dégingandée et à son regard fatigué avant l'âge. Si le gouvernement lançait une campagne de propagande antiaméricaine, on se servirait de lui comme portrait-robot. Même dans le Bronx on ne porte pas le jean troué avec tant d'ai-

sance, sa gestuelle ferait passer un rapper pour une
cariatide, et ses jurons yankees ont de quoi faire rougir
les maquereaux de la 42ᵉ Rue. On pourrait croire que
tout ça est finement imité mais il n'en est rien : Jérôme
est *né* comme ça, et quand il prétend n'être jamais sorti
de Paris, je ne peux pas le croire. Son frangin ne s'est
même pas aperçu de son arrivée et regarde paisiblement un téléfilm.

— D'habitude il est dans un institut, mais je ne
peux plus payer depuis six mois.

— Tu n'as pas besoin de me raconter.

En réalité, j'ai besoin qu'il me raconte, par curiosité,
mais pas seulement. Je veux comprendre comment on
peut se retrouver à la rue, avec un frère pas très solide
sur le dos, sans savoir qu'en faire. Jérôme me tend une
bouteille de bière fraîche qu'il vient de sortir du frigo
de l'épicier d'en face. J'ai rincé deux gobelets. L'idéal
aurait été un alcool fort, la petite gorgée qui brûle et
donne une âme aux conversations de garçons. Jérôme
fait avaler deux cachets à Tristan avec une gorgée de
bière et me rejoint à la table de travail.

— Il a la maladie de Friedreich, c'est une paralysie
des membres inférieurs qui s'aggrave d'année en
année. Il n'a que quelques minutes de mobilité par
jour. Il doit se reposer et prendre des décontractants
musculaires à heures fixes. Il a juste besoin d'un coin
pour s'écrouler, c'est tout. Dès que nous serons payés,
je pourrai le raccompagner aux Noriets.

Il en parle avec le détachement de celui qui déteste
le drame, tous les drames, ceux de la vie, ceux qui ne
provoquent jamais aucun rebondissement. Je lui ai
proposé un peu de fric, juste le temps de voir venir,
mais il refuse.

— Si j'avais mes quatre millions de dollars, je l'ins-
tallerais à Malibu avec une ou deux nurses splendides.

— *Tes* quatre millions de dollars ?

Il l'a dit avec intention et j'ai mordu à l'hameçon
tout de suite. Je sens que Jérôme a une terrible envie
de se confier. Il se penche à mon oreille, grave.

— *Deathfighter*, ça te cause ?

Deathfighter ? Trois millions de spectateurs Paris/
Périphérie en huit semaines. Quatre oscars dont le
premier à Schwarzenegger comme meilleur acteur. Il
pleurait à la remise, c'était beau à voir. On aurait pu
tout aussi bien le donner à Stallone. Sur le territoire
américain, le film va approcher le record mythique de
E.T., et le merchandising va rapporter plus que celui
de *Batman*.

— *Deathfighter,* c'est moi.

Un autre l'a déjà fait, il y a longtemps, avec le personnage d'Emma Bovary. À l'époque, peu l'ont cru.

*

Je suis rentré me glisser sous les draps de ma belle.
Quand j'ai vu son dos magnifiquement distant, j'ai
freiné la paume de ma main et me suis blotti à quelques
centimètres, sans la toucher. Est-ce ma faute si j'ai la
tête ailleurs ? J'ai envie de la réveiller pour lui dire de
ne pas faire attention à moi. Lui dire qu'en ce moment
je n'ai rien de spécial à lui dire, que je pense à d'autres
gens qu'elle, des êtres de fiction qui ne sont pas dignes
de la moindre jalousie. Et que je l'aime toujours autant.
Et que j'ai toute une vie pour le lui dire.

Mais je n'ai pas su.

*

Mathilde embellit de jour en jour. On a envie de la prendre sur ses genoux pour écrire des dialogues à deux, sans prononcer le moindre mot, à la manière des amoureux qui lisent le même livre et s'attendent au bas de la page. Elle est fraîche du matin au soir et sent dramatiquement bon. Qu'elle soit là ou pas, son essence nous enveloppe tous les trois et nous fait lever le nez. Les premiers temps, elle a réussi à nous faire oublier qu'elle était la seule femme du groupe mais depuis quarante-huit heures c'est peine perdue. Elle porte en elle la mémoire de cent dames de cœur et la vie de mille maîtresses qui apparaissent à son insu. Le travail s'en ressent : chacun en abat trois fois plus.

— Il y a une explication à ça, nous a dit Louis un soir où elle est partie plus tôt. Au Moyen Âge, quand on devait cautériser une plaie à vif, on avait besoin de dix hommes pour maintenir le malheureux en place, et ça se passait toujours dans la violence et la douleur. Mais on pouvait aussi demander à la plus jolie et la plus jeune fille du village de tenir les bras de l'homme pendant l'épreuve. En général, elle s'en tirait bien mieux que les dix autres. Sans Mathilde nous aurions peut-être une fâcheuse tendance au laisser-aller.

— Vous croyez qu'elle vit avec quelqu'un ? j'ai demandé.

— Pas l'impression, a dit Louis. Un soir je l'ai raccompagnée chez elle, elle m'a invité à prendre un café.

Celui que Jérôme et moi appelons en douce le « Vieux », capitaine d'équipage bien-aimé, nous a donné une énième preuve des privilèges de l'âge. Le couteau sous la gorge, nous l'avons contraint à TOUT nous dire sur l'univers de la mystérieuse Mathilde, reine de l'amour.

— Un intérieur d'une banalité formidable, le truc sobre, fonctionnel et décoratif. Vous avez l'air déçu…

— Évidemment qu'on est déçus.

— À quoi vous attendiez-vous ? Des meubles en bois de rose ? Des rideaux et des couvre-lits Laura Ashley ? Des coussins en forme de cœur ?

— Des fleurs partout et pas le moindre pétale par terre.

— Des Poulbot dans le vestibule, un gros flacon de *Loulou* dans la salle de bains.

— De la Marie Brizard et de la Chartreuse ! Une énorme souris en peluche !

— Un poster géant de Barbara Cartland !

— Vous délirez, mes enfants. Remarquez, pour vous consoler, j'ai quand même vu une photo des sœurs Brontë dans les toilettes.

Avec l'habitude, je commence à me faire une idée précise de qui sont mes partenaires et comment ils réagissent aux événements. Si nous ne prêtions pas attention aux signes que chacun émet durant les dix à douze heures de travail commun, nous pourrions dire adieu à notre belle entente. Louis cite son Maestro à tout bout de champ, il le fait avec tant de naturel et de précision qu'il est impossible de croire à une pure affabulation. Le soir, nous en parlons souvent avec Jérôme, quand il nous prend l'envie de faire des heures supplémentaires. Nous sous sommes rendus à l'évidence : Louis a bel et bien travaillé avec le maître. Comment, pourquoi, autour de quel film ? Je n'ose pas lui poser de questions trop précises et préfère le laisser nous dévoiler son histoire à la façon d'une strip-teaseuse qui sait mieux que personne comment réagit son public. Nous sommes rassurés à l'idée de l'avoir parmi nous, son rôle de capitaine se définit de mieux en mieux. D'un commun accord nous lui faisons confiance pour toutes les démarches auprès de la production. Il s'est occupé de nos quatre contrats en essayant de grappiller un maximum auprès de la chaîne et personne n'aurait pu faire mieux. Ce matin, il a enfin réussi à obtenir nos chèques et nous les distribue comme des bons points. Mathilde range le sien dans son sac sans regarder le montant. Jérôme pousse un râle de soulagement et embrasse le papier. De nous tous, c'est lui qui en a le plus besoin. D'après Louis, Séguret n'a absolument rien à dire sur notre ouvrage, il jette un œil très sommaire sur les épisodes et donne le tout à un assistant qui calcule le budget et fait le plan de travail. Le tournage du Pilote a commencé depuis hier. Objectif : mettre en boîte quarante-cinq minutes de film par jour au lieu des dix habituelles, ce qui augure de la qualité du produit fini. Personne n'a songé à nous présenter les acteurs ni même à nous envoyer leur photo. Nous sommes sûrs d'une chose, aucun n'est connu et les trois quarts sont à peine des professionnels. Séguret prétend que les talents « en devenir » ont tout à prouver. Il dit aussi qu'on peut faire des merveilles avec un figurant à qui on donne sa chance (« Voyez Marilyn Monroe ! »). Chaque acteur est payé cinq cents francs la journée. À ce tarif-là, un plombier ne se déplacerait même pas. Nous ne nous attendions pas à des miracles, mais chacun de nous a en tête une tirade, un dialogue qui lui est cher, une réplique pour laquelle il a rêvé d'un Laurence Olivier ou d'une Anna Magnani.

— Après tout, c'est comme ça qu'ils nous ont recrutés, j'ai fait. On leur laisse une chance.

Une série de bing a suivi et chacun s'est installé devant son écran. Tristan, la «Chose», est affalé devant le sien, la télécommande en main. Depuis dix jours, il n'a pas quitté le canapé et a réussi à se faire oublier. On pourrait le prendre pour une sorte d'animal à sang froid, dans les tons beige, les yeux mi-clos, totalement immobile. Il regarde la télé avec des écouteurs, se nourrit de pizzas sans faire d'histoires et garde la boutique jour et nuit. Il faut juste éviter de le regarder trop longtemps si on ne veut pas se laisser envahir par un spleen lancinant. Sinon, nous sommes plutôt contents de l'avoir avec nous. Et depuis que je sais que son frère pèse virtuellement quatre millions de dollars, je les considère tous les deux comme des proches.

Le Vieux a demandé si nous avions des modifications à faire sur l'épisode n° 4. Jérôme trouve que je suis allé trop vite sur l'enquête de Jonas à propos de la pièce interdite des Fresnel (où Mildred rêve de pénétrer). Dans une séquence, j'effleure l'idée d'un trésor caché sans donner de piste sérieuse. Ça peut être n'importe quoi, pas forcément des espèces trébuchantes mais plutôt quelque chose de non monnayable. Un nu de Van Gogh, une boîte de Pandore, un corps embaumé, un morceau de la vraie Croix. Jérôme imagine très bien l'arsenal perdu d'une guerre oubliée. Une pleine armoire de grenades quadrillées et de bazookas qui rouillent en attendant leur heure. Louis verrait plutôt un élément qui occupe la pièce entière, comme une imprimerie de fausse monnaie ou un laboratoire. Nous abandonnons vite l'idée, le laboratoire rappellerait trop l'atelier de l'inventeur. Mathilde n'a encore rien dit, je lui demande si elle a un avis sur la question, elle répond un «oui» qui veut dire «oui, mais c'est encore un peu flou, j'aimerais vous le proposer directement par écrit».

— À quoi pensez-vous ?

— ... C'est encore un peu flou, j'aimerais vous le proposer directement par écrit.

— Parfait. Mettons de côté la pièce interdite, dit Louis.

— On se relit la séquence 17 ? propose Jérôme.

Depuis le début, il ne se sent aucune affinité avec le personnage de Camille et songe à s'en défaire au profit d'un personnage de femme plus «toxique».

— Ça fait déjà quatre épisodes qu'on se trimballe cette morue !

— Nous en avons encore 76 à écrire et tu veux déjà en buter une ? On a tout le temps, non ?

— Supprimer Camille me paraît un peu intempestif, dit Mathilde. Jonas allait tomber amoureux d'elle.

— Et alors ? Il peut tomber amoureux d'une autre. Plus...

— Plus «toxique» ?

— Parfaitement.

Dès son tout premier synopsis, Louis voulait faire de Camille un personnage suicidaire.

— Le suicide offre tous les avantages : c'est raffiné, c'est chargé de sens, c'est *fin de siècle*.

— Je trouve ça un peu cruel pour les étudiantes en philo, dit Mathilde. On ne sait jamais, au moment de la diffusion, il y en aura peut-être une qui finira sa thèse en laissant la télé allumée pour avoir une petite présence dans sa chambre de bonne.

— Vous avez une imagination féroce, Mathilde, vous étiez faite pour ce job.

— On s'égare ! crie Jérôme. On la suicide, un point c'est tout. Reste à savoir comment.

Il s'entête mais Mathilde a décidé d'en découdre et tente tout ce qui est en son pouvoir pour sauver la malheureuse. Louis propose une solution équitable : Camille mourra si aucun de nous trois ne réussit à la sauver. Intrigué, Jérôme se propose de jouer le jeu et de voir ce que chacun de nous a à proposer pour épargner Camille. Louis s'y colle le premier, pour montrer l'exemple.

17. CHAMBRE CAMILLE.
INTÉRIEUR. SOIR

Camille porte une robe blanche, elle est assise dans un rocking-chair et regarde la nuit tomber, un livre à la main : *Les stoïciens*. Elle lit à haute voix un passage sur le suicide. De la commode, elle sort un revolver, arme le percuteur, et prend le canon dans sa bouche.

Soudain, on toque à la porte.

Elle va ouvrir en cachant le revolver dans son dos. Surprise, elle laisse entrer son oncle Fred qui s'assoit sur le lit, l'air accablé.

FRED : ... Tu sais, cette expérience sur laquelle je travaille depuis que tu es toute petite...

CAMILLE : Cette espèce de boîtier magique ? Le truc qui rend immortel celui qui le porte ?

FRED : Mon appareil est capable de ramener à la vie tout individu mortellement touché dans un délai d'une heure. Qu'il s'agisse d'une embo-

lie cardiaque, d'une rupture d'anévrisme, ou
même d'un accident violent, ma boîte peut…
comment dire… « revenir en arrière ». Mais maintenant que je suis sur le point d'aboutir, je réalise
enfin que je suis condamné à ne jamais la voir
marcher.

CAMILLE : Pourquoi ?

FRED : Parce que je ne peux pratiquer les tests
que sur un individu qui vient juste de mourir.

CAMILLE : Mais ! Les hôpitaux en sont pleins !

FRED (haussant les épaules) : À l'échelle de mon
invention, l'histoire de la médecine en est au
Moyen Âge. Tu voudrais qu'on me brûle comme
une sorcière ? Einstein disait qu'un préjugé est
plus difficile à briser qu'un atome, et la mort est
le tabou suprême. En plus, il faudrait que je sois
là, à la minute près, c'est impossible…

CAMILLE (grave) : Et quel serait le cobaye idéal,
pour toi ?

FRED : L'idéal ? (Il se met à rêver.) Ce serait…
Un individu qui se suiciderait de toutes les
manières possibles, sous mon contrôle, et que je
ramènerais à la vie, encore et encore, à chaque
essai ! Mais combien de temps me faudra-t-il pour
le trouver ? Pour le convaincre de faire équipe
avec moi ? Je mourrai sans doute avant de l'avoir
rencontré, et le travail de toute une vie, tout cet
espoir pour l'humanité partira avec moi…

— Cette histoire de boîtier magique est parfaitement malhonnête, dit Jérôme. Si tu t'imagines que ça
suffira à la sauver…

Et il ajoute, magnanime :

— Mais je veux bien lui donner une seconde chance.

Mathilde s'installe à son clavier.

Après un léger silence, Camille raccompagne son oncle à la porte.

CAMILLE : Un jour tu trouveras ton cobaye, j'en suis sûre.

Elle embrasse son oncle et referme la porte. Elle reprend le revolver et le colle sur sa tempe. Elle ferme les yeux très fort, prête à appuyer sur la détente.

Tout à coup, une main vient la désarmer. Elle se retourne, effarée, c'est Jonas.

CAMILLE : Qui vous a permis d'entrer ici ? Même ma famille frappe avant d'entrer.

Il ôte les balles du barillet.

CAMILLE : Allez-vous-en !

JONAS : Vous savez que je pourrais vous arrêter pour port d'arme.

CAMILLE : Elle appartenait à mon père. Vous n'auriez pas le courage de confisquer le dernier souvenir que j'ai de lui.

Il s'approche pour la prendre dans ses bras mais elle le repousse.

JONAS (sec) : Bon, puisque vous y tenez tant, je vais avoir besoin de votre mort. Vous avez entendu parler de Pedro « White » Menendez ?

CAMILLE : Le terroriste ?

JONAS : Il est à Paris, une nouvelle vague d'attentats va déferler sur la capitale, et le pire c'est que nous n'avons aucun moyen d'arrêter ça. C'est le cerveau de son organisation mais il n'intervient jamais lui-même. Impossible de le coincer, il est installé dans un grand hôtel à Paris, au vu et su de tous, uniquement pour nous narguer. Des centaines d'innocents vont périr, et nous n'y pouvons rien.

CAMILLE : Qu'est-ce que je peux y faire ?

JONAS : Nous sommes sûrs que la fin de Menendez sera la mort de son mouvement. Tous les moyens légaux n'y feront rien, il faut avoir sa peau, un point c'est tout.

CAMILLE : Seriez-vous en train de me proposer de jouer les kamikazes ?

— Ne pouvant la maintenir en vie, il va sublimer sa mort, n'est-ce pas une autre preuve d'amour ? demande Mathilde.

Je veux bien être pendu si, à la diffusion, passé quatre heures du matin, ce genre de galimatias psychologique a encore cours. Mais je pousserais volontiers la logique de la scène un peu plus loin. L'idée qu'on ne puisse pas se suicider peinard dans cette maison commence à me plaire.

Il suffit de partir d'un constat d'une cruelle lucidité : celui qui sait qu'il n'a plus que quelques heures à vivre va sans doute pour la première fois de son existence éprouver une extraordinaire sensation de liberté. Une liberté toute-puissante, sans plus aucune barrière ni tabou. Une liberté au-dessus des lois.

Quel gâchis ce serait de ne pas en profiter !

Un tas d'individus se mettent à défiler dans la chambre de Camille pour rentabiliser son suicide. Faire une immense fortune en moins d'une heure devient un jeu d'enfant, mais tant de vénalité dégoûte la désespérée. Le don massif de ses organes dans un état de fraîcheur absolue la tente un moment, mais imaginer le puzzle humain que deviendrait son corps lui fait peur. On lui propose toute une collection de morts mythiques qui frapperaient les esprits pour les décennies à venir, mais à quelles fins ? Son acte n'a d'intérêt que s'il reste magnifiquement esthétique, et donc gratuit.

Camille se rend à l'évidence et reporte sa décision jusqu'à ce qu'elle trouve un sens à sa mort.

Jérôme termine de lire la séquence et repose les feuilles sur la table.

— ... Cette bécasse l'a échappé belle. Il s'en est fallu de peu.

Louis, Mathilde et moi poussons un soupir de soulagement. Sans être sorti d'affaire, le personnage de Camille a gagné un sursis. Suite au prochain épisode.

Il est midi. Jérôme se jette sur le téléphone pour commander des pizzas. Son frère, les yeux grands ouverts, regarde un truc brésilien. Mathilde fait une copie sur disquette de toute la séquence 17.

Un rayon de soleil ocre vient percer le ciel d'automne. La journée est loin d'être terminée. Nous devons veiller sur tout notre petit monde.

— Hormis Dieu et les scénaristes, a demandé le Vieux, vous connaissez d'autres boulots où l'on façonne les destins ?

La Toussaint est tombée un jeudi et nous sommes tous au bureau, comme si personne n'avait de mort à visiter. L'un de nous l'a fait remarquer et seul le Vieux a réagi en disant que sa femme n'aurait jamais traîné ses guêtres dans un cimetière s'il était parti le premier. Il considère qu'il y a des occasions beaucoup plus amusantes de s'enrhumer (la grande roue des Tuileries) et que les vendeurs de chrysanthèmes sont tous des salauds. Il ajoute que sa femme l'a quitté pour un acteur qu'il n'a pas du tout envie de croiser.

— Je ne vais plus au festival de Cannes pour éviter de le rencontrer, ce n'est pas pour me faire piéger bêtement sur la tombe de Lisa.

Louis parle facilement de Lisa. Il ne rate jamais une occasion d'évoquer celle qu'il a tant aimée et qui l'a tant fait souffrir. Indécence ou besoin de se raconter, je ne sais pas. Mathilde se penche sur cette idylle avec une curiosité de géologue. De quoi était fait cet amour ? Quelles en étaient les strates supérieures ? Qu'y trouvait-on en profondeur ? Quel versant en était le plus friable ? D'après Louis, Lisa l'aurait quitté à cause de son dévouement au Maestro. Elle aurait été incapable de comprendre qu'il avait sacrifié sa propre carrière pour assister le maître dans l'écriture de ses chefs-d'œuvre. Moi qui suis prêt à me damner pour un feuilleton de nuit, je n'imagine pas l'honneur suprême d'être installé dans l'intimité créatrice du Maestro en personne.

— Le mec qui t'a piqué ta Lisa, c'est quel genre d'acteur? demande Jérôme.

— Le genre à réciter Shakespeare en collant. Un pur. Un théâtreux. Un vrai, quoi.

Même s'il n'avait jamais rencontré le Maestro, Lisa aurait quitté Louis parce qu'il faisait un travail de l'ombre. Il la décrit comme une grande victime du strass et des bravos, et un scénariste, même s'il intervient au tout début d'une aventure, passera toujours en dernier. Le monde entier n'a d'yeux que pour les acteurs. Un scénariste, ça fabrique du rêve mais ça ne fait pas rêver.

— S'il fait du théâtre, il doit se lever tard, il n'ira pas au cimetière avant quatorze ou quinze heures, dit Mathilde.

— Sait-on jamais? Et puis, vous avez vu le boulot à abattre aujourd'hui?

Séguret nous a renvoyé le n° 10 d'urgence en soulignant tout ce qui lui paraissait obscur et les corrections nous ont pris deux bonnes heures. Séguret se fout de ne pas comprendre, il déplore seulement que certaines phrases, voire des situations entières, bloquent les acteurs pendant le tournage, ce qui ralentit le mouvement.

— Je croyais que Séguret était le genre de type à connaître le mot « acmé ».

— C'était dans quel dialogue?

— Scène 21, quand Jonas dit une connerie et Mildred lui répond qu'il s'agit de l'«acmé de la pensée
mongolienne».

— Remplace par «zénith». C'est joli ça, le «zénith
de la pensée mongolienne».

— Pas sûr qu'il pige davantage. Remplace par
«apogée», «comble» ou «sommet».

Il paraît que les tournages du Pilote et du n° 2 se
sont plutôt bien passés. Séguret n'a pas eu le temps de
nous en faire une cassette mais il nous encourage à
regarder la diffusion prévue dans deux jours. Il trouve
le résultat «pas si mauvais» avec «un ou deux bons
moments». Le directeur de la chaîne n'a encore rien
vu, on peut raisonnablement supposer qu'il s'en fout
complètement. Il a déjà fort à faire avec sa program-
mation cinéma, ses reality shows et ses infos. Nos épisodes 3 et 4 sont en tournage en ce moment même.
Nous sommes dans les temps.

— Je croyais que Séguret était le genre de type à
apprécier une phrase comme : «*J'ai vu ton père,
Jonas, il était ivre mort et faisait des gestes désordonnés, comme s'il clouait un cercueil fantaisie.*»

— Il n'est pas non plus le genre de type à nous
féliciter pour la séquence 55.

Oui ! La séquence 55 ! On a coupé l'électricité parce
que Marie n'a pas payé la facture. Toute la scène est
entièrement noire, on comprend juste que «quelqu'un» est dans la même pièce qu'elle. Au début, ça
lui fait peur, ensuite ça l'émoustille, et ça finit avec des
petits râles étouffés. Je ne sais pas comment la fille qui
joue Marie Fresnel va s'en sortir. Il s'agira d'une belle
performance de comédienne. Ce qui gêne Séguret,
c'est qu'on ne sait à aucun moment qui est avec elle

dans la pièce. J'ai répondu que même Marie préfère ne pas savoir. Un homme, une femme, son admirateur inconnu ou son beau-frère, personne ne saura jamais. Pour Séguret, il est important que le spectateur n'aille pas s'imaginer qu'il s'agit de son propre fils Bruno. Aucun de nous n'avait pensé à l'inceste ! Preuve formelle que ce noir absolu est un support à l'imagination de chacun, et celle de Séguret ne lasse pas de me surprendre. J'espère qu'ils tourneront la scène comme elle a été écrite.

Le Vieux colle des myriades de post-it sur les bords de son écran, tout préoccupé qu'il est par le personnage du père Callahan.

— Walter est un crétin. Il n'a rien à vivre, rien à dire, ses dialogues sont particulièrement insipides. Il est ivre mort les trois quarts du temps.

Je ne suis pas d'accord. Walter vit son alcoolisme avec une certaine élégance, c'est ce qui fait son charme. Il cherche avant tout une normalité qu'il n'a jamais connue et ne peut espérer l'atteindre qu'en buvant. Au premier verre, il s'aperçoit qu'il n'est pas cet olibrius dont tout le monde lui parle. Au second, il devient l'homme lambda. Dès lors, c'est un bon père de famille sur lequel on peut compter.

— Il faut lui inventer un truc bien à lui. Un truc… un truc avec du… du cœur.

Au mot cœur, Jérôme et moi regardons vers Mathilde.

— J'ai ébauché quelque chose avec Marie, mais ce n'est pas si simple, dit-elle, l'admirateur inconnu est en train de marquer des points.

— En attendant, on peut coller une maîtresse à Walter, dit Jérôme. Ils n'auront qu'à prendre la script et filmer leurs ébats pendant qu'ils sont planqués sous les draps. On verrait juste un pied de temps en temps.

— Quand je dis « du cœur » il s'agit de bien autre chose que ça. Moi je vous parle de pulsion de vie ! De souffle… ! Le vertige métaphysique… ! Dieu, la mort, le néant, des trucs comme ça quoi…

Louis nous fait un petit caprice. Ce genre de chose survient en général quand on s'approprie un personnage. Sans aller jusqu'à en faire son alter ego, Louis a réuni chez Walter certains éléments de sa propre vie. La perte de l'être aimé en est un parmi d'autres. Avec le ton du gars qui veut faire plaisir, Jérôme propose un petit meurtre existentiel à la Camus. Walter pourrait tuer Camille pour lui venir en aide, ça donnerait un peu de « charge émotionnelle » aux relations de bon voisinage, comme il dit. Louis n'a pas l'air emballé.

— Walter va se mettre à composer des Gospels et rencontrer Dieu ! dis-je. Mais Dieu en personne !

Mathilde croit que je plaisante et elle a tort. Si Dieu est partout, il est forcément dans notre Saga et il me semble logique de le faire apparaître. Nous n'avons pas encore utilisé notre personnage annexe pour le 9, ils peuvent embaucher un type pour jouer Dieu, ça ne doit pas être trop dur à trouver. Un petit bricolage vidéo et hop, une silhouette apparaît, Dieu soi-même, pendant que Walter est en train de lui composer un Gospel. Il suffit de le traiter de façon très intimiste, archidépouillée (un homme, un chant, un dieu). L'idée est sans doute un peu déconcertante mais je n'y mets aucune dérision. Séguret nous a exhortés à faire n'importe quoi et je ne vais pas m'en priver, mais ce n'est pas une raison pour le faire n'importe comment.

Louis ne réagit pas et se lève. Regarde par la fenêtre, allume une gauloise.

— Vous ne pensez pas qu'il serait temps de nous occuper de Loli Callahan ?

— La mère des gosses ? Celle qui a disparu depuis quinze ans ?

J'aurais dû m'en douter. Louis veut donner à Walter une chance de revoir celle qu'il n'a plus. Il y a une part de nous dans chacun des personnages de la Saga. Et si l'art imite la vie, tant mieux.

— Elle est morte depuis longtemps, dit Louis. Le plan de Walter était simple : il a caché cette mort aux enfants pour ne pas les traumatiser, il leur a raconté que leur mère est partie mais qu'elle reviendra. Il s'est donné dix ou quinze ans pour tomber amoureux d'une autre, et lui demander de se faire passer pour Loli aux yeux de ses enfants qui vont enfin retrouver une mère.

— C'est ça que tu appelles simple ?

Pour le moins tordu, mais pourquoi pas ?

— Je trouve ça assez joli, dit Mathilde. Le rôle qu'il lui demande de jouer est pour cette femme une bouée de sauvetage. Elle s'appelle… Eva. Elle a terriblement souffert par amour. Elle a une vie d'une banalité effrayante et, bien sûr, elle n'a jamais eu d'enfant. Être Loli, c'est la chance de son existence. Une aventurière qui a préféré sa vie à sa famille mais qui revient pour se faire pardonner ? Il n'y a pas plus beau rôle pour une femme qui n'attendait plus rien. Les gosses vont l'adorer, le père va l'adorer. Vous vous rendez compte de tout ce paquet d'amour qui va lui tomber dessus, à cette malheureuse ?

D'où viennent les idées ? Comment naissent les personnages ? Une chose est sûre : il faut être quatre pour engendrer une Saga. Si l'un de nous jette en l'air une envie, une impression, ou un doute, il y aura toujours un collègue pour le rattraper au vol. Qui a créé cette Eva ? Tout le monde. Elle est née d'un souci de Louis, d'une délicatesse de Mathilde, d'un persiflage de Jérôme. Et sans doute un peu de mon silence.

*

Quand arrive l'heure de nous séparer, j'hésite à retourner vers Charlotte. Comme chaque soir, nous serons incapables de jouer au petit couple curieux du quotidien de l'autre. Pour combler des silences, je vais me sentir obligé d'écouter ses anecdotes de bureau. Et je ne lui connais qu'un seul défaut : elle n'a pas le moindre talent de conteuse. Elle sait rendre monotone une engueulade avec une collègue. Elle évoque une foule d'inconnus dont je suis censé tout connaître, elle mélange le passé immédiat et le futur proche. Elle tente allégrement des ellipses impossibles, elle commence par l'analyse au lieu de la synthèse, elle met les points forts là où ne gît que quotidien, et si parfois il lui arrive de passer tout près du sublime, c'est faute de l'avoir vu. Elle est persuadée de captiver l'auditoire et y parvient, malgré tout, parce qu'elle est belle, outrageusement belle, quand elle tombe à côté de la plaque.

Même si son job ne me passionne pas outre mesure — elle forme des cadres à je ne sais quelles techniques de développement d'entreprise —, je suis le premier à reconnaître qu'elle en *possède* un. Moi, Marco, scénariste au petit pied, il m'arrive encore de rougir quand on me demande ce que je fais dans la vie. J'attends le jour où je pourrai clamer haut et fort que je suis un mercenaire de la péripétie, fictionneur diplômé et affabulateur professionnel. La Saga sera mon baptême du feu.

Certains soirs j'ai envie de demander à la femme de ma vie de m'attendre trois mois. De faire comme si j'étais en mission, loin, outre-mer.

Je traîne encore un peu au bureau. Mathilde et le Vieux sont partis, Jérôme est allé au bois de Boulogne pour lancer son boomerang. Je reste un instant auprès de Tristan sans espoir qu'il lâche son écran pour me faire la conversation. Il ne prononce jamais le moindre mot à part « merci » chaque fois que son frère lui tend sa pizza. Je ne sais pas comment les frères Durietz peuvent rester vingt-quatre heures sur vingt-quatre dans le même endroit et se condamner au plat unique.

Comme tous ceux qui ont eu des moments difficiles, les frères Durietz accordent une grande importance à l'hygiène. Ils profitent de la salle de bains de Prima dès les premières lueurs du jour et mettent les fringues que l'aîné ramène du Lavomatic. Jérôme vide les cendriers, aère et passe le balai. Le bureau est impeccable à notre arrivée. Toujours ça d'économisé pour Séguret.

Tristan zappe pendant la tranche horaire la plus difficile à négocier de la journée, de 18 à 19 heures, quand les chaînes sortent leur artillerie lourde pour fourguer un maximum de pub à l'heure où toute la famille est réunie devant la télé dans l'attente du 20 heures. Tristan est très loin de tout ça, cette agitation vespérale le trouble. J'ai déjà essayé d'étudier son zapping sans parvenir à comprendre sa logique. Les clips et les infos l'insupportent plus que tout ; en un battement de cils, il est capable de foutre en l'air une bande de rap-

pers et leurs trois tonnes de décibels, ou de couper la
chique à n'importe quel individu qui s'aviserait de lui
donner des nouvelles du monde. Il n'est pas fanatique
de la pub et préfère, en attendant mieux, stationner
quelques secondes sur un documentaire animalier ou
une engueulade de talk show. Il déteste les dessins
animés et les reportages sur les grands espaces. Il
évite les images d'archives sur la guerre et les tirages
de loto. En revanche, la météo l'intrigue même s'il ne
sort jamais. Il regarde entièrement les émissions sur
l'actualité du cinéma et les bandes-annonces des sor-
ties en salle. Tôt le matin, en attendant que la journée
démarre, il peut s'attarder sur les chaînes de télé-achat
ou les recettes de cuisine. Tout ce fatras d'images
n'est rien qu'une ponctuation dans sa recherche fréné-
tique de fiction. Le cinéma est prioritaire sur tout le
reste. Un mauvais film vaut mieux qu'une bonne série
américaine, une mauvaise série américaine vaut cent
fois un feuilleton européen. Mais il peut lâcher très
vite un épisode qui semblait le passionner pour s'arrêter quelques secondes sur un *soap* brésilien ou une
série pour adolescents. Sur quoi, il va revenir à son
feuilleton qui ne souffre pas du quart d'heure man-
quant, au contraire. Tristan a tout simplement laissé les
personnages faire connaissance pendant que l'intrigue
se noue. Ça lui permet de réapparaître au moment où il
se passe vraiment quelque chose. Il est donc capable
de négocier plusieurs histoires à la fois en ne gardant
que le meilleur. Ma présence ne le déconcentre pas.
Le spectacle qu'il offre a quelque chose de vertigineux.
Je sens toute une machinerie en branle à la manière
d'un computer ultraperfectionné qui analyserait les
cas de figure, effacerait tous types d'impasses narra-

tives et listerait les possibilités fictionnelles. S'il reste sur la même histoire sans avoir envie d'aller voir ailleurs, c'est qu'il a enfin retrouvé le plaisir du gosse qui se laisse embobiner par le conteur. Et là, toutes ses facultés d'anticipation ne lui servent plus à rien.

Le plus souvent allongé sur le dos, il garde toujours la télécommande en main. Parfois il pivote sur le ventre pour étirer sa colonne vertébrale puis revient à la position initiale. Plus rarement, il tourne le dos à l'écran et ferme les yeux. On sait qu'il va s'assoupir quelques minutes tout en écoutant les dialogues du film, c'est la condition *sine qua non* du sommeil. Preuve supplémentaire que seule la fiction peut vous entraîner sans heurt au pays des songes. Le reportage, lui, ne peut conduire qu'à l'insomnie. Tristan ne sourit ni ne rit jamais, son regard reste impassible en toutes circonstances. Seule sa télécommande réagit. De temps en temps, il me fait penser à un gosse idiot, le nez collé aux mystères d'un aquarium, ou à un vieillard qui oublierait sa propre mémoire devant un feu de bois.

— Tout môme, il était déjà comme ça.

Jérôme est là, en sueur, le boomerang à la main. Il ouvre une petite bouteille de vodka rouge et me la tend avec un gobelet.

— De son lit, il me voyait partir jouer avec les potes, en bas. Seulement, quand je revenais, il fallait que je consacre un petit quart d'heure à lui raconter les conneries qu'on avait faites. Et puis, les jours où il ne s'était rien passé, il fallait que j'invente. Au début, c'était des trucs assez banals pour ne pas lui faire trop de peine.

Tristan a ses écouteurs plantés dans les oreilles. Sur l'écran se succèdent une série d'explosions qui dévas-

tent un gigantesque musée d'art contemporain. Aucun
danger qu'il nous entende.

— Et puis, ça a vite pris des proportions redou-
tables, les mômes en veulent toujours plus. Il a fallu que
je lui raconte des faits d'armes, des péripéties de bra-
vaches, des duels de cour de récré. « C'est le moins que
tu puisses faire », me disait ma mère, toujours à deux
doigts de me reprocher d'être en bonne santé. Je sais
bien qu'on préfère toujours les canards boiteux mais là,
elle poussait un peu, la vieille. Tristan et moi, on se
complétait bien, j'avais envie de faire l'intéressant, il
avait besoin de s'intéresser. À moi d'avoir du talent.

— C'est comme ça que tu es tombé dedans ?

— Dans le scénar ? Oui.

J'allume une gauloise qui traîne dans un paquet
oublié du Vieux. Jérôme s'étonne de me voir fumer.
J'aime trop le tabac pour avoir la clope au bec à longueur de journée. Il ouvre la fenêtre et regarde au-
dehors. L'air vient rafraîchir la pièce. J'avale une
gorgée de vodka, prends une bouffée par-dessus, et
comprends enfin pourquoi on clame partout que ces
trucs-là sont dangereux. Jérôme contemple les étoiles,
les toits, les derniers scintillements de la ville, les
rares buildings qui se découpent au loin, et pousse un
soupir devant la qualité du décor.

— Quand je pense que tout ça sera à moi, un jour.

— Quoi, tout ça ?

— Paris entier sera à moi, son or, ses femmes, tout
m'appartiendra.

— Fameuse, cette vodka. Elle monte vite à la tête
mais elle est bonne.

— Je serai si puissant que les Américains me vou-
dront et que les Français me supplieront de rester.

Je commence à bien connaître Jérôme, ce n'est pas la première fois qu'il me sert son couplet doux-amer.

— Les quatre millions de dollars ne passeront jamais, hein ? Moi aussi, ça m'aurait rendu dingue. C'est une somme qui n'existe pas, quatre millions de dollars. Pas imaginable ! Quatre millions de dollars... même si on a vu des dizaines de films avec des mallettes pleines de pognon, on ne peut pas savoir ce que c'est. Quatre millions de dollars ! C'est pas des mots, c'est un gargarisme. QUATRE MILLIONS DE DOLLARS. Tellement joli à entendre qu'on n'a même pas envie de faire la conversion en francs.

Il me demande ce que j'en ferais si on me les mettait sur la table mais je n'en ai aucune idée.

— Tu es scénariste, non ?

— Pour le pognon je manque d'imagination.

— Essaie de te raconter l'histoire d'un mec dans ton genre qui vient de palper quelque chose comme vingt millions de francs.

— Il commencerait à faire tous ces trucs à la con que personne ne fait jamais mais auxquels tout le monde rêve.

— Vas-y.

L'argent et ses petits bonheurs. Je n'y pense jamais. Un jour, j'ai réuni mille francs pour faire un cadeau à Charlotte et n'ai rien trouvé d'inoubliable. Ne sachant quoi lui offrir, j'ai passé deux journées entières à lui composer un haïku.

— Ça vient, mec ?

— Il livrerait son corps aux mains d'une demi-douzaine d'esthéticiennes qui n'auraient que huit heures pour en faire une petite merveille. Ensuite, les boutiques de fringues superluxe, chez les tailleurs zélés qui savent flairer le pognon. Ça va du costard en tweed façon gentleman-farmer jusqu'au smoking passe-partout. Il sort de là pour aller s'acheter un petit cabriolet anglais, un de ces bijoux hors de prix qui tombent toujours en panne, autrement dit : le bonheur interdit. Et c'est l'heure du conte de fées. Il passe chercher une Escort Girl sublime recrutée dans une agence qui ne propose que le top du top. Il a loué la Galerie des Glaces de Versailles pour un souper fin, ensuite ils vont boire une coupe de champagne au dernier étage de la tour Eiffel qui leur est réservé. Puis ils finissent la nuit dans la plus belle suite du Crillon.

— Là, on en est à cent plaques. Et le lendemain matin ?

— Le lendemain matin, il se demande qui est cette fille dans son lit qui n'en veut qu'à son blé. Il se demande ce qu'il fait dans une suite où il n'ose pas salir un cendrier. Quand il se regarde dans ses fringues de la veille, il se demande pourquoi il a l'air d'une vieille pub pour Alka-Seltzer. Il ne se demande pas s'il est ridicule dans une bagnole qui lui va comme un boa en plumes à une technicienne de surface : il en est sûr. Bilan ? Il se souvient que sa mère a hypothéqué une mercerie qui périclite et fait un chèque. Il paye un séjour aux Seychelles à sa sœur qui n'a jamais eu de voyage de noces, parce que pas de noces, parce que pas de prétendant. Ensuite, il a une conversation sérieuse avec son banquier qui lui propose plusieurs investissements. La conjoncture est bonne et le taux d'intérêt n'est pas mauvais, on peut se lancer dans des Sicav obligataires bloquées pendant deux ans. Mais lui se sentirait sécurisé par la pierre, et un agent immobilier lui trouve rapidement un 110 m^2 dans un quartier qui est en train de prendre de la valeur. Voilà.

Jérôme se ressert une vodka et s'allonge dans un canapé.

— Passionnant…

— Je te l'ai dit, en matière de fric je n'ai aucune imagination. Qu'est-ce que tu ferais de quatre millions de dollars, toi ?

— Il faut demander à *M. Vengeance*. Il mettrait le tout au service d'une machination implacable pour broyer ceux qui lui ont fait du tort.

J'avais une certaine admiration pour Yvon Sauvegrain (le «French Wonder-boy» comme on l'appelle dans *Variety*) avant que Jérôme me raconte la façon dont ce pourri l'a dépossédé de son bien le plus cher. Dante Alighieri, le grand scénariste du Jugement dernier, réservait le neuvième et dernier cercle de l'enfer à ceux qui ont trahi la confiance d'autrui. De Judas à Brutus, tous les grands spécialistes du coup de poignard dans le dos sont réunis là et gardent déjà une place au chaud pour Yvon Sauvegrain. Mais avant que les entrailles brûlantes de la terre ne l'avalent jusqu'à la nuit des temps, il lui faudra payer sa scélératesse dans ce monde-ci. Sans y prendre garde, Jérôme et moi nous laissons aller à une séance de brainstorming nocturne : comment coincer ce salopard, lui faire cracher l'oseille et effacer le préjudice moral ? Je trouve l'exercice encore plus passionnant que la Saga.

Plusieurs écueils scénaristiques à surmonter : on ne peut rien prouver, cette ordure de Sauvegrain a Hollywood et le ministre de la Culture avec lui, et pour l'instant, Jérôme n'a pas le moindre sou vaillant à investir dans cette affaire.

Au cœur de la nuit, vodka aidant, à force de proposer des idées plus farfelues les unes que les autres,
quelques pistes ont fini par se dessiner. Surexcité,
Jérôme a tenu à clarifier ses notes et à les reformuler
sous forme de synopsis.

— Je vais en avoir pour une bonne partie de la
nuit, prends le canapé si tu n'as pas envie de rentrer.

J'ai décliné l'invitation et laissé les deux frangins
seuls.

Aujourd'hui, j'ai le sentiment que la Saga a pris un chemin de traverse. Pourtant, aucun événement particulier n'est venu perturber notre quotidien. Je pense être le seul à avoir décelé un changement de cap.

La journée a commencé de façon plutôt banale, nous nous sommes retrouvés vers neuf heures ce matin pour corriger les broutilles des n°s 16 et 17. Il est déjà 13 heures, les frères Durietz s'empiffrent de pizzas mais Mathilde et moi préférons déjeuner dehors. « J'ai envie de changer », dit-elle sans oser avouer que l'odeur de la mozzarella gluante l'écœure. Le Vieux n'a pas envie de nous suivre. Mathilde en est comme soulagée, et je ne comprends pas pourquoi.

Après tout, je n'ai jamais vu Mathilde qu'entre les murs du bureau, le plus souvent cachée par son écran, et je suis curieux de voir à quoi elle ressemble dans le civil.

Elle marche à petits pas rapides comme une vraie Parisienne et reste attentive au spectacle de la rue sans interrompre la conversation. Aujourd'hui, elle porte une robe rouille qui va parfaitement avec ses cheveux

auburn dénoués sur les épaules. Elle a choisi le restaurant, une petite gargote qui garde un certain cachet malgré le vacarme des flippers. N'ayant jamais déjeuné
avec une dame qui écrit des romans d'amour, je fais
attention aux plats que je prends.

— Je suis ravie de ce tête-à-tête.

Un peu gêné, j'esquisse un geste de la main, entre
« merci » et « moi aussi ».

— On peut se tutoyer, Marco ?

— Bien sûr.

— Ça me fait drôle de t'appeler Marco. C'était un
latin lover dont j'ai raconté les succès dans *L'homme
sans cœur*.

Hier, au beau milieu d'une séance de travail où nous
mettions la dernière touche à une scène enflammée
entre Jonas et Camille, la conversation a vite dérapé sur
les rapports de couple et Mathilde s'est déclarée *en
convalescence amoureuse*. Dieu sait si nous avons
essayé d'en savoir plus. Avec les dialogues et les situations qu'elle peut nous inventer dès qu'il s'agit des
choses du cœur et de l'alcôve, je n'ose imaginer ce
dont elle est capable quand elle a décidé de s'abandonner corps et âme.

— *L'homme sans cœur* ? Ma fiancée va adorer.

— Comment s'appelle-t-elle ?

— Charlotte.

— C'est mignon comme tout, Marco et Charlotte.

Nous restons là-dessus, le temps de piocher dans les
crudités. Son tutoiement est terriblement emprunté, on
dirait qu'elle fait des efforts pour réchauffer nos rapports au risque de brûler des étapes. Mais dans quel
but ?

— Où seras-tu, cette nuit ?

— Cette nuit… ?

— Oui, pendant la diffusion du Pilote.

— Nous sommes le… 12 ?

— Revenez parmi nous, Marco.

Oui, c'est pour cette nuit, à 4 heures du matin ! Je suis trop jeune pour me souvenir du premier pas sur la lune, mais tous ceux qui étaient en âge de veiller savent exactement où ils étaient à cette minute-là. Ce soir, il va se passer un événement bien plus important pour mon avenir qu'un alunissage pour celui de l'humanité. Mais oui, c'est pour cette nuit ! Nous ne serons que quatre à assister en direct à ce tournant de l'Histoire, mais les générations futures évoqueront avec fierté la diffusion du premier épisode de *Saga*, le mardi 13 octobre de cet an de grâce, à 3 h 55 du matin.

— Avec un peu de chance nous serons plus de quatre, je suis sûre qu'il y aura…

Elle cherche à terminer une phrase qui a débuté de façon si optimiste.

Qui y aura-t-il, à part nous ?

Il y aura une douzaine d'insomniaques qui ont fondé une secte secrète pour fomenter des tentatives de putsch chez les bienheureux dormeurs. Il y aura un suicidaire qui a laissé la télé allumée pour garder un peu de lumière dans la rétine avant le grand saut. Il y aura « l'homme qui vit à l'envers », il prendra son apéritif et jettera un œil sur l'écran par-dessus son journal. Il y aura une vieille dame qui attendra son petit-fils de seize ans, bien trop heureux pour vouloir rentrer. Il y aura un type qui regardera, nerveux, la télé sans le son, des infirmières qui s'occuperont de la parturiente. Il y aura cette femme qui, les larmes aux yeux, attendra le coup de fil de 16 heures de son mari, coincé dans une geôle de Kuala-Lumpur. Il y en aura peut-être quelques autres, qui sait.

— Où serez-vous, cette nuit ?

Son vouvoiement est plus naturel, bizarrement plus intime.

— Sans doute chez moi, avec Charlotte, je ne sais pas encore. Et vous ?

— Chez ma mère, je crois. J'ai beau lui dire que je ferai une copie qu'elle pourra regarder à une heure plus décente, ça l'amuse d'être devant son poste à 4 heures du matin. J'entends déjà ce qu'elle va dire : *« Est-ce que ça te rapporte de l'argent, au moins ? »* Même quand j'écrivais des romans, elle me posait la question, et j'ai toujours répondu non. Cette nuit je lui répondrai « un peu ».

Elle sourit. Je l'aime bien. On nous apporte les darnes de saumon grillées, elle pousse sur le rebord de l'assiette le beurre persillé.

— Dites, Marco, j'avais envie qu'on déjeune seul à seul parce que j'ai quelque chose à vous demander à propos de la chambre secrète des Fresnel.

Dans un sens, ça me rassure. Si j'ai bonne mémoire, elle était chargée d'écrire la séquence.

— Je voulais la proposer aux autres cet après-midi, mais j'avais envie que vous y jetiez un coup d'œil avant eux. À dire vrai, j'ai toujours un peu peur des réactions de Louis. Parfois il me regarde comme si j'étais complètement à côté de la plaque. Et j'ai l'impression qu'avec mes petites bluettes, Jérôme me prend pour le Couvent des Oiseaux à moi toute seule.

— Jérôme s'imagine que vous le prenez pour un obsédé du massacre, ce n'est pas mieux. Tout le monde vous apprécie beaucoup, Mathilde. Donnez-moi ce que vous avez fait et commandez deux cafés.

Rien n'est pire que de lire le travail de quelqu'un pendant qu'il épie le moindre battement de cils, le plus petit sourire. A fortiori dans un bistrot pendant le coup de feu du midi, entre une odeur de hot dog et un flipper qui tintinnabule. Il faut que je me concentre. Mission diplomatique d'une grande importance ! La cohésion de l'équipe repose sur mes épaules, moi qui suis si jeune ! Il faut que je rentre dans le texte, il le faut !

38. SALON FRESNEL.
INT. JOUR

Marie Fresnel range à la va-vite quelques vêtements dans un sac. Mildred est assise à ses côtés.

MARIE : Fred a disparu depuis trois jours, je viens de recevoir un coup de fil du commissariat central de Londres. Quand il est parti à son congrès, j'ai bien vu que quelque chose n'allait pas.

Elle saisit son sac, vérifie l'heure de son vol et passe son manteau.

MILDRED : Tu veux que je demande à mon frère de se renseigner ?

MARIE : Je n'osais pas te le demander… (Elle l'embrasse sur le front.) Tu diras à Bruno et Camille que je les appelle ce soir. Et surtout, réponds au téléphone, c'est peut-être Fred. Merci, je te le rendrai mille fois.

Elle sort.

Silence.

Mildred s'aventure dans le couloir et s'arrête devant cette mystérieuse porte, déjà vue en séquence 17 du n° 2. Elle y colle son oreille et n'entend rien. Elle tente de l'ouvrir, elle est fermée au verrou. Elle retourne dans le salon, revient avec un trousseau de clés, en essaie plusieurs mais aucune ne correspond. Elle étudie la serrure un instant puis disparaît et revient avec divers objets : un couteau, un cintre, un étui de carte orange.

— Un étui de carte orange ?
— Mon voisin a réussi à ouvrir ma porte, un soir, avec ça. Il paraît qu'une carte bleue fait aussi bien l'affaire.

La tasse de café au bord des lèvres, elle fait semblant d'avoir l'esprit attiré ailleurs. Il suffirait que je frémisse d'une narine pour la voir s'évanouir.

Elle glisse l'étui dans l'interstice, près de la serrure, puis le couteau sous le penne du loquet, fait jouer les deux en même temps, et, dans un déclic, la porte s'ouvre.

39. PIÈCE INTERDITE.
INT. JOUR

C'est la pénombre, elle cherche l'interrupteur et ne rencontre aucun meuble. Elle s'empare d'une lampe de chevet, l'allume et s'en sert comme d'une torche. Elle trouve l'interrupteur. La pièce est vide avec juste un grand lit et une assiette pleine de raisin posée en plein milieu. Tout à coup, Mildred pousse un cri d'horreur.

On aperçoit un corps nu, accroupi dans la pénombre.

Paniquée, elle fait volte-face, mais la créature s'élance vers elle et fait claquer la porte, Mildred crie, se débat, cherche une autre sortie sans la trouver. Après une courte lutte elle se recroqueville dans un coin de la pièce.

La créature est un jeune homme de seize ou dix-sept ans. Il s'accroupit, à nouveau, comme si c'était pour lui la position la plus naturelle. Il regarde intensément Mildred.

Elle cherche à reprendre son souffle malgré la peur qu'on lit dans ses yeux. Elle regarde le jeune homme.

Il est magnifiquement beau, ses yeux sont bleus, ses cheveux sont blonds et légèrement bouclés, et sa peau blanche enveloppe son corps maigre sans la moindre aspérité. Il feule et se déplace comme un fauve. Un jeu de regards s'installe entre eux. Il semble plutôt étonné et pas le moins du monde agressif. Encore tremblante, elle ose un sourire forcé.

MILDRED : Je ne voulais pas... vous déranger... Je me mêle de tout mais j'oublie très vite... Si vous... pouviez vous ôter du passage...

Tout à coup il se fige et son incroyable immobilité crée un climat étrange.

MILDRED : ... Je m'appelle Mildred... Et vous ?

Pas de réponse.

MILDRED : Je vous jure que je ne dirai rien... Il faut me croire !... Je vous en prie...

Elle pose la main sur la poignée de la porte. Il saisit son mollet d'un geste vif, elle hurle, et retourne à l'autre bout de la pièce.

MILDRED : Ne me touchez pas !

La créature ne réagit pas à son cri. Il s'élance sur le lit pour saisir une grappe de raisin. Sa gestuelle animale donne une curieuse élégance à sa silhouette. Il porte sa nudité avec un naturel incroyable. Il croque un ou deux grains de raisin. Elle a le dos plaqué contre le mur. Il lui lance une grappe de raisin qu'elle ne rattrape pas.

MILDRED : ... Vous com-pre-nez les mots que je pro-non-ce ?

Il reste totalement sans réaction. Elle fait un pas vers la porte, il grogne. Elle s'éloigne de la porte. Tout à coup elle détourne le regard, effarée. HORS CHAMP, on comprend qu'il urine dans un lavabo.

MILDRED : ... Qu'est-ce que vous voulez... ? Qu'est-ce que vous faites, enfermé là ? Vous ne ressemblez pas du tout à un Fresnel... Ils vous cachent ? Ils vous gardent prisonnier ? Dites quelque chose !

CRÉATURE : ... Chose... ?

MILDRED : Oui, n'importe quoi !

CRÉATURE : Chose...

Il fait un bond vers elle, elle sursaute.

MILDRED : Quelle langue parles-tu, bon Dieu ?

CRÉATURE : Dieu... ?

MILDRED : Speak english ? Spreichen zie Deutsche ?

CRÉATURE : Chose...

Elle baisse les bras, comme résignée.

MILDRED : Vous savez faire autre chose que l'écho ?

CRÉATURE : Écho... ?

Elle soupire.

Il sourit.

MILDRED : Vous n'avez pas l'air méchant mais j'ai un Q.I. déjà nettement supérieur à quelqu'un de normal... Alors, vous comprendrez...

Il s'approche et pose sa main sur la jambe de Mildred, elle est plaquée contre le mur sans savoir quoi faire.

MILDRED : N'allez pas plus loin... C'est vous qui risqueriez d'être terrorisé...

Il flaire sa jambe à la manière d'un chien.

MILDRED (haletante) : Je ne suis pas aussi intelligente que je l'ai dit... (Rythme rapide, comme pour «meubler».) Tout ça est une méprise médicale... En fait, si j'ai un gros atout de départ, c'est mon nerf vagal... Vous avez déjà entendu parler du nerf vagal ? (Il frotte sa joue contre le genou de Mildred.) C'est le nerf qui ralentit les battements du cœur, tout le monde croit que je suis très mature, que je sais parfaitement maîtriser mes émotions, mais c'est uniquement grâce à ce nerf qui est spécialement actif chez moi. Vous êtes stoïque et l'on vous prend pour quelqu'un de fort, c'est nul ! Quand j'étais petite, j'avais ce qu'on appelle «le spasme du sanglot», c'était...

Elle s'interrompt net et ferme un instant les yeux quand la main de la créature remonte vers sa cuisse.

MILDRED : Vous vous engagez dans un territoire vierge et inexploré... Ceux qui s'y sont aventurés sont morts ou devenus fous... Et jusqu'à aujourd'hui, personne n'en est encore revenu...

CRÉATURE : Chose...

Il relève lentement la robe de Mildred. On découvre des cuisses pleines de cicatrices.

MILDRED : **Vous n'avez encore rien vu, le pire est
à venir…**

Il enlace sa taille et la serre contre lui. Elle
goûte à cette étreinte silencieuse.

MILDRED (**les yeux clos**) : **Comment t'appelles-
tu, écho ?**

Je lui rends ses feuillets, lui souris et me lève pour
prendre mon manteau.

— Je crois que ça fera l'affaire.

*

Depuis que nous avons adopté sa « créature »,
Mathilde veut à tout prix nous caser une histoire de
princesse perdue qu'on recueille mais qu'on croit
morte, qui ne l'est pas vraiment, tout en l'étant un peu,
quoique, on ne sait jamais, etc. Notre adorable collègue
regarde Jérôme avec ses yeux de biche :

— J'ai oublié ce terme scénaristique… ce petit
truc qui captive à la fin de l'épisode et qui vous oblige
à attendre le suivant.

— Le cliffhanger.

— Exactement ! J'ai besoin d'un cliffhanger.

— Vous savez bien que vous n'êtes pas faite pour
ça, Mathilde. Laissez-moi les trouver à votre place, ce
serait la moindre des choses. Je n'oublie pas que vous
m'avez sorti de l'embarras il n'y a pas deux jours,
avec ces petites confidences sur l'oreiller que j'aurais
été incapable de trouver seul. C'est urgent ?

— Oui, c'est la princesse amnésique qu'on retrouve
sur le paillasson des Callahan, il faut finir sur une
image d'elle, inconsciente.

— Morte ou inconsciente ?

— Inconsciente, mais le spectateur est persuadé qu'elle est morte. Seuls Camille et Walter savent qu'il lui reste un souffle de vie. Vous pourriez me trouver quelque chose comme ça ?

Silence dans les rangs. J'ai déjà du mal à intégrer tous les paramètres de ce casse-tête scénaristique. Pour conquérir l'estime de la belle, cela va se jouer au plus rapide de nous trois.

Silence, encore et encore.

— Vous avez vu *Le limier* ?

Je lève le nez pour repérer lequel de nous a dit ça, mais je ne reconnais pas la voix.

— Un truc de Mankiewicz qui est repassé au ciné-club.

Nous regardons tous du côté du canapé où Tristan est affalé. Il se redresse au prix d'un gros effort. Pour le coup, les paralysés, c'est nous. Il parle tête baissée, timide, la voix mal assurée.

— Je n'en ai même jamais entendu parler, répond enfin Mathilde.

— Un type tire à bout portant sur un gars qu'il déteste puis se penche vers le corps, attrape son bras et lui prend le pouls. Avec un petit sourire satisfait, il lâche le bras qui tombe lourdement à terre, sans vie.

De la vie, il y en a plein, dans ce corps immobile. Ça coule comme de la lave. Il a beau nous regarder par en dessous comme un conspirateur, il a beau parler du fond de la gorge, il a du mal à maîtriser le volcan qui gronde dans ses tripes.

— Quand on voit le film pour la première fois, on est persuadé que le tireur a pris le pouls pour s'assurer que l'autre est bel et bien mort. En vérité, il a tiré avec des balles à blanc pour le voir s'évanouir de peur. Quand on voit le film une seconde fois, on comprend que s'il a pris le pouls de la victime, c'est pour s'assurer qu'il est toujours vivant. Le même geste dit exactement le contraire, selon la lecture. Est-ce que je me fais bien comprendre ou je recommence ?

Silence.

Mathilde relâche la pression en lui envoyant un baiser du bout des doigts.

— Formidable ! Tristan, vous êtes un garçon providentiel. Vous êtes la quadrature du cercle ! L'indispensable cinquième roue du carrosse ! Vous êtes la constante de l'équation !

Tristan met ses écouteurs et reprend son zapping, comme si de rien n'était. Jérôme ne sait plus où se mettre.

— Ne faites pas attention. Il ne nous dérangera plus, je vais lui expliquer.

— Nous déranger ? s'écrie le Vieux. Il fait désormais partie de l'équipe, oui !

Je suis ravi d'avoir un nouveau collègue mais il me faut pourtant refroidir certaines ardeurs.

— Tout ça c'est bien joli, mais c'est quand même du vol. Piquer une ou deux idées, passe encore, mais depuis les trois derniers épisodes ça vire au pillage. *Le limier* est tiré d'une magnifique pièce d'Anthony Shaffer. Le pouls de Shaffer, c'est le pouls de Shaffer.

Jérôme, le visage serein, lève la paume de sa main droite pour me l'appliquer sur la tête, comme un curé.

— Tu pilleras, mon fils, mais au nom du génie.

— Rien ne se perd, rien ne se crée, tout se transforme, renchérit Mathilde. Qui vous dit que ce Shaffer ne serait pas ravi de faire des émules ?

— Parfaitement, dit Jérôme. Prenons ça comme un hommage. Ou mieux : une contribution personnelle du grand Anthony Shaffer à notre Saga débile.

Mathilde et Jérôme se serrent vigoureusement la main. J'ai soudain la conviction que ces deux-là n'ont pas intérêt à se perdre de vue dans l'avenir.

Le Vieux quitte sa chaise en s'étirant. Je me frotte les yeux pour chasser les scintillements de mon écran. Il est bientôt 22 heures et nous avons plus de dix heures de boulot dans les pattes. J'ai envie de silence et d'un sommeil flash de dix minutes. C'est ce que mon ordinateur appelle le *reset*. Une petite touche et hop, la mémoire est lavée.

Nous sommes tous curieux de savoir ce que feront les autres pendant la diffusion du Pilote, cette nuit à quatre heures. Les frères Durietz vont se préparer un petit médianoche et se descendre l'épisode en pente douce, peinards. Mathilde sera auprès de sa mère, et moi, je vais m'évertuer à faire veiller Charlotte. Le Vieux, lui, se jure bien de dormir comme un bébé.

Pour la première fois, nous nous embrassons, tous les quatre. Une petite familiarité, comme pour une fête de fin d'année.

*

Un saint-pierre à l'oseille et une crème brûlée, voilà ce dont j'avais envie. Je n'ai trouvé qu'une boîte de maquereaux sauce diable et des yaourts. En revanche, j'ai acheté du champagne, c'est Noël. Ou plutôt le Jour de l'an, et nous ne sommes qu'une poignée à le savoir. Je grimpe l'escalier comme dans un film, ouvre la porte en brandissant la bouteille, et crie le nom de Charlotte dans l'appartement. Tout à coup, je deviens l'amant romantique qui fait de la vie une fête sans fin. Il y a de la lumière dans la salle de bains, j'imagine sa peau nue dans les senteurs des îles. J'entre sans frapper, je vais plonger tout habillé dans la baignoire !

— Charlotte !

Buée. Touffeur.

— … Charlotte ?

Elle y était, dans ce bain, il y a un quart d'heure à peine. La vapeur voile les miroirs et donne à l'air ce parfum tiède. Elle s'est même épilé les jambes, son rasoir électrique est sur le rebord de la baignoire. Cent fois, je lui ai dit que c'était dangereux. Je crie à nouveau son nom, mais sans conviction. Un post-it jaune collé sur la télé.

Je suis allée me faire raconter l'histoire que je préfère : la mienne. À demain, peut-être.

De toute façon elle se serait endormie devant ma Saga. J'aurais été obligé de tout lui expliquer et la moitié des images m'auraient échappé.

*

Jérôme et Tristan sont en pleine conversation devant un documentaire sur les alligators. Il est 3 h 45 du matin et il se passe plus de choses ici que dans la boîte de nuit la plus chaude de la capitale. Les deux frangins forment une sorte de club dont ils seraient les seuls membres, un salon nocturne où ils soulèvent de graves questions devant les images d'un monde en décomposition.

— C'est du bon et il est frais, dis-je en montrant la bouteille de champagne.

Jérôme ne cherche pas à savoir pourquoi je ne suis pas où j'avais prévu d'être, il en est presque content. Tristan se redresse, la position assise lui semble plus convenable pour accueillir un hôte imprévu. Il baisse le son de la télé, les alligators y perdent leurs râles mais continuent leur danse mystique. Je m'installe. Un petit verre de vodka rouge atterrit dans ma main.

— Imagine une carte de France, me dit Jérôme. Ferme les yeux… un hexagone couleur bistre… des petites dentelures sur des côtes bleutées… Tu y es ?

— Je cafouille un peu vers le Finistère mais c'est bon.

— Imagine maintenant que les petits points rouges qui vont apparaître sont autant de télés allumées en ce moment même. Tu en vois ?

Je joue le jeu avec grand sérieux et me concentre, une lampée de vodka dans la gorge.

— Tu en vois ou pas ?

— Chuuuuuut…

Je colle le verre à mon front pour me rafraîchir.

— J'en vois une vers Biarritz. Une autre vient de s'allumer dans le Var. Trois ou quatre dans le Nord.

— Lille ?

— Plutôt Caen.

— Normal, c'est bourré d'insomniaques et de marins, par là-bas. Et à Paris ?

— Houlà… une bonne douzaine.

— Ça s'arrose, mec.

— Et celle de Saint-Junien ? Rien vers Saint-Junien, dans la Haute-Vienne ? dit une voix de stentor qui nous a tous fait sursauter.

— Louis ? Qu'est-ce que tu fous là ?

— On se croit vieux, on joue les blasés, on fait celui

qui en a vu d'autres, et vers les 2 heures du matin on se réveille sans savoir pourquoi, fébrile.

Il prend place à mes côtés, un sac en plastique sur les genoux.

— Tu n'as rien vu vers la Haute-Vienne ?

— Non.

— J'ai un ami là-bas qui avait promis de regarder, le salaud.

Il sort une petite boîte en bois qu'il décachette avec un ongle.

— Mes enfants, c'est soir de fête, non ? Vous allez me voir abandonner ma sacro-sainte gauloise pour un de ces petits chefs-d'œuvre. J'espère que vous m'accompagnerez.

Des cigares longs comme l'avant-bras, présentés par trois dans des écrins qu'on aurait envie de fumer aussi.

— Des Lusitania, autant dire le rêve doré de tout amateur de Havane. Il dure très exactement une heure, générique compris.

Jérôme va ouvrir la fenêtre à toutes fins utiles pendant que le Vieux se pavane dans son canapé en préparant un cigare. Tristan rehausse un poil le son et zappe sur la bonne chaîne ; se termine un documentaire sur les Causses ou les Cévennes. Dans deux minutes, la grand-messe. Le baptême de bébé. En tout cas, quelque chose de religieux. Nous nous préparons à allumer pieusement nos cigares quand un parfum nous fait dresser le nez. Une fragrance que nous connaissons par cœur, qui fait partie de nos jours, et qui nous manquait. Mathilde est là, sur le seuil, comme si elle demandait la permission d'entrer.

— J'étais certaine que maman allait s'endormir comme une bienheureuse. Je peux me joindre à vous ?

Rien ne vaut les réunions de famille. Parce que, après tout, c'est notre bébé que nous sommes venus voir, comme à la clinique, en priant pour qu'il ne soit pas trop difforme.

— Avant de s'endormir, vous savez ce que maman a fait ? Elle a allumé ses deux postes en pensant faire de l'audimat. N'est-ce pas adorable ?

Elle dénoue une serviette de table remplie de cookies.

— Je suis nulle en cuisine mais pour ce qui est de la pâtisserie, je me débrouille plutôt bien.

J'ai croqué dans un biscuit par politesse avant de l'engouffrer par gourmandise. L'odeur du chocolat a brusquement fait perdre toute timidité à Tristan. Jérôme nous sert à chacun une coupe de champagne et s'apprête à porter un toast quand apparaît le logo de la chaîne accompagné d'une petite fugue de Bach.

Unité Fiction présente
SAGA

— Cette aventure s'arrêtera peut-être ce soir, mais je tenais à vous dire que je n'oublierai jamais votre gentillesse à tous les trois, pour Tristan et moi. Je…

— Ta gueule et viens t'asseoir.

Nous avons chacun poussé un petit cri en voyant nos noms apparaître au générique. Ça ne fait que commencer, ils vont effleurer l'écran pendant les quatre-vingts nuits à venir ! Le monde saura que j'existe ! Même si le monde se réduit à trois ou quatre insomniaques égarés devant leur écran. Warhol a dit qu'au vingtième siècle nous aurons tous notre quart d'heure de gloire. Il avait sans doute raison, je regrette seulement que le mien soit tombé à 4 heures du matin.

La première image de la Saga nous précipite dans une cuisine à l'américaine. Deux énormes plantes vertes recouvrent un pan de mur, le coin living comprend une espèce de sofa bleu turquoise et deux fauteuils beiges, une table basse et un vaisselier hors d'âge. Un film porno des années soixante-dix n'aurait pas accordé plus de budget au mobilier, mais ce n'est plus le moment de dégoiser sur l'indigence des décors. La fugue de Bach s'achève et, au loin, on voit s'agiter une petite bonne femme, seule.

— C'est qui ?

— Ça doit être Marie Fresnel.

— La petite, là ?

— Elle chante ?

— Non, elle parle toute seule, c'était une idée à toi, d'ailleurs.

— Je l'ai déjà vue dans une pub.

— Du sparadrap ! Une pub pour du sparadrap, elle en collait une belle bande sur l'écorchure de son môme.

— Qu'est-ce qu'elle raconte ?

— Elle est en train de répéter ce qu'elle va dire à Walter pour l'inviter à l'apéritif, mais si vous n'arrêtez pas de dire des conneries on n'entendra rien.

Gros plan sur la petite bonne femme qui prête l'oreille aux allées et venues sur son palier. On peut la trouver jolie, elle a la tête de *celle qui aurait pu faire plein de choses dans la vie si elle ne s'était pas consacrée aux siens, ce qui lui donne des rides nobles*. Elle ouvre la porte (plan sur le palier), un type entre dans l'appartement voisin, c'est Walter. On se demande d'où ils l'ont sorti, celui-là. Du guitariste vieillissant

qu'il était sur le papier, il est devenu une sorte de caricature de hippie toujours pas redescendu de son trip
d'acide. Il l'ont affublé d'une chemise col Mao, d'un
gilet violet et d'un jean qui balaye le paillasson avec
ses franges. Il mâche du chewing-gum comme un vrai
G.I., mais ça ne se voit pas trop puisque l'attention du
spectateur est vite occupée à lire les badges qu'il porte
avec une certaine fierté. Pour ma part j'ai identifié
celui des Doors, et Jérôme a cru reconnaître la tête de
Dylan. C'est tellement grotesque que personne n'ose
le moindre quolibet. Son accent est à couper au couteau, quand il dit : «*J'ai une bonne et une mauvaise
nouvelle : je suis votre nouveau voisin, et je suis américain*», on a l'impression qu'il dit : «*Viens baby, j'ai
des Lucky Strike et des bas nylon dans la Jeep.*» Heureusement que Marie ne s'en sort pas trop mal quand
elle répond : «*Laquelle est la bonne ?*» Une foule
d'individus se bousculent sur ce palier qui ne doit pas
faire plus de quatre mètres carrés. En dix minutes,
nous avons fait le tour de tous les comédiens. Des
visages inconnus et quotidiens, des silhouettes comme
on en croise tous les jours dans la rue. Camille-la-suicidaire ressemble à une bonne copine de lycée à qui
on a envie de payer un café. Bruno-le-crétin colle exactement au rôle : un adolescent mal embouché qui traîne
son quota de complications juvéniles. Jonas ressemble
autant à un flic que moi à une pub glamour, et Fred est
loin d'avoir le mètre quatre-vingts que nous avions
demandé. La bonne surprise, c'est cette drôle de fille
sans âge qui joue Mildred. Elle a le visage dur et profond qui désespère de ne pas être joli. Même sa façon
de parler a quelque chose d'ambigu et rend caduques
toutes les indications de jeu que nous nous sommes

évertués à noter dans le script. Parfois, ça métamor-
phose une réplique, et pas forcément en pire. Quand
j'ai écrit :

MILDRED (geste d'étranglement) : J'aimerais le
tenir dans la main, là, et serrer fort !

on voit :

MILDRED (perverse, une main sur ses lèvres) :
J'aimerais le tenir dans la main... là... et serrer
(soupir)... fort...

Quant aux autres, il est difficile de dire s'ils sont
mauvais ou pas. C'est un curieux mélange de bonne
volonté et d'amateurisme. En tout cas ils semblent y
croire, comme nous. Et si parfois ils ratent le troisième
degré d'un dialogue ou s'ils passent à côté de l'intensité
dramatique d'un geste, on ne leur en veut pas trop. Ils
sont, comme nous, embarqués dans la Saga. Comme
nous, ils ont veillé tard ce soir avec leur famille.

C.H.U. Kremlin-Bicêtre
Service de Gériatrie

Monsieur ou messieurs les auteurs,

Veuillez excuser cette écriture de la main tremblante d'un vieil homme, mais aucun de nous ne
sait se servir de cet engin que l'infirmière en chef
voulait gentiment mettre à notre disposition.
C'est par cette main que s'exprime le petit groupe
(pour l'instant nous sommes huit) qui vient de se
créer en une semaine tout juste. Ne dormant
qu'une ou deux heures par nuit (ô vieillesse enne-
mie !), nous avons davantage l'habitude d'attendre l'aube dans la salle télé que dans nos
chambres, malgré les protestations des infirmières de garde. Le 13 octobre de ce mois, nous
sommes tombés sur le tout premier épisode de la
série Saga. Dès le lendemain, il n'était plus question de rater la suite, nous avons même commencé un travail de propagande qui a éveillé la

curiosité de quelques autres vieux machins du
service. Ce qui fait qu'aujourd'hui c'est bel et
bien un CLUB qui se réunit toutes les nuits à
quatre heures tapantes devant l'écran. Bientôt,
c'est tout le pavillon de gériatrie que nous conver-
tirons, faites-nous confiance ! Votre Saga est tellement plus originale que ce que nous voyons
d'habitude à cette heure-là (et même à des heures
de plus grande écoute), et croyez bien que nous
sommes un public très sévère. Ces nouvelles
séries américaines sont tellement tapageuses, ça
n'est que musique qui vous casse les oreilles et
intrigues banales. Nous ne sommes pas contre
une petite dose de violence, mais qu'elle serve à
quelque chose, nom de nom ! Oh oui, bien sûr, il
reste les jeunes gens musclés et les jeunes filles à
croquer qui nous ravissent l'œil, seulement ça
nous fait rêver pendant cinq minutes et ça nous
donne le bourdon pour le reste de la journée.
Quant aux séries européennes, j'ai l'impression
qu'elles s'adressent à des enfants, il faut être
sérieusement naïf pour s'intéresser à toutes ces
prudes histoires qui jamais n'osent sortir des sen-
tiers battus. Comme votre Saga est différente !
Rien ne se déroule comme on l'avait prévu, les
gens sont attachants mais aussi très complexes,
les histoires se nouent et se dénouent sans jamais
faire baisser la pression et c'est un charme étrange
qui s'empare de nous dès la petite musique de
Bach. Pour ma part, j'aime beaucoup le personnage de l'inventeur qui ne sait plus quoi inventer
pour sauver l'humanité ! Et j'aime aussi tout ce
qui se passe entre Marie et Walter, j'espère que

ces deux-là vont bien finir par se déclarer leur flamme (mais je me méfie aussi de l'admirateur inconnu…). En tout cas, nous sommes et resterons fidèles. Et nous pensons à vous souvent, vous qui êtes un peu nos derniers compagnons de route. Et il est tellement dur à pratiquer, ce petit bout de route qui nous reste à faire, surtout la nuit.

Nous écrirons sans doute une lettre aux comédiens de la Saga qui méritent d'être encouragés, mais c'est vous, les auteurs, que nous avions envie de remercier en tout premier lieu.

Continuez. Au moins pour nous.

> Le club des huit de
> l'étage B1, « pavillon
> des vieux »

Nous l'avons reçue ce matin, soit dix jours après qu'elle a été postée. Elle a traîné une semaine dans la case courrier de Séguret avant qu'une bonne âme de secrétaire nous la renvoie ici. Mathilde l'a lue à haute voix. On a souri pour la forme. En fait, nous étions tous les quatre bien trop touchés pour dire ce que nous ressentions vraiment. Cette lettre est le seul retour que nous ayons sur le feuilleton. Douze épisodes diffusés et pas une seule réaction, ni des journalistes, ni des responsables de la chaîne, ni même de notre entourage. Nous n'en espérions pas tant. C'est sans doute le signe que tout va bien et que la Saga assume parfaitement son rôle : remplir ses quotas dans la plus grande discrétion possible. Séguret non plus n'a rien à dire, il attend la suite, les 56 épisodes stipulés dans notre contrat, et la chaîne sera à flot. Nous n'avons rien à espérer de plus.

Tout va bien.

Louis a épinglé la lettre des petits vieux sur un mur, près de la machine à café.

*

Le n° 16 a été diffusé cette nuit, j'ai oublié de programmer mon magnétoscope. J'ai passé la journée à écrire les deux dernières séquences du n° 28. D'ici à ce qu'il soit diffusé nous aurons mis en boîte les trois quarts du feuilleton. L'important est de ne pas perdre de temps. Continuer à faire ce qui nous plaît, mais le plus vite possible. Inutile de chercher à savoir si la Saga dérive ou garde le cap, c'est comme s'il y avait à bord quatre capitaines fous qui prennent le contrôle des machines quand bon leur semble. Mon Dieu, pardonnez-nous, nous ne savons pas ce que nous faisons. Parfois j'ai l'impression qu'il s'agit d'une écriture automatique à la façon de Dali et Buñuel, nous évoquons tout ce qui nous passe par la tête et abandonnons d'emblée ce que les autres rejettent sans qu'ils aient besoin de le justifier. Comme des enfants à qui personne n'interdit rien, nous nous amusons à repousser les limites de la décence et personne ne vient nous taper sur les doigts. Nous avons créé un personnage qui nous amuse beaucoup, un lointain cousin des Callahan en provenance directe d'une petite île du Pacifique. Il s'appelle Mordécaï, il est richissime et fou comme un lapin. Sa fortune incommensurable est tantôt au service de la vertu, tantôt à celui du vice, sans aucune logique apparente. En partant du principe que tout être et toute chose a son prix, Mordécaï claque du chéquier comme on réclame des têtes. L'argent et la folie étant faits pour s'entendre, Mordécaï s'acharne parfois sur un innocent avec un rare bonheur, parfois il récompense une ordure. Mais il peut tout aussi bien faire l'inverse. Il offre un Disneyland à une vieille grabataire, il impose à Beaubourg la rétrospective d'un petit peintre de la place du Tertre, il est prêt à acheter un million de dollars la photo nue d'une femme ministre dont il vient de s'enticher (et il la trouve). Il organise des soirées somptuaires pour humilier du même coup la Jet Set et la Croix-Rouge. Le tout, fait avec beaucoup de cynisme ou de fraîcheur, tout dépend de quel point de vue on se place. Pour l'instant Séguret ne réagit pas, ni aucune instance de censure, c'est à désespérer de la provocation. Nous sommes les créateurs et les seuls spectateurs de la Saga. Luxe frustrant.

À longueur de journée, Mathilde fume ses cigarillos longs et fins qui lui donnent l'air d'une Mata Hari revenue de tout. Elle change de visage tous les jours et parle de sexe comme d'autres parlent d'informatique. Elle serait parfaite si elle ne lisait pas la presse à scandale. Elle sait tout sur les vacances de stars, le cul des princesses et les longues maladies des grands de ce monde. Parfois elle découpe des photos et les colle dans un énorme dossier qu'elle range dans un tiroir fermé à clé. Quand on lui demande ce qu'elle trafique, elle répond que c'est son jardin secret et que nous sommes bien trop curieux. Plus aucun doute n'est possible, Mathilde est une midinette professionnelle, elle en a fait son métier.

Jérôme s'est renfloué et l'argent lui va bien. On se demande quel genre de type il serait avec ses quatre millions de dollars. Il a même voulu nous débarrasser de Tristan mais Louis s'est proprement insurgé : pas question de nous priver de « sa formidable mémoire vive », ce garçon est une véritable « bibliothèque de situations », un « vivier de personnages-concepts », un « pharaonique trésor de péripéties ». Emphase méritée. Plus d'une fois Tristan nous a trouvé des solutions de rechange, il nous arrive même d'aller directement le consulter sur des cas de figure précis. Il suffit de lui donner quelques paramètres pour que ses facultés de synthèse se mettent en branle. Il ne s'agit en aucun cas d'imagination ou d'un quelconque processus créatif. Tristan serait plutôt un comparatiste doublé d'un encyclopédiste. Bref, nous l'avons gardé et le considérons comme l'un des nôtres.

Notre famille s'est agrandie de deux nouveaux membres. Lina, la patronne de Prima, et William, le monteur. Lina est une chasseuse de têtes d'un mètre cinquante qui piste les personnages, invente des acteurs et traque la silhouette inconnue tant espérée par les metteurs en scène. Vu le renouvellement de l'affiche, la Saga ne lui prend pas dix minutes de boulot par semaine. Si elle a accepté de s'en occuper, ce n'est pas pour le budget misérable que lui propose Séguret mais parce qu'elle s'est prise de sympathie pour les frères Durietz. On passe la voir quand un nouveau visage apparaît dans le feuilleton, moi pour la féliciter de son choix, et Louis pour lui faire remarquer qu'elle ne s'est pas foulée.

Au-dessus de nos têtes, William a un atelier invraisemblable. Il s'occupe des montages et des bricolages en tout genre dont la chaîne a besoin. Il s'amuse comme un petit fou avec son matériel ultramoderne et les techniciens le considèrent comme le Houdini du montage vidéo. Monter la Saga, c'est *sa récré*, dit-il.

Tout irait pour le mieux si Séguret ne devenait de plus en plus agaçant. Pour d'obscures raisons de planning et de coût, il nous fait changer des passages entiers, le plus souvent en dernière minute. Cet homme ne zappe pas avec une télécommande mais avec une calculette. Il nous est impossible de comprendre les raisons objectives de ce qu'il nous demande. Parfois c'est indépendant de sa volonté, comme hier, où un comédien a quitté la Saga sans prévenir pour tourner une pub qui va lui rapporter vingt fois plus en une seule journée de boulot. Le fax de la production disait : *Meublez pendant dix minutes, il nous les faut pour demain matin.*

— Dix minutes…

— Mais il est neuf heures du soir !

— J'ai envie de rentrer.

— J'en ai marre…

— Jérôme ?

Excédé, Jérôme a dit qu'il donnerait à Séguret les dix minutes les moins chères du monde. Comme des lâches, nous l'avons tous abandonné.

Ce matin, je suis le premier au bureau, curieux de savoir comment Jérôme s'en est sorti. Les frères Durietz dorment encore. Près du fax, je repère deux feuillets.

27. FENÊTRE. INT. NUIT

Marie et Walter, dans l'encadrement d'une fenêtre ouverte. Durant toute la scène on ne les verra que de dos, dans un plan très rapproché, penchés à la fenêtre. On ne discernera ni l'intérieur de la chambre, ni ce qu'ils voient au-dehors dans la nuit noire.

MARIE : C'est gentil de m'avoir offert ce voyage à New York.

WALTER : Trois fois rien.

MARIE (regardant un instant vers l'intérieur de la chambre) : Si j'avais pu imaginer un jour que je passerais une nuit dans la plus belle suite du Waldorf Astoria.

WALTER : Cet hôtel ne vous mérite pas, Marie… (il pointe le doigt vers le ciel), regardez plutôt cette superbe aurore boréale, voilà un spectacle digne de vous.

MARIE : Comme c'est beau, toutes ces couleurs incroyables, on a l'impression que Dieu a décidé de nous montrer son génie pictural… (elle pose sa tête sur l'épaule de Walter).

WALTER : Exactement ! On dirait que De Kooning a peint la voûte céleste… Comme c'est splendide, cette arabesque autour de la Grande Ourse…

MARIE (interloquée) : Mais… ! Qu'est-ce que c'est… là, regardez… ! Une étoile filante ?

WALTER : C'est une météorite qui va s'écraser droit devant nous ! En plein New York !

MARIE : Elle fonce vers ce building…

WALTER : Elle va s'écraser sur l'Empire State…

MARIE (épouvantée) : Nooooooooon…

On entend une déflagration, Marie et Walter se retournent un instant, les mains sur les yeux, après un éblouissement terrible. Puis ils regardent à nouveau par la fenêtre.

WALTER : La boule de flammes se consume encore au-dessus de Manhattan !

MARIE : Wall Street est à feu et à sang…

WALTER : Regardez… La météorite a fait dévier

la trajectoire de ce Boeing qui fonce droit sur la statue de la Liberté.

MARIE : Aaaaargh, il l'a décapitée ! Quelle horreur !

WALTER : L'avion s'écrase dans la ville et fait exploser des centaines de gratte-ciel sur son passage. C'est horrible…

MARIE : Pendant qu'au loin on voit encore ce feu d'artifice sublime tiré à Coney Island !

WALTER : Bienvenue à New York, Marie.

Ils s'embrassent.

*

Séguret nous a octroyé de nouveaux décors, même si « décor » est un grand mot. Nous avons droit à une pièce supplémentaire que nous pouvons aménager à notre guise. Tantôt c'est un (minable) hall d'hôtel, tantôt un cabinet de psy, une salle de classe, un guichet de banque, la salle d'attente d'une gare, les toilettes d'un cinéma, l'arrière-salle d'un café, etc. Séguret a décrété que cette « ouverture sur le monde » allait décupler notre « virtualité fictionnelle ». Merci à vous, patron. Il n'est toujours pas question de nous autoriser la moindre scène en extérieur.

Malgré le bond en avant de notre virtualité fictionnelle, les deux premières semaines de décembre ont été difficiles. Notre enthousiasme s'est érodé en quelques jours et notre souci de bien faire en a souffert. C'est comme si nous avions perdu notre sens de l'humour au réveil et qu'il nous fallait plusieurs heures avant de remettre la main dessus. Y a-t-il quelque chose de pire au monde ? Mathilde a mis ça sur le compte d'une fatigue générale inévitable avec le rythme que nous nous sommes fixé depuis deux mois. Pendant quelques jours, Jérôme a fonctionné au ralenti et son mordant habituel s'est émoussé. Son frère, lui, reste toujours aussi imperturbable, mais il n'est pas soumis à la même pression que nous. Je n'arrête pas de pester contre l'entrée dans l'hiver qui me donne chaque année envie de me flinguer. Le Vieux cherche « le second souffle du marathonien », comme il dit. Il fait preuve d'une certaine indulgence envers nous et joue seul la courroie de transmission avec Séguret. Nous prenons soin de retenir les mouvements d'humeur qui pourraient nous être fatals. Pour dédramatiser le tout et tenir bon durant cette crise passagère, il nous arrive de nous charrier les uns les autres en puisant dans le fond de dérision qui nous reste. Le vrai problème n'échappe pourtant à personne : il est facile d'imaginer la déprime d'un boulanger qui s'évertue à faire son pain tous les matins sans que personne ne le mange jamais. Cette putain de Saga ne mérite pas qu'on s'échine pour elle.

Séguret nous pousse à multiplier les coups de téléphone de Marie à S.O.S. Amitié et les séances de Camille chez le psychanalyste. Difficile de faire moins cher, il est vrai. Même si Louis et moi mettons un maximum d'énergie dans nos dialogues, il nous arrive d'être à bout de souffle en fin d'épisode. Depuis hier, nous avons réglé une partie du problème : après un monologue époustouflant de désespoir, Camille quitte le divan, serre la main de son psy et s'en va. Pendant qu'elle descend l'escalier, on entend un coup de feu. Exit le psy qui n'était pas préparé à tant de spleen.

Jérôme s'occupe des démêlés de Jonas avec son terroriste, Pedro « White » Menendez. Personne ne sait pourquoi il pose des bombes. Les endroits qu'il fait sauter sont toujours inattendus : le musée Grévin, le ministère de la Défense, l'Arc de triomphe, la foire du Trône, la Tour d'Argent, la poste du Louvre, et bien d'autres. Toute cette violence n'est que pure abstraction (Séguret ne nous permet rien de plus qu'un flash radio à chaque explosion), ce qui met Jérôme dans un état de frustration dingue. Bilan, Menendez se radicalise d'épisode en épisode. On ne sait presque rien de lui, excepté qu'il a toujours un livre de Kafka en main.

Mathilde s'occupe avant tout de Mildred et de la « Créature ». Dès qu'ils se retrouvent dans la même pièce, tout devient possible. Comme si Mathilde voulait passer en revue l'infinité des imbrications morales et physiques entre deux individus de sexe opposé. Je n'ai jamais rien vu de plus cru au monde ! Séguret ne s'aperçoit de rien, comme il est incapable de détecter l'ivresse de Walter si on ne le montre pas en train de rouler au milieu de bouteilles vides. Tant qu'on ne décrit pas la Créature avec la queue en bataille et la langue pendante, il ne voit aucun mal à ce que deux jeunes gens s'amusent dans une chambre close. S'il soupçonnait une seconde à quel degré d'obscénité nous en sommes ! L'incidence de certains mots avec certains gestes provoque quelque chose de pur et de torride. À côté de ça, le porno de la chaîne concurrente passe pour un cours de sciences naturelles.

Et Dieu sait si, en ce moment, je n'ai pas besoin qu'on vienne m'agacer les sens…

Surtout depuis qu'un curieux phénomène de combustion spontanée s'est emparé de moi.

Ça ne se passe ni dans le cœur ni dans la tête, mais quelque part entre le nombril et le bas-ventre.

Une flammèche qui vire au brasier…

J'ai du mal à admettre qu'il s'agit d'un effet pervers dû à cette distance qui s'est créée entre Charlotte et moi. Les rares fois où nous nous croisons, toujours par hasard, je sens en elle une légitime envie d'engager une de ces guerres des nerfs qui en laisse toujours un sur le carreau. Il y a une dizaine de jours, je l'ai effleurée par inadvertance et elle a sursauté comme si son coude s'était brûlé en frôlant mon épaule. Un rejet tellement fulgurant, tellement instinctif que j'ai compris en un quart de seconde bien plus de choses qu'au cours de ces dernières semaines. Depuis, plus question de ronronner autour d'elle ou même de la voir nue dans la salle de bains.

Parallèlement à cette phase de mutité physique, j'ai remarqué que les diffusions nocturnes de la Saga produisent sur moi un effet inédit. Lors d'une de mes nuits de découche, je m'en suis ouvert à Jérôme :

— Ça ne te fait rien, ces personnages de femmes qui s'abandonnent à tout ce que tu leur fais vivre ?

— Une Garbo ou une Faye Dunaway, je ne dis pas, mais ce n'est pas Madame Sparadrap ou cette pétasse de Camille qui vont me faire grimper aux rideaux.

— Et leur intimité mentale ?

— … ?

— Prends, par exemple, la scène où Camille pète les plombs et tente de séduire Walter. Tu te souviens de ce qu'elle lui dit, là, dans la chambre ?

— Pas vraiment.

— Elle lui fait comprendre qu'elle vient de s'épiler le pubis, juste pour lui, et qu'elle a relu Sade pour se préparer à cette rencontre. Elle ne le dit pas comme ça, mais c'est tout comme.

— Et alors ?

— Quand je l'ai vue, cette scène, quand j'ai vu la fille qui joue Camille faire des effets de poitrine devant l'autre beatnik dégénéré, quand j'ai entendu toutes ces belles métaphores autour du sexe, je me suis demandé si nous avions le droit de nous servir d'elle comme d'un support à nos fantasmes. De jouer avec la libido des autres, même des personnages de fiction.

Il m'a regardé avec la circonspection du bon sauvage qui voit débarquer le missionnaire.

— Ça fait combien de temps que tu n'as pas sali des draps avec une fille, coco ?

— … ?

Pour garder une contenance, j'ai joué le type qui ne se prend jamais les pieds dans ce genre de poncif. Je me suis lancé dans une diatribe à la Guitry — la grandiloquence agacée, le paradoxe exubérant — pour dire que la pulsion libidinale n'était pas la seule réponse, quoi qu'en dise Freud. Le monde ne se partage pas en priapiques et en eunuques. Le mythe de l'homme gouverné par sa turgescence est une chimère de bigoterie, etc., et je suis rentré chez moi, persuadé de m'en être tiré la tête haute.

Je n'ai revu la question que le lendemain, quand Louis m'a demandé de relire une séquence.

23. CHAMBRE CAMILLE.
INT. JOUR

Jonas entre après que Camille le lui a permis. Elle est en train de brancher le téléphone qu'il lui a confié dans la séquence 16.

CAMILLE : Le mot de passe, c'est bien «Quitte ou double»?

JONAS : Non, il a été changé hier, c'est «Rien ne va plus».

CAMILLE : Vous auriez pu prévenir. Vous n'avez pas assez joué avec moi?

JONAS : À quelle heure avez-vous rendez-vous avec Menendez?

CAMILLE : À 20 heures, à son hôtel.

JONAS : Et vous vous habillez comment?

CAMILLE : C'est le flic qui me pose la question, ou le soupirant?

— Tout y est, à ton avis?

— ...

— Tu as l'air tout chose, Marco...

J'aurais été incapable de lui dire ce que j'avais lu en réalité.

23. CHAMBRE CAMILLE.
INT. JOUR

Jonas entre après que Camille le lui a permis. Elle est en train de *branler* le téléphone qu'il lui a confié dans la séquence 16.

CAMILLE : Le mot de passe, c'est bien «*Nique ou double*»?

JONAS : Non, il a été changé hier, c'est «Rien ne va plus».

CAMILLE : Vous auriez pu prévenir. Vous n'avez pas assez *joui* avec moi?

JONAS : À quelle heure avez-vous rendez-vous avec Menendez?

CAMILLE : **À 20 heures, à son hôtel.**

JONAS : **Et vous vous *déshabillez* comment ?**

CAMILLE : **C'est le flic qui me pose la question, ou le soupirant ?**

Il était temps que je rentre. Avant de partir j'ai appuyé sur la touche « quitter » de mon ordinateur, comme je le fais chaque soir. J'ai vu s'afficher : « Bonsoir, vous pouvez maintenant *étreindre* votre écran. »

*

Je ne sais plus trop qui a fait quoi dans le nº 31. Personne ne l'a vraiment relu, il est parti tel quel, avec nos doutes et nos folies. Nous avons abandonné toute idée de cohérence, la vraisemblance des situations n'est plus qu'un vague souvenir, le n'importe-quoi règne en maître. Les éclats de rire du Vieux sont notre unique critère de sélection. Séguret nous fiche une paix royale, il ne s'aperçoit de rien et nous laisse totalement libres. Il ne cherche pas à savoir qui veut faire quoi dans cette putain de Saga, qui couche avec qui, qui veut égorger qui et pourquoi. Il s'en fout, tant qu'il peut en mettre en boîte le plus possible en un minimum de temps.

Malgré l'usure, il nous faut désormais un peu moins de quatre jours complets pour nous descendre un épisode de 52 minutes. Mais ce sont les journées les plus longues de mon existence. Au début, je me déplaçais dans le feuilleton avec une certaine aisance, aujourd'hui j'ai l'impression d'être un fantassin qui crapahute nuit et jour dans la fange pour gagner ses galons. Hier, j'ai confondu Camille et Mildred pendant une scène délicate : le moment crucial où Camille se per-

suade qu'elle préfère Walter à Jonas. Le même dialogue dans la bouche de Mildred devient une sorte
d'oraison œdipienne dont les psychanalystes devraient
désormais s'inspirer. J'aurais pu tout remettre dans
l'ordre en changeant les prénoms mais j'ai tout laissé
en l'état, sans rien dire aux autres. Je ne suis pas le seul
à faire des dérapages absurdes ; dans le n° 29, Jérôme a
fait resurgir Étienne, un drôle de bonhomme que Louis
avait liquidé dans le n° 14. En dernière minute, ils ont
essayé de bricoler une incompréhensible histoire qui
tient à la fois de la métempsycose et de la maladie
mentale. Je ne sais pas quel acteur sera capable de
jouer ça, à moins que Lina ne le recrute dans un ashram
qui aurait côtoyé trop longtemps une centrale
nucléaire. Jérôme nous a casé une intrigue internatio-
nale avec tueur, trust, et prise d'otage, tout ça sans sortir d'un vestibule. Pendant que Mathilde se propose de
combler le déficit de la Sécurité sociale en instaurant
un impôt sur l'amour (la scène existe, je l'ai lue).

Pour l'instant, la police ne nous a pas encore repérés.

*

— ... Allô ?
— Je te réveille, mon p'tit ?
— ... ?
— Tu vois bien que je te réveille.
— ... Il est quelle heure ?
— Huit heures passées.
— ... C'est toi, m'man ?
— Qui veux-tu que ce soit ?
— Personne. Il n'y a qu'une mère pour appeler à
cette heure-là. Tu es au bureau ?

— Non, justement. Ta mère a besoin de toi et tu ne vas pas la laisser dans la panade. Je suis dans le hall du RER et je vais être en retard au boulot. Ça m'est déjà arrivé la semaine dernière et Combescot n'aime pas ça.

— Qu'est-ce que tu veux que j'y fasse ?

— Je vais leur mettre une bonne heure dans la vue.

— Et alors ?

— …

— Écoute, m'man, je sais bien qu'entre mère et fils, on se comprend avec des petits riens, des regards et des silences, mais là franchement, je ne vois pas ce que je peux faire.

— Trouve-moi une excuse.

— Pardon ?

— Trouve-moi un truc à dire à Combescot. Je lui ai déjà fait le coup du réveil qui débloque et du suicidé sur la voie.

— … ?

— C'est ton métier, non ?

— Le mensonge ?

— Non, inventer des histoires. Trouve-moi une histoire, vite…

— … ?

— Tu veux qu'on me remplace par un jeune tendron en minijupe qui parle l'anglais et qui arrive la première le matin après son jogging ?

— Ça fait vingt piges que tu es dans cette boîte, on ne te fera pas un coup pareil, m'man.

— Ah oui ? Il y a six mois, j'ai frôlé une charrette de peu. Ils font feu de tout bois, tu sais. Sois pas vache, le chômage à 54 ans, tu sais ce que ça veut dire ? Trouve-moi vite quelque chose de crédible.

— Impossible. Hors de question. Trois fois de

suite, Combescot va penser que tu le prends pour un con.

— Si je dis quelque chose de banal, oui. Tu sais bien que je n'ai aucune imagination. Il faut lui trouver un truc qu'on ne peut pas ne pas croire.

— Tu te rends compte de ce que tu me demandes ?

— Allez…

— Il y a deux manières de faire passer une histoire peu crédible : l'inflation ou la surenchère.

— … ?

— Si, par exemple, tu me racontes qu'un jour tu as dîné avec Jean Gabin, je ne te croirai pas. Mais si tu me racontes que tu as dîné avec Jean Gabin, qu'il a commandé une truite aux amandes, qu'il a mis toutes les amandes de côté parce qu'il n'aimait pas ça, et que tu les as picorées une à une sur le rebord de son assiette, ça ne peut être que vrai. Ça c'est l'inflation. Mais dans une urgence comme la tienne, j'essaierais plutôt la surenchère.

— Vas-y.

— Le meilleur moyen de crédibiliser un événement hors du commun, c'est de le coupler avec un second encore plus étonnant. Si tu arrives au bureau en disant que ton RER a failli dérailler et coûter la vie à tout le wagon, ce n'est pas sûr qu'on te croie. Mais si tu racontes que ton RER a failli dérailler et coûter la vie à tout le wagon, que le trafic a été interrompu, que tu as trouvé un taxi, mais qu'au moment où tu pensais être tirée d'affaire, le taxi a embouti la bagnole d'un fou qui a cassé la gueule de ton chauffeur en pleine rue, jusqu'à ce qu'un flic arrive. Là on te prend pour une miraculée. Tu as pigé le principe ?

— … Je crois. Ça me donne des idées. La seule

chose dont j'ai peur, c'est de ne pas avoir assez de talent de comédienne.

— Pour ça, je me fais moins de souci.

— Je t'embrasse, mon cœur.

— … M'man ?

— Oui ?

— C'est pas beau de mentir.

— C'est moi qui t'ai appris ça ?

Elle raccroche. Ma main veut s'enfouir dans les cheveux de Charlotte et ne trouve que l'oreiller.

Si encore elle y avait laissé son odeur.

Je suis du genre olfactif.

Ça ne sent que l'absence et la lessive. Dans la pénombre, j'ouvre le tiroir de la commode où elle met son linge. Je veux y enfouir mon visage entier mais le tiroir est vide.

Elle dort peut-être ici quand je n'y suis pas.

Elle aurait pu attendre encore quelques mois. Je serais revenu près d'elle pour ne plus jamais la quitter.

Je n'ai aucune idée de l'endroit où elle se trouve et son absence ressemble étrangement à un défi. Je ne sais pas encore lequel. Je ne dois pas compter sur ses proches pour en savoir plus. Au téléphone, sa copine Juliette a joué celle qui tombe des nues. Je préfère encore la réaction du père de Charlotte qui se « félicite de cette rupture ». Le mot rupture m'a accroché l'oreille. Rupture… Si encore elle m'avait quitté comme tout le monde, avec des éclats de voix et des valises qu'on remplit à la diable pendant qu'on vide son sac.

Charlotte ne fait rien comme tout le monde.

*

Contrairement à ma chère mère, j'arrive en avance au boulot. Les allées et venues des castings de Prima ne m'inquiètent plus depuis belle lurette, mais pour une fois je suis assez épaté en croisant l'acteur Philippe Noiret en personne qui attend d'être reçu. Trois autres Philippe Noiret arrivent du fond du couloir, une demi-douzaine de Philippe Noiret sortent du bureau de Lina, quelques-uns descendent l'escalier et un petit dernier sort de mon propre bureau en s'excusant. Cette avalanche de Philippe Noiret a quelque chose de troublant. En coup de vent, Lina m'explique qu'elle doit recruter dix sosies de l'acteur pour un gag qui durera en tout et pour tout vingt secondes dans son prochain film.

Mathilde est déjà là et m'accueille avec une tasse de thé. Elle est plus jolie de jour en jour. Je regarde ses jambes avec insistance dès qu'elle tourne la tête. Le Vieux fait son entrée, impérial :

— Quelqu'un a-t-il vu l'épisode de cette nuit ? Non ? Eh bien, mes enfants, vous avez raté un grand moment. Une scène de dispute entre Jonas et Bruno. On se serait cru revenu au doux temps du cinéma expérimental. Tout ça n'avait ni queue ni tête mais, comment dire… il se passait quelque chose.

— La scène où Jonas pousse le gosse à faire un geste interdit ?

— Un petit bonheur ! Leur face à face est filmé en contre-plongée, on voit des mains faire jaillir des objets d'on ne sait où. Les surréalistes auraient adoré ça.

Sur le papier, c'était une scène plutôt casse-gueule. Bruno vient encore de faire une connerie, Jonas le coince dans une pièce. Le môme sent venir le cours de morale doublé d'une menace terrible en cas de réci-dive. Contre toute attente, Jonas empoigne le gosse et lui explique que transgresser l'interdit, ce n'est ni voler une voiture ni casser la gueule de son pire ennemi. L'interdit, c'est bien autre chose, morveux. L'interdit n'est pas forcément la faute, ni le courage de la faire. L'interdit c'est… c'est faire un geste libre, tout simplement. Un geste qui n'est dicté par aucun code, aucune revendication, aucune revanche. Un geste libre, c'est…

Jeter un violon par la fenêtre dans la quiétude du soir. Psalmodier dans une langue inconnue devant un miroir. Casser paisiblement des verres à pied tout en fumant un énorme cigare. Porter un chapeau grotesque et agir comme s'il était invisible.

En somme, risquer avec délice de passer pour un dingue aux yeux des autres. Enterrer du même coup le rationnel, le bon goût et la norme. Tout le monde sur cette terre a envie de faire un geste totalement absurde qui n'obéit à aucune logique. Il suffit de trouver celui qui est propre à chacun. C'est le cri que pousse Jonas.

— Il n'y avait pas une histoire de beurre, dans cette scène ? demande Mathilde.

— Si ! Ils l'ont filmée ! À la lettre ! Une livre de beurre qui surgit entre les mains de Jonas, bien compacte. Il l'écrase entre ses doigts tout en souriant comme un ravi, il la malaxe pendant une longue minute, en temps réel. C'est sensuel jusqu'à l'insoutenable. Le môme est horrifié.

Jonas lui propose d'en faire autant, mais c'est plus fort que lui, le gosse ne peut pas et ne pourra sans doute jamais. La folie et l'absurde sont les tabous suprêmes de l'enfant, jamais il n'osera transgresser la norme à ce point. Seul l'adulte en a le courage. Quand il a créé cette faille chez Bruno, Jonas le renvoie à ses turbulences juvéniles.

Une chose est sûre : le réalisateur de Saga fait désormais partie de la bande. Séguret a dû le recruter, comme nous, au fond d'une poubelle. Ce gars-là nous suit avec une rare fidélité, il est le relais direct entre notre poignée de spectateurs et nous. Louis préfère ne pas le contacter si lui-même n'a jamais cherché à le faire. Peur que ça brise quelque chose, peut-être.

Au-dessus de la machine à café, le Vieux a épinglé deux autres lettres. L'une nous vient d'un nightclubber un peu déjanté dont nous avons eu du mal à déchiffrer l'écriture. Sans parler du style.

Salut aux aventuriers du cyber-soap !

Hier encore, avec mon pote Rizzo (THE Rizzo soi-même), on ne rentrait pas de bamboche avant notre petite tasse d'Earl Grey chez Mireille sur les coups de huit du mat. Terminé ! On est obligés de rentrer à 4 heures tapantes pour nos 52 minutes de flash intégral, j'ai nommé THE Saga, le surf twilight zone sur le roulis des neurones. Entre nous, les gars, si vous prenez des trucs pour écrire ça, faut nous dire immédiatement quoi. De mémoire de junkie-TV-Trash, on n'a jamais vu un truc pareil. Notre pote qui tient LE TUBE (une boîte où on vous réserve une table VIP dès que vous nous faites signe), vient d'installer une vidéo pour célébrer la grand-messe nocturne de ceux qui sont passés de l'autre côté. La secte s'agrandit de nuit en nuit. Débandez pas.

Luc et Rizzo.

P.-S. : On aimerait bien voir Mildred à poil, juste pour les cicatrices.

Le lendemain, nous en recevions une autre.

> Madame et Messieurs les scénaristes
> de Saga,
>
> Juste quelques lignes, pour vous dire ceci : j'ai 41 ans et passe toutes mes nuits dans la maison de mon enfance, près de Carcassonne, parce que ma mère va y mourir dans les semaines à venir. Ma sœur la veille le jour, et je prends le relais jusqu'au matin. Elle aime me sentir proche. Quand elle s'assoupit, je règle au minimum le son de la télévision pour regarder Saga. Je ne sais pas trop comment le dire, mais cette heure-là est la seule qui m'entraîne ailleurs, comme une petite pause où j'ai enfin le temps de respirer, et de me retrouver, moi. J'ai même ri, parfois, en silence. Quand l'épisode se termine, je suis apaisé, comme si je regardais avec plus de distance cette farce absurde que nous vivons chaque jour. Merci.

Nous n'avons pas su quoi en penser. Ça nous a fait du bien. C'est tout. Du bien.

Gonflés à bloc, nous avons attaqué le n° 46. Séguret est passé en fin d'après-midi pour nous porter lui-même nos chèques et prendre livraison de deux épisodes. Je n'ai rien à dire contre cet homme qui souffre un martyre quotidien. Il considère que les auteurs sont des plaies, les acteurs sont des plaies, les annonceurs, n'en parlons pas, quant au public, il s'est ligué contre lui pour l'empêcher de voir grand. Il arbore une bedaine naissante à laquelle il semble prêter attention, à en croire la bouteille d'eau minérale qui ne le quitte jamais. Notre meilleur atout reste sa formidable inculture. La garantie formelle de faire passer *n'importe quoi* sans qu'il s'en doute. Ce soir, il m'a demandé de lui expliquer une réplique de Jonas après le vol d'un tableau offert par Mordécaï aux Fresnel (« *Si c'est un vrai Braque, il va réapparaître sur le marché* »). Mon couplet sur le cubisme n'a servi à rien. Sûr de lui, il a dit :

— Les voleurs sont sans doute des braques mais le plus souvent des tueurs, ils n'ont pas de temps à perdre à chaparder sur les étalages.

Béni soit cet homme qui vendrait père et mère en direct pour empêcher qu'on zappe.

En partant, j'ai saisi le manteau de Mathilde pour l'aider à le passer. Étonnée du geste, elle m'a remercié d'un sourire. J'ai juste eu le temps de prendre à la sauvette une bouffée de féminité et l'ai gardée en apnée jusqu'au-dehors.

*

Depuis que Charlotte a disparu, je n'ai même plus besoin de me changer les idées. Après 22 heures je hais les idées, à quoi bon en trouver de nouvelles ? Le soir, j'essaie de m'immerger dans un bain très chaud en me passant la tête sous l'eau froide. Je lis *Mickey*. Je feuillette un énorme livre de photos. Je joue au solitaire. J'hésite à appeler une ex qui aurait envie de savoir ce que je deviens. Mais tout ça ne sert à rien. Il m'est impossible de débrancher la machine à faire des histoires. J'ai beau me passer la tête sous l'eau froide, dans ce bain, je ne peux pas m'empêcher de penser à Marie, Walter, et tous les autres. Dès les premières cases de *Mickey*, j'appréhende la suite et commence à bâtir des histoires indignes d'une petite souris universelle. Dans l'énorme livre de photos, il y a des portraits de groupes égarés là par hasard, au gré des mille circonstances que j'invente pour les réunir. Je peux même tisser la biographie de chaque individu un à un. Les mouvements du solitaire sont des petits films d'aventures avec des axes et des retournements imprévisibles. Avant de décrocher le téléphone pour revoir cette ex, je me refais le dialogue à haute voix en variant les adjectifs selon leur degré de sincérité.

En désespoir de cause, je sors dans les frimas et mes pas me conduisent dans le petit immeuble de cette banale avenue de l'arrondissement le plus désert de Paris. Il n'y a que là où, paradoxalement, j'arrive à penser à autre chose. Sur le chemin, je prends une bouteille de vodka au poivre pour faire plaisir à Jérôme.

Nous buvons quelques gorgées rouges et brûlantes. Affalé sur son radeau, devant un documentaire sur la pêche au gros, Tristan dérive lentement vers des mers inconnues.

Je regarde les ténèbres, au-dehors. La douce musique des cités endormies s'élève. Pour mieux l'entendre, je m'accoude contre le rebord de la fenêtre.

Une forêt d'antennes et de cheminées, des milliers de toitures qui se découpent au clair de lune, des palais et des taudis qui se côtoient sans le savoir.

Je les devine, partout, eux, tous, cachés derrière les murs, enfouis sous leurs couvertures. Ceux qui dorment ont peut-être droit à la paix. Les autres sont les personnages d'un feuilleton qui revient chaque soir depuis la nuit des temps.

Les amants adultères vont jouer les gangsters en cavale. Les noceurs vont partir en croisade pour un dernier verre. Les médecins de garde vont effleurer des secrets de famille. Les égarés vont se chercher, et les élus se perdre.

La nuit va charrier son ordinaire de crimes inexpliqués et d'intrigues à tiroirs. Les acteurs ne manqueront pas de talent, ils sauront mentir et jouer la comédie. Ils iront jusqu'au bout de leur rôle, et les plus en verve sauront déchirer le silence de leurs répliques inouïes. Pas question de rater un épisode, le monde des ténèbres est une histoire à suivre.

Et si jamais ils manquent d'imagination pour de nouvelles aventures, il leur suffit de regarder du côté de la boîte à images. Nous sommes là pour leur en donner.

Je vois, au loin, une petite lumière s'allumer dans une chambre de bonne, au dernier étage d'un immeuble.

Il est 3 h 55.

C'est l'heure de la Saga.

— Tu sais, Marco, je me disais l'autre jour que notre boulot, dans l'ordre d'importance, arrivait juste après celui des agriculteurs.

— Tu crois ?

— De quoi l'humanité a-t-elle besoin, après la bouffe ? S'écouter raconter des histoires.

— Tu nous placerais même devant les tailleurs et les agences matrimoniales ?

— Oui.

Tristan débranche ses écouteurs d'un coup sec, le jingle de la chaîne nous fait dresser la tête. La fugue de Bach nous rappelle vers l'écran.

Bienvenue à tous.

— L'un de vous a-t-il vu l'épisode de cette nuit ?

Rares sont les matins où Louis ne nous pose pas la question. Sans doute sa façon de dire bonjour. Cette nuit, j'ai dormi dix heures d'affilée, Tristan s'est assoupi devant un *Star Trek* et Jérôme est allé lancer son boomerang dans un stade. Mathilde ne regarde jamais les épisodes à la diffusion et programme son magnétoscope pour se les passer au petit déjeuner. Elle pense s'être trompée dans la manipulation : ce matin, elle a beurré sa tartine devant un documentaire sur le gaz de Lacq.

— Qu'avait-il de spécial, cet épisode, Louis ?

— Il n'a pas été diffusé.

Le temps d'accuser le coup, nous laissons planer au-dessus de nos têtes ce... *Il n'a pas été diffusé.*

Dans mon souvenir, il n'y avait rien de bien méchant dans ce n° 49. Les membres de la secte ont eu droit à des choses bien pires.

Il n'a pas été diffusé.

Je ne me souviens que de quelques détails. L'étole en peau de doberman cachée dans le carton à chapeau.

La fièvre de cheval de Mildred la fait délirer en latin.
Quoi d'autre ?

Il n'a pas été diffusé.

Bruno agace son monde en citant Shakespeare à
propos de tout et de rien (*One pound of flesh* est son
leitmotiv). Il va voir un médium pour dialoguer avec
l'esprit de son nouveau maître à penser.

Il n'a pas été diffusé...

Walter et Marie font le même rêve et finissent par
s'inviter l'un l'autre dans leur espace mental pour
découvrir les recoins poussiéreux de leur âme.

Il n'a pas été diffusé ?

Qu'est-ce qu'on voit, là-bas, pas si loin ? Le bout
de la route ? Un écueil inattendu a crevé notre embar-
cation sans que nous y prenions garde ? Le Vieux
nous met au défi de trouver une explication. Mathilde
penche pour une censure pure et simple ; un lobby
anti-Saga s'est formé et menace de lyncher le directeur de la chaîne si ce scandale ne cesse pas. Jérôme
pense que le C.S.A. a passé l'éponge sur l'histoire des
quotas : le feuilleton n'a plus de raison d'être. N'ayant
rien de très vraisemblable à proposer, j'imagine que
des extraterrestres ont volé l'ensemble des épisodes
pour montrer à leurs semblables l'état de décomposition de notre civilisation.

Le Vieux croise les bras comme un instituteur
bonasse qui va faire une leçon de choses.

— L'épisode 49 n'a pas été diffusé cette nuit parce
qu'il a été diffusé ce matin, entre 8 heures et 9 heures.

— Si c'est une plaisanterie, Louis...

— Séguret n'a pas daigné nous en parler, mais
cette fois, c'est uniquement pour tirer la couverture à
lui auprès de ses chefs. Figurez-vous que la chaîne

reçoit deux à trois cents lettres de spectateurs par semaine.

Avec une simultanéité parfaite nous avons regardé les malheureuses feuilles qui pendouillent au-dessus de la machine à café.

— On nous a transmis celles-là parce qu'elles nous étaient directement adressées, les autres sont stockées dans les locaux de la chaîne. D'après les chiffres, tout le public de la nuit se regroupe autour de Saga. On pourrait croire que c'est négligeable mais si on additionne tous les individus qui ne dorment pas entre quatre et cinq, ça fait le désespoir des autres chaînes. Les sondages affirment que 75 % des spectateurs de Saga l'enregistrent pour la regarder en rentrant du boulot.

Absurde ! Je veux bien croire qu'une poignée de malades mentaux se soient pris d'affection pour ce feuilleton, mais en aucun cas je ne peux imaginer des téléspectateurs lambda regarder Saga en famille. A fortiori le soir, à l'heure du *prime time*, quand des dizaines de chaînes proposent des films à peine sortis des salles et des reality shows tout pleins d'images choc. La Saga ne fait pas le poids.

— Vous avez entendu parler de ces deux journalistes qui tiennent une chronique régulière sur le feuilleton ?

— Tu crois qu'on a le temps de lire les canards ?

Pour nous clouer le bec, Louis sort des coupures de presse. Le ton des articles oscille entre le journal de bord et le bulletin d'un club réservé aux initiés. «*On pensait qu'ils n'oseraient pas, et pourtant !*», ou encore, «*Cette nuit, nous avons eu droit à…*», ou même, «*Il y a fort à craindre que Mildred et Fred*

inventent une machine à contrôler les neurones, ren-
dez-vous ce soir, à vos cassettes ! »

— Sans parler des dizaines d'animateurs radio à travers la France qui commentent en direct l'épisode de la nuit à leurs auditeurs.

— Tu voudrais qu'on te croie, mec ?

— Un fan club s'est manifesté dans l'Oise.

— N'en jetez plus, Louis !

— Résultat des courses : ils décalent le télé-achat qui se faisait distancer par celui des autres chaînes et programment Saga à la place. Si vous avez encore besoin de preuves, j'en ai une qui va forcer l'admiration.

Il a réservé le meilleur pour la fin, je le sens. Louis est le maître incontesté du suspense. Il aurait pu travailler pour Hitchcock, si le Maestro ne se l'était pas accaparé.

— J'ai obtenu trois mille de plus par épisode pour chacun de nous.

Touché par la grâce, Jérôme s'agenouille devant le Vieux en poussant des râles incantatoires. Si je fais le calcul, ça me fait… Dix mille de plus par mois ? Dix mille ! Mais qu'est-ce que je vais faire de tout ce pognon !

— Si vous avez d'autres revendications, c'est le moment, Séguret va passer dans l'après-midi.

*

Séguret n'a pas été déçu. Il est tombé sur trois enfants gâtés qui l'ont pris pour le père Noël. Jérôme a obtenu des notes de frais pour les repas ; nous pouvons désormais snober les pizzas pour un crédit de cent francs par jour et par personne. Mathilde a pensé à agrémenter notre quotidien avec une dizaine d'objets gros et petits. J'ai demandé un matériel vidéo ultramoderne, écran géant, antenne parabolique, magnétoscope, et tout le toutim. J'ai su que Tristan m'en rendrait grâce à jamais.

Séguret est parti comme on quitte une défaite sans avoir livré bataille.

— Je tiens juste à vous mettre en garde, tous les quatre. Ce n'est pas parce qu'une bande d'insomniaques et de noctambules déboussolés ont bouffé de la Saga que le public du matin va en redemander. Il pourrait même l'enterrer vivante.

Et vlan, on aurait dit que ce petit succès lui faisait plus de peine qu'autre chose. Nos créatures de la nuit ne devaient sans doute pas voir le jour, qui sait ?

Tous ces petits chamboulements nous ont donné du baume au cœur. Nous avons besoin de ce second souffle. Il nous reste à fournir une trentaine d'épisodes et à conquérir un public matinal, celui qui part sur les chapeaux de roues avant d'aller au boulot, ou qui achète des autocuiseurs rutilants sur le petit écran. Il est là, le pays tout entier, et pas ailleurs.

— Quelqu'un a déjà acheté quelque chose à la télé ? je demande.

— Tu as besoin de quoi, mec ? Il fallait en profiter quand l'énarque était là.

— Je veux juste savoir comment fonctionne le télé-achat.

— Je leur ai déjà acheté du rouge à lèvres, dit Mathilde, c'est tout bête. Vous vous laissez séduire par le discours stupéfiant de sottise du présentateur sur les images ridicules de la démonstratrice à laquelle vous êtes censée vous identifier. Vous leur donnez votre numéro de carte bleue, et c'est tout. Ça marche, j'en suis la preuve vivante : ce sourire fuchsia qui fait mon charme, je le dois au télé-achat.

— Le rouge à lèvres invisible ? demande Tristan qui se réveille à peine. Celui qui ne laisse aucune trace ?

— Celui-là même, le rouge adultère, celui des mauvaises femmes. Si vous saviez ce que je lui dois…

— Nous devons faire mieux que le télé-achat, j'ai dit. Ce pouvoir formidable de la consommation qui envoûte le téléspectateur, il faut en faire profiter la Saga.

— En clair ? demande le Vieux.

— Essayons d'imaginer l'ultime limite de la consommation.

— Son point de non-retour ?

— Le rêve doré de tout consommateur ?

— Sa totale impunité !

21. SALON FRESNEL.
INT. SOIR

Tous les Fresnel et les Callahan sont à table, sauf Fred. Bruno lit un livre posé sur ses genoux. Walter sert le plat que vient d'apporter Marie. Mildred se jette goulûment sur son assiette.

MILDRED (enthousiaste) : À part la bouffe tout n'est qu'épiphénomène.

MARIE (flattée qu'on apprécie) : Eh bien mange, petite !

CAMILLE (haussant les épaules) : Je déteste le mot « manger ». Tous les dérivés du mot manger sont avilissants : mangeoire, mangeaille…

JONAS : Tu préfères « bouffer » ?

CAMILLE : Les deux mots les plus répugnants de la langue française sont «acheter» et «manger». Je ne parle pas de ce qu'ils véhiculent mais de leur sonorité. ACH-té, ACH-té, ACH-té, vous ne trouvez pas ça odieux?

MARIE : On voit bien que ce n'est pas toi qui fais les courses. Enfin, je veux dire... ce n'est pas toi qui vas ACHETER à MANGER.

Camille hausse les épaules. Tout à coup, Fred apparaît dans le salon, le regard illuminé. Les convives se figent, surpris. Il est haletant, il joint ses deux mains et regarde vers le ciel. Le silence se prolonge, gêné. Toujours en transe, Fred s'agenouille.

FRED : J'ai éradiqué la faim dans le monde.

Silence. Les convives se regardent. Fred réalise le trouble qu'il vient de créer.

FRED : Vous m'avez entendu? J'ai trouvé la solution à la faim dans le monde! LA FAIM DANS LE MONDE! VOUS M'ENTENDEZ!

Les autres, médusés, n'osent pas réagir. Fred s'emporte.

FRED : Les peuples ne souffriront jamais plus de la faim! On ne verra plus jamais d'enfants au ventre énorme mourir au flanc de leur mère! Les pays sous-développés vont retrouver leur dignité! Leur force! Malthus dépassé! Il n'y aura plus jamais d'affameurs ni d'affamés! Vous m'entendez? VOUS M'ENTENDEZ?

Il éclate en sanglots.

Walter se penche à l'oreille de Marie.

WALTER (chuchotant) : Tu n'aurais pas dû le laisser seul aussi longtemps.

Marie confirme discrètement de la tête, mais Fred s'en aperçoit.

FRED : J'ai compris... Vous me prenez pour un fou, c'est ça ? Vous m'avez toujours pris pour un fou dans cette famille... Vous ne comprenez donc pas ! La moitié du monde va quitter le Moyen Âge grâce à moi !

Il pleure à nouveau, cette fois Mildred se lève de table pour se pencher vers lui. Avec des gestes attentionnés, elle le conduit vers un fauteuil puis sort une bouteille de cognac et lui en verse un verre.

MILDRED : Moi, je vous crois, Fred.

FRED : Merci... Merci, ma fille... Votre esprit est bien supérieur à tous ceux de cette table réunis... Vous aurez été la première, Mildred... Je saurai m'en souvenir.

MILDRED : Et si vous nous disiez par quel miracle vous avez réussi ce miracle, Fred.

FRED : Rien de plus simple, mais je ne suis pas sûr qu'ils (œillade vers les autres) pourront comprendre.

MILDRED : Faites-le au moins pour moi.

Il avale une gorgée de cognac qui le réconforte.

FRED : L'idée était toute bête, c'est son application physique qui posait problème. J'ai mis au point un programme de répartition mondiale des stocks lipidiques par un système de transadipisme.

— Marco ?

J'ai entendu mon nom quelque part...

Je lève la tête. Il fait nuit. Chacun est devant son écran.

— Tu as besoin d'un coup de main, Marco?

Au-dessus du Vieux, je ne vois qu'un nuage de fumée.

— Non, merci. Vous pouvez partir, je vais en avoir pour un petit moment.

— Nous avons tous une séquence à bricoler. Tu as besoin de quelque chose?

— S'il reste un peu de vodka au poivre.

Je relis la dernière phrase, quatre, cinq fois. Il faudra la revoir avec un toubib ou un économiste. Ou quelqu'un à mi-chemin entre les deux.

Les convives se regardent encore, Bruno se tapote la tempe de la main, Camille regarde gravement sa mère, les autres restent interdits. Seule Mildred écarquille les yeux.

MILDRED : **Fred...? Ne me dites pas que...**

FRED : **Si, je sais comment transfuser les tissus graisseux, j'ai fait des expériences sur des cobayes dont les systèmes sanguins étaient parfaitement incompatibles. La graisse est désormais une matière première universelle!**

MILDRED : **Ce serait trop beau, Fred... J'ai foi en vous, mais...**

FRED : **Je sais que la foi a besoin de preuves.**

Il fonce vers son labo et en revient en tenant dans ses bras un chat à la silhouette svelte.

Silence consterné.

BRUNO : **Mais... on dirait... Ulysse! C'est Ulysse!**

MARIE : **Impossible, Ulysse a disparu depuis deux semaines, et en plus il était gras comme un pape.**

CAMILLE : C'est lui, regarde la tache blanche sur le flanc droit.

JONAS : Madame Giroux croyait qu'il était mort…

Fred ouvre un panier d'osier à ses pieds. Un autre chat, beaucoup plus rond, en sort.

CAMILLE, BRUNO, MARIE, MILDRED ET JONAS (en chœur) : SULTAN !

Tous se précipitent sur Sultan pour le prendre et le caresser.

MARIE : Cette bestiole était rachitique… Elle n'avait plus goût à rien, même aux blancs de poulet et aux rognons, on avait l'impression qu'elle se laissait mourir.

FRED (triomphant) : L'excédent d'Ulysse profite maintenant à Sultan. Vous commencez à comprendre ?

Un vent d'incrédulité passe dans la pièce.

FRED : Non, vous ne comprenez toujours pas ? Très bien ! Puisqu'il le faut…

Il s'approche de la fenêtre, regarde vers l'étage du dessus.

FRED (fort) : Évelyne !… Évelyne !

MARIE : Frédéric, cette fois tu vas trop loin !

WALTER : C'est la bonne femme du dessus ?

BRUNO : C'est la grosse qui ne peut même plus se déplacer, Camille lui fait ses courses.

CAMILLE : Elle a dû trouver quelqu'un d'autre, elle ne m'a pas fait signe depuis trois mois.

MARIE : La pauvre, elle est devenue boulimique à la mort de son mari. Au bout de quelques mois elle était tellement obèse qu'elle n'a plus eu le courage de réapparaître en public. Elle qui était si coquette, avant.

On sonne. Personne n'ose ouvrir, sauf Mildred.

Une très jolie femme, mince et élégante, apparaît sous les yeux médusés de tous. Elle embrasse Fred.

ÉVELYNE (à Fred) : Tu m'avais demandé de garder le secret encore quelques jours...

FRED (soupirant) : Tu n'es pas entourée de béotiens, toi.

MARIE (stupéfaite) : Vous vous connaissez, tous les deux ?

FRED : J'avais besoin de... de tester mon invention sur les humains... Je savais qu'Évelyne avait un problème et...

ÉVELYNE : Je me sentais monstrueuse. Impossible de refuser cette dernière chance...

Silence.

WALTER : Mais, votre excédent de poids, qu'est-ce que vous en avez fait... ?

Évelyne n'ose pas répondre et tourne le regard vers Fred.

FRED : Je ne me suis pas nourri depuis 96 jours.

— Tu coupes juste après cette phrase, dit le Vieux par-dessus mon épaule. Tu ne veux pas t'arrêter un peu ?

Je dis non des yeux. Mathilde dort sur un des nouveaux canapés. Tristan regarde un film. Jérôme travaille la séquence 24, celle où Camille sert d'appât à Pedro White Menendez. Je demande à Louis quelle est la séquence à suivre.

— Je crois qu'il vaut mieux revenir sur l'invention de Fred dans l'épisode suivant, ça pourrait faire la séquence d'ouverture.

— Épisode 42, Séquence 1 ?

— Parfait, ça laisse à Fred le temps de faire avancer les choses.

— Je peux continuer, tant que je suis chaud.

— Si tu as besoin de figurants et d'un nouveau décor, n'hésite pas.

Je ne cherche pas à savoir l'heure, je sens juste que la nuit en est à son plus tendre.

1. QUARTIER GÉNÉRAL FRED.
INT. JOUR

Une grande salle de travail avec une dizaine de personnes qui s'entrecroisent. Aux murs sont affichés des graphiques et un gigantesque planisphère. Débordant d'énergie, Fred donne des directives à chacun. Deux types en blouse blanche le suivent partout. Deux autres, en uniforme militaire, discutent devant le planisphère. Un homme ramasse les dépêches de deux téléscripteurs, un autre, assis derrière un bureau, tapote avec fébrilité sur un terminal d'ordinateur. Trois standardistes répondent aux appels.

FRED (à la cantonade) : Où est le délégué aux parrainages ?

LE DÉLÉGUÉ (arrivant du fond de la pièce) : Ici !

FRED : Vous avez eu New York ?

LE DÉLÉGUÉ : L'O.N.U. étudie le dossier, c'est plutôt l'O.M.S. qui n'arrive pas à suivre. Ils disent qu'il leur faudra un mois de plus.

FRED : Merde ! Je leur ai donné le plan complet, je ne peux pas être partout ! On a combien de donneurs, pour l'instant ?

Le délégué ne peut retenir son rire quand fait

irruption dans la pièce une troupe d'individus excités, tous obèses. Un homme les refoule vers la sortie.

LE DÉLÉGUÉ : Nous en avons six mille sur les listes d'attente.

L'HOMME À L'ORDINATEUR : Il y en aura le triple dans une semaine. D'après les estimations, on peut déjà affréter un premier envoi de deux cents tonnes de lipose avant la fin du mois.

FRED : Ça ne va pas assez vite, nom de Dieu ! Si on compte la phase d'homogénéisation, on ne pourra pas commencer à redistribuer avant quarante jours !

MILITAIRE 1 : Peut-être, mais si on admet que certains pays attendent ça depuis quatre ou cinq siècles...

L'HOMME À L'ORDINATEUR : Justement, il va y avoir un problème de priorité.

MILITAIRE 2 : Ça, on s'en occupe (il sourit). Monsieur Fresnel, je ne peux pas m'empêcher de penser à tous ces vampires du caritatif, tous ces pirates qui ont toujours détourné les envois sans qu'on puisse rien y faire. Ils auraient l'air fin, avec toute cette graisse sur les bras.

FRED : La lipose sera la seule matière première non recyclable à des fins commerciales.

L'HOMME À L'ORDINATEUR : Le comble ! Ne pas pouvoir s'engraisser avec de la graisse !

STANDARDISTE : Monsieur Fresnel ? Le ministère de la Santé qui veut vous parler.

FRED (agacé) : Qu'est-ce que vous avez dit aux Affaires étrangères ?

STANDARDISTE : De rappeler demain matin.

FRED : Dites-leur la même chose.

Évelyne et Marie arrivent dans la salle, Fred les rejoint à pas vifs.

FRED (à Évelyne) : Ils t'ont enfin foutu la paix ?

ÉVELYNE : Ils veulent encore faire une série d'analyses dans une semaine.

FRED : Mais je les ai déjà toutes faites, et les plus inimaginables... Tu dois être épuisée.

ÉVELYNE : Je suis fière...

LE DÉLÉGUÉ (discret, à Fred) : Dites, professeur... J'ai une petite faveur à vous demander... C'est ma femme... elle me fait une vie tous les soirs... elle veut être prioritaire... elle a cinq kilos à perdre.

Fred lève les yeux au ciel.

*

J'ai enfin compris ce que cache le départ de Charlotte : elle m'a simplement mis au défi de comprendre pourquoi elle est partie. Elle m'a mis au défi de vivre sans elle. Elle m'a mis au défi de la retrouver. Je vais tous les relever un par un dès la fin de Saga. D'ici quelques semaines, je vais pouvoir crier haut et fort que j'ai un métier. Je suis trop près du but pour tout lâcher maintenant.

*

Au bureau, tout le monde est un peu sur les nerfs en attendant le Vieux qui avait rendez-vous avec Séguret pour relire nos cinq derniers épisodes. Depuis qu'il s'est mis en tête de maîtriser les événements, notre cher producteur se sent une vocation de scénariste. Il est

21 heures passées et le Vieux n'est toujours pas là. Tristan non plus, il est devenu très copain avec William, le monteur.

— Le plus dur, c'est de voir le frangin grimper les escaliers, dit Jérôme. Il me fait penser à une poupée à trois sous qui va se déboîter les chevilles.

— Qu'est-ce qu'il peut bien faire devant une table de montage ?

— C'est un matériel ultrasophistiqué qui vient des États-Unis. Une grosse bécane qui fait des bricolages virtuels et des images de synthèse. Je ne comprends pas grand-chose mais Tristan trouve ça magique. Il a le sentiment d'assister à la fabrication d'images au lieu de les engouffrer telles quelles.

On entend au loin le pas rapide du Vieux dans l'immeuble désert. Il déboule, s'assoit dans un canapé en poussant un soupir. Je me précipite sur son paquet de gauloises pour lui en allumer une, Jérôme lui tend une bière.

— Mes enfants, remerciez-moi, la partie a été rude. J'ai l'impression d'avoir joué aux échecs contre une armada de petits êtres malveillants qui déplacent les pièces en douce. Même mes séances de boulot avec le Maestro n'ont jamais été si dures. Séguret n'aime pas du tout l'histoire de Camille et du terroriste, il veut qu'on change la fin. Il aimerait aussi qu'on clarifie toute la séquence où Jonas est dévoré d'angoisse le jour de ses 33 ans, il trouve ça « *sibyllin et un peu trop métaphorique pour les spectateurs du matin* ». Il pense que la lipose est « *un concept extravagant dont il vaut mieux ne pas imaginer les répercussions pratiques* ». Il ne comprend pas davantage où s'embarque Mildred avec celui qu'il appelle « le sauvage ». Il m'a fait quelques suggestions aussi absurdes les unes que les autres : la Créature apprend à parler et à porter des vêtements, il découvre qu'il est le fils caché de je ne sais trop quel prince en exil.

— Il a parlé de son numéro de sécu et de sa carte d'électeur ? ricane Jérôme.

Mathilde a du mal à contenir sa colère quand on s'avise de toucher à ces deux personnages-là. C'est tout juste si elle admet une petite critique venant de nous.

— Qu'avez-vous répondu à tout ce chapelet d'idioties, Louis ?

— Qu'il n'était pas question de changer quoi que ce soit. Il m'aurait volontiers fracassé le crâne avec une hache. J'ai lu dans ses yeux ce qu'il avait sur le cœur : « *Vous voulez jouer aux apprentis sorciers mais je ne vous laisserai pas faire.* »

Les parties de bras de fer avec Séguret sont de plus en plus fréquentes. Nous devons passer chacune de ses phrases au scanner pour découvrir ce qu'elles cachent. Il est pénible d'avoir à décoder les arguments du seul type censé nous appuyer.

— J'en ai marre de me demander à longueur de journée d'*où* parlent les gens et ce qu'ils ont derrière la tête, dit Jérôme.

— On ne peut pas lutter contre l'hypocrisie ordinaire du langage, fait Mathilde, nous mentons tous sans même le vouloir.

— Le plus triste c'est cette débauche de mots inutiles, dit le Vieux. Ça les affadit. Ça les dénature.

Circonlocutions, ambages, périphrases, métaphores protocolaires, et au bout de tout ça, on n'est même pas sûr d'avoir fait passer son message. Pendant quelques instants, je me mets à rêver d'une langue sans voiles et sans fard. Une langue interdite aux courtisans et aux patelins.

— Au lieu de noyer le poisson dans un flot de palabres, dis-je, il suffirait de quatre phrases très précises et très sincères pour dire exactement ce qu'on pense.

— Ce serait la fin du monde.

Mathilde a sans doute raison, mais une chose est sûre : la sincérité est bien plus amusante que la fourberie.

— Juste quatre phrases…

— Quatre phrase nues.

*

Personne n'avait envie de rentrer. Le reste de la soirée, nous avons gambergé autour de cette idée des quatre phrases nues. Vers les 2 heures du matin, tous un peu grisés par la conversation, nous avons défini une nouvelle règle que nous avons fièrement baptisée : le Quart d'Heure de Sincérité. Désormais, dans chaque épisode de la Saga il y aura un Quart d'Heure de Sincérité. Pour en avoir le cœur net, nous nous sommes mis en tête de l'appliquer avant la fin de la nuit. Le Vieux a ressorti un dialogue entre Marie Fresnel et Walter Callahan. Le moment crucial où ils sont sur le point de coucher. Nous l'avons lu à haute voix pour nous le remettre en mémoire. Mathilde a fait Marie, Jérôme a fait Walter. Je les ai écoutés en préparant le café.

31. CHAMBRE MARIE.
INT. JOUR

Walter vient de réparer le lavabo dans la salle
de bains adjacente à la chambre de Marie.

MARIE : D'habitude c'est Fred qui répare tout
dans la maison, mais depuis qu'il s'est mis en tête
de sauver le monde, plus moyen de lui faire
manier un tournevis.

Il sort de la salle de bains, la chemise sale et
largement ouverte, une clé à molette en main, il
essuie son front qui ruisselle de sueur.

WALTER : J'ai besoin d'une bonne douche.

MARIE : Servez-vous de la salle de bains, je vais
vous chercher une serviette, c'est la moindre des
choses.

WALTER : J'ai aussi une salle de bains, vous
savez, il me suffit de traverser le palier.

MARIE : ... Comme vous préférez.

Ils se dévisagent un instant en silence. Il
semble hésiter.

WALTER : Pourquoi pas, après tout, d'autant que
Mildred a une fâcheuse tendance à s'y pompon-
ner pendant des heures. J'ai l'impression qu'elle
s'est mis en tête d'être belle.

MARIE : C'est de son âge... (Elle ouvre un tiroir,
lui tend une serviette.) J'ai du savon à la vanille.

WALTER (surpris mais amusé) : Allons-y pour la
vanille...

MARIE : Il vous manque quelque chose ?

WALTER : Non... Accordez-moi juste une ou deux
minutes.

Il disparaît dans la salle de bains, Marie se précipite devant un miroir pour retoucher rapidement sa coiffure. On entend le jet de la douche.
Marie se passe à la va-vite un peu de fard sur les
yeux.

WALTER off (sous le jet) : Votre douche aurait
besoin aussi d'une petite révision !

MARIE : Il faudrait tout refaire dans cette maison !

Le jet s'arrête, elle s'assoit sur le bord de son
lit, l'air dégagé.

WALTER off : On y resterait bien des heures.

MARIE : Le ballon se vide en dix minutes !

Il ressort, finit de boutonner sa chemise.

WALTER : C'est pas mal, votre truc à la vanille.

MARIE : Ils font aussi le shampooing dans la
même gamme.

Il finit de lacer ses chaussures et passe près
d'elle. Silence. Délicatement, il pose sa main sur
la sienne. Elle frémit.

MARIE (tendue) : Walter... Vous vous êtes installé il y a si peu de temps...

Il s'assoit près d'elle.

WALTER : J'étais sûr de ne plus me remettre de
cet amour avec Loli... Depuis qu'elle a disparu je
n'ai jamais regardé une femme comme je vous
regarde.

MARIE : Depuis la mort de Serge aucun homme
ne m'a prise dans ses bras.

Il essaie de l'étreindre. Elle le repousse doucement.

MARIE : Je ne sais pas encore si je suis prête...

Il l'étreint à nouveau, défait quelques boutons
de sa robe. Elle se laisse faire.

— Qu'est-ce que vous en pensez ?

— On peut leur imposer un Quart d'Heure de Sincérité, vous ne croyez pas ?

31. CHAMBRE MARIE.
INT. JOUR

Walter vient de réparer le lavabo dans la salle de bains adjacente à la chambre de Marie.

MARIE : J'ai longtemps hésité avant de vous demander de venir réparer ma salle de bains. Je craignais que ça fasse un peu... traquenard.

WALTER off : En tout cas, ça m'a évité d'avoir à en trouver un.

Il sort de la salle de bains, la chemise sale et largement ouverte, une clé à molette en main, il essuie son front qui ruisselle de sueur.

MARIE : Vous avez besoin d'une bonne douche, je vais vous chercher une serviette.

Ils se dévisagent un instant en silence.

MARIE : J'ai du savon à la vanille. Ne refusez pas, j'ai toujours voulu connaître l'odeur d'un homme mêlée à celle de la vanille.

WALTER : Hummm, j'aime jouer le rôle de la gourmandise...

Il disparaît dans la salle de bains. Marie se précipite devant un miroir pour retoucher rapidement sa coiffure.

MARIE (fort) : Il vous manque quelque chose ?

WALTER : Venez avec moi sous l'eau.

MARIE : Je n'ai jamais aimé ça.

Curieuse, elle regarde vers la salle de bains.

MARIE : En revanche, j'ai très envie de vous voir vous laver.

WALTER off (sous le jet d'eau) : ... Je ne préfère pas, j'ai une érection et je crains d'avoir l'air ridicule.

Elle éclate de rire en rajustant ses vêtements. Le jet s'arrête, elle s'assoit sur le bord de son lit, les jambes croisées.

WALTER off : Il n'est pas très utile que je me rhabille, non ?

Il ressort, en caleçon.

MARIE : Je n'ai pas fait l'amour depuis très longtemps et je crains d'être un peu gourde.

WALTER : Ne vous inquiétez pas, je ne suis pas du tout sûr d'être à la hauteur, cela fait tellement longtemps que je n'ai pas fait l'amour sans avoir bu. Tout ce que je sais, c'est que je pense à ce moment depuis la première fois où je vous ai vue. Vous avez ce petit reflet de vulgarité dans l'œil qui me rend fou.

Ils s'enlacent avec fougue.

MARIE : J'ai quarante-trois ans et besoin de quelqu'un pour réveiller tout mon corps. Une fois de temps en temps. Rien de plus.

WALTER : Pour moi, vous êtes la maîtresse idéale. Indépendante, disponible, prête à tenter des choses qu'elle n'a jamais osées, et pour couronner le tout, voisine de palier.

MARIE : Si je vous dis que je vous aime dans un moment d'abandon, n'en croyez pas un mot.

WALTER : Vous pouvez me dire des choses bien pires, je les aurai oubliées en quittant cette chambre.

Il l'étreint à nouveau et défait quelques boutons de sa robe.

Tristan déboule en clopinant dans le bureau. Avant de s'allonger dans son canapé, il scrute nos silhouettes immobiles dans le halo des lampes.

— Ça ne passera jamais, dit Jérôme.

— Pour les ménagères du télé-achat ça va encore, dit Louis, mais ce sont plutôt les mômes qui partent à l'école à cette heure-là.

— Franchement, entre «*Ô toi, Spektor, je t'ordonne de propager le virus qui dévore le cerveau des terriens*» et «*J'ai toujours voulu connaître l'odeur d'un homme mêlée à celle de la vanille*», qu'est-ce qui risque le plus de traumatiser un gosse de huit ans ? dit Mathilde.

Séguret répondrait la seconde. Sans doute parce qu'elle traumatise aussi Séguret.

— Et si le feuilleton était sponsorisé par un marchand de savons à la vanille ? Rien de mieux que le cul pour faire vendre, non ? On relance la vanille dans le pays comme étant LE parfum aphrodisiaque qui chavire les femmes. Vous imaginez le métro qui sentirait la vanille aux heures de pointe ?

— Il est temps que tu ailles te coucher, Marco.

D'un commun accord, nous décidons de garder la séquence, quitte à nous la faire sucrer plus tard. Il est 3 heures du matin et Louis propose de nous raccompagner mais Mathilde préfère rentrer à pied.

— Pour m'aérer les neurones, sinon je risque de ne jamais m'endormir.

Je lui propose de faire un bout de chemin ensemble. Impossible de rater une occasion de me promener dans le Paris de l'aube avec une femme à mon bras. Histoire de laisser le romantisme marquer un point sur ma frustration sexuelle. Nous remontons l'avenue de Tourville en direction des Invalides. Le sujet de conversation est tout trouvé, c'est le moment idéal pour consulter une spécialiste.

— Votre hypothèse du défi multiple est de loin la meilleure, dit-elle. Une jeune femme comme Charlotte est assez facétieuse pour ça. Disparaître, c'est vous laisser une chance. Procédons par ordre.

Elle joue la conseillère conjugale. Il y va de sa crédibilité.

— Défi numéro un : Charlotte vous oblige à deviner les raisons de son départ sans vous donner la moindre piste. Vous y avez réfléchi ?

Jusqu'au mal de tête. Dès que je me glisse dans notre lit, je cherche quelle erreur j'ai pu commettre. La seule réponse plausible n'est pas à l'avantage de Charlotte : elle n'a pas accepté que je devienne enfin celui que j'ai toujours voulu être.

— J'ai écrit un roman autour de ce schéma, explique Mathilde, je suis bien placée pour dire que c'est de la psychologie abusive. Telle que vous me la décrivez, Charlotte est le contraire d'une femme maternelle qui a peur que son petit homme vole un jour de ses propres ailes. Comme la plupart d'entre nous, elle préfère les papillons aux chrysalides. Passons au second point.

Mathilde a l'opiniâtreté du brancardier de la Croix-Rouge au milieu du champ de bataille.

— Elle vous met au défi de vivre sans elle.

Du Charlotte tout craché ! Se croire indispensable ! Tout ça parce qu'un soir je l'ai demandée en mariage ! Je ne sais pas ce qui m'a pris, nous sortions d'une

séance de *Docteur Jivago*, c'était l'été, nous sommes
rentrés à la maison à pied, une canette de bière à la
main. Et tout à coup, rue des Petits-Carreaux, je lui
demande d'être ma femme. J'avais encore en tête la
dernière image du film : Omar Sharif tombe raide
mort en courant après sa Lara qui ne s'aperçoit de
rien. Bêtement, j'ai dû penser que le mariage était une
garantie contre ce genre d'infarctus. Pas démontée,
Charlotte a répondu « Chiche ! ». Nous ne sommes pas
passés devant le maire à cause de ce putain d'extrait
de naissance que je n'ai jamais pensé à demander. J'ai
toujours détesté *Docteur Jivago*. C'est le film préféré
de Charlotte. Comme ai-je pu vivre six ans avec une
femme qui adore *Docteur Jivago* ?

— Dans *Celle qui attend*, j'ai décrit avec minutie
le processus de l'absence. C'est l'histoire d'une femme
très malheureuse en amour qui se fait passer pour
morte. Elle crée subitement un manque terrible chez
celui qui la délaissait. Jour après jour, le souvenir de
cette femme devient la perfection d'un amour perdu.
Elle laisse l'absence jouer pour elle, mais pour combien de temps avant qu'il ne l'oublie ? Pour éviter de
courir un risque fatal, elle est obligée de l'espionner.

Nous contournons l'hôtel des Invalides pour
rejoindre l'esplanade. Combien d'amoureux de par le
monde rêvent en ce moment même d'être à Paris ?

— Votre Charlotte n'est pas de cette race-là, mais
elle doit penser qu'un peu d'éloignement va redonner
de l'éclat à son aura. Passons au troisième défi, le plus
magistral, celui de la retrouver.

Pour l'instant, je n'ai pas de temps à perdre avec les
caprices et les états d'âme d'une demoiselle, fût-elle la
femme de ma vie. Saga passe avant tout le reste.

— Pourquoi ne pas nous réunir tous les quatre pour une bonne séance de «brainstorming», comme dit Jérôme. Je nous crois capables de remettre la main sur votre Charlotte bien mieux que ne le ferait une escouade de détectives privés. Retrouver l'être aimé mystérieusement disparu, c'est un joli sujet de film qui mérite quelques extras, non?

Pour un peu je l'embrasserais, là, avant de nous engager sur le pont Alexandre III. Quel besoin ai-je eu de parler de Charlotte! Je ne retrouverai jamais une conjoncture aussi parfaite. Il faut aller au cinéma pour réunir autant de fureur poétique. Ou dans un de ces romans d'amour que Mathilde a passé sa vie à écrire.

— Vous m'en voulez si j'avoue n'avoir jamais lu un seul roman des Éditions du Phœnix?

— À quoi bon perdre son temps à lire? Surtout des romans roses?

— J'en ai ouvert un, par curiosité. Dans la liste des publications, votre nom n'apparaît jamais.

Un rire mutin s'échappe de ses lèvres. Elle se penche au parapet pour regarder couler la Seine.

— Avec un nom comme Pellerin, je n'aurais pas vendu dix exemplaires dans toute une vie.

Nous reprenons notre route plus vite que je ne l'aurais cru, comme si l'évocation de sa vie passée avait fait s'évaporer la magie du moment. Elle me prend le bras pour s'aider à marcher à la façon d'une cavalière de bal. Je n'y vois qu'un signe de confiance.

— Les huit romancières que j'ai hébergées sous ma plume n'ont écrit toutes ces histoires que pour un seul homme.

En passant devant le Grand Palais, elle me raconte ses débuts dans la littérature rose, sa rencontre avec son mentor, Victor Hébrard, la création des Éditions du Phœnix. Vingt ans de la vie de Mathilde se déroulent jusqu'aux Champs-Élysées. Vingt ans de douleur et de dévouement à un salopard qui l'a mise au rancart comme un jouet cassé.

— Vous voulez que j'aille lui péter la gueule ?

Elle sourit avec une pointe de nostalgie. Je dois ressembler à un chevalier servant trop tardif et peu crédible.

— Vous êtes adorable, Marco, mais je ne voudrais pas qu'on me l'abîme. Il faut qu'il soit en pleine forme pour ce que j'ai l'intention de lui faire subir.

— Vous avez une idée ?

— Un début d'idée, *M. Vengeance* m'a donné de précieux tuyaux.

Je comprends mieux les petits déjeuners en tête à tête de Mathilde et Jérôme…

— Malgré tout, je dois rendre hommage à Victor. Sans lui, je ne vous aurais jamais connus, tous les trois. Et je n'aurais même jamais écrit la moindre ligne. Il n'y a pas si longtemps j'ai fait le calcul : neuf mille six cents pages d'amour. J'ai passé la première moitié de ma vie à écrire la théorie et j'ai la ferme intention de consacrer la seconde à tout mettre en pratique.

— Qu'est-ce que vous voulez dire ?

— Je veux faire comme dans mes livres, je vais aimer, je vais coucher, je vais tromper. En tout cas, je ne souffrirai plus, je n'attendrai plus près du téléphone, je ne rêverai plus stupidement du bonheur.

Coucher… coucher… Si elle savait que son parfum me vrille les sens depuis un mois et demi ! Il suffirait d'une phrase nue, une seule. Mais les phrases nues sont interdites dans la vraie vie.

— Je ne vous vois pas tromper qui que ce soit, Mathilde.

En passant devant Saint-Philippe-du-Roule, elle m'a regardé avec une pointe de consternation retenue, je me suis senti sur le point d'être grondé. Sans le faire exprès j'ai piqué dans quelque chose de vif et de précieux.

— L'adultère… ? Mais, Marco… l'adultère c'est… C'est toute ma vie !

Rien que ça.

— L'adultère est l'épicentre de l'amour. C'est ce qui rend passionnant l'amour légitime et donne tant de prix à l'être aimé. L'adultère est la part brûlante des couples comme l'enfer est celle d'une bibliothèque. C'est ce qui fait qu'on en veut toujours plus. Nous ne sommes pas tous égaux devant les sentiments, vous savez. Il y en a de plus doués que d'autres.

— Délicieusement immoral votre truc.

— Pas le moins du monde. Enfin… je n'ai pas envie que ça le soit. Écoutez avec beaucoup d'attention le discours de ceux qui défendent la fidélité à tous crins. Vous y entendrez les grésillements de la trouille, peut-être les grincements de la frustration, en tout cas vous sentirez toute la résignation qu'il y a au bout.

Tout ce que je sens pour l'instant c'est qu'elle est chaude comme une braise. Je n'ai qu'à souffler pour la rendre incandescente.

— Rien que le mot. *Adultère*… Vous ne trouvez pas ça joli ? Je lui ai même dédié un de mes livres.

— Pardon ?

— Si vous tombez sur un truc qui s'appelle *La fugue de minuit*, vous lirez en page de garde : *Pour et par l'adultère. Qui a dit que les plus beaux mots désignaient les plus belles choses ?*

— Vous êtes complètement givrée, mais ça ne manque pas de charme.

— Quand on pense qu'adulte a donné adultère ! Vous ne trouvez pas ça vertigineux ?

Je ne réponds rien. Les réverbères de la rue du Faubourg-Saint-Honoré donnent de jolis reflets à son visage.

— C'est ce qui m'a poussée à écrire des romans d'aventures, avec un S. Vous connaissez des histoires plus troublantes que celles-là ?

— Pour un coup de foudre, ça se discute, mais la plupart des liaisons sont quand même à 80 % des histoires de cul, excusez le raccourci.

— Vous me paraissez bien sûr de vous, jeune homme. Tous les hommes du monde ont un jour été amoureux de la voisine d'en face, de la collègue inaccessible, de la femme du copain ou de la fille qui vend des livres. Quant à ce que vous appelez les histoires de cul, j'en ai connu de fulgurantes qui piquaient directement dans le cœur, pendant que de vieux couples s'escrimaient partout ailleurs.

Nom de Dieu... Elle est en train de me dire que l'existence de Charlotte ne la gêne pas le moins du monde.

— Mais vous avez sans doute raison, Marco. Je dois être folle de trouver romanesques les coups de téléphone à mi-voix, les chambres d'hôtel l'après-midi, les alibis funambulesques, les prénoms à lapsus, les parfums qui trahissent. Mais chaque heure décrochée avec l'autre est une petite victoire. Et la plus courte des nuits, un triomphe.

Nous n'avons pas besoin de ça, Mathilde, vous n'habitez plus qu'à trois cents mètres et personne ne m'attend.

— Prenez Jérôme, par exemple. Qu'est-ce qui le séduit avant tout dans l'idée de la violence ?

— La vengeance ?

— Exactement. Il considère que la vengeance est par-delà la violence comme je considère que l'adultère est par-delà l'amour.

— Vous m'avez largué en chemin, Mathilde. Je ne suis peut-être pas assez sentimental ou assez rancunier pour vous suivre.

— L'adultère et la vengeance sont des fautes passionnelles. Les feux mêlés de nos pulsions bonnes et mauvaises. L'orgueil et le désir dans un seul brasier. Deux vertiges irrépressibles qui nous font tomber dans le même abîme : l'amour de soi-même.

Me serais-je trompé sur Mathilde depuis le début ? La petite poupée que Jérôme et moi avons coincée dans une bonbonnière n'a rien à voir avec cette passionaria au cœur fou.

Je lui demande ce qu'il en est de la douleur. Celle qui consume autant que le désir.

— … La douleur ? La main qu'on mord jusqu'au sang quand on imagine l'être aimé en train de découvrir une nouvelle variante de la levrette avec un autre ?

— Oui. Cette douleur-là.

— Si votre escapade fait souffrir qui que ce soit, c'est que vous ne méritez pas de la vivre.

Comme courroucée, elle hâte le pas pour rejoindre sa porte cochère, compose le digicode en me faisant un signe de la main, et entre.

En repartant dans le vent contraire, j'ai le sentiment d'avoir appris quelque chose.

C.H.U. Paul-Brousse, Villejuif,
Pavillon Jonquilles, 2ᵉ étage

Messieurs,

Ce sont les vieux du pavillon d'en face qui ont éveillé notre curiosité quant à votre Saga. Depuis quelques épisodes nous nous sommes aperçus d'un certain nombre de phénomènes qu'il nous semble urgent de porter à votre connaissance.

— Mildred est une mythomane, elle en a tous les symptômes. Elle manipule sans difficulté Bruno qui est, disons-le, un débile léger. Et ceci à des fins qui peuvent paraître obscures mais qui, si l'on y réfléchit, sont de l'ordre de l'évidence. À votre avis, pourquoi croyez-vous qu'elle a voulu à tout prix essayer la robe de mariée de sa défunte mère, ou supposée telle ? Et pourquoi, le soir où Marie Fresnel « se donne » à Walter, se débrouille-t-elle pour connaître l'adresse de Pedro Menendez ?

— Ne trouvez-vous pas étrange que l'admirateur inconnu de Marie Fresnel lui envoie toujours des bouquets de neuf roses rouges et DEUX lys blancs (épisodes 14 et 29). Reportez-vous au langage des fleurs, et vous comprendrez la menace qu'elle encourt.

— Comment se fait-il que la « boîte à lumière noire » dont Fred parle dès le cinquième épisode ne soit jamais réapparue par la suite ?

— Serge, feu le mari de Marie Fresnel, n'est pas mort. Il est encore trop tôt pour divulguer les vraies raisons de sa disparition, mais il n'est pas mort.

Nous vous prions de bien vouloir prendre en compte ces nouveaux éléments et restons à votre disposition pour en discuter de visu.

Avec toute notre vigilance.

— Qui a dit que les paranoïaques pesaient le réel avec une balance plus subtile ?

— Il ne faut surtout pas qu'une lettre comme celle-ci tombe entre les mains de Séguret, dit Louis. Il foncerait directement à Villejuif pour mettre ces gars-là sous contrat et on pourrait dire adieu à la Saga.

— Le truc qui me gêne toujours avec la paranoïa, dit Jérôme, c'est la gravité qui l'entoure. Si on pouvait mettre toute cette suspicion au service de la dérision…

En y regardant de près, le travail mental du scénariste n'est pas très éloigné de celui du paranoïaque. Tous deux sont des scientifiques du soupçon, ils passent leur temps à anticiper sur les événements, imaginer le pire, et chercher des drames affreux derrière des détails anodins pour le reste du monde. Ils doivent répondre à toutes les questions et prévoir les réactions d'autrui avec la même crainte de se faire piéger. Si nous échappons à la prison, la Saga nous vaudra peut-être un séjour en hôpital psychiatrique.

La lettre va rejoindre les autres, presque tout le mur est désormais recouvert d'une mosaïque blanche. Parfois il m'arrive de jeter un œil sur ces lettres pour me convaincre que notre travail existe pour d'autres que nous. Sans le savoir, dans la rue, je croise peut-être des gens qui se demandent qui est l'admirateur inconnu de Marie ou si Camille va épouser la cause de Pedro Menendez et devenir une terroriste. Pour un peu, je les envierais d'attendre simplement la suite au prochain numéro.

L'épisode 60 vient d'être bouclé. J'ai réussi à y inclure en bout de course la dernière lubie de Fred pour venir en aide aux plus démunis. Après avoir nourri ceux qui avaient faim, il a décidé d'éclairer les obscurs. Il a inventé un système très simple de recyclage d'énergie musculaire en électricité. La matière première ? Les milliers d'individus qui s'échinent dans les salles de gym et autres fit-clubs. Le plus petit mouvement imprimé par le moindre agrès ou le moindre haltère crée une quantité x de joules que l'on peut désormais recueillir pour donner de la lumière à ceux qui n'en ont pas. Le body-building et l'aérobic vont connaître la transcendance.

Il est midi, et Jérôme nous propose un tête de veau sauce gribiche au bistrot d'en bas.

— J'ai prévu de faire maigre, dit Mathilde. En ce moment j'ai quelques kilos de lipose à fourguer. Je reste travailler.

— Justement ! Le scénario est le seul boulot au

monde qu'on peut faire debout, allongé, assis devant
une télé ou une tête de veau sauce gribiche.

Dix minutes plus tard, Jérôme arrête de parler de
tête de veau sauce gribiche parce qu'il s'empiffre de
tête de veau sauce gribiche. Le Vieux a pris un plat du
jour direct et je l'ai suivi.

— Vous avez pensé à un tueur ? demande-t-il.

— Un quoi ?

— Un tueur mystérieux qui fout une trouille noire
aux autres personnages. Dans tous les feuilletons il y
en a un. On se demande qui c'est, on en arrive à soupçonner les plus proches.

Jérôme lève le doigt en même temps qu'il déglutit.

— Les tueurs c'est ma partie. Si ça vous amuse, on
peut s'en fabriquer un, mais quelqu'un d'exception-
nel. Celui que les hommes ne seront jamais.

— … Et que les femmes rêvent de rencontrer, dit
Mathilde. Un tueur qui nous venge de nos petites
humiliations quotidiennes. Celui qui mérite d'être au-
dessus des lois. Une sorte de Robin des Bois urbain et
moderne.

— Surtout pas ! Surtout pas un justicier. Un tueur,
on a dit. Un vrai !

— Alors… un tueur à gages ?

— Non. Il ne ferait pas ça pour de l'argent, il est
au-dessus de ça aussi.

— Un psychopathe ? Un serial killer ? Un mass-
murderer ?

— Pourquoi forcément un dingue ? Pourquoi pas
quelqu'un de simplement… équilibré.

— Il tuerait qui, ce type ?

— Pourquoi forcément un type ?

— Alors, mettons, une nana.

— Pourquoi une femme ?

— Si c'est ni une femme ni un homme, je rends mon tablier.

— Un gosse ?

— Bof…

— Pourquoi taper dans l'espèce humaine ?

— Un chien ?

— Déjà fait.

— Une belette, une musaraigne, un émeu, vous faites chier à la fin…

— Pourquoi forcément un être vivant ?

— … ?

— Un fantôme ?

— Un dieu ?

— … Un robot ?

— Un virus ?

— Un extraterrestre ?

— …

— Un concept.

— Un quoi ?

— Qu'est-ce que tu entends par *concept* ?

— Une idée, un principe, un état d'esprit, n'importe quoi…

— Tu en connais beaucoup, toi, des concepts qui tuent ?

— Le fanatisme, le racisme, le totalitarisme…

— Le capitalisme, le progrès.

— Et tant d'autres.

— Laissez-moi une semaine, dit Jérôme.

J'ai consacré une bonne partie du déjeuner à épier la serveuse. La carence sexuelle provoque parfois les effets d'une légère ébriété : toutes les femmes sont désirables et tous les recoins pour copuler deviennent possibles. J'ai tout à coup cessé de regarder la serveuse quand trois clientes se sont installées à deux tables de moi. Trois copines de bureau, pressées, grognons, rigolotes. Trois femmes quotidiennes. Pourtant, chacune semblait avoir oublié qu'elle était une femme. Et chacune des trois méritait qu'on le lui rappelle. Sur le chemin du bureau je n'ai raté aucun visage de ces femmes des rues. À toutes, j'ai eu envie de crier que j'étais là.

Je suis retourné au bureau en pensant me mettre à l'abri mais c'est bien là que le danger m'attendait.

Pourquoi cette avalanche de créatures blondes s'est-elle abattue dans le couloir ?

J'ai entendu la jungle et j'ai vu mille femmes orgueilleuses tout brûler sur leur passage, avançant comme des panthères qui n'ont pas mordu depuis longtemps. Des nymphes qui irradiaient les alentours de leur beauté et arboraient leurs seins comme des médailles. Il était trop tard pour se saisir d'une arme, on pouvait juste se cacher et les épier de loin.

— Tiens, le casting de *Trivial*, dit le Vieux en s'installant devant son écran.

— Des comme ça, on n'en rencontre jamais dans la vraie vie, dit Jérôme.

— Je me suis toujours demandé comment des filles de ce genre pouvaient plaire aux hommes, fait Mathilde. Qu'est-ce que vous en dites, Marco ?

*

Au premier café du matin, on entend le bzzzz du fax. À cette heure-là, ça ne peut être que Séguret.

Comme vous n'êtes pas sans savoir, hier matin a été diffusé l'épisode nº 45. Si l'un de vous l'a regardé, il pourra témoigner auprès des trois autres que la fameuse scène de «déclaration» entre Marie et Walter a été tournée exactement comme elle a été écrite, avec toute sa dimension érotique. Je tiens à ce que vous sachiez à quel point ce genre de fantaisie risque de nous coûter cher à tous, même si ce matin-là nous avons eu notre meilleur audimat. Voulant rester en phase avec l'attente du public (dont le courrier quotidien ne fait que croître), je suis pour l'heure en train de mettre au point une sorte de cahier des charges qui définira le cadre exact du feuilleton Saga et, de ce fait, les limites à ne pas dépasser. Combien de fois ai-je insisté pour que nous dévoilions enfin la véritable identité de l'admirateur mystérieux de Marie ? Depuis cette scène de lavabo bouché (! ! !), c'est devenu une priorité. J'attends la séquence dans les jours qui viennent. Par ailleurs, il m'est désormais impossible de faire des concessions à propos des séquences qui sont mal appréhendées par certains décisionnaires de la chaîne. Je pense notamment, toujours dans le nº 45, à ce curieux moment où Camille évoque sa crise mystique (? ? ?). Cette «digression» sort radicalement du ton général de la série, et ne cadre surtout pas avec le personnage de Camille. Je serais tout à fait honnête en ajoutant que je trouve le texte plutôt faible et un peu apprêté. Vous nous avez habitués à mieux.

Je profite de la présente pour vous informer que toute la série sera rediffusée à partir du nº 1, dès lundi prochain à 12 h 30. Le format 26 minutes nous a semblé le mieux adapté pour le créneau horaire.

N'oubliez jamais de faire passer l'esprit d'équipe avant tout le reste.

D'un geste serein, le Vieux a jeté le tout dans une corbeille.

— Séguret n'a décidément rien compris au principe de la phrase nue. S'il avait eu le courage de s'offrir un Quart d'Heure de Sincérité, deux lignes auraient suffi : «*La Saga marche à fond les manettes, surtout ne changez rien. Faites pire si possible. Tout ça m'échappe.*»

Comment ose-t-il écrire «combien de fois ai-je insisté pour que nous dévoilions la véritable identité de l'admirateur inconnu»?

Entre le public et nous, Séguret ne va pas tarder à être broyé et je serai aux premières loges. En revanche, la «crise mystique» dont il parle ne m'évoque pas grand-chose. Le Vieux retient un petit ricanement.

— L'histoire du pasteur? Je pensais que, comme vous autres, personne ne l'aurait remarquée.

Nous nous déplaçons tous vers le canapé où Tristan pique son petit roupillon du matin. Près de lui, Jérôme saisit la cassette en haut de la pile. Il enregistre chaque épisode, consciencieusement, tous les jours. Le Vieux cale la bande au bon endroit.

— Je vous résume le cas de Camille, sinon on ne comprend rien. La pauvre fille ne réussit à trouver un sens ni à sa vie ni à sa mort. Elle va en parler au premier pasteur qu'elle trouve.

— Pourquoi un pasteur?

— Pourquoi pas un pasteur ?
— Mais cette fille NE CROIT PAS en Dieu.
— Justement.

L'image apparaît. Camille est assise de trois quarts
à droite de l'écran, le pasteur est assis en face d'elle,
près d'un mur en vieilles pierres. Le type qui joue le
pasteur doit avoir dans les cinquante ans, il arbore un
masque de gravité inouï. On s'y croirait.

— *Il y a longtemps que vous pensez au suicide… ?*
— *Je ne sais pas… Oui… depuis longtemps…*
— *Avez-vous vu un docteur, vous êtes en bonne
santé ?*
— *Oui.*

Silence terrible. Le pasteur joint ses mains à hauteur du nez, pas pour prier mais pour prendre son élan.

— *Ma femme est morte, il y a quatre ans. Je l'aimais. Ma vie était finie. La mort ne me fait pas peur.
Alors rien ne me forçait plus à vivre. Pourtant j'ai
continué. Pas pour moi, mais pour servir. Quand
j'étais jeune, j'avais de grands rêves, de l'ambition.
J'ignorais tout du mal. Quand j'ai été ordonné, j'étais
comme un enfant. Et puis tout s'est précipité, j'ai été
nommé aumônier de la marine à Lisbonne, pendant la
guerre d'Espagne. Je ne pouvais plus voir. Ni rien
comprendre. Je refusais la réalité. Mon Dieu et moi
vivions dans un monde fermé. Voyez-vous, comme
pasteur, je ne vaux rien.*

Je cherche le regard de Jérôme qui cherche le mien.
Le Vieux écoute, de loin, comme s'il connaissait le
dialogue par cœur. Cet homme se remettra-t-il un jour
de la mort de sa femme ?

— *… Je croyais en un Dieu absurde, paternel, qui
nous aimait tous, et moi le premier. Comprenez-vous*

mon affreuse erreur ? Moi, si lâche, si égoïste... Je ne
pouvais pas être un bon pasteur. Pouvez-vous imagi-
ner mes prières, et ce Dieu-écho si confortable ?
Quand je Le confrontais avec la réalité, Il devenait
hideux. Un Dieu-araignée, un monstre. C'est pourquoi
je Le préservais de la lumière. Je Le maintenais hors
de la vie. Seule ma femme pouvait voir MON *Dieu...*

Le cadre ne change toujours pas. Le type balance
tout son monologue en plan-séquence.

— *Elle me soutenait, m'encourageait, comblait les*
vides...

Silence. Tout à coup, Camille, gênée, se lève.

— *... Je dois partir.*

— *Non ! Je vais vous expliquer pourquoi je parle*
tant de moi ! Je vais vous expliquer quelle pauvre
créature je suis ! Un mendiant !

— *Je pars, sinon ma famille va s'inquiéter.*

— *Encore un instant !*

Gros plan sur le visage de Camille qui ne peut ni
rester ni partir.

— *Nous allons parler tranquillement. Je vous*
parais obscur. Mais tout se passe dans ma tête. Même
si Dieu n'existe pas, cela importe peu. Car la vie a
une explication. Et la mort est simplement la désinté-
gration du corps et de l'esprit. La cruauté des êtres,
leur solitude et leur peur. Tout cela est clair ! Évi-
dent ! Il n'y a pas de raison à la souffrance ! Il n'y a
pas de Créateur ! Pas de Sauveur ! Pas de pensée,
rien !

Silence. Regard de Camille devenu aussi grave que
l'autre. Comme s'il venait de confirmer tout ce qu'elle
ressentait déjà. Elle sort. Gros plan sur le visage du
pasteur, seul.

— *Dieu… pourquoi m'as-Tu abandonné… ?*

Le plan suivant, on se retrouve dans le salon des Fresnel où Bruno bavasse gentiment avec Mildred, une cuisse de poulet entre les dents. Le Vieux arrête la bande.

— Pas mal, dit Jérôme, aussi déconcerté que moi. C'est exactement le contraire de tout ce que j'aime, mais ça a son charme.

— Quelqu'un comme Hitchcock aurait pu écrire un truc comme ça, dis-je. Il y du drame et du suspense. On se demande si le pasteur a la moindre chance de réussir à prouver en trois minutes que Dieu existe. Et tout à coup, virage à 180, c'est le personnage du pasteur qui crée la rupture.

— Je comprends le malaise de Séguret, dit Mathilde, mais pourquoi diable trouve-t-il le texte…

— «Faible et un peu apprêté», ricane le Vieux. Quand on pense que c'est un dialogue entre Gunnar Björnstrand et Max von Sydow tiré des *Communiants* d'Ingmar Bergman. «Faible et apprêté.»

— Dis-nous que tu n'as pas fait ça !

— Si. Pas pu m'en empêcher.

— …

— Aucun de vous ne l'a vu ? C'est peut-être le film le plus fou que je connaisse. Nous nous le passions en boucle, avec le Maestro, quand il nous arrivait à nous aussi de douter en pleine séance de travail. On ne peut pas imaginer un dépouillement pareil : un pasteur, seul dans son église, essaie de se débarrasser de sa foi. Ça n'a l'air de rien, mais c'est ce que j'appelle une urgence scénaristique. Dans le film, c'est Max l'angoissé qui vient voir Gunnar le pasteur, et vous savez pourquoi ? Parce qu'il a lu un article qui dit que les Chinois viennent d'acquérir la Bombe, et que *c'est un peuple qui n'a rien à perdre.*

— Et puis ?

— À la fin de l'entretien, Max va au bord d'un fleuve pour se tirer une balle dans la tête.

— Ça se comprend.

— Ingrid Thulin est folle amoureuse du pasteur, mais il la méprise parce qu'elle a de l'eczéma sur les mains. Quand elle prie, il a envie de vomir.

— Ça finit comment ?

— Il dit une messe dans une église vide.

Silence.

Silence suédois.

— Qu'est-ce qui t'a pris, Louis ?

— Vous ne trouvez pas tentant de balancer du Bergman à huit heures du matin à des milliers de téléspectateurs à moitié endormis ? Pourquoi n'y auraient-ils pas droit, eux aussi ? Des films comme ceux-là sont diffusés à plus de minuit quand la plupart des gens dorment du sommeil du juste.

— Ce qui t'a plu avant tout, c'est l'idée d'avoir fait passer ça à la barbe de Séguret et de ses décideurs de chaîne.

Pour toute réponse, Louis nous gratifie d'une grimace de vieux singe qui vient de faire un mauvais coup.

— Et si quelqu'un s'en aperçoit ? Un cinéphile un peu déréglé ?

— Il prendra ça pour un hommage. Après tout, c'est de la faute de Séguret et de ses chefs. Il ne fallait pas nous demander *de faire n'importe quoi.*

Pour la première fois, j'ai la sensation bizarre de faire un métier dangereux. Un genre de terrorisme. Qu'est-ce

qui nous différencie des types qui se donnent le droit de
balancer une bombe sur des innocents ?

*

Hier, je me suis surpris à penser à elle au passé.

Je me suis dit : « Charlotte avait horreur du drame… »

C'est vrai qu'elle avait horreur du drame. En général, les filles pensent que rien ne vaut un bon conflit
pour se prouver qu'un amour existe. Charlotte était le
contraire de ça, quiconque élevait la voix autour d'elle
sombrait immédiatement dans son estime. Je ne l'ai
jamais vue pleurer. Même le jour où elle a épluché
deux kilos d'oignons pour une pissaladière. Aujour-
d'hui je suis sûr que personne ne le lui a appris quand
elle était gosse. Je n'ai aucune idée de l'endroit où
elle se trouve. Peut-être sommes-nous séparés. Peut-
être regarde-t-elle la Saga, juste pour avoir des nouvelles de moi.

*

Depuis que les premiers épisodes sont rediffusés à
l'heure du déjeuner, beaucoup de choses ont changé
dans ma banale existence. Comme si la télévision
voulait me montrer son extraordinaire puissance. Ma
mère me téléphone souvent de son bureau, j'entends
toutes ses collègues autour d'elle me mitrailler de
questions auxquelles je suis incapable de répondre :
Bruno va-t-il faire la peau de la Créature pour récupérer Mildred ? Que contient le testament de Serge Fresnel et pourquoi a-t-il disparu ? Où faut-il s'adresser
pour faire don de sa lipose au tiers-monde ? Mes col-

laborateurs et moi avons dû changer de bistrot, le
patron savait que nous étions les scénaristes de Saga
et le déjeuner se terminait par un interrogatoire en
règle. Mes voisins de palier — un petit couple de mon
âge — me laissent des mots dans la boîte aux lettres
(*Génial, le coup du «langage des amoureux», on a
décidé de s'y mettre! En revanche, on n'est pas très
fans de l'illusionniste, on voit trop clair dans son jeu
et c'est pas le pied pour un magicien! Bises*). Comme
par hasard, des gens que je n'ai pas vus depuis longtemps se sont rappelés à mon bon souvenir. Le patron
de la chaîne a voulu organiser un dîner avec nous
quatre mais le Vieux a eu le culot de dire que nous
étions surchargés. Personne n'a trouvé à y redire.

Il est bientôt 21 heures. Mathilde et Louis sont partis, Tristan est allé voir son pote le monteur, et Jérôme
m'a convaincu de rester pour regarder *Rocky 1*. Avec
des sandwichs et de la bière, comme à la P.J. Nous
n'attendons aucune visite et pourtant, une silhouette
menue erre dans la pénombre du couloir. Elle colle
son front à la baie vitrée et nous aperçoit.

Cette tête me dit quelque chose. Jérôme pense qu'il
s'agit d'un rendez-vous tardif de Lina et lui montre
les locaux de Prima. Elle entrouvre la porte de notre
bureau.

— Monsieur… Louis Stanick?

— Il est parti. On peut vous renseigner?

— Je cherche le pool de scénaristes du feuilleton
Saga. J'aurais dû m'annoncer, mais on m'a dit que je
trouverais toujours quelqu'un.

— Mon ami Marco et moi sommes l'équipe de
nuit. Ne répétez à personne que nous regardons la télé
pendant nos heures de travail. Vous êtes?

— Élisabeth Réa.

— … ?

— Vous me connaissez mieux sous le nom de
Marie Fresnel.

Madame Sparadrap ! Madame Sparadrap en personne ! Un mètre soixante-cinq, des yeux noisette, un
sourire à tomber à la renverse. C'est elle. Chez nous !

— Excusez-nous. Nous n'avons pas l'habitude de
voir les acteurs en vrai.

Je lui tends une chaise, elle inspecte le bureau,
curieuse. Elle accepte un café. Qui aurait pu la reconnaître, avec son jean, un pull qui lui tombe sur les
genoux et des cheveux qui dégoulinent sur ses épaules ?
Au naturel, elle a bien dix ans de moins que la mère de
famille que nous lui faisons jouer.

— Lequel de vous m'a créée ?

Qui, à part un scénariste, peut répondre « moi » à
une si délicieuse question ?

— Tous les personnages de la Saga sont nés d'un
travail commun et n'appartiennent à personne en particulier.

Silence.

C'est une si étrange visite.

— Pour nous, les acteurs, vous êtes un vrai mystère. Souvent, j'ai demandé à Alain Séguret s'il était
possible de vous rencontrer, mais il vous décrit
comme des gens assez peu liants, enfermés dans leur
tour d'ivoire.

— Technocratie de base, dit Jérôme. Diviser pour
mieux régner. Séguret est persuadé qu'à force de cloi-
sonner, il va garder un brin de contrôle.

J'aurais répondu la même chose, mais il faut bien
avouer qu'aucun de nous quatre n'a vraiment cherché

à assister aux enregistrements. Comme si ce n'était déjà plus notre affaire.

— Pour vous dire la vérité, nous sommes tous un peu perplexes quand les nouveaux scripts arrivent. On ne sait jamais où vous allez nous embarquer. Certains rigolent mais d'autres ont une trouille bleue. J'avoue que parfois il m'arrive de jouer une scène sans vraiment savoir où vous voulez en venir. J'espère que vous ne vous sentez pas trop trahis.

Lequel de nous deux va avoir le courage de dire que nous ne regardons pratiquement plus le feuilleton, sauf pour nous rafraîchir la mémoire. Ce matin, il m'a fallu visionner en vitesse rapide le dernier numéro pour retrouver la couleur de cheveux de Bruno, rapport à un jeu de mots que je voulais absolument caser. Bruno, Mildred, Walter et les autres n'existent que dans nos têtes et nos disques durs. Louis veille à ce qu'aucune interférence ne vienne brider notre imaginaire et notre liberté d'écriture. Ce que deviennent les scénarios dès qu'ils sortent du bureau ne nous concerne plus. C'est à ce prix que nous trouvons encore assez de plaisir à écrire les douze derniers épisodes prévus au contrat.

— Si vous saviez les drames que nous vivons sur le plateau, certains jours. Avec Alexandre, nous avons joué la…

— Qui ?

— L'acteur qui joue Walter. La scène où je lui tombe dans les bras ! Ça n'a pas été une partie de plaisir, si je peux me permettre. Allez savoir pourquoi, il a mis une bonne heure avant de pouvoir dire : *Marie, vous avez ce petit reflet de vulgarité dans l'œil qui me rend fou.* Et essayez de vous persuader qu'un homme à la vanille vous fait fantasmer quand il empeste le jasmin…

Elle l'a! Ce petit reflet de vulgarité dans l'œil, elle l'a! C'est pour ça qu'il a eu tellement de mal à le dire.

— Prenez Jessica, la petite qui joue Camille, vous lui avez collé une peur du suicide qui la rend folle un peu plus tous les jours.

Je lui demande de préciser.

— Camille est sans cesse sur le point de se tirer une balle dans la tête, et Jessica sent qu'un jour ou l'autre elle va mettre ses menaces à exécution. Mettez-vous à sa place, ce n'est pas évident de se sentir en instance de suicide pendant des mois.

— Rassurez-la, elle ira jusqu'au bout, elle va même devenir une héroïne nationale.

Elle a un sourire qui donne envie d'être mordu. Je payerais cher pour voir comment sont ses jambes mais son jean ne fait aucune concession. Je me promets de lui écrire une scène torride où elle dansera nue en pleine lumière. Si c'est le seul moyen de les voir, ces jambes. En attendant, elle ne dit toujours pas pourquoi elle est là. Tout ça ressemble à de l'incognito. De biais, je vois le générique de *Rocky*, sans le son. La mayonnaise des sandwichs se fige.

— En tout cas, je tenais à vous remercier d'avoir créé Marie. Si je n'avais pas croisé sa route, rien ne me serait arrivé. C'était une formidable rencontre.

Quelque chose cloche. Jamais elle ne se serait manifestée dans l'unique but de nous remercier. Elle parle de son personnage comme d'une copine qu'on vient d'enterrer.

— Ça vous dirait un petit voyage de noces avec Walter? propose Jérôme. Rien que vous deux, sans les gosses, pendant un ou deux épisodes?

Elle sent qu'il est sincère et se fend d'un sourire,
mais le cœur n'y est pas.

— Je suis venue vous demander de la supprimer.

— …

— …

— Pas forcément la tuer. Je l'estime trop pour ça.
Juste la faire… disparaître.

On sent que ce « supprimer » et ce « disparaître »
ont été soigneusement choisis. Jérôme les répète une
dizaine de fois en variant le ton, pour démasquer ce
qu'ils cachent. Avec des gestes désordonnés, elle sort
de son grand sac en cuir un manuscrit qu'elle nous
tend comme le Saint-Sacrement. Ça s'appelle *Le
meilleur d'elle-même*, d'un certain Hans Kœnig, et ça
ressemble à un petit paquet d'emmerdements.

— Un premier film d'un jeune réalisateur alle-
mand, il a vu un épisode de Saga et veut me donner le
premier rôle. Lisez-le et vous comprendrez. Je ferais
une folie en l'acceptant et une bien pire si je le refusais.

— La Saga est bientôt terminée, dans deux mois
vous êtes libre. Votre petit Orson Welles peut bien
attendre jusque-là.

— Le tournage a déjà commencé, à Düsseldorf.
Pour l'instant, il tourne toutes les scènes sans l'héroïne, mais si je ne me décide pas, il donne le rôle à
une autre.

Pour elle c'est un conte de fées et pour nous un cauchemar. Supprimer Marie serait comme arracher la
seule dent saine d'une mâchoire qui se déchausse. Je
lui demande ce qu'en pense Séguret.

— Il n'est au courant de rien. Séguret est un tueur et
sa chaîne est coproductrice du film de Hans. Il lui suffirait d'un coup de fil pour m'empêcher d'avoir le rôle.

Et pour couronner le tout, elle fond en larmes, sans sommations. De vraies larmes. J'attrape les serviettes en papier qui entourent les sandwichs pour les tendre à la star.

— Ne te laisse pas impressionner, Marco ! C'est une comédienne, bordel ! C'est son métier de chialer sur commande ! Elle est rusée, Madame Sparadrap, elle veut quitter la série avec les cuisses propres, tout ça parce qu'elle se prend pour Marlène Dietrich ! Le genre à te marcher sur la tête pour avoir un gros plan.

Je ne sais pas qui a raison. Tristan, l'homme le plus discret du monde, entre dans le bureau et clopine vers son canapé sans faire attention à rien. Quelques secondes plus tard il se redresse, les yeux écarquillés, et hurle :

— MADAME SPARADRAP ?

Ce qui porte à son comble la crise de larmes de notre visiteuse. Agacé par le bruit, je décroche le téléphone et compose un numéro.

— Allô ? Oui, je sais qu'il est tard mais c'est pour une urgence.

*

Un quart d'heure plus tard, la cellule de crise est réunie. Mathilde et Louis ont vite compris de quoi il s'agissait. Bizarrement, aucun des deux ne cherche à remettre en question le départ d'Élisabeth Réa. Mathilde trouve ça *follement romantique* et Louis avoue que dans un cas pareil, il n'hésiterait pas une seconde à quitter un feuilleton télé pour un film cinéma. Jérôme, ulcéré par tant de commisération, fait la gueule dans son coin. En attendant le verdict, la Réa se tient courbée sur sa chaise avec un plaid sur les épaules et un café en main. On lui aurait demandé de jouer la rescapée d'un naufrage, elle n'y aurait pas mis plus de conviction. Puisque tout le monde semble d'accord, Jérôme demande qu'on lui laisse le soin d'éliminer Marie. Il veut créer un personnage de tortionnaire qui s'acharnera sur elle avec un tas d'objets pointus jusqu'à ce que mort s'ensuive. Le Vieux n'a pas l'air chaud mais Jérôme insiste.

— Un suicide au gaz qui fait péter tout l'immeuble ? Une défenestration ? Ou… on la fait passer sous un rouleau compresseur, façon Tex Avery.

Dans son coin, Élisabeth Réa hausse les épaules et tire un énième kleenex de la boîte que j'ai volée chez Prima.

— Quelqu'un se souvient du feuilleton *Peyton Place* ? demande le Vieux.

Peyton Place. Rien que le nom me fait l'effet d'une madeleine. Un vieux truc américain en noir et blanc, avec plein d'acteurs qui sont devenus célèbres par la suite, comme Ryan O'Neal et Mia Farrow. Comment s'appelait son personnage, déjà… ?

— Allison ! dit Tristan qui ne perd rien de la séance. Elle a disparu d'un épisode à l'autre et personne n'a jamais su pourquoi.

Si, on a su, mais longtemps après. Allison était le pilier de l'histoire mais tout a basculé le jour où Mia Farrow a rencontré Frank Sinatra qui jouait sur le plateau d'à côté. Sans prévenir personne, elle a fait ses bagages et l'a suivi. Élisabeth Réa n'est pas la première.

— Comment les scénaristes s'en sont-ils sortis ? demande Mathilde.

Pris de court, ils ont inventé n'importe quoi. Allison disparaît dans une forêt, la nuit, tout le village est à sa recherche, et un beau matin on retrouve une jeune sauvageonne amnésique qui lui ressemble vaguement. Qui est-elle? D'où vient-elle? Connaît-elle le secret de la disparition d'Allison? Est-elle Allison? La terre entière s'est posé toutes ces questions auxquelles les scénaristes n'ont jamais su donner de vraies réponses et la série ne s'en est jamais remise.

— Il faut se servir des erreurs de nos aînés, dit le Vieux. Nous ne tuerons pas Marie mais les raisons de son départ ne doivent pas prêter à confusion. Demain j'irai voir Séguret pour lui expliquer que la série a tout à y gagner si elle disparaît brutalement. Voilà peut-être l'électrochoc qui nous manquait. Reviendra, reviendra pas, la France entière va se poser la question. Qu'est-ce qui était prévu dans le plan de tournage, demain, Élisabeth?

— La séquence où Mildred vient annoncer à Marie qu'elle est enceinte de la Créature.

— Quand comptez-vous partir?

— J'ai un vol samedi matin.

— Samedi matin! gueule Jérôme. Ça ne nous laisse que quarante-huit heures! Cette bonne femme est cinglée!

Louis pense que quarante-huit heures suffisent amplement. Si on écrit la séquence dans la nuit ils se débrouilleront pour la tourner demain. Ce ne sera pas la première fois que Séguret nous fait changer des choses en dernière minute. La Réa devait se faire une idée toute différente du «pool de scénaristes du feuilleton Saga». Louis attend nos suggestions.

— Elle part en Afrique pour convoyer de la lipose.

— Elle rencontre Dieu à la place de Camille qui passe son temps à le chercher, et prend le voile.

— Elle part à la recherche de son défunt mari qui n'est peut-être pas mort.

Mathilde nous propose d'aller au plus simple et au plus efficace : Marie part avec l'homme de sa vie, un point c'est tout. Mais l'homme de sa vie ne peut être ni Fred, ni Walter, ni quiconque indispensable à la suite du feuilleton.

— Et si c'était le moment rêvé pour l'entrée en scène de l'admirateur inconnu ? dit Jérôme.

— Formidable ! dit le Vieux, ça va faire plaisir à Séguret qui nous bassine avec cette histoire depuis des semaines. À la longue, moi aussi j'ai envie de savoir qui est ce type. Qui a eu cette idée, au début ?

Mathilde lève la main comme une gosse qui se dénonce.

— Nous sommes donc en droit de penser que vous et vous seule savez qui se cache derrière l'admirateur inconnu.

— Le problème c'est que je n'en ai pas la plus petite idée.

— Plaît-il ?

J'en étais sûr ! L'admirateur inconnu est une espèce d'abstraction à mi-chemin entre l'Arlésienne et le Yéti.

— Vous êtes drôles, tous les trois... Au début j'avais des pistes, et puis tout s'est sérieusement embrouillé. Vous n'avez pas arrêté de dire «*laissez tomber l'admirateur inconnu, on verra plus tard*», «*ça dépend de l'admirateur inconnu, on ne le fait pas débouler tout de suite*», «*il sera toujours temps de faire resurgir l'admirateur inconnu*», à tel point que

c'est devenu un personnage familier. Une espèce de
« transparence ineffaçable », comme disait Sartre.

— Et son EXISTENCE, nom de Dieu ! Personne n'y
a pensé, à son existence ? gueule Louis.

— Elle a raison, la pauvre. On se l'est tous refilé
parce qu'il était pratique, dit Jérôme. Il était parfait en
tant qu'impensé.

— Je rêve…

— C'est à moi de nous sortir de là, dit-elle. Je vais
y passer la nuit, mais demain matin, Séguret saura, la
France saura, Marie Fresnel trouvera enfin le bonheur, et Élisabeth pourra partir en paix.

Nous l'applaudissons, tous.

*

Les premières lueurs de l'aube par la fenêtre du
bureau. Je l'ouvre, un souffle de fraîcheur envahit la
pièce. Jérôme dort sur des coussins. Son frère zappe.
Élisabeth et le Vieux ont bavardé toute la nuit, à mi-
voix, pour ne pas déranger Mathilde qui pianote
encore sans se douter que le jour vient de poindre. Je
fais du café pour tout le monde.

— Quand je pense que je vais quitter ce feuilleton
au moment où j'allais devenir une star, dit la Réa.

— Qu'est-ce que vous voulez dire ?

— Séguret ne vous a pas dit ? Ils vont programmer
Saga en *access prime time*.

— À 19 h 30 ? Juste avant les infos ?

Louis est atterré. À ne jamais nous tenir au courant
de leurs décisions, je commence à penser que cet
enfoiré de Séguret nous en veut. Jérôme ouvre les
yeux, il semble nous reconnaître même s'il a totale-

ment oublié pourquoi nous sommes encore ici à une heure pareille.

— Qui a parlé d'*access prime time*?

Mathilde éteint son dernier cigarillo, avale une gorgée de café, et appuie sur la touche qui déclenche l'imprimante. Un petit geste invisible et inaudible qui pourtant coupe court à toute conversation. Je suis le premier à demander qui est ce mec qui nous a fait veiller si tard.

Elle s'étire avec langueur, tout épanouie par sa nuit d'amour.

— L'admirateur inconnu?

47. SALON FRESNEL.
INT. NUIT

Marie Fresnel regarde par la fenêtre, l'air mélancolique. Elle pose la main sur le téléphone, hésite, puis décroche et compose un numéro.

MARIE : ... Allô?

VOIX off (neutre) : S.O.S. Amitié, bonsoir.

MARIE : Je veux parler à la personne qui a cette voix chaude et sèche à la fois... comme celle d'un espion qui serait tombé amoureux.

VOIX off : Nous avons tous cette voix-là. Mais je crois que c'est de moi que vous voulez parler.

MARIE : Vous vous souvenez de moi?

VOIX off : Comment vous oublier, vous êtes cette femme qui appelle depuis un an et qui ne veut parler qu'à moi. Je peux vous demander pourquoi moi?

MARIE : Je ne sais pas... votre voix est sûrement le plus joli son que je connaisse après le silence.

VOIX off : Un présentateur radio pourrait peut-être faire l'affaire.

MARIE : Il me faut aussi quelqu'un à qui je puisse raconter mes malheurs.

VOIX off : Un psychanalyste pourrait peut-être faire l'affaire.

MARIE (légèrement vexée) : Je vous fais perdre votre temps, c'est ça ? Vous avez d'autres appels, des cas bien plus urgents, des gens au bord de la mort, et vous vous demandez pourquoi cette petite bonne femme vient pleurnicher sur sa condition de mère de famille.

VOIX off : La dernière fois que nous nous sommes parlé vous souffriez d'être trop aimée.

MARIE : Merci du raccourci, je pensais que votre travail c'était de réconforter.

VOIX off : Ce n'est pas un travail. Dites-moi ce qui ne va pas.

MARIE : J'ai besoin d'un compagnon.

VOIX off : Et vous n'en trouvez pas ?

MARIE : J'en ai quatre.

VOIX off : Vous voyez bien que j'ai de la mémoire.

MARIE : Ne vous moquez pas. Ce n'est pas si simple. Ils sont très amoureux, je sais bien que choisir l'un d'entre eux fera le malheur des autres.

VOIX off : Donnez-leur mon numéro.

MARIE : Vous n'êtes bon qu'à dire des sarcasmes aujourd'hui. Je ferais mieux de vous laisser…

VOIX off : Non ! Ne raccrochez pas. Parlez-moi d'eux.

MARIE : L'un d'eux vit déjà chez moi. C'est le frère de feu mon mari, il s'est installé près de

moi, je sais qu'il m'a aimée depuis le premier
jour où j'ai été présentée à sa famille. Il est fou, il
ressemble tellement à son frère, il est attendrissant... Il est...

VOIX off : Passez au suivant, ça ne sera pas lui.

MARIE : Qu'est-ce que vous en savez ?

VOIX off : Ne m'obligez pas à dire des évidences, vous avez de la compassion pour lui, rien
de plus. Et si vous saviez à quel point il est loin de
vous, il vous oublie dès qu'il bricole une de ses
machines et son désir de changer le monde
passe bien avant tout le reste. Il n'a jamais rêvé
devant le bleu infini de vos yeux.

Troublée, elle reste un instant interloquée.

VOIX off : Parlez-moi du deuxième.

MARIE : Je le connais depuis peu de temps, c'est
un voisin de palier qui vient de s'installer depuis
quelques mois. Un Américain, il est drôle, mes
enfants l'adorent, il est veuf, lui aussi...

VOIX off : Là vous cédez à la facilité. Vous ne
l'aimerez jamais.

MARIE : Mais... !

VOIX off : C'est un alcoolique, le matin vous
n'êtes qu'une belle voisine et rien de plus, mais
le soir vous devenez une maman bien pratique, il
suffirait d'abattre la cloison pour faire une seule
et belle famille. Sans une bonne dose de whisky,
il n'aurait même pas le courage de venir vous
faire la cour.

Dépassée, Marie ne sait que répondre.

VOIX off : Le troisième ! Parlez-moi du troisième !

MARIE : Le troisième n'existe que dans mon souvenir, mais je sais qu'il est en vie et que si je me donnais la peine de partir à sa recherche, tout pourrait recommencer...

voix off : Votre mari ? Vous pensez encore à ce fantôme ! Alors que quelque part un homme bien vivant fait de chair palpitante et de sang bouillonnant n'attend qu'un signe de vous ! Parlez-moi du dernier ! Venez-y, nom de Dieu !

MARIE : ... C'est... un amoureux clandestin, il m'offre des fleurs... Il me fait peur... Je ne sais pas si...

voix off (la coupant, en rage) : Mais vous n'avez pas encore compris à quel point ce type vous aime ! Il est le seul à vous aimer comme ça, à vous aimer tout court, et je commence à croire que vous ne le méritez pas ! Il est fou de vous depuis la première fois qu'il a entendu le son de votre voix ! Il a envie de faire toutes les folies dont vous n'avez jamais rêvé ! Il veut vous emmener loin de votre petite vie de ménagère ! Heureusement qu'il est patient et qu'il connaît le fonctionnement du moindre de vos rouages. Il attend depuis des semaines que vous vous rendiez compte qu'il existe bel et bien !

Marie, terrassée, reste muette.

voix off : Et s'il vous proposait de partir, là, ce soir, et de tout plaquer pour lui ?

MARIE : ... Je ne sais pas...

voix off : Qu'est-ce que vous répondriez... ? Vite !

MARIE : Oui. Je dirais oui.

*

Nous nous sommes tous salués. Le Vieux a dit qu'il voulait rentrer prendre une douche avant d'affronter Séguret. Il a donné rendez-vous à Élisabeth sur le plateau, en lui demandant de jouer les ingénues quand Séguret viendra, le cœur meurtri, lui annoncer qu'elle est virée. Mathilde, ivre de fatigue, a dit qu'elle voulait rentrer à pied. Et seule. Le Vieux a proposé de me raccompagner. Jérôme a tendu la main à Élisabeth en signe de paix, elle lui a demandé de ne plus jamais l'appeler « Madame Sparadrap ». Il a promis. Elle lui a fait une bise avant de s'éclipser.

Durant le trajet, Louis et moi sommes restés silencieux, à regarder la pluie qui battait le pare-brise. Puis il a dit :

— Avec le Maestro, nous avons toujours rêvé d'écrire une histoire sans aucun drame. Pas un film muet mais une histoire sans paroles. Rien que des gestes de bonheur. Ça se passerait dans un monde au sommet de son évolution, plus personne ne voudrait faire de tort à quiconque. Les aventures de la sérénité.

Dans le bus qui me dépose en bas du bureau, une dame se lève et personne ne convoite sa place. Je m'assois près d'un petit groupe qui ne s'en aperçoit même pas.

— Mildred a sérieusement déconné, hier soir.

— Le coup du détective privé ?

— Pardi. Un type vient lui annoncer qu'il connaît le passé de sa Créature, et elle le fout dehors ! Elle déchire toutes les preuves, elle ne veut même pas savoir qui est ce sauvage qui l'a foutue enceinte !

— Une fille si intelligente.

— Moi je vous dis que ça va mal tourner, ce truc entre le terroriste et Camille.

— Ça fait des semaines que je le dis. René ne veut pas y croire !

— Vous savez le pire ? Ma petite Céline qui n'a même pas douze ans veut faire des études de philo, elle est amoureuse de Camille, elle veut tout faire comme elle.

— Moi, ma femme, dès qu'elle voit Walter, elle pousse des soupirs.

— C'est pour vous agacer, Jean-Pierre.

— Remarquez, si j'étais vous je me méfierais, il a sérieusement besoin de compagnie depuis que Marie est partie.

— Elle ne pourrait jamais vivre avec un homme qui boit.

J'arrive à ma station. Près de la sortie, deux copains de lycée s'apprêtent à descendre.

— Tu te la ferais, toi, Évelyne?

— Depuis qu'elle a maigri elle est pas mal mais elle est amoureuse de Fred.

La Saga n'a jamais connu le créneau de 19 h 30 qu'on lui promettait. Sur décision de je ne sais quelle autorité suprême, le feuilleton est désormais diffusé le jeudi soir à 20 h 40. En *prime time*, comme ils disent. Les douze derniers épisodes sont programmés à raison d'un seul par semaine. À ce rythme, le dernier est prévu pour le 21 juin. Mes complices et moi attendons l'été avec une certaine impatience.

Au kiosque à journaux, je prends *Le Nouvel Économiste*. Je vais en avoir besoin tout à l'heure pour un dialogue entre Fred et le milliardaire de Hong Kong. Juste histoire de piquer des termes qui fassent vrai, je ne connais rien au monde de la finance. Je devrais m'y intéresser un peu plus, je suis sûr que mon banquier me raconte n'importe quoi avec ses boursicotages à la con. Il en est même obséquieux. Peut-être suis-je devenu un homme riche. Je ne sais pas.

— M'sieur Marco, j'ai parié avec des potes que l'ex-femme de Walter va revenir pour le mariage de Jonas. Allez quoi, un p'tit tuyau…

Depuis qu'il a vu ma photo dans un magazine, le gars du kiosque est devenu un attaché de presse idéal.

Je lui dis qu'il peut tranquillement doubler sa mise.
Tout heureux, il me montre *Télé 7 Jours* en pointant
le doigt sur un petit encart en forme d'étoile : *Test :
êtes-vous Callahan ou Fresnel ?* On peut gagner des
places pour assister au tournage. Jessica, la petite qui
joue Camille, fait la couverture de *V.S.D.* Sous sa
photo en bikini, elle dit : « *Camille m'a redonné le
goût de vivre.* » On la reconnaît à peine. Je n'avais
jamais soupçonné une telle poitrine. Le kiosquier me
demande comment elle est dans la vie, et je réponds la
vérité : je ne l'ai jamais rencontrée. Un cri déchirant
de Mathilde parvient jusqu'à moi, je lève la tête, elle
me fait de grands signes de la fenêtre du bureau. Elle
veut que je lui prenne tous ces canards débiles où on
étale les fesses de stars et les mariages princiers. Malgré toute l'estime que j'ai pour elle, je n'arrive toujours pas à comprendre ce qui la fascine dans ce
chapelet de ragots sur tous ces fin de race qui ne font
plus rêver personne. *C'est mon jardin secret ! C'est
mon jardin secret !* Elle ne sait dire que ça quand nous
lui demandons de se justifier, Jérôme et moi. Ce jardin secret, je l'imagine en friche, plein de fleurs car-
nivores et d'herbes folles indéracinables. Elle y trouve
sans doute un peu d'inspiration pour la Saga, qui sait ?
Sans même me saluer, elle se jette sur les magazines
et sort le gros registre où elle colle photos et articles.
Cette femme va avoir quarante ans !

Jérôme sirote un café en lisant d'un œil éteint la
moisson de courrier quotidienne. Dès qu'il tombe sur
une lettre un peu rigolote, un peu originale, il nous la
lit à haute voix. Séguret n'est pas encore arrivé. Il a
pris l'habitude de venir tous les vendredis matin pour
nous parler des scores de la veille et de toutes les nou-

velles directives prises autour de la Saga. Cet homme
est un geyser inépuisable de directives. Ça parle d'enjeux et d'objectifs, de cibles, de l'audimat et des parts
de marché auxquels je ne comprends pas grand-chose
à moins qu'on ne me trouve des équivalences. Entre
fierté et angoisse, il m'a expliqué que la Saga avait
fait un score supérieur au film du dimanche soir. La
semaine suivante, elle faisait plus que la finale de la
coupe d'Europe de football. Il a vendu Saga à toute
l'Europe, et les Américains s'intéressent à l'achat des
droits de remake. Ils pensent inverser le principe de la
série : la famille Fresnel, typiquement française, s'installe en face des Callahan. Le tout serait tourné à Los
Angeles et ce dernier point nous a laissés rêveurs,
Jérôme et moi. Los Angeles… nous nous sommes mis
à imaginer Saga à la sauce américaine : du soleil, des
gratte-ciel, des apparitions de stars, une musique
d'enfer, une blonde siliconée qui jouerait le rôle de
Camille, des explosions, des cascades, tout quoi, le
bonheur ! Même si les exemples de Séguret sont par-
lants, je n'arrive pas à réaliser l'impact réel du feuilleton, j'essaie de visualiser dix-neuf millions d'individus,
les yeux rivés sur la même image. J'essaie de les imaginer, tous, dans un désert à perte de vue, serrés les uns
contre les autres, le regard perdu dans le ciel étoilé où
chaque personnage aurait la taille de la Grande Ourse
et chaque épisode défilerait à perte de vue aux confins
de la Voie lactée. Mais cette vision s'estompe assez vite
et Séguret baisse les bras. Il est devenu l'homme fort de
la chaîne, sans parler des ponts d'or que lui font les
autres. Il est le producteur miracle de la télé française,
une sorte de génie visionnaire qui allie *urgence de message et ultramodernité, sophistication du concept et*

rapidité d'exécution. Il donne autant d'interviews que les acteurs du feuilleton, un nègre est en train de lui écrire un bouquin (*Saga ou un millénaire d'histoires*), et on l'invite dans des séminaires partout dans le monde pour qu'il livre à des milliers de professionnels ses secrets de fabrication. Séguret est un seigneur, partout où il passe.

Partout.

Partout sauf dans les trente-cinq mètres carrés de notre bureau où il nous suffit en général de quelques minutes pour lui donner envie de se cacher sous la moquette. Pourtant, il tente le coup à chaque fois. Il nous soûle de théories et plus il y met de conviction, plus ça le rend pathétique. Il se voit comme une espèce de Christophe Colomb qui conquiert un nouveau monde, quand il n'est qu'un brave moussaillon qui brique le pont du *Titanic*. Il est neuf heures du matin, et d'ici dix minutes, on va y avoir droit.

— Tiens, Mathilde, dans la vitrine de mon libraire j'ai vu un de vos bouquins, ça m'a fait drôle. Sur le bandeau, il y a votre photo : *par l'auteur de Saga.*

— Personne ne m'a prévenue, il a réédité les douze volumes de la série des Axelle Sinclair.

Son ancien éditeur, le redoutable Victor, ne se serait jamais privé d'un coup de pub pareil. Depuis le succès du feuilleton, le monsieur s'est souvenu que Mathilde lui a jadis donné son âme.

— Il veut m'inviter à dîner mais je ne suis pas encore prête.

— Prête à quoi ? À vous faire entuber par ce salopard une énième fois ? Vous êtes aveugle, ou quoi ?

J'ai le sentiment d'avoir parlé trop vite quand Jérôme échange un regard complice avec Mathilde.

M. Vengeance a déjà été consulté sur toute cette affaire.

— Rassurez-vous, Marco, l'amour m'a rendue aveugle mais pas complètement stupide. En tout cas, ces rééditions vont donner une seconde chance à Axelle Sinclair.

— Elle était comment, Axelle Sinclair ?

— Une compliquée, le genre qui cherche la perfection du bonheur à longueur de journée.

— Le v'là ! gueule Jérôme qui se cache derrière son écran dès qu'il voit apparaître la silhouette de Séguret.

À vos places, on va faire l'appel. Séguret entre, la mine recueillie, enlève son manteau et pose sa bouteille d'eau minérale sur un coin de bureau. Jérôme a déjà envie de se marrer. Séguret jette un regard de biais vers Tristan, endormi comme un bienheureux. Il n'ose rien dire, mais on sent qu'au fil des mois il n'a toujours pas réussi à s'habituer à cette sorte d'ecto-plasme avachi devant la télé. Il nous salue tous les quatre, juste pour se faire la voix.

— Vous voulez connaître les résultats d'hier ?

Si on respecte le rituel, à cette question-là, nous sommes obligés de répondre oui.

— 67 % de parts de marché et 38 points audimat. Pendant les présidentielles, le dernier débat avant le second tour a grimpé à 31. Il ne s'agit pas, pour nous, de comprendre le phénomène. La chaîne s'est chargée de réunir l'équivalent d'une commission d'enquête — des sociologues pour la plupart — afin d'apporter des éléments de réponse. Si l'événement nous échappe, le feuilleton, lui, doit plus que jamais obéir à un souci de cohérence. Je sais que la liberté de ton que vous avez su insuffler au feuilleton a joué

pour beaucoup dans le succès d'aujourd'hui. J'irai
même jusqu'à dire que, malgré nos divergences, vous
avez eu raison de rester fidèles aux objectifs que vous
vous étiez fixés. Tous les dirigeants de la chaîne, moi
le premier, vous en remercient. Mais, je ne vous
apprends rien, il nous reste douze épisodes qui passent
au format 90 minutes, à diffuser avant les vacances
d'été. Le petit sit-com fait avec les moyens du bord
que nous avons commencé à diffuser en octobre dernier n'existe plus. La Saga est non seulement la création française la plus luxueuse jamais tournée — je
dirige une équipe de quatre-vingt-cinq personnes et le
budget est quasi illimité — mais c'est aussi, et surtout, une affaire NATIONALE.

— Nationale, vous avez parfaitement raison,
coupe le Vieux. Il paraît qu'à la chambre des députés,
l'un d'eux a dit à la tribune : « *Votre projet de loi ne
résisterait pas à un Quart d'Heure de Sincérité.* »

— Et tout le monde s'est marré, paraît-il, dit
Jérôme. *Le Canard enchaîné* dit que dans les réunions
syndicales, il est du dernier chic de placer des phrases
nues. Ça remplace l'ère de la langue de bois.

— Une affaire nationale, reprend Séguret qui,
comme tous les énarques, n'aime pas être interrompu.
Cela nous oblige désormais, et en tout premier lieu, à
élaborer un produit CONSENSUEL, CONVIVIAL et surtout FÉDÉRATEUR. Il faut FÉ-DÉ-RER ! Un aspect de
votre mission que vous prenez un malin plaisir à laisser de côté.

Celle-là, il ne nous l'avait jamais faite.

Accablé, le Vieux porte une main à son front et
ferme les yeux. Mathilde, beaucoup plus détendue, lit
du coin de l'œil un article sur le palais vénitien que

vient d'acquérir une sombre petite princesse qui aime bronzer en monokini. Fé-dé-rer? Jérôme et moi échangeons un court dialogue télépathique.

— *Ça veut dire quoi, Fé-dé-rer, mec?*

— *Ça veut dire que les histoires qu'on va raconter doivent plaire à tout le monde.*

— *C'est possible, ça?*

— *Ce serait un peu comme dans un camp de prisonniers pendant la guerre à qui on ferait bouffer de la merde pendant des années. Et le chef du Stalag dirait : ne leur donnez surtout rien d'autre, ils ne laissent jamais de restes.*

— Ne me dites pas le contraire, tous les quatre! Jusqu'à maintenant, vous avez surtout cherché à vous faire plaisir. Et la ménagère du Var, vous y avez pensé? La ménagère du Var qui doit nourrir une famille et affronter la crise, celle-là même qui s'accorde un instant de répit devant son feuilleton. Vous pouvez me dire ce qu'elle en a à fiche de l'accablement d'un pasteur qui ne croit plus en Dieu? Et de l'Œdipe mal digéré de Camille? Ça lui parle, ça? Prenez l'ouvrier de Roubaix qui vient de prendre sa dose de réel devant la porte fermée de son usine. La télévision est son seul dérivatif, son unique espace récréatif. Au lieu de regarder un reality show, il nous fait le privilège de s'attarder devant notre Saga, et qu'est-ce qu'on lui propose? un couplet antitélé qui n'offre aucune équivoque : jetez-la par la fenêtre! Discours démagogique, et en plus, très daté. Et le pêcheur de Quimper... Ah ça, j'ose à peine en parler du pêcheur de Quimper. Lui, vous l'avez mis d'office sur liste noire. Rien ne lui est épargné : incitation, tantôt à l'anarchie, tantôt à la débauche. Et tout ça conduit droit vers un formidable cimetière de la Morale. C'est là où je voulais en venir. Les directives de la chaîne sont claires : désormais, tout script devra être lu et approuvé par un comité avant d'être tourné. Je sais que c'est une formulation un peu abrupte, et j'essaierai de lui apporter une touche plus personnelle en vous priant, très sincèrement, de penser un peu aux autres.

Dans la foulée, il se descend la moitié de sa bouteille d'eau. Sûrement une technique d'énarque. Il paraît qu'on leur apprend plein de trucs très savants pour garder les rênes d'un groupe restreint, même le geste le plus insignifiant définit un code.

Il attend une seconde et nous toise, les bras croisés.

Aucun de nous ne manifeste la moindre réaction. Soufflés que nous sommes. Séguret s'en étonne presque.

Silence.

Tristan, toujours endormi, se retourne dans son canapé pour trouver une position plus confortable.

Silence.

— … Vos réactions ?

Silence.

— Pas même vous, Louis ?

— Depuis la constitution de notre équipe, vous êtes persuadé que je suis une sorte de meneur, et que les trois autres, sans doute intimidés par ma grande expérience, n'osent pas s'exprimer. Pour vous prouver combien c'est faux, je vais vous dire comment nous allons procéder. Chacun de nous va prendre une feuille et écrire ce qu'il pense de tout ça, à chaud, sans la moindre concertation qui risquerait de l'influencer.

Séguret perd un tout petit peu de sa superbe et s'assoit.

En moins de trois minutes, les copies sont rendues. Séguret les lit avec une lenteur infernale.

« *Monsieur Séguret, vous avez quarante-huit heures pour recruter les dix meilleurs scénaristes de la place de Paris. Signez-leur un contrat mirobolant et donnez-leur l'ordre de ne pas descendre au-dessous de je ne sais quel point de votre cher audimat. Je serai devant ma télé tous les jeudis soir jusqu'au 21 juin.* »

« *Ne va pas tuer la poule aux œufs d'or, mec. Virenous, et d'ici deux épisodes c'est toi qu'on vire.* »

« *Veuillez prendre acte, par la présente, de ma demande de démission.* »

« *Je suis très copine avec une ménagère du Var, elle adore le feuilleton tel qu'il est. Ne vous a-t-on pas appris qu'il est risqué de changer une équipe qui gagne ? Même le balayeur de l'É.N.A. sait ça.* »

Il se lève sans moufter. Digne. Met son manteau. Regarde un instant vers nous avant de sortir.

— La première fois que vous êtes entrés dans ce bureau, vous n'étiez que quatre minables qui m'auraient léché les bottes pour avoir ce job. N'oubliez jamais que c'est moi qui vous ai donné votre dernière chance. La dernière.

*

Après le déjeuner, j'ai proposé aux autres de revoir l'épisode d'hier, comme ça, par curiosité. Encore un peu secoués par la visite de Séguret, ils m'ont suivi.

Plus personne n'a envie de persifler comme nous le faisons d'habitude quand apparaît le moindre acteur du feuilleton. Il y a quelque chose de presque solennel dans l'air, comme si on s'avouait enfin les sentiments qu'on porte à quelqu'un qu'on n'a jamais manqué d'égratigner. C'est peut-être mon premier vrai regard sur la Saga. Pendant quatre-vingt-dix minutes, j'ai la sensation permanente d'être en mouvement, que l'histoire de ces personnages est en marche et leur fin imminente. Je crois enfin au cancer de Walter, il a fallu que je voie les images pour avoir la preuve que ça fonctionnait. L'acteur a laissé tomber son côté rock'n'roll pour jouer, simplement, le type qui a peur des résultats d'analyses. Le toubib tourne autour du pot, Walter a envie d'une phrase nue, une seule. J'aime bien la tête qu'il a, à ce moment précis. Quand on lui annonce qu'il a un cancer des poumons, il sort dans la rue, cotonneux. Il regarde les gens qui passent. Des figurants. Le réalisateur a pris la peine de filmer des gens qui passent dans la rue et ne se doutent de rien. À l'un d'eux, Walter demande une cigarette et du feu. Il la regarde au bout de ses doigts comme si c'était la première fois qu'il en tenait une. Et c'est la première fois qu'il en tient une. Il prend une bouffée, tousse comme un gosse, puis en reprend une autre avec un très léger sourire. Il n'a rien besoin de dire, sur son visage on lit quelque chose comme : « Ce n'est pas si mauvais, je ne sais pas pourquoi je m'en suis passé si longtemps. » De retour chez lui, il rencontre Fred qui lui promet de trouver un remède définitif à la course tangentielle du crabe. Ce sera sa nouvelle croisade.

Dans la pièce à côté, Mildred et la Créature se serrent dans les bras l'un de l'autre. Là encore, pratiquement pas un mot. D'ailleurs, la Créature n'en connaît pas plus de deux. Il est toujours aussi nu, elle toujours aussi brillante. Il fait glisser une manche de tee-shirt pour dévoiler la peau brûlée de Mildred, il y enfouit son visage. Elle cite un vers d'une poétesse américaine, il ne comprend évidemment rien. Il lape un verre d'eau plus qu'il ne le boit. Elle passe ses mains sur son ventre qui commence à s'arrondir. Je crois n'avoir rien vu de plus fusionnel de ma vie. Il règne une touffeur d'amour en apesanteur dans cette pièce, et je ne sais pas à quoi ça tient. Sans doute à quelque chose de flou entre nostalgie et espoir, quelque chose que Mathilde gardait en elle depuis longtemps et que le réalisateur a su demander aux acteurs. Et cette drôle d'alchimie nous revient au visage comme un boomerang, là, sur l'écran. Le Vieux fait un arrêt sur image et demande à Mathilde s'il est vraiment question de faire naître un enfant d'ici le 21 juin.

— Je manque d'expérience dans ce domaine mais pourquoi pas ?

— Ça ferait tellement plaisir à Séguret.

— Parfois j'ai du mal à comprendre pourquoi ce petit couple plaît autant, j'en ai créé tellement d'autres. Une étudiante en psycho veut leur consacrer sa thèse. Elle me pose des questions invraisemblables sur l'osmose du sens et de la sauvagerie, le paradis perdu, les injures du corps, l'état de nature et le sexe cérébral. Je réponds qu'il est inutile d'aller chercher si loin, au départ je voulais juste proposer une version moderne de *La belle et la bête* sans qu'on ne sache jamais qui est qui. Mais ça la déçoit beaucoup. J'ai pourtant essayé de lui expliquer ma vie passée à raconter l'histoire d'un homme qui rencontre une femme avec laquelle il va finir par coucher, mais ils vont d'abord se faire souffrir et se trouver un tas de barrières sociales et de tabous. L'occasion ou jamais de jeter la psychologie aux orties, justement, c'était Mildred et la Créature. Si on y regarde de près, leur histoire est celle d'une symbiose fulgurante, totale et indéfectible. Quand je serai vieille, je regarderai par-dessus mon épaule et je dirai : oui, une fois et une seule dans tout ce que j'ai fait, j'ai approché les 100 % d'amour pur.

Les images défilent à nouveau. Camille est de plus en plus glamour. Depuis que Marie est partie, elle est devenue l'objet fantasmatique du feuilleton. Séguret a poussé dans ce sens-là, bien sûr. Aujourd'hui, celle qui joue le rôle pose dans des magazines de charme et donne des conseils beauté. Elle rassure les journalistes : « Non, Camille ne se suicidera pas. » Pour l'instant, sur l'écran, elle est dans le piano-bar d'un hôtel de luxe avec Pedro « White » Menendez, le terroriste kafkaïen. Elle profite d'un moment où Pedro donne quelques ordres au téléphone pour réajuster le micro que Jonas lui a posé entre les seins. Pour elle, il est censé être un grand exportateur de cigares. Pour lui, c'est une call-girl de luxe. Ils discutent gentiment en sirotant des cocktails quand Menendez lui demande de but en blanc si elle a déjà vu un mort.

— *... Pourquoi me demandez-vous ça ?*

— *Répondez.*

— *Je n'en ai jamais vu.*

— *Même pas un vieux grand-père, ou un accidenté de la route ?*

— *Non.*

— *C'est dommage. On ne peut pas se faire une idée nette de la paix intérieure tant qu'on n'en a pas tenu un dans ses bras. Et pourtant, je suis contre l'idée de la mort, vous savez. Pour moi, les gens devraient disparaître, du jour au lendemain, s'évaporer, se dissoudre dans la nature.*

— *Une vision panthéiste de la mort ?*

Elle le coupe de façon si spontanée que Menendez a une expression de surprise. Camille ne sait comment rattraper sa bourde.

— *... J'oubliais qu'on est en France, même les putes ont des lettres.*

Il regarde furtivement sa montre et dit :

— *Je vous laisse le choix, soit vous allez me chercher un autre verre au bar, soit vous vous asseyez tout à côté de moi pour que je puisse caresser vos seins.*

Troublée, elle pose une main sur sa poitrine où le micro est enfoui mais choisit de se rapprocher de Pedro. Il l'entoure de ses bras et la plaque contre la banquette. Une seconde plus tard, le bar explose, quelques corps sont soufflés par la déflagration. Camille est indemne.

— J'avais demandé au moins trois macchabées de plus, fait Jérôme.

— Ne va pas te plaindre, il y a à peine un mois, on retenait le prix des bandes Velpeau sur ton salaire.

— On est encore loin des effets spéciaux américains mais je reconnais que l'explosion était bien foutue. Ils ont même fait des efforts sur les cascades dans la scène où Mordécaï se jette du haut de la tour.

— Mordécaï... ? Je pensais qu'on l'avait déjà fait mourir vers le n° 30 ou 31 ?

— Mordécaï est très très riche. Avec une fortune pareille on trouve des solutions à tout, même à la mort. De toute façon personne ne s'est plaint de le voir réapparaître.

Parfois, c'est justement sur ce point que j'ai un problème. Je m'interroge sur cette infernale liberté dont Séguret voudrait nous amputer. Il s'en est passé, des choses, depuis le fameux jour où il a lancé son «*Faites n'importe quoi !*». Aujourd'hui, j'en cherche la limite. Il y en a forcément une. On ne peut pas impunément transgresser les lois et entraîner dix-neuf millions d'individus dans sa folie sans qu'il y ait une censure quelque part. J'ai posé la question au Vieux. Avec un fond de tristesse dans la voix, il a répondu :

— J'ai bien peur que la seule limite soit celle de notre imagination.

*

Je menaçais de le faire depuis longtemps. Dans l'épisode que nous avons bouclé aujourd'hui, Dieu nous est apparu. Dieu en personne.

Il correspond bien à l'image que la plupart des gens s'en font, c'est un auguste vieillard drapé dans des vêtements blancs, son superbe visage aux traits creusés inspire une sorte de crainte mêlée de joie.

— Hé, Louis, tu crois que ça suffit, comme description ?

— Fais voir… *En rentrant de son jogging, Bruno rencontre un auguste vieillard drapé dans des vêtements blancs, son superbe visage aux traits creusés inspire une sorte de crainte mêlée de joie.* Amplement suffisant.

Lina, la chasseuse de têtes, va avoir du mal à trouver un mec dont le regard inspire une sorte de crainte mêlée de joie. Déjà qu'ils sont allés chercher la Créature dans une espèce de phalanstère d'acteurs, en Hongrie, ça a

fait tout un pataquès. Après tout, qu'elle se débrouille.
Ça donnera une chance à ses émissaires de justifier leur
salaire.

— À propos de casting, dit Jérôme, il faut qu'ils
recrutent la fille qui va jouer Dune.

— Rappelez-nous qui est cette Dune.

— Une nana qui s'est échappée de la secte des
Barbariens. Elle a vingt-cinq/trente ans, elle est plutôt
jolie, point final.

— C'est tout? demande Mathilde. Vous créez le
personnage d'une belle fille de vingt-cinq ans, et c'est
tout ce qui vous vient à l'esprit?

— Les filles ça n'a jamais été son truc, ricane Tristan. Sous ses airs, comme ça, c'est un timide. Quand
il était ado, il essayait de les attirer à la maison en leur
promettant de leur montrer «l'homme-canapé». Tu te
souviens de la rouquine?

— Tu n'es pas obligé de raconter, dit Jérôme, cra-
moisi.

— Et devinez qui faisait «l'homme-canapé»?

— Quand je décris un beau gosse, dit Mathilde, je
puise dans mes reliquats fantasmatiques. Ça va du
voisin de palier à la star hollywoodienne.

— Il n'y a pas une actrice qui te plairait? Paraît
que ça se bouscule pour jouer dans Saga.

— Bof...

— Dans ce cas, il faut la créer de toutes pièces, dit
Louis. Décris-nous la femme idéale, pour toi.

C'est un plaisir de le voir triturer ses doigts, les yeux
rivés sur ses tennis. Lui qui se fout de moi chaque fois
qu'une fille passe dans le couloir. Lui pour qui les
personnages féminins servent au repos du guerrier
quand elles ne sont pas elles-mêmes des Rambo en

bas résille. Dans deux minutes on va apprendre que c'est un grand sentimental.

— Arrêtez de me regarder comme ça. Je ne me suis jamais posé la question…

— Une brune, une blonde ?

— …

— Une rouquine ? fait Tristan en rigolant de plus belle.

— Plutôt… une brune. Avec des cheveux longs et raides comme des baguettes.

— Ses yeux ?

— … Il faudrait qu'elle ait les yeux très bleus et que sa peau soit mate, un peu cuivrée, comme une indienne Zuni, et puis…

— Et puis quoi ?

— … Elle aurait un sourire imperceptible, comme une geisha. Elle aurait des jambes interminables et une poitrine discrète. Mais cuivrée, aussi, la poitrine.

— Profil psychologique ?

— L'adorable emmerdeuse ?

— La vipère fatale ?

— Pas du tout. Le moindre de ses gestes donnerait une impression de sérénité, on lirait en elle comme dans un livre ouvert et son rire coulerait comme une petite rivière.

— Elle aurait des aptitudes particulières ?

— Qu'est-ce que tu veux dire ?

— Je ne sais pas, n'importe quoi, le tennis, les claquettes, le saut à l'élastique…

— Il faudrait qu'elle parle plein de langues, j'aime les femmes qui parlent plein de langues. Son français aurait une petite pointe d'accent. Dans des circonstances très précises, elle choisirait le japonais sans que

personne ne sache pourquoi. Parfois elle citerait Shakespeare dans le texte. Et si par-dessus le marché, elle
sait lancer le boomerang…

Le Vieux rompt un délicieux petit silence en déta-
chant une page de son bloc-notes.

— Je crois que je n'ai rien oublié. Nous allons voir
combien de temps ils vont mettre à trouver Dune.

— Cette fille-là n'existe pas ! hurle Jérôme.

— Lina va envoyer ses sbires dans tous les coins
du monde et passer des annonces sur les cinq conti-
nents, mais ils nous la trouveront !

Le Vieux a raison, il faut en profiter tant que nous
avons le pouvoir. Le 21 juin, on nous jettera dehors,
mais d'ici là, on va leur en faire voir !

— J'ai 40 ans, dit Mathilde, c'est dire le temps
qu'il m'a fallu pour trouver quelqu'un qui satisfasse
tous mes caprices. Il s'appelle Séguret et je l'userai
jusqu'à la corde comme une danseuse ruine son banquier d'amant.

Je nous sers une tournée générale de vodka au poivre
et nous trinquons à cette Dune qu'il nous tarde de
connaître. Jérôme hausse les épaules, il pense que Louis
se fout de lui depuis le début. Mathilde regarde l'heure
et s'en va la première. Tristan saisit ses béquilles pour sa
promenade vespérale dans la salle de montage. Le
Vieux lui demande s'il peut l'accompagner, il a envie de
voir comment travaille William.

— Vous m'aiderez à ouvrir les portes, dit Tristan
en souriant.

Ils s'éclipsent tous les deux. Je cherche partout la
bouteille de vodka, Jérôme rince les verres. Le fax se
met en marche et, à cette heure-ci, nous n'avons aucune
bonne nouvelle à espérer.

— Si c'est encore des conneries à bricoler d'urgence, cet enfoiré de Séguret peut aller se brosser.

Il arrache le papier et le lit. Je redoute le pire.

— Ils font une fête dans les studios…

— Quand ?

— Ce soir.

— Sympa de nous prévenir à la dernière minute.

— Ils ont calé l'anniversaire de Jonas sur la fin de tournage du n° 67.

— Ça te tente ?

— On ne connaît personne. On aurait l'air de quoi… ?

*

Nous sommes restés silencieux, pensifs, dans le taxi qui me déposait chez moi avant de ramener Jérôme au bureau. Soûlés au champagne. Séguret est passé en coup de vent sans nous repérer. Personne ne nous a reconnus, personne ne nous a demandé ce que nous faisions là et personne ne nous a adressé la parole.

— Celle qui fait Évelyne a l'air plutôt sympa.

Le buffet était somptueux, le champagne excellent et les traiteurs servaient des petits plats chauds faciles à manger.

— Qui était ce type qui s'est pincé le nez quand on lui a demandé ce qu'il pensait du dernier script ?

— Celui qui ressemblait à Walter ?

— Oui.

— C'était Walter.

Avant les festivités, j'ai assisté à la fin du tournage. Je ne me doutais pas de cet invraisemblable ballet, ces décors qui valsent, ces dizaines d'individus qui se tournent autour. En me baladant, je me suis retrouvé au beau milieu d'une galerie d'art contemporain pleine de toiles et de sculptures. J'avais envie de situer la rencontre entre Bruno et sa fiancée dans un endroit comme celui-là, et je m'étais même amusé à inventer des œuvres. Un nu hyperréaliste près d'un radiateur, un assemblage d'assiettes et de photos de Dali, une colonne de photocopieurs déglingués, un monochrome orange lacéré de part en part. Sur mon ordinateur, je m'en étais donné à cœur joie, j'ai balancé du concept et de l'effervescence chromatique à qui mieux mieux, persuadé que la production mettrait toutes mes poin-tilleuses descriptions au panier pour acheter de vagues reproductions aux puces de Saint-Ouen. Eh bien, non ! Ils ont tout fait faire sur mesure ! Mon nu au radiateur est une merveille ! Mon installation de photocopieurs mériterait sa place à Beaubourg ! Je suis un artiste ! Un artiste !

— Tu as entendu l'histoire du jeu ?

— Non.

— Ils vont commercialiser un jeu de l'oie tiré de la Saga.

— Tu plaisantes ?

— Authentique. Le genre : avancez de trois cases, Mildred teste votre Q.I., si vous avez moins de 100, reculez de cinq cases. Sautez quatre cases pour ne pas tomber dans un attentat de Pedro Menendez, etc.

— Tu crois qu'on va toucher des ronds, là-dessus ?

— Va savoir.

J'ai bien aimé le speech du producteur délégué. Il a dit que la Saga était une grande famille dont il remer-ciait tous les membres un par un. La liste était longue, ça allait des rôles principaux aux plus petits techni-

ciens, sans oublier tous les postes clés de la chaîne,
avec une mention spéciale pour notre père à tous : Alain Séguret. Aucun scénariste n'a été cité. Il a souhaité un bon anniversaire à Jonas et a fait une distribution de cadeaux, c'était la grande surprise de la soirée : un coffret de quatre cassettes qui réunissent les douze premiers épisodes du feuilleton. Tonnerre d'applaudissements. J'ai réussi à choper un coffret mais Jérôme a eu moins de chance que moi.

— À demain, mec.

Quand je me suis glissé dans mon lit, encore embrumé par les vapeurs de champagne, j'ai parlé à Charlotte comme si elle était présente dans la pièce.

— Tu sais, aujourd'hui, j'ai utilisé Dieu comme personnage.

(— …)

— Je me doutais que tu allais dire un truc dans ce genre-là, eh bien figure-toi que je ne sais plus si c'est le Dieu dont tout le monde parle ou si je L'ai créé de toutes pièces.

(— …)

— Oui, demain il échangera quelques mots avec Bruno. Peut-être que Dieu ne prononce que des phrases nues.

(— …)

— Peut-être, mais pas tout de suite. Je vais d'abord organiser une rencontre avec ce pauvre pasteur qui doute de son existence. Et toi, au boulot, rien de neuf ?

*

Walter a eu un accident de voiture, ce matin, il n'était même pas dix heures. Jérôme n'y est pas allé de main morte, la voiture crève une tour en verre et fait trois tonneaux avant de tomber dans une piscine. Le Vieux pense que Séguret sera d'accord pour la cascade, mais la mort de Walter ne passera jamais. Le départ de Marie était déjà un point limite. Mais Jérôme est remonté à bloc. Il est capable d'engager une partie de bras de fer avec Séguret et toute sa bande de décideurs s'il n'obtient pas satisfaction.

— Il est dans le coma jusqu'à nouvel ordre, pendant au moins deux épisodes ! Si tu avais vu sa gueule, hier soir, au milieu de toute sa cour. Ce petit air supérieur quand il parlait du script.

— Il n'a pas aimé la scène où il supplie à genoux le fantôme de Loli qui vient le hanter, dis-je.

— Tant pis pour sa gueule ! À partir d'aujourd'hui, il est sur un lit d'hôpital, relié à un cordon d'alimentation qu'on peut couper à tout moment s'il ne se tient pas à carreau. Qu'on le lui dise, à cet enfoiré.

M. Vengeance a parlé. Et cette vieille crapule de Louis ajoute, avec un sourire pervers :

— Le public va adorer, on peut même imaginer une mystérieuse silhouette qui hante l'hôpital avec une grande paire de ciseaux.

À nous quatre, nous faisons plus de bruit que des supporters du parc des Princes. C'est beau, l'esprit d'équipe.

Le reste de la journée s'est déroulé dans un climat de franche détente. Depuis que nous avons six jours pleins pour écrire un seul épisode de quatre-vingt-dix minutes, nous multiplions les moments de farniente et de rigolade. Il ne se passe pas un jour sans que nous allions prendre l'air, tous les quatre, dans le petit square au bout de l'avenue.

Soleil.

— La Saga mourra de sa belle mort l'été venu, dit
Louis, mais ce n'est pas une raison pour la suivre dans
la tombe. Qu'est-ce que vous comptez faire, après ?

Nous sommes tous pris au dépourvu, comme si
aucun de nous n'avait imaginé que l'équipage allait se
séparer un jour. Et tout à coup, les réponses tombent en
pagaille, le devenir de chacun se dessine en quelques
mots. Une chaîne américaine a proposé à Jérôme d'être
« consultant » sur l'adaptation de Saga pour rester dans
l'esprit du feuilleton français. Comment ont-ils senti
que, de nous quatre, Jérôme est le seul qui rêve de travailler là-bas ? S'il le voulait, il pourrait partir aujour-
d'hui même mais il préfère attendre le 21 juin avec
nous. Si tout se déroule comme prévu, Jérôme passera
l'été dans une villa de Santa Monica où une cohorte de
Séguret viendra le visiter pour clarifier le concept du
Quart d'Heure de Sincérité (qu'il a déjà rebaptisé *High
Quality Frankness*).

Mathilde hésite entre deux projets, dont l'écriture
du feuilleton d'été de l'année prochaine. Une histoire
de cœur et de fesses sur trois générations, le tout en
huit épisodes. Pour peu que la sauce prenne, les feuilletons d'été sont régulièrement rediffusés, c'est une rente
assurée pour Mathilde à qui on propose en outre de
novelliser ses scénarios et de revenir ainsi au roman.
Quand je lui demande quel est le second projet, elle se
ferme comme une huître en disant qu'il s'agit là de
son *jardin secret* et qu'elle n'en dira pas un mot avant
d'avoir une certitude.

Quant à moi, je parle de ce metteur en scène qui m'a
contacté pour travailler sur son prochain film. J'ai bien
aimé son précédent, *La maison de jeux*, et la perspec-

tive d'écrire pour le cinéma me séduit terriblement. Le Vieux me pousse dans cette voie.

— Le cinéma, c'est une autre aventure. La plus belle de toutes. Le cinéma construit notre mémoire, la télé ne fabrique que de l'oubli. On ne peut pas travailler pour le cinéma sans croire qu'on fait le plus beau film du monde. Ça porte un nom : l'amour.

Soleil.

— Et toi, Louis ? Tu fais quoi, après la Saga ?

Avec une extraordinaire fierté dans le regard, il nous annonce qu'il retourne en Italie.

— Le Maestro a besoin de moi et je n'ai jamais su lui dire non.

*

20 heures. Chaque jeudi soir, je cherche un refuge, n'importe lequel, un endroit où j'oublie que dix-neuf millions d'individus regardent tous dans la même direction. Chez moi, c'est devenu impossible, le téléphone n'arrête pas de sonner dès le générique du feuilleton. Je suis pourtant obligé de ne pas le débrancher au cas où Charlotte appellerait. Au bureau, c'est pire, les frangins se planquent chez William et ne redescendent que tard dans la soirée. Ce soir, j'ai accepté l'invitation à dîner de quelques copains que je délaisse depuis des mois. L'ambiance familiale va me faire du bien, ils vont me bichonner, me servir un plat de spaghettis et m'abreuver de vin rouge, comme ils l'ont fait si souvent. Peut-être ont-ils des nouvelles de Charlotte. Ils ne m'en demandent pas. Devant eux, je me sens pour la première fois célibataire.

— Un petit punch en apéro, Marco ?

Charlie et Juliette s'occupent de moi comme d'un
fils qui revient de l'armée. Je prends plaisir à parler
du temps qu'il fait, de la couleur des rideaux et de
cette délicate odeur de curry qui nous vient de la cuisine. Béatrice et Auguste arrivent avec du champagne.
Embrassades. Je n'ai pas vu Béatrice depuis longtemps. Elle m'apprend qu'elle travaille dans un magasin de disques. Auguste est toujours le chauffeur de je
ne sais quel ministre. Ça parle boulot, les boulots de
tout le monde, sauf le mien, et j'ai l'impression de
revenir à la civilisation après des mois d'exil. Charlie
se plaint des classes surchargées dans son lycée, Juliette
explique que les soldes du magasin de fringues où elle
travaille l'ont laissée sur les genoux. Je les adore, tous
les quatre ! Tout me passionne dans ce qu'ils disent :
les décisions du recteur du Val-de-Marne, les systèmes antivol des grands magasins, le prix de la nouvelle Safrane, tout m'intéresse. Je pose des questions,
j'écoute, je compatis parfois mais rien ne m'échappe.
Ce sont de vraies gens, avec un vrai quotidien, et je
me fous de savoir s'il est banal, vraisemblable ou réaliste. À leur contact, j'ai l'impression d'être quelqu'un de normal, la pression se relâche, je reprends un
punch qui me monte gentiment à la tête et je me mets
à évoquer quelques souvenirs communs, comme si
Charlotte était parmi nous. Juliette se penche pour me
tendre une coupelle de noix de cajou et je ne peux
m'empêcher de regarder dans son décolleté. J'ai toujours éprouvé un petit quelque chose pour elle. J'ai
toujours imaginé qu'elle ne serait pas contre. Ça me
fait penser au copain de Jonas, Philipp, qui…
    — Marco ?
    … Et si Camille tombait amoureuse de Menendez ?

On n'aurait plus besoin d'arranger cette rencontre avec Philipp, d'autant que Jonas a un truc à cacher au F.B.I., au sujet de Philipp.

— Ouuuuuhoouuuuu… Marcooooo… reviens parmi nous !

— Excusez-moi, dis-je en sortant mon calepin, j'ai complètement oublié de souhaiter l'anniversaire de mon père, il faut absolument que je le note sinon ça va m'échapper à nouveau.

Je sais ce que va devenir Camille… Je le sais ! Il faut absolument que je note ça !

Les conversations reprennent, Béatrice veut un deuxième enfant, Auguste n'est pas vraiment pour, les deux autres essaient de le convaincre. Un deuxième enfant… Nous sommes en train de parler d'une vraie vie ! Une décision cruciale, des semaines d'espoir, des mois de gestation, des préparatifs incroyables, un investissement moral et psychologique, il faut tout ça pour créer quelqu'un. Ce quelqu'un en a, en moyenne, pour soixante-quinze ans d'espérance de vie. Et cette vie ne sera sans doute qu'une suite de petites étapes rituelles, bonnes et mauvaises. Pas de mystère lourd à porter, pas d'amour fiévreux et désespéré, pas d'héroïsme universel, pas de péripétie rocambolesque, rien que de la vie, tissée jour après jour. ÇA, c'est de la création de personnage. Un seul cri de cet enfant sera plus chargé de réel que toute cette bimbeloterie sans queue ni tête sortie de mon imagination.

— On va bientôt passer à table, il faut coucher les petits.

— Marco, tu veux bien t'en occuper ?

— Pardon ?

— C'est pas tous les soirs qu'on a un scénariste à

la maison. Je ne sais plus quoi leur inventer pour les endormir.

— Une toute petite histoire, allez… Pour toi, c'est rien.

Tous les quatre se marrent.

— Je ne sais pas faire ça. Je n'ai pas le chic, avec les mômes.

J'ai l'air d'une andouille…

— Mais si, tu vas très bien t'en sortir.

D'autorité, on m'entraîne dans leur chambre. Je me retrouve assis au bord du lit, dans la pénombre, avec deux têtes blondes sur un traversin, les yeux grands ouverts.

— On t'attend pour les hors-d'œuvre, chuchote Juliette en fermant la porte.

Le piège. Je cherche dans mes souvenirs de princesses, de petits cochons et de grands méchants loups. Et ne vois rien venir. Les quatre grands yeux attendent. Une forêt ? Un château ? Est-ce que ça parle aux gosses d'aujourd'hui ? Avec leurs petites mèches blondes, ils ont l'air d'anges qui ne demandent qu'à bâiller. En réalité ce sont de cruelles machines à éventrer les peluches, boostées à la cybernétique japonaise, prêtes à mordre dans le troisième millénaire. Les princesses n'intéressent plus que ma camarade Mathilde. Mais j'ai peut-être une dernière chance de les bluffer en faisant du neuf avec du vieux. Sans même me griller de précieux fusibles. Je suis à peu près sûr que ces mômes n'ont pas encore vu *Basic Instinct*.

— C'est l'histoire d'une très belle dame blonde qui vit dans un très beau château, au bord de la mer…

*

Je referme la porte avec une extraordinaire lenteur et descends les marches sans le moindre bruit. Je crois m'en être assez bien sorti. Le personnage de Sharon Stone est devenu une sorte de sorcière qui rend fous ceux qui l'approchent. Le pic à glace est un poignard magique et le flic joué par Michael Douglas, un preux chevalier qui va envoûter la sorcière. Dans le salon, ça discute fort. J'ai bien mérité mon assiette de poulet au curry et mon verre de rouge. L'escalier craque, j'avance à pas feutrés, manquerait plus qu'un gosse se réveille et que je sois obligé de lui raconter *Orange mécanique*. Ils ont l'air de bien rigoler, en bas.

— Il doit se faire un paquet de blé avec le feuilleton.

— On ne sait toujours pas pourquoi Charlotte est partie ?

— Il a l'air crevé, non ?

Je me fige, net, un pied sur une marche, l'autre en suspension.

— Vous êtes sympas de nous inviter avec lui.

— Surtout un jeudi soir.

— C'est mon seul soir de libre, et vous savez pourquoi ? Le ministre reste chez lui pour ne pas rater l'épisode. Le lendemain matin, on en reparle dans la voiture.

— Qu'est-ce qu'on vend comme Bach, au magasin. Les gens ne demandent même pas *L'art de la fugue*, ils veulent la musique de la Saga du jeudi. On a fait des présentoirs.

— À la boutique, c'est pareil. Le nombre de rombières qui viennent pour telle ou telle robe que porte Évelyne ! Et les minettes qui se prennent pour

Camille… elles veulent toutes sa veste à franges, très 70, et le ruban noir qui va avec.

— Les trucs que les grand-mères se mettaient autour du cou, je me souviens.

Je m'assois sur la dernière marche.

— Au lycée c'est un vrai bordel. Je sais déjà que demain matin, ça va me prendre un bon quart d'heure pour les calmer. Pas uniquement les cinquièmes, les terminales c'est pire. Les mômes veulent connaître leur Q.I., ils se prennent tous pour des surdoués. L'autre fois j'ai fait un cours sur les surréalistes parce que Camille cite une phrase de Breton, je ne sais plus laquelle…

— « Vous qui ne voyez pas, pensez à ceux qui voient. »

— Ce n'est pas au programme, j'ai dû piloter à vue.

— La pub se termine !

— Mets plus fort, mon cœur.

— Qu'est-ce qu'il fout, là-haut… ?

Je réussis à attraper mon blouson et rejoins le vestibule sans bruit. Je referme la porte d'entrée au moment où Bach envahit doucement l'appartement.

Une odeur inconnue flotte dans le bureau. Près de l'ordinateur m'attend un paquet cadeau dans un emballage rutilant. Toute une gamme Saga pour homme : after-shave, eau de toilette, savon, bain moussant. Le tout à la vanille. Jérôme se sert du vaporisateur d'eau de toilette comme d'un aérosol, il s'est mis en tête de tuer cette odeur de tabac à laquelle nous ne prêtons plus attention. La consommation de vanille en France a triplé depuis le mois de janvier, nous dit un bristol griffonné par Séguret. On en veut dans les yaourts, les bâtons d'encens, les glaces, un chewing-gum inédit à ce jour a même été lancé. Si nous continuons à faire allusion à ce cher parfum, nul ne s'en plaindra et surtout pas nous, conclut-il. Je me demande si ce monde qui sent la vanille est bien le mien. Nous avons ici une parfaite illustration de ce que l'on appelle « l'effet papillon ». Un papillon bat des ailes à Tokyo et un déluge s'abat sur Los Angeles. Petites causes, grands effets. Si aujourd'hui, des importateurs, des industriels, des commerçants gros et petits se frottent les mains, si la France entière fleure bon le même arôme, c'est uniquement parce que le mot chèvrefeuille était trop long à écrire.

— J'ai vu l'épisode d'hier, dit Jérôme.

— Et alors?

— Mièvre.

— Mièvre?

— Si j'avais eu un .44 Magnum, j'aurais fait exploser cette télé pourrie. Gros manque de violence et de cul! Maintenant les gens en veulent PLUS. Les Américains l'ont compris depuis longtemps! C'est pour ça qu'ils nous enterrent et que j'irai les rejoindre.

Un Quart d'Heure de Sincérité? Non, c'est même le contraire. Dans ce que j'entends, il n'y a qu'aigreur et impuissance, et je crois comprendre ce qui le met dans un état pareil.

— Regardez ce qui marche le mieux : les trucs les plus sanglants, les plus sexe, parfois même les plus crados. Les héros sont des cannibales et les stars ouvrent leurs cuisses. Avec la Saga, nous avons une chance unique de faire passer tout ce qu'on veut et on n'en profite même pas.

La presse vient d'annoncer officiellement le tournage de *Deathfighter 2*. Des moyens pharaoniques, une pléthore de stars, et toujours ce même enfoiré d'Yvon Sauvegrain pour s'en faire reluire. Combien de fins de soirée ai-je entendu Jérôme ressasser toute cette histoire comme un vieux pochard? Combien de séances nocturnes à la recherche d'une idée imparable pour le venger, une évidence scénaristique, une urgence de récit, une pirouette finale? Nous y avons travaillé comme si les spectateurs étaient déjà assis dans la salle. Yvon Sauvegrain va payer. Bientôt.

Louis pose la main sur l'épaule de Jérôme pour le calmer.

— Les ricains ont déjà gagné la bataille. Je souhaite simplement que ce soit toi, Jérôme, qui portes le coup de grâce à notre putain de cinéma qui s'est enterré tout seul. Mais si là-bas tu repenses parfois à celui que tu étais, ici, parmi nous, n'oublie jamais cette règle : l'inflation d'idées ne remplacera jamais le style. On trouvera toujours quelqu'un pour aller plus loin, pour faire plus fort que toi. Mais personne d'autre que toi ne saurait faire du Jérôme Durietz aussi bien que toi. Tâche de t'en souvenir dans ta villa de Pacific Palisades.

Le téléphone sonne et nous tire d'un silence qui s'éternisait. Louis répond et s'isole dans un coin de la pièce. Pour faire diversion, Jérôme allume son ordinateur et Mathilde se sert un café, le temps de jeter un œil au courrier du jour. Je reviens à ma séquence 33 de l'épisode n° 72.

Fred ne se remet pas du départ de Marie. Pour noyer son chagrin, il travaille comme un acharné sur la réalité virtuelle, les images de synthèse et les hologrammes. Depuis son départ, Marie a laissé un vide terrible dans le cœur de Fred. Il ne lui reste qu'une seule solution pour combler ce manque : la recréer. Tout simplement.

L'idée trotte dans la tête du Vieux depuis qu'il se passionne pour la table de montage de William. Il s'émerveille des ressources illimitées de cette bécane qui, avec la Saga, n'est utilisée qu'à dix pour cent de ses possibilités. On peut, entre autres choses, réutiliser toutes les chutes, les rushes et les plans qui n'ont jamais été montés. On peut les détourner, les inverser, les multiplier. On peut repiquer les bandes-son, les dialogues, et les coller sur n'importe quelles images. Louis affirme que les artifices ne se voient pas. « Avant tout, la technique doit se mettre au service de la fiction et de la déconnade », c'est sa grande théorie. Marie peut revenir parmi nous, il suffit de ressortir les rushes de la poubelle et de remixer le son pour obtenir de nouveaux dialogues à partir du texte préexistant. Naïf, je lui ai demandé si c'était possible, mais Jérôme a répondu à sa place.

— Tu n'as jamais rêvé d'un strip-tease de Marylin Monroe, en trois dimensions, pour toi tout seul, dans ta chambrette ? Tu n'as jamais imaginé un remake des *Sept mercenaires* avec Laurence Olivier, Bruce Lee, Marcello Mastroianni, Gérard Philipe, Orson Welles, Robert de Niro et Alan Ladd ? Et Shakespeare ? Shakespeare en personne qui viendrait te lire un sonnet un soir de blues ?

— Je savais bien que toute cette vodka finirait par monter à la tête.

— Il exagère à peine, a dit le Vieux. Je serai mort d'ici là, mais si l'espérance de vie reste ce qu'elle est, vous pouvez vous préparer à vivre de grands moments. Les Américains font déjà revivre des stars, on en voit dans les pubs, ça pose même des problèmes de déontologie, sans parler du casse-tête juridique. Dès qu'ils réussiront à coupler avec les hologrammes, vous allez voir la rigolade ! Ce ne sont pas trois surimpressions de la silhouette de Marie sur une image vidéo qui vont nous faire peur, mon p'tit Marco. William va bricoler un petit quelque chose de soigné, et en avant pour le troisième millénaire.

La résurrection de Marie est en cours.

Où tout cela va-t-il s'arrêter ?

Toujours pendu au téléphone, le Vieux demande à Jérôme d'aller chercher un dossier dans les bureaux de Prima dans le seul but de l'éloigner. Mathilde croit comprendre de quoi il retourne : Lina, à l'autre bout du monde, se plaint d'avoir un mal fou à trouver Dune. Mais Louis ne veut rien entendre.

— PAS une Sri-Lankaise, nom de Dieu ! On veut une Indienne d'Amérique du Nord !… Oui, cuivrée…

En aparté, il nous dit qu'elle a mis la main sur une Cheyenne sublime mais qui ne parle pas le japonais.

— Pas question, dit Mathilde.

— Pas question une seconde ! hurle-t-il vers le combiné. Dis à tes sbires de presser le mouvement, on a besoin d'elle la semaine prochaine !

*

Tard dans la soirée, nous nous sommes installés devant l'écran, Jérôme et moi, pour voir *After Hours* de Martin Scorsese. Un traiteur est venu nous livrer des petites choses succulentes et j'ai débouché un pinard qui m'a coûté le prix d'un rebondissement de dernière minute. Juste au moment de plonger dans cette approximation du bonheur, une silhouette a glissé dans le couloir.

— À cette heure-là, ça ne peut être qu'un acteur.

Quand je lui fais signe d'entrer, il ose à peine passer la tête dans l'entrebâillement. Je le reconnais tout de suite, impossible de me souvenir de son vrai nom, je préfère l'appeler Walter.

— On m'a dit que…

— Oui, c'est ici.

Il se tient moins droit que le soir de cette fameuse fête où je l'ai vu faire le faraud. Il porte le vêtement avec bien plus d'humilité et ses yeux ne sont plus braqués sur le miroir qui reflète son éblouissante carrière. Nous savons pourquoi il est là, il ne sait pas encore que nous le savons, mais après tout, notre métier est de savoir avant tout le monde ce que les gens ont derrière la tête. Moins sadique que Jérôme, je lui propose une chaise, un verre de vin, un sourire. Il accepte le tout.

— Je vis en assistance respiratoire depuis deux épisodes. Des amis téléphonent chez moi pour savoir si je vais mieux. Ma femme va faire une dépression. J'allais devenir l'image de marque d'une maison de disques mais on vient de m'annoncer qu'il était hors de question de signer un tel contrat avec un homme dans le coma. Mes gosses me demandent si je vais sortir de ce lit d'hôpital ou si je vais mourir. Les gens qui me croisent dans la rue hésitent à se signer.

J'éprouve une certaine gêne mais Jérôme a du mal à cacher de délicieux picotements. La semaine dernière, nous nous sommes amusés à répondre au questionnaire de Proust pour un magazine. À la question «pour quelle faute avez-vous le plus d'indulgence ?», il a répondu : la rancune.

— Mais tout ça n'est rien, dit Walter. La chose qui me terrorise vraiment, c'est ce personnage bizarre apparu dans l'épisode 70 qui menace de couper le robinet d'oxygène.

Idée de Louis. Jérôme a tenu à faire lui-même la description du type.

— Je ne suis pas venu jouer les hypocrites. Je suis là pour vous supplier, je n'ai pas d'autre mot.

Même Laurence Olivier serait incapable de simuler une peur pareille. Pas de tremblements, pas de sueurs, mais une voix d'outre-tombe et un regard blanc à faire fuir. Une peur de l'intérieur, façon Actor's Studio.

Même *M. Vengeance* en personne est sur le point de fléchir.

— Ce type n'a peut-être pas l'intention de couper quoi que ce soit, dit-il. Ne vous mettez pas dans un état pareil.

— J'aimerais bien vous y voir! Un masque à oxygène sur le visage, réduit au silence… Impuissant! Si vous éloignez cet individu, je ferai tout ce que vous voulez! Tout!

D'un seul regard, je comprends que Jérôme ne lui en veut plus. Un mea culpa sincère et il est le premier à vouloir passer l'éponge. Lentement, il raccompagne Walter jusqu'à la porte.

— Rassurez votre famille, nous allons chasser ce vilain bonhomme à tout jamais. Considérez-vous comme hors de danger. Et puis, qui sait, il est possible que vous sortiez du coma plus tôt que prévu.

— … Vous croyez?

— Nous sommes capables de miracles.

— Au nom de tous les miens, merci.

Nous le voyons quitter l'immeuble dans la nuit noire. Jérôme n'a pas envie d'en rajouter, moi non plus. Je nous verse deux verres, il enclenche la cassette.

*

— Qu'est-ce que c'est que ces têtes d'enterrement… ?

Le Vieux arrache la lettre des mains de Jérôme.

Vieille Ordure.

Tu suivras cette salope dans la tombe. Toi et son abruti de mari, cet acteur de merde à qui je vais donner son plus beau rôle au théâtre. Cette chienne de Lisa aurait dû m'écouter quand il était encore temps. J'ai eu sa peau, j'aurai la tienne et celle de l'autre. Lisa était à moi.

Ce matin, sans me soucier du destinataire, j'ai ouvert machinalement une lettre adressée à Louis. Il reste un bon moment les yeux rivés sur ces lignes. Personne ne croit à son rictus détaché.

— Il faut la montrer à la police, Louis.

— Ils vont encore m'interroger pendant des heures pour rien. Ce n'est pas la première que je reçois.

La lettre sort d'une imprimante laser comme il y en a des milliers et le texte en lui-même ne leur apprendra rien de nouveau.

— C'est une menace de mort, dit Mathilde. Louis, vous allez me faire le plaisir de filer immédiatement au commissariat sans discuter.

— Le fumier qui a écrit ça n'a rien à voir avec moi, ni avec la mort de Lisa. C'est juste un malade mental qui lit trop les journaux. Vous ne trouvez pas étrange qu'il se manifeste quand la Saga fait un succès ?

— Il a l'air bien renseigné.

— C'est à cause de cet imbécile d'acteur qui a donné des interviews.

Louis ne l'appelle jamais par son nom et dit « l'acteur ». Si un tueur à gages, un comptable ou un chiropracteur lui avait *volé* sa Lisa, il n'aurait pas manifesté tant de mépris. Quand Mathilde insiste pour qu'il aille prévenir la police, il quitte le bureau de mauvaise grâce, la lettre dans une main et son imper dans l'autre. Nous reprenons le boulot en silence, comme si le monde réel nous était tombé dessus, en bloc. À force de nous cacher derrière un rempart de fiction, dans un ailleurs où nous sommes les maîtres absolus, ce monde réel nous semble si loin. Si sauvage. Il n'obéit à aucune logique, aucune progression dramatique. Du strict point de vue de la vraisemblance, le réel n'est pas crédible une seconde et personne ne fait rien pour y changer quelque chose. Il faudrait sans doute élire des scénaristes pour imaginer notre histoire à venir.

Quoique…

Vu le genre de truc que je suis capable de pondre en ce moment, je précipiterais notre pauvre monde encore plus vite dans le chaos. Je ne sais plus si ce que j'écris confine à l'absurde ou au délire. Mathilde et Jérôme se demandent parfois si je n'ai pas disjoncté. En revanche, le Vieux adore tout ce que je fais. Pour lui, la Saga doit s'emballer toujours plus, braver de folles tempêtes pour arriver à bon port, un soir de juin. Si le feuilleton n'a de limites que celles de mon imagination, je prends un malin plaisir à les repousser par peur de les voir me barrer la route. Depuis les trois derniers épisodes, j'ai fait apparaître et parler Dieu, j'ai recréé une disparue et j'imagine très sérieusement de faire débarquer quelques extraterrestres. Pas des petits hommes verts avec des gros yeux et des antennes, mais des êtres à l'apparence humaine, pas plus monstrueux que l'homme de la rue. Mes extraterrestres seront débonnaires et trop humains. Le Vieux trouve l'idée ambitieuse, à la limite du casse-gueule. Mais comme toujours, il m'encourage dans cette voie. *Plus jamais nous n'aurons cette liberté-là*, répète-t-il inlassablement.

*

Les maîtres du monde pleurent aussi. La fatigue doit jouer. J'ai ouvert une armoire pour y trouver un tee-shirt propre et j'ai éclaté en sanglots, comme ça, à l'improviste. Deux minutes plus tard j'ai poussé un profond soupir et tout est allé mieux. Le chiffre 41 clignote sur mon répondeur, c'est la moisson de la journée. Je laisse défiler les messages au cas où Charlotte aurait décidé d'alléger ma peine pour bonne conduite. Je n'entends pas sa voix.

Comme tous les jeudis soir, je ne sais pas quoi faire de ma peau. Je n'ai pas envie de rester chez moi, je n'ai pas envie de voir des gens qui me parleraient de la Saga. Le bureau est bien le seul endroit au monde où, passé une certaine heure, on ne parle plus du feuilleton. Mais ce soir, j'ai envie de traîner, seul, à l'air libre, au cœur de cette belle soirée de printemps, dans des quartiers déserts.

Avenue de l'Opéra, je m'arrête à toutes les vitrines d'agences de voyages qui affichent leurs prix pour n'importe où. Ne me reste qu'à choisir. Tokyo. L'île Maurice. Veracruz. Rome. New York. Toutes destinations chargées d'images, de contes et de légendes. De fictions. En revanche, aucun film ne se déroule quand je lis Oslo sur une affichette. J'imagine un lieu sans histoires et sans mensonges. Un endroit où les gens disent oui quand ils ont envie de dire oui. Des bâtisses qui n'encombrent pas le regard. Des bars d'une rare innocence. Une femme qui ne penserait qu'à l'instant présent. Une chambre d'hôtel saine et claire. L'année prochaine, peut-être.

Je passe les guichets du Louvre et m'assois au bord de la pyramide.

Au loin, on ferme le jardin des Tuileries.

Je reprends mon chemin et longe la Seine.

À quelques pas du Pont Neuf, quatre clodos sont installés devant la vitrine d'un grand magasin, je ralentis en passant à leur hauteur. Un écran géant diffuse un film, un autre un documentaire, mais les regards sont tous braqués sur les personnages muets de la Saga qui s'agitent parmi d'autres caissons lumineux. Les gars font des commentaires salaces en descendant leur picrate.

Peu de voitures dans les rues.

Je ne peux pas croire que c'est en partie à cause de moi.

Sans que je le veuille vraiment, je me retrouve sur la rive gauche. La place de l'Odéon est exsangue. Les ouvreuses des cinémas prennent le frais sous les affiches.

Un attroupement, dans un tabac du boulevard Saint-Germain. J'entre pour commander une bière. Le serveur tire le demi sans cesser de regarder vers la télé et le pose devant moi sans même me voir. Mordécaï vient de s'acheter toute une fête foraine pour pouvoir s'y amuser seul. Le voir grimper dans des manèges qui ne fonctionnent que pour lui a quelque chose de pathétique. Des milliers d'ampoules de toutes les couleurs brillent pour son seul regard. Un client accoudé près de moi dit, à mi-voix :

— C'est quand même beau, le pognon.

Apparaît, dans la séquence suivante, le visage de Ferdinand. On le voit dans le feuilleton pour la seconde fois.

— C'est qui celui-là ?

— Le copain de Bruno qui sert de cobaye à Fred.

On le voit écrire une lettre à la femme qu'il aime, seul, dans un décor digne de la bohème. On entend sa voix en off.

Ne sachant où tu te trouves, je t'imagine partout. Dans le métro que je prends, derrière les portes que je pousse, dans les rues où je passe. Si tu savais comme c'est cruel, toutes ces rues qui bifurquent, et cette peur de choisir celle où tu n'es pas. Quand j'appelle une de tes copines, je suis sûr qu'elle me ment, que tu lui fais de grands signes. Quand je téléphone à un ami, je t'imagine dans son lit, à quelques mètres. Parfois j'ai peur que tu ailles mal, mais la plupart du temps j'ai peur que tu ailles bien. Depuis ton départ, je grave un bâtonnet par jour sur le mur de ma chambre, et pour l'instant j'ai écrit : ABSENCE MANQUE DÉFAUT PRIVATION FAUTE OUBLI OMISSION LACUNE ÉLOIGNEMENT DISPARITION ÉCLIPSE DÉFICIT. Il me reste deux ou trois synonymes pour tenir encore quelques semaines. J'aimerais juste savoir où tu es, Charlotte. Je t'aime tellement.

— Et elle, c'est qui ?
— On te dit que c'est sa gonzesse.
— Tu nous remets une côtes-du-rhône, René.
— Qu'est-ce que ça peut nous foutre si sa souris s'est tirée.
— Ça t'est jamais arrivé, à toi ?
— Si.
— Bah alors…

J'ai marché jusqu'à Montparnasse. Au loin, j'ai vu la dernière image de la Saga sur la petite télé d'un pompiste de la rue d'Assas.

La vie reprend son cours, les terrasses se repeuplent et le trafic fait pulser le boulevard. J'essaie de me persuader qu'il s'agit d'un soir comme un autre, même si, sur le chemin de l'avenue de Tourville, j'entends des bribes de conversations, des prénoms familiers et des mots tout droit sortis de ma plume.

Tristan a l'air de s'ennuyer, tout seul. J'ai même cru que l'écran était éteint. Son frère est allé chercher du sucré. Je lui demande ce qu'il a pensé de l'épisode.

— Vous arrivez encore à me surprendre, tous les quatre. Des fois c'est n'importe quoi, des fois ça t'hypnotise, mais on ne peut jamais dire que c'est chiant ni prévisible.

Je lui demande ce que donne la réapparition de Marie, bricolée à partir d'anciens épisodes, même si pour lui l'effet de surprise ne joue plus depuis qu'il assiste au montage.

— Les trucages de William ne se voient pas, on a l'impression qu'elle est vraiment revenue, ça fait un choc.

Pour une petite séquence en passant, l'illusion suffit, mais nous ne devons pas abuser de ce genre de repiquage, ça finirait par se voir. L'idéal serait de convaincre la vraie Élisabeth de venir jouer une scène. Juste une toute petite. Une «Special guest star», comme dirait Jérôme.

— À part ça, il est temps que le feuilleton s'arrête, reprend Tristan. Faut finir en beauté. Ce serait une vraie connerie de vouloir pisser de la Saga une saison de plus.

De ce côté-là, pas de souci, Séguret n'en a même pas émis l'idée.

— Chocolats, esquimaux, j'en ai même pris un pour toi, Marco.

Je propose à Jérôme d'appeler Élisabeth Réa pour savoir ce qu'elle devient. Elle a laissé le numéro de son hôtel dans l'agenda du Vieux.

*

La situation est claire. Fred ne peut plus se satisfaire des apparitions fugaces de Marie, il faut qu'il la voie en chair et en os, qu'il la touche, sinon, il menace d'abandonner la recherche, autant dire des milliards de vies foutues. Par un soir d'orage, transformé en docteur Frankenstein, il va créer un clone de sa belle-sœur tant aimée. Il n'a pas eu la vraie Marie, il en aura une copie et lui fera faire n'importe quoi. Lequel d'entre nous n'a jamais rêvé d'une chose pareille ? Élisabeth avait une coupure de deux jours dans le plan de tournage de son film, elle était ravie à l'idée de venir jouer la séquence, rien que pour nous, et accessoirement pour dix-neuf millions de fidèles. Séguret a failli nous embrasser quand il a appris que Marie renaissait de ses cendres. Grâce à lui, l'opération s'est montée en quelques jours, même la N.A.S.A. ne réagit pas aussi vite. La séquence a été tournée aujourd'hui et dure douze minutes. Dans son laboratoire, Fred parvient à « dupliquer » la femme qu'il a toujours aimée. C'est un être de chair et de sang, semblable en tout point à l'original. À cette différence que le clone est par nature obéissant et pas bégueule. À peine a-t-elle pris forme qu'il s'enferme avec elle dans une chambre pour faire toutes les bêtises auxquelles il a rêvé des années durant. Ensuite, il fera croire à Camille et Bruno que Marie est revenue, et ils vivront heureux tous les quatre, plus encore qu'ils ne l'étaient avant l'installation des Callahan. Il y a fort à parier que cette histoire de clone va affoler les masses et faire couler de l'encre. On peut prévoir l'anathème des culs-serrés et la glose des intellectuels. Il aurait pu être amusant de développer cette idée d'asservissement des êtres aimés mais le temps nous manque et Élisabeth doit reprendre un vol dès ce soir. Avant de partir, elle a tenu à dîner avec nous.

— Il me reste encore trois semaines de tournage sur le film de Hans, et on m'a déjà proposé autre chose. Vous ne m'avez pas seulement ressuscitée dans la Saga, mais aussi dans la vie, dans mon métier. Je ne suis plus Madame Sparadrap. Je ne sais pas comment vous remercier.

Elle regarde sa montre sans manifester de signe d'impatience. Mathilde, Jérôme, le Vieux et moi, pensons exactement la même chose en la voyant rire et bouger : nous avons fabriqué un peu de bonheur.

Mais le bonheur, c'est connu, ne songe qu'à fuir dès qu'il entend son nom.

Élisabeth perd son sourire.

— En fait si, je sais comment vous remercier, mais croyez bien que j'aurais préféré trouver mieux. Je tourne autour depuis le début du dîner…

Elle ressemble tout à coup au toubib que Walter consulte, avec cette même tête de celui qui va annoncer un cancer.

— Je suppose que personne ne vous a parlé de la seconde saison de la Saga.

— … ?

— … La seconde… quoi ?

— Les six acteurs principaux sont déjà sous contrat pour la suite du feuilleton, personne d'autre n'est au

courant. Je le sais parce que Séguret m'a proposé de
revenir. Ils ont recruté une seconde équipe de scénaristes qui travaillera tout l'été et le retour de Saga sera
annoncé à la rentrée. Jessica a déjà le manuscrit du
premier épisode chez elle. Je peux vous assurer que
les enjeux sont tellement forts que le secret sera particulièrement bien gardé, surtout autour de vous. Quitte
à trahir quelqu'un je préfère trahir Séguret. Excusez-
moi de vous annoncer ça aussi brutalement.

Elle se lève, regarde sa montre, saisit sa valise.

Elle n'ose pas nous embrasser.

— Ils vous haïssent, tous les quatre.

Elle se retourne une dernière fois et sort du restaurant.

*

Le lendemain, nous n'avons pas travaillé. Il fallait
attendre que Louis se débrouille pour en savoir plus
avant de faire le moindre geste. Chacun de nous avait
envie d'accuser seul ce coup de marteau derrière le
crâne. J'ai passé la journée affalé dans un fauteuil, le
nez en l'air.

Notre contrat stipule que personne d'autre que nous
n'a le droit de toucher aux 80 épisodes de la Saga,
mais rien n'empêche la chaîne de lancer une seconde
série après nous avoir débarqués. Comment avons-
nous pu être assez naïfs pour penser que Séguret voulait, comme nous, limiter la Saga dans le temps.

Nous sommes les plus mauvais scénaristes du
monde pour n'avoir pas vu venir un coup pareil.

Crétins que nous sommes.

Imbéciles.

Nous méritons ce qui nous arrive.

Le Vieux a appelé pour dire qu'il avait encore besoin d'une journée. Aujourd'hui, je suis resté sur un banc de square pendant des heures. J'ai beau être athée, je n'ai pas pu m'empêcher de traîner mes pas dans une église pour y chercher un peu de silence.

*

Les trois autres sont déjà là. Tristan a ses écouteurs dans les oreilles. Le Vieux est assis d'une fesse sur son bureau, nous ne pouvons détourner les yeux du manuscrit qu'il tient en main.

— Comment as-tu fait pour l'avoir, Louis ?

— Comme un petit chapardeur. Je suis passé tard à la production, j'ai attendu que tout le monde s'en aille et j'ai fouillé pendant des heures jusqu'à ce que je trouve une disquette dans un tiroir du bureau de Séguret. J'en ai fait une copie et l'ai remise à sa place.

Je lui demande s'il a lu l'épisode.

— Je n'ai pas pu résister. Faites-en des photocopies, on en reparle dans une heure.

*

Jérôme a terminé en même temps que moi et nous avons attendu Mathilde en silence. Aucun de nous trois n'a envie de se prononcer le premier.

— On ne peut pas dire que c'est compliqué à lire, dit-elle, c'est déjà un bon point pour eux.

— C'est même plus fluide que ce qu'on fait, dit Jérôme.

— C'est pro.

— C'est calibré.

— C'est rond.

On peut le dire comme ça.

À la lecture de cet épisode 81, je viens de comprendre que le détournement de personnage n'est pas la pire chose qui puisse arriver à un scénariste. Le comble est atteint quand un autre que lui essaie de marcher dans ses traces et tente vainement de lui rester fidèle. Un peu comme si on trouvait le pardon pour une faute que l'on n'a pas commise.

Jonas devient une sorte de héros, un flic conscient de son devoir, il fout Menendez en prison en deux coups de cuillères à pot.

Mordécaï fait don de toute sa fortune à l'enfance déshéritée.

La Créature est envoyée dans un centre de réadaptation.

Mildred fait une fausse couche, mais elle s'en remet vite et retourne aux États-Unis pour suivre une brillante carrière universitaire.

Walter guérit de son cancer et Fred s'occupe désormais d'un moteur économique et non polluant.

Camille a retrouvé le goût de vivre, elle veut donner un enfant à Jonas.

Hélas, tout ne va pas pour le mieux dans ce monde meilleur, les méchants ne sont pas encore éradiqués (il faut bien que les gentils puissent en découdre si on veut faire durer le feuilleton).

Bruno devient un braqueur de banque, c'est le drame de la famille Fresnel et un cas de conscience terrible pour Jonas que d'avoir à traquer son beau-frère.

Évelyne est devenue une vraie grande salope, elle est jalouse et met toute son énergie à fissurer les Fresnel/Callahan qui ne forment plus qu'une grande et belle famille.

Pléthore de nouveaux personnages. Un certain Ted, informaticien de renom, communique avec Mildred par Internet, on pressent en lui le fiancé impeccable. Kristina, la compagne maudite de Bruno, une fille née-pour-perdre qui touche à l'héroïne. On trouve aussi un fringant copain de Jonas qui se lance dans la carrière politique, une belle princesse ghanéenne qui cherche l'amour, un capitaine d'industrie malheureux et insomniaque, et bien d'autres.

— Et les dialogues, vous les trouvez comment ?

— Les dialogues ?

— Ils sont… sobres.

— … Efficaces.

Efficaces comme l'est un coup de fusil quand on est à court d'arguments. Les dialogues puent le dialogue, tous ces gens-là parlent une langue morte, une langue qui n'appartient à personne, une langue hypocrite et plate qui tape partout ailleurs qu'au bon endroit. Le sincère devient naïf et le naïf, débile. Tout phrasé un peu soutenu est immédiatement pompeux et le langage des rues devient celui des caniveaux. Le tranchant est vulgaire, et le tendre d'une rare mièvrerie.

— Question originalité, vous en pensez quoi ?

— Originalité ?

— C'est difficile à dire…

Non, ce n'est pas difficile à dire. On a coupé les couilles d'un taureau de combat pour en faire un bœuf de labour. Pendant toute la lecture, j'ai eu la sensation que les auteurs avaient poli les angles de la fiction au papier de verre. Impossible d'accrocher la moindre aspérité, l'objet vous échappe tant il est lisse. J'essaie

de les imaginer, ces pauvres types à qui on a dû dire
*Ne faites pas n'importe quoi ! Ne faites pas n'importe
quoi !* Ce monde moderne qu'on nous propose n'a
jamais été visité par Freud ou Marx, le surréalisme ne
l'a jamais déstabilisé, il n'a saigné sous aucun fas-
cisme, et en aucun cas, il ne nous fait basculer dans le
grand bordel de cette fin de siècle.

Je ne suis pas sûr que notre Saga à nous y soit parvenue, mais au moins, nous avons essayé.

— Rien d'autre à ajouter ? demande le Vieux.

Non, rien, il y aurait trop à dire, crier à l'infamie, à
la trahison, jouer la *mater dolorosa* outrée qu'on lui
retire ses petits. Mêler l'indignation à la consternation
et la consternation au mépris. Quand, en fait, il n'est
question que de dégoût.

— Juridiquement, il n'y a rien à faire. Notre droit
moral ne s'exerce que sur l'ensemble des épisodes
prévus par notre contrat. C'est ma faute, dit Louis.

— Ce n'est sûrement pas de ta faute. Tu crois vraiment que l'un de nous aurait pu prévoir ce que
deviendrait la Saga le jour où on s'est rencontrés, ici
même ?

Après tout, la Saga n'avait rien de plus à nous donner, elle nous a remis le pied à l'étrier, elle nous a
même rapporté de l'argent. Nous nous sommes bien
amusés et nous avons trouvé du boulot pour les deux
ans à venir. Plus tard, quand nous serons des scénaristes grabataires, il nous suffira d'une seule rediffu-
sion du moindre épisode de la Saga pour nous rappeler
un bout de notre jeunesse.

— Vous allez encore me prendre pour la sentimentale de service, mais ce qui me chagrine le plus, ce sont
nos personnages. Tous ceux que nous avons aimés

vont devenir des gens qu'on mépriserait dans la vie courante.

— Vous allez me traiter de cynique, dit Jérôme, mais essayez d'imaginer cette formidable usine à soupe qu'ils sont en train de mettre en place.

— Je sais que je vais passer pour le démago habituel, dis-je, mais je plains surtout les dix-neuf millions d'individus qui nous ont suivis jusqu'à maintenant. Vous avez déjà vu la série *Mission impossible* ?

Réactions diverses qui vont du brame nostalgique de Tristan au non catégorique de Mathilde.

— Les trente premiers épisodes de la série ont été les plus intenses moments de mon enfance. J'avais l'impression de prendre feu quand j'entendais la musique du générique, j'aurais tué père et mère s'ils avaient essayé de s'interposer entre la télé et moi. C'est ce truc-là qui m'a donné envie de faire ce métier. Et puis, un soir de septembre, on diffuse le premier épisode de la quatrième saison. Même musique, mêmes intrigues, mêmes acteurs, mais ça ne marchait plus. C'était devenu de la merde. Et personne n'aurait pu expliquer au gosse que j'étais où était passée la magie de ce qu'il prenait pour la plus belle chose du monde. Des années plus tard, j'ai lu que la Paramount avait racheté la série et qu'ils avaient profité des vacances de l'équipe habituelle, entre la troisième et la quatrième saison, pour tout changer. La machine était cassée à jamais mais ça ne les a pas empêchés d'en tourner encore des dizaines et des dizaines d'épisodes dont plus personne ne se souvient aujourd'hui.

Tristan applaudit à mon petit speech sans cesser de regarder un bulletin météo.

— J'ai pris tellement de baffes dans ce boulot que

plus rien ne peut m'atteindre, dit le Vieux. Mais en
lisant le script, j'ai eu le sentiment que nous avions
trouvé nos maîtres.

— … ?

— … Quoi ?

— Louis ? Tu trouves vraiment ça bon ?

— À première vue, ce script ne sort pas de la cré-
tinerie ordinaire, pas de quoi fouetter une speakerine.
Mais quand on détecte l'incroyable mécanique idéologique bien enfouie à l'intérieur, on a envie de crier
au génie.

— … ?

Consternation dans les rangs. Le Vieux n'a pas du
tout envie de plaisanter.

— C'est comme s'ils avaient voulu travailler sur
des concepts subliminaux.

— À la façon des images subliminales ?

— Exactement. Au milieu des péripéties anodines
du feuilleton, ils ont inoculé des germes d'idées quasi
indépistables que le spectateur imprime directement.

— Louis a pété les plombs ! C'est le choc…

— Vous voulez des exemples ? Le personnage de
Kristina est un résumé de tout le discours officiel de la
lutte antidrogue, le plus *propre*, le moins dérangeant.
Les nouvelles recherches de Fred suggèrent déjà
l'idée que tout principe écologique a ses limites. L'in-
dustriel insomniaque est l'embryon d'une justification
du chômage et une occasion de redorer le blason d'un
libéralisme vacillant.

J'ai un peu de mal à suivre. Louis a l'air sûr de son
coup.

— Avez-vous repéré tout ce truc bizarre sur l'atomisation du public ?

— La quoi ?

— « L'atomisation », le phénomène qui consiste à isoler les individus. On commande de la bouffe à domicile, on discute avec sa chérie sur Internet, on fait l'apologie de la télé, le « cocooning » devient une vertu cardinale et toutes les occasions de sortir de chez soi sont autant de dangers potentiels.

— Tu charries, Louis. Je n'ai rien vu de tout ça.

— C'est l'effet recherché, mais je vous croyais plus aguerris que la moyenne. Ne me dites pas que vous n'avez pas apprécié à sa juste valeur le personnage du brave type qui sort de Sciences Po ?

Je ne sais même pas de qui il parle.

— Au début, je me suis demandé ce qu'il faisait là, et puis j'ai compris qu'ils allaient lui donner progressivement de l'importance. En trois séquences, on fait de lui un individu responsable, ambitieux, altruiste et désintéressé. En trois séquences ! Le tout, ficelé avec un talent qui m'a rendu jaloux. Sens de l'humour, petits défauts qui le rendent humain, sans oublier le cas de conscience qui fait de lui un gars bien. Si ce personnage-là n'a pas été créé de toutes pièces pour réconcilier les masses avec la politique, c'est à désespérer.

— Délire ! Délire délire délire délire !

J'aimerais bien crier au délire avec Jérôme mais il y a quelque chose de troublant dans la démonstration de Louis. La manière dont Séguret essaie de nous déposséder de la Saga va bien au-delà d'une question d'Audimat et de gros sous. On sait déjà que la télévision est l'instrument de pouvoir numéro un, il n'y aurait rien d'étonnant à voir la raison d'État mettre son nez dans la fiction quand le débat politique n'intéresse plus personne depuis belle lurette.

— Au risque de passer pour un paranoïaque de la manipulation, je dirais que, pour le rôle du petit étudiant, ils vont sûrement trouver un acteur qui a des faux airs de présidentiable, un élu parfait.

Jérôme l'encourage à aller jusqu'au bout de ses divagations et Louis porte l'estocade sans la moindre pitié :

— Si on venait m'annoncer que cet épisode 81 a été écrit pendant le dernier Conseil des ministres, ça ne m'étonnerait pas plus que ça.

Jérôme feint de recevoir une flèche en plein cœur et tombe à la renverse dans un canapé. Je ne sais pas ce qui le dérange à ce point dans l'analyse de Louis, hormis l'exaspération bien légitime du conteur dépassé dans sa propre imagination.

— Dix-neuf millions de spectateurs, mes enfants. Dix-neuf millions.

— Tu nous as habitués à tout, Louis, mais la propagande d'État, la Saga du Big Brother et l'intox cathodique, tu ne nous l'avais jamais fait ! On est en plein thriller politique façon années cinquante !

— C'est ma lecture et je ne l'impose à personne. Une chose est sûre : nous avons engendré un monstre. Qu'il serve le pouvoir en place, la crise ou les marchands de vanille, tout ce merdier nous dépasse.

Silence.

Mathilde allume un cigarillo avec toute la discrétion qu'on lui connaît. Du regard elle me demande ce que j'en pense, d'une moue je lui réponds que je ne sais plus quoi penser.

Tristan regarde la télé. Jérôme demande ce qu'on fait. La question reste en suspens. Il ne nous reste plus qu'à chercher une idée, puisque c'est notre métier.

Tout le monde se met à gamberger, comme s'il s'agissait d'un point d'action dramatique de la Saga.

— Si quelqu'un a une idée…

Une idée, nom de Dieu ! Une seule idée pour nous sortir de ce piège que nous avons nous-mêmes créé. Une idée pour leur montrer que nous sommes toujours les maîtres à bord.

— J'en ai une, dit Louis entre ses lèvres.

Sans rien laisser paraître, nous nous sommes docilement remis au travail. Alain Séguret, plus affable de jour en jour, nous a demandé de soigner les cinq derniers épisodes. Selon lui, il faut que le feuilleton se termine en apothéose pour rester à jamais dans les mémoires. «La Saga mourra de sa belle mort mais elle vendra cher sa peau !» dit-il. Pour lui, les quotas de création française sont largement remplis, le but est atteint et l'affaire déjà classée. Je l'admire pour cet aplomb extraordinaire, cette duplicité qui ne s'apprend nulle part. Il a même eu l'impudence d'ajouter que si l'un d'entre nous avait une nouvelle idée de série à lui proposer, il n'hésiterait pas à étudier la question durant les grandes vacances. Il faut pourtant lui rendre hommage pour son sens de la discrétion ; la suite de Saga est en train de se mettre en place et le secret a mieux été gardé que la Banque de France. Si Séguret laisse parfois s'exprimer la ménagère du Var qui est en lui, jamais il ne perd de vue le grand avenir qu'on lui a promis dans les écoles.

Pour combler ses vœux et rejoindre son souci de perfection, nous avons changé de méthode de travail en profitant au maximum de cette débauche de moyens et de temps qu'il met à notre disposition. Nous écrivons deux fois plus de pages qu'il n'en faut par épisode. Chaque scène est conçue en trois ou quatre versions différentes et toutes sont tournées pour se laisser le choix au montage. Main dans la main, Séguret et le Vieux passent des journées entières chez William pour discuter chaque prise et garder la meilleure. Séguret, surpris de reprendre le contrôle de Saga, a fini par se prendre au jeu de la fiction. Comme un vrai petit scénariste, il sait désormais trouver son chemin à la croisée des situations proposées. Exemple :

Fred a encore mis au point une invention infernale qui peut :

1. Sauver le monde.

2. Le précipiter dans le chaos.

Séguret penche pour la première solution en expliquant qu'Apothéose ne voulait pas dire Apocalypse. La situation 1 nous mène à une seconde alternative.

Pour sauver le monde, Fred doit :

A. Sacrifier un être cher.

B. Traiter avec une puissance occulte qui lui donnera les moyens de ses recherches.

Indignation de Séguret. Sacrifier un être cher ? Il n'en est pas question ! Personne ne ferait une chose pareille, même pour sauver des milliards d'anonymes. Malgré les risques, la solution B est retenue.

La puissance occulte est :

a. Une organisation politique ultra-puissante qui veut accentuer le divorce Nord/Sud.

b. Une secte de millénaristes qui veut préparer l'humanité, contre son gré, au grand désordre de l'An 2000.

c. Le richissime Mordécaï qui cherche un sens à sa vie.

d. Le lobby défenseur de la Haute Sagesse qui veut faire trembler les pouvoirs en place.

e. Un trust économique nostalgique de la guerre froide.

f. Un cercle de fanatiques d'un jeu de rôles qui se servent de la Terre comme plateau.

Au nom de la ménagère du Var, du pêcheur de Quimper et du chômeur de Roubaix, la seule possibilité est la c, et c'est celle-là qui a été montée. Toutes les autres intrigues de Saga sont passées au crible par Séguret, qui considère que nous avons de la chance de faire un si beau métier.

L'épisode 76 a battu tous les records d'audience jamais établis à la télévision française, même au temps où l'O.R.T.F. ne proposait qu'une seule chaîne. À une époque où tout est *culte* et *mythique*, la Saga n'a pas échappé à ce genre d'étiquette. Un bouquin est sorti sur le feuilleton avant même que le dernier épisode ne soit diffusé. On y parle de nous quatre et, même si rien n'est vrai, l'hommage nous a fait plaisir. Outre un historique et un trombinoscope de chaque personnage, on y trouve tout un chapitre analytique sur le portrait type de l'HOMME SAGA. Selon l'auteur, il y a une modernité Saga, un mode de vie Saga, un rapport au monde Saga. L'homme Saga est résolument proche des siens parce qu'il n'a plus d'idéal, et pourtant, tout son discours pourrait se résumer en une seule phrase : nous ne sommes rien, soyons tout. Il cherche l'humour en toute chose, c'est peut-être ce qui le caractérise le mieux, puisque le drame et la gravité lui donnent des envies de meurtre. Il déteste les cyniques par-dessus tout. Il laisse dans son quotidien une large part à la pensée surréaliste que l'époque a trop vite enterrée. Il est persuadé qu'en cette fin de siècle seul le bonheur est révolutionnaire. Il n'est pas monogame. Il boit beaucoup de thé et fait des merveilles avec des légumes. Et, bien sûr, il se parfume à la vanille. Je n'ai pas pu m'empêcher d'être troublé par ces pages, incapable de savoir si nous devions être fiers d'avoir engendré cet enfant-là. Il y a peut-être du vrai là-dedans, mais je suis désarçonné dès qu'il s'agit d'analyser ou de synthétiser quoi que ce soit. Tout petit, j'étais déjà comme ça ; en cours de français, j'avais 18 en rédaction et 2 en explication de texte. Pour me faire une idée de la Saga, je fais partie des quatre individus les plus mal placés au monde.

*

Les semaines défilent à une vitesse folle, les épisodes 77, 78 et 79 se sont succédé sans que j'y prenne garde. En attendant la délivrance du 21 juin, j'accepte tout ce que la Saga m'impose, à commencer par mettre ma vie de côté. Charlotte n'a pas répondu à mon appel. L'a-t-elle seulement entendu ? Elle est peut-être loin, dans un pays sans télé, sans câble, sans satellite, là où la vie ressemble à une pub. Il n'y a pas si longtemps, il m'est arrivé de prier pour qu'elle revienne. Je me suis interrogé sur ce geste. Je pensais avoir créé une sorte d'intimité avec Dieu depuis qu'Il est devenu un de mes personnages principaux (je L'ai même très bien servi au niveau des dialogues, Dieu ne dit pas n'importe quoi). Je Lui ai donc demandé de me rendre

Charlotte, ou me guider vers elle, en échange de quoi, je donnerai de Lui une image élégante, sobre, et terriblement contemporaine à dix-neuf millions d'individus. Il avait tout à y gagner : que représentent ses fidèles du dimanche midi en comparaison des miens, le jeudi soir ?

Aujourd'hui, je regrette d'avoir voulu jouer au marchand de tapis avec Lui. Non seulement Il n'a rien fait pour me rapprocher de celle que j'aime, mais j'ai bien peur qu'Il cherche désormais à m'en éloigner plus encore. J'ai tout fait pour tourner son absence en dérision mais ça ne m'amuse plus. Dès le 22 juin, je vais avoir besoin d'elle comme jamais auparavant. Ce matin-là je serai débarqué, seul, en territoire inconnu, je serai enfin devenu scénariste, mais à quel prix ?

Par esprit de revanche, j'ai employé un moyen radical pour prévenir les démangeaisons de ma libido. Séguret lui-même n'aurait pas fait de choix aussi fulgurants. Deux options possibles :

1. Masturbation.
2. Coït.

La solution 1, de loin la plus opportune, avait l'inconvénient de reculer un peu plus la frustration et donc, paradoxalement, de me faire perdre un temps précieux. La solution 2 menait directement à :

a. Avec une ex.
b. Avec une inconnue rencontrée par hasard.
c. Avec une professionnelle.

J'avais déjà donné dans le petit a, et nulle envie de remettre ça. En tant que scénariste, je prends d'énormes précautions avec le hasard, la direction b s'est donc éliminée d'elle-même.

— Ne me dis pas que tu es allé voir une pute !

— Si.

— Mais… On ne va plus aux putes depuis les années soixante !

Jérôme n'en est pas revenu. Il m'a regardé comme :

1. Un nostalgique d'une époque révolue.

2. Un pervers honteux.

3. Un héros.

Il devait y avoir un mélange des trois, avec, comme alibi, une sorte de curiosité professionnelle à laquelle il n'a pas cru une seconde.

— Ben voyons, et le jour où tu dois décrire la chute de l'Empire romain tu te balades en toge ?

— La passe, c'est différent. C'est sûrement la scène la plus codifiée au monde. Le clin d'œil, l'accostage, le tarif, la montée de l'escalier, les options, le papier peint qui se décolle, la bouche qui se refuse, le *post-coïtum triste*, le petit cadeau sur le coin de table, tout.

— Ça ne te ressemble pas.

— Je l'ai fait quand même.

— Et alors ?

— L'effet de réel est assez fort, on y croit jusqu'au bout. En revanche, la psychologie des personnages est très surprenante. Je n'ai pas trouvé *l'après* aussi sinistre qu'on le dit, mais je n'aurais jamais imaginé cette rupture de ton brutale quand je suis sorti de la chambre. Brusquement, j'ai compris qu'il y avait dans tout ce cérémonial sordide un peu d'altruisme, un peu de bienveillance pour le client. Malgré quelques poncifs dans son dialogue, cette fille a réussi à me faire comprendre qu'elle faisait ça pour moi. Pour nous, les garçons. Une espèce de mission, quoi. Il faut vraiment y être passé pour le croire mais c'est la pure

vérité. Si j'écrivais la séquence de la pute au grand
cœur, personne n'y croirait, et pourtant cette dimension existe.

— Mais ce n'est pas vraisemblable.

— Donc je ne l'écrirai pas. Les putes garderont ce
secret pour les pauvres mecs qui viendront taper à leur
porte, et le public n'en saura jamais rien.

J'ai laissé ma vie de côté, je ne suis plus à deux mois
près. Après tout, est-ce si important que ça, de vivre sa
vie, quand vingt millions d'individus vous suivent
pas à pas, en toute confiance ? La confiance… La
confiance… Toute cette confiance me gêne. Je ne suis
pas un type à qui il faut faire confiance. C'est sans
doute ce qui me fait peur dans le rôle de père. La
confiance infinie de l'enfant, cette chose tellement
pure qu'on n'en dort plus la nuit de peur de commettre
une erreur. Je n'ai jamais demandé à personne de me
faire confiance.

*

Pourtant, durant ces deux mois, nous avons vécu un
très joli moment. Un vrai moment. Un de ceux qui,
parfois, nous font dire que cette Saga en valait la
peine. Tout a commencé comme une mauvaise blague
et personne ne peut dire comment ça finira. C'était le
jour de la Saint-Marc, le 25 mai, mais ce n'est pas moi
qui ai eu le cadeau, c'est Jérôme.

La veille, je suis allé chercher Dune à l'aéroport.
Lina n'a pas compris pourquoi tant de sollicitude pour
un personnage de troisième rang. Séguret a quand
même payé rubis sur l'ongle tous les frais, sans discuter, persuadé qu'il s'agissait d'un dernier caprice.

Quand je l'ai vue sortir de son avion, c'est exactement ce à quoi elle ressemblait, un caprice. Aussi belle que ça. Sur le chemin du retour, ma main crispée sur le levier de vitesse a effleuré sa cuisse et j'ai eu la preuve qu'il s'agissait d'un être de chair. En fait, elle n'est ni un caprice ni un mirage, mais bel et bien un scandale. Un scandale de femme.

— Vous êtes… heu, je veux dire… vous… Vous parlez aussi le français… ?

— Je l'oublie depuis que mon ancienne colocataire est partie. Elle était native de Guermantes et faisait des phrases longues comme le bras ! C'est drôle, non ?

J'ai poussé un petit rire de connivence sans comprendre le moins du monde pourquoi c'était drôle. Le soir même, j'ai regardé dans le dictionnaire. Tout ça avait à voir avec Proust.

— Alors comme ça, vous êtes comédienne ?

— Pas du tout, je termine un doctorat de japonais à l'université du Montana. C'est l'amie d'une amie qui a vu la petite annonce de votre agence de casting. On cherchait une fille pour un soap français, elle m'a dit : Oona, c'est toi qu'ils veulent ! Elle est d'origine Hopi, elle aussi, mais c'est moi qu'ils ont retenue. À dire vrai, je n'ai pas cherché à comprendre pourquoi ils avaient besoin d'une fille comme moi, j'ai accepté parce que je peux gagner l'équivalent de deux ans d'un temps partiel dans une pizzeria. Je les ai prévenus : je ne suis pas une actrice. Mais ils m'ont dit que ça n'avait aucune importance, l'important était que j'existe.

— Nous avions tous très envie que vous existiez…

— Il y a une partie du dialogue en japonais ?

— Je ne crois pas.

— Et cette Dune, elle doit lancer le boomerang?

— Parce que, forcément, vous savez lancer le boomerang.

— Vous ne le répéterez pas?

— Juré.

— J'ai prétendu que je savais et j'ai appris entre-temps, pour les besoins du rôle.

— …

— Je ne regrette pas, du reste. C'est un geste très sensuel et une superbe parabole de la solitude.

— …

Je l'ai attendue dans le hall de son hôtel, le temps pour elle de prendre une douche et de passer «quelque chose de moins squaw». Avant d'aller sur le plateau pour rencontrer Séguret et le réalisateur, je lui ai demandé si ça ne l'ennuyait pas de passer voir les scé-naristes.

— Pourquoi pas? Après tout, ils en savent plus sur Dune que tous les autres.

— Surtout Jérôme, c'est lui qui a eu l'idée du per-sonnage.

— Vous croyez que je vais… comment dites-vous, en français… «faire l'affaire»?

— …

Mathilde et le Vieux nous attendaient, curieux, excités comme des gamins. En la voyant, Tristan m'a dit en douce que son frère ne tiendrait pas le coup. C'est ce que nous pensions tous.

Et puis, il est entré, les bras chargés de sacs en papier kraft, avec sa barbe de deux jours, ses Stan Smith trouées et son jean blanc à faire peur.

— Il charrie, le polack. Vingt balles la boîte de

Vache Qui Rit, et il te vend le litre de cahors au prix du margaux.

Il a posé les sacs, grognon, sans même regarder vers nous.

— Ça existe aussi en France, la Vache Qui Rit, a demandé Oona, sincère.

Et Jérôme s'est retourné.

Vers elle.

Il y a eu du silence.

Elle serait brune. Avec des cheveux longs et raides comme des baguettes.

— Oona, nous vous présentons le dernier de cette belle équipe : Jérôme.

— Enchantée, dit-elle en lui tendant la main, si j'ai bien compris, c'est grâce à vous si Dune existe et si je suis ici aujourd'hui.

— … ?

Il faudrait qu'elle ait les yeux très bleus et que sa peau soit mate, un peu cuivrée, comme une Indienne Zuni, et puis…

— Tu ne dis pas bonjour à Oona ?

— … Oona ?

Elle aurait un sourire imperceptible, comme une geisha. Elle aurait des jambes interminables et une poitrine discrète. Mais cuivrée, aussi, la poitrine.

— Je peux faire une Dune acceptable ?

— … ?

— Dis-lui qu'elle fera une Dune formidable, Jérôme.

— …

Le moindre de ses gestes donnerait une impression de sérénité, on lirait en elle comme dans un livre ouvert et son rire coulerait comme une petite rivière.

— Quelqu'un peut me montrer le script ? Je ne l'ai pas encore lu.

— Vous faites juste une apparition cet après-midi et vous aurez toute la soirée pour apprendre le dialogue de demain.

— Quand je pense qu'hier encore je m'acharnais à transcrire un haïku entre deux hamburgers à servir. Et aujourd'hui je suis à Paris, à jouer les Catherine Deneuve ! Nous sommes faits de l'étoffe de nos rêves !

Son français aurait une petite pointe d'accent. Dans des circonstances très précises, elle choisirait le japonais sans que personne ne sache pourquoi. Parfois elle citerait Shakespeare dans le texte. Et si en plus de ça elle sait lancer le boomerang...

— Je vous accompagne au studio, a dit Mathilde.

Elle lui a emboîté le pas, tout sourire, et s'est retournée vers nous avant de sortir.

— Ne me laissez pas toute seule à Paris ! Si personne ne veut s'occuper d'Oona, prenez soin de Dune.

Puis elles sont parties, toutes les deux.

Mais cette fille-là n'existe pas...

Jérôme s'est assis sur le canapé.

— On est combien sur cette putain de planète ?

— Cinq milliards.

— On fait le plus beau métier du monde.

*

À part l'histoire d'un ami qui rencontre la femme de ses rêves, je ne retiendrai rien, plus tard, de ces deux mois. Qui ne perd pas toute notion du temps sitôt qu'on lui déclenche un compte à rebours ? Afin que nul ne l'oublie, le Vieux a noté sur la porte, chaque matin, à la craie, le nombre de jours qui nous séparaient du 21 juin. Le tournage du n° 80 s'est terminé vers J–18, et je ne reprends conscience qu'aujourd'hui, J–3.

Malgré l'heure tardive, Louis et Séguret sont encore au montage pour un dernier différend sur la séquence 21 où Bruno était censé passer l'arme à gauche. Séguret ne veut voir personne mourir, il pense que la Saga en serait entachée. Le gougniafier oublie de dire que tous les acteurs sont déjà sous contrat pour la seconde saison et que Bruno en sera un personnage pivot.

Il est trois heures du matin et je vois la silhouette de Séguret filer dans le couloir sans même passer par le bureau. Le Vieux et William le suivent de peu et nous rejoignent. Louis est épuisé, il s'étire et se passe le visage sous l'eau. William soupire de fatigue et allume une cigarette.

— Deux semaines qu'il nous harcèle avec ce putain de n° 80, dit le Vieux. Le Maestro avait plus de clémence. Exactement seize jours ! À chaque scène, il choisit la plus insipide, la plus vide de sens, la plus *comme il faut*.

— Le montage est terminé ?

— Le Prêt-À-Diffuser est quasiment bouclé, dit William.

— À quoi ça ressemble, un Prêt-À-Diffuser ?

— À une grosse cassette vidéo, tout simplement. Jeudi prochain à 20 h 40, ils la mettront dans leur bécane, et hardi petit…

— Ce sera la fin du voyage, fait Louis. Et comme disent les Italiens, *non vedo l'ora*.

La fin du voyage. Nous l'avons évoquée souvent mais c'est la première fois que ces trois mots sont à ce point chargés de réalité.

Mathilde est déjà rentrée chez elle. Jérôme remplit de grands sacs de sport avec toutes ses affaires. Ce soir, il quitte les lieux pour installer son frère dans un endroit plus confortable, le temps de se préparer à leur grand départ *là-bas*. Les frères Durietz commencent déjà à me manquer.

— Nous avons encore un peu de boulot, William et moi, dit Louis. Demain, profitez-en pour vous reposer.

Nous nous donnons tous rendez-vous ici, comme prévu, après-demain, jeudi 21 juin à 13 heures, pour voir à quoi ressemble ce n° 80 avant qu'il ne soit diffusé, le soir même.

Le Vieux et William retournent dans la salle de montage. Jérôme et moi faisons un brin de ménage pour exorciser l'endroit. Jamais nous ne sommes allés aussi vite, jamais nous n'avons été aussi silencieux. Jamais nous ne reviendrons ici la nuit. Jamais plus nous ne sortirons la vodka du freezer pour aller nous pencher à la fenêtre, un verre à la main, dans le silence de la nuit. Jamais. Je passe le balai, il vide les cendriers et ferme le sac poubelle. Je n'ai pas envie de croiser son regard, il n'a pas envie de croiser le mien.

J'aide Jérôme à hisser Tristan sur ses jambes, à moitié endormi. Il demande où on le conduit, et son frère répond :

— Au George-V.

Avant de quitter le couloir, Tristan a regardé une dernière fois son canapé et sa télé à la mire crépitante.

*

Jeudi 21 juin, 14 h 30.
Le bureau est complètement vide. Plus d'ordina-

teurs, plus de tables, plus de canapé, plus de chaises, plus de machine à café, plus rien. Ne reste que le matériel vidéo. Une odeur d'eau de Javel se mêle à celle de la violette.

Les quatre-vingt-dix minutes de l'épisode n° 80 viennent de s'écouler sans qu'aucun de nous n'ait prononcé le moindre mot. Jérôme applaudit, seul, pour couvrir la musique du générique de fin. Mathilde, assise par terre, écrase une larme au coin de son œil. Le Vieux nous demande ce que nous en pensons mais personne n'ose rien dire. L'épisode est très proche de ce que nous avons décidé, tous les quatre, lors de nos réunions occultes. À quoi bon exprimer quoi que ce soit après un aussi terrible spectacle.

Nous nous donnons rendez-vous vers 20 h 30 au café habituel, juste avant la diffusion, pour nous faire nos adieux. Les vrais. D'ici là, mes partenaires vont avoir chacun leurs comptes à régler. L'aboutissement de semaines entières de patients brainstormings. Ensuite, ils quitteront le territoire l'esprit libre. Étant le seul à n'avoir rien à faire de la journée, je propose à Mathilde de l'accompagner, ou même de l'attendre au café d'en face.

— Vous êtes gentil, Marco, mais il vaut mieux que j'y aille seule. Je vous raconterai ce soir comment ça s'est passé.

— Et ne vous faites pas embobiner, fait Jérôme. Je vous sens encore faiblarde sur vos jambes.

— Ne vous inquiétez pas, la partie que j'ai à jouer n'est rien en comparaison de la vôtre, Jérôme.

— Je n'ai plus rien à faire, c'est à *M. Vengeance* d'entrer en piste.

Combien de fois l'avons-nous écrit, ce scénario

insensé qui va se dérouler dans les heures à venir. Les places seront chères et je regrette de ne pas pouvoir y assister. Tout comme Mathilde, Jérôme veut finir seul son histoire.

Au-dehors, chacun part de son côté et je reste encore un instant avec Louis pour faire quelques pas en direction des Invalides. Je lui demande à quelle heure est son train, ce soir. Il sort son billet pour vérifier.

— 21 h 15, je serai à Rome sur les coups de 10 heures demain matin.

Je l'envie de quitter le navire avant même qu'il ne soit à quai. Un second billet dépasse de sa poche; je lui demande s'il part seul.

— Oh ça? C'est un billet de théâtre.

— De théâtre?

— La pièce commence à 19 h 30, j'aurai à peine le temps d'en voir les dix premières minutes avant de vous rejoindre au café.

Nous traversons l'Esplanade en silence et nous nous séparons devant la Chambre des députés.

— À ce soir, Marco.

— ... Ne sois pas trop dur avec lui!

Il ne m'entend déjà plus et reprend sa route.

Je me retrouve tout seul sur la berge de la Seine. Sans savoir quoi faire d'ici ce soir. Si je parvenais à retrouver Charlotte avant demain matin, je suis sûr que les jours à venir seraient moins pénibles. Il ne me reste que le hasard. Et je déteste le hasard. Déformation professionnelle.

COMME
UN BOOMERANG

Jérôme

Combien laisse-t-on au voiturier du Ritz ? Voilà le genre de question que Sauvegrain se pose encore, même s'il trouve ça ridicule depuis qu'il pèse plus de six millions de dollars. Dans le doute, il glisse cinquante francs au type en livrée, entre dans l'hôtel et arrive devant le concierge.

— La suite de monsieur Stallone.

L'homme décroche le téléphone, un sourire poli aux lèvres.

— Un rendez-vous pour monsieur Stallone... de la part... ?

— Yvon Sauvegrain.

— Vous êtes attendu, dit-il en raccrochant, on va vous conduire.

Il fait signe à un garçon d'étage, Sauvegrain le suit dans l'ascenseur et le couloir du premier. Dans deux secondes, il va se retrouver devant *lui* pour la première fois. Un homme d'une soixantaine d'années l'accueille avec un grand sourire.

— Asseyez-vous, je suis le secrétaire de Sly, il arrive dans une minute.

Sauvegrain reconnaît sa voix, ils se sont téléphoné plusieurs fois pour mettre au point le rendez-vous, entre Los Angeles et Paris. Il lui fait un compliment sur son français impeccable.

— Je ne le parle pas aussi bien que je le souhaiterais. J'ai toujours adoré Paris, je donnerais tout pour venir plus souvent. Sly ne parle pas un mot de français, vous êtes au courant ?

— Aucun problème. Monsieur Stallone reste en France longtemps ?

— Il vient discuter d'un projet avec Steven Spielberg qui tourne en ce moment à Versailles, mais rien n'est encore fait. Sly en profite pour annoncer *Deathfighter 2* à la presse française, c'est pour ça qu'il voulait vous rencontrer. Merci de nous accorder deux heures.

— C'est la moindre des choses.

Stallone apparaît, tout sourire, avec des petites lunettes rondes, un pantalon en toile beige et une chemise qu'il finit de boutonner. Il serre la main de Sauvegrain, lui propose un verre et joue au maître de maison. D'un signe de tête, il fait comprendre au secrétaire qu'il préfère rester seul avec son visiteur. Sauvegrain comprend la moindre parole de la star qui fait des efforts pour parler lentement.

— Ça fait longtemps que je voulais rencontrer le créateur de *Deathfighter*, mais vous savez comment évoluent les choses, les machines se mettent en place et on ne pense plus à rien d'autre qu'au film. Dites-moi, on vous a bien invité à la première, à New York ?

— Oui.

— Et là, mon secrétaire n'a pas été capable de nous trouver un moment ?

— Vous étiez très pris par la promotion du film.

— Bah bah bah… Il faudrait tout faire soi-même. Acceptez mes excuses, monsieur Sauvegrain.

Ils échangent une seconde poignée de main, plus appuyée.

— Mes scénaristes viennent de terminer le script du 2, j'espère que vous allez aimer, on devrait tourner le mois prochain. Calcutta, L.A., et peut-être une scène avec Lady Liberty.

— À New York ?

— On est en train de travailler à une idée de cascade du haut de… comment dites-vous en France ?

— La statue de la Liberté.

— Ce serait drôle, non ? Tout se passe bien, pour ce qui est des contrats ? On vous a payé ?

— Mon agent est en train de s'en occuper.

— Vous avez bien fait de nous vendre les droits exclusifs du concept, la situation est beaucoup plus nette, vous percevrez 4 % des recettes sur toutes les déclinaisons du personnage. Je ne crois pas que nous tournerons *Deathfighter 3* mais on ne sait jamais, il faut tout prévoir. J'aimerais que vous gardiez un œil sur la cohérence de l'ensemble, je tiens à ce que vous ayez un statut de consultant. Après tout, c'est votre personnage, non ?

— … Bien sûr.

Pendant une petite seconde, plein de choses défilent dans la mémoire de Sauvegrain.

— Vous allez voir, le 2 sera encore plus fort que le premier.

Le secrétaire toque à la porte et passe la tête, sans entrer.

— Steven…

— Déjà ?

Stallone semble gêné, il hésite.

— Tu lui dis de m'attendre un instant ?

Sauvegrain a le temps de reconnaître la silhouette du visiteur dans l'entrebâillement de la porte.

— … Steven Spielberg ?

— Il m'a proposé de tourner l'histoire de ma propre vie ! Un petit acteur italien qui joue les troisièmes couteaux et qui un jour écrit un scénario sur la boxe ! Pour l'instant JE REFUSE D'Y CROIRE !

— Pourquoi pas, si c'est la vérité ?

— Je ne sais même plus quel type j'étais, il y a vingt ans…

Une petite lueur passe dans son regard. Sauvegrain prend ça pour de la nostalgie.

— On ne va pas faire attendre M. Spielberg, dit Sauvegrain qui se lève.

— Restez assis, j'ai un tout petit point de détail à régler avec vous. Une broutille, mais ça commence à m'agacer. Il vaut mieux s'en occuper dès maintenant.

Le ton de sa voix a changé imperceptiblement. Sauvegrain se rassoit, obéissant.

— Est-ce que le nom de Jérôme Durietz vous dit quelque chose ?

Une poussée d'adrénaline se répand dans le corps de Sauvegrain et vient lui chauffer les tripes.

— Jérôme… Durietz ? Non, je…

— Ce type est un scénariste français qui prétend avoir créé le concept de *Deathfighter*. Il fait le siège de mes bureaux et de tous mes partenaires financiers. Je n'aime pas *du tout* ce genre d'histoires.

Sauvegrain s'empourpre et s'essuie le front.

— D'autant qu'il commence à se faire connaître

chez nous grâce à je ne sais quel sit-com dont NBC vient d'acquérir les droits.

Sauvegrain se racle la gorge et se tortille dans son fauteuil.

— Écoutez, monsieur Sauvegrain, 90 millions de dollars sont engagés sur la production de *Deathfighter 2* et personne n'a besoin de ce genre de publicité autour du film. *Je me fous* de savoir qui a créé le concept, que ce soit vous, lui, ou le premier crétin venu, vous comprenez ?

— Oui, je…

— Nous avons le choix entre deux possibilités : soit ce qu'il dit est faux et je lui casse les reins. Soit c'est vrai, et on règle le problème d'une autre manière. Mais pour ça, il me faut la vérité, et la vérité finit toujours par se savoir, je le sais par expérience. Il y a trop d'argent à perdre, je me fais comprendre ?

— Mais…

— Répondez par oui ou par non, qui a créé le concept ?

— Je…

Stallone pose sa voix avec une incroyable fermeté. Ses yeux cherchent ceux de Sauvegrain qui n'ose plus le regarder en face.

— Vous m'obligez à me répéter et j'ai horreur de ça : *qui a créé le concept* ?

— Il ne serait pas possible de… traiter ?

— Traiter ? C'est bien ce que j'ai entendu ?

— …

— C'est lui, monsieur Sauvegrain ?

— Disons que j'ai mis en forme une idée qui…

— C'est lui ?

— Oui.

— Vous avez bien fait de me dire la vérité.

— …

— Maintenant j'espère qu'il acceptera de se coucher pour de l'argent, qui sera retenu sur *votre* part. Sinon…

— Sinon… ?

— Je connais ce genre de types, ils veulent qu'on parle d'eux, ils veulent être crédités au générique, ils veulent des dommages et intérêts incroyables. Est-ce que nous avons besoin de ça ?

— Qu'est-ce que vous comptez faire ?

— Monsieur Sauvegrain, revenez sur terre. Vous avez forcé les portes d'Hollywood et elles se sont refermées sur vous comme elles se sont refermées sur moi il y a vingt ans. Vous êtes dans la cour des grands, c'est ce que vous vouliez, non ? L'important c'est le show, ce que le monde entier voit sur l'écran. Il n'a pas besoin de savoir ce qui se passe derrière, vous me comprenez ?

— Oui.

— Ce Durietz, il vit à Paris ?

— Oui.

— Alors je vous conseille d'aller passer quelques jours à l'autre bout du monde pendant les semaines à venir. Supprimer celui qui pose le problème, c'est supprimer le problème, est-ce que je me fais bien comprendre ?

Sauvegrain ne réfléchit même plus.

— Faites au mieux.

Tout à coup, Stallone se fige et regarde vers le miroir.

Silence.

Il ferme un instant les yeux et retient sa respiration.

Dès qu'on hurle COUPEZ! depuis la chambre adjacente, il pousse un cri de victoire à la manière des champions de tennis.

Sauvegrain entend quelques éclats de voix derrière une cloison.

Jérôme et Lina sortent de la pièce voisine et se précipitent vers l'acteur pour le féliciter.

— Je savais qu'il était formidable, dit-elle. En général, les sosies ne sont pas très bons, mais Jeremy a suivi des cours de comédie.

Jérôme serre la main de Jeremy avec toute la reconnaissance du monde dans le regard.

— Vous savez que pendant un moment, j'ai cru que c'était le vrai?

— C'est gentil, mais vous exagérez...

— Pas du tout, vous avez cette mimique quand vous dites *Revenez sur terre... Revenez sur terre...* Exactement comme dans *Rambo*.

— Vous avez remarqué ça? Je l'ai beaucoup travaillée.

— Et puis j'adore votre façon de jouer avec les lunettes, vous avez piqué ça dans quoi?

— *Tango and Cash.*

— Mais bien sûr!

Sauvegrain a l'impression d'être ailleurs, sans vraiment savoir où. Le cameraman et l'ingénieur du son sortent à leur tour de la chambre. Lina fait entrer l'homme qui joue le secrétaire et le sosie de Spielberg pour les féliciter tous les deux.

— J'avais le choix entre douze Stallone mais pour trouver un Spielberg, il m'a fallu un temps fou. Heureusement, j'ai rencontré Stuart.

Un serveur du Ritz entre dans la suite en poussant

une desserte avec des bouteilles de champagne. En moins de deux minutes, c'est la fête.

Sauvegrain ne saisit pas la coupe qu'on lui tend.

Personne ne fait attention à lui.

Tout le monde fait attention à lui.

Il cherche le regard de Jérôme, qui daigne enfin le rejoindre.

— Il y a une chose que je ne comprends pas, Sauvegrain. Comment avez-vous pu couper dans la tirade : *L'important c'est le show, ce que le monde entier voit sur l'écran, il n'a pas besoin de savoir ce qui se passe derrière*, etc., vous avez vraiment cru à ce tissu de conneries ?

Sauvegrain s'efforce de ne rien laisser paraître.

— C'est mauvais comme un mauvais film de gangsters, Sauvegrain. Pour la cohérence de situations vous êtes spécialement mauvais, le plus mauvais scénariste du monde. Vous imaginez une star de l'envergure de Stallone jouer les Al Capone au petit pied ? Absurde. Même dans les années trente on n'y aurait pas cru. Hollywood n'a vraiment pas besoin de ça. Ce sont les avocats qui ont les clés du royaume, et depuis toujours.

— …

— D'autant que *Sly* est un type adorable et bien au-dessus de tout ça, demandez à Jeremy.

— Qu'est-ce que vous voulez ?

— J'ai la preuve filmée que vous m'avez volé *Deathfighter*, sans parler de votre complicité de meurtre sur ma personne. Et six témoins qui peuvent en répondre devant n'importe quelle cour de justice de Paris à Los Angeles.

— Je vous ai demandé ce que vous vouliez.

— Pas plus que Monte-Cristo dans le bouquin

de Dumas. Je veux tous les contrats à mon nom et un virement de tous les bénéfices déjà perçus. Des aveux complets auprès des producteurs et de Stallone. Le remboursement intégral de ce que m'a coûté cette mise en scène. Un budget monstrueux pour cinq minutes de film. Sûrement le court métrage le plus cher du monde. Mais ça en valait la peine, imaginez combien de fois je vais me repasser ce petit chef-d'œuvre.

Sauvegrain aimerait dire quelque chose. Ricaner. Prendre tout ça de haut. Il aimerait faire une vraie sortie mais n'y parvient pas.

Jérôme le regarde partir.

— Le champagne, c'est moi qui offre.

Mathilde

Mathilde s'arrête un instant devant le miroir du lavabo pour se regarder une dernière fois. Jamais elle ne s'est trouvée aussi jolie.

Victor s'élance vers elle dès qu'elle apparaît dans son bureau, lui prend la main pour la presser contre sa poitrine et lui embrasse le bout des doigts.

— Ne me fais pas ce genre de choses, ça va me rappeler mes dix-huit ans.

Il l'installe dans un fauteuil et reste debout, à ses côtés.

— Pourquoi as-tu attendu si longtemps avant de répondre à mes appels ? J'ai eu peur que tu sois fâchée.

— Je pensais mériter mieux qu'un message sur mon répondeur. Si tu m'avais écrit une lettre, j'aurais sans doute réagi plus vite.

— Une lettre ? Tu sais bien que je n'écris jamais.

— Justement. J'aurais été touchée que tu fasses une exception pour moi. Je n'ai jamais compris qu'un homme si exigeant sur les textes d'autrui n'ait jamais été tenté par l'écriture.

— Je ne me suis pas trompé de métier.

— Pas même une petite lettre d'amour. En vingt ans. Ou un mot sur un coin de table. *À demain, mon cœur.*

— Je sais m'exprimer dans quantité d'autres domaines. Je prépare le Oolong Impérial comme personne.

— Comment oublier la manière dont tu prépares le thé ? Tu en faisais toujours pour me parler de mes manuscrits. Quand ton bureau sentait la bergamote, je savais que tout allait bien se passer. Quand il sentait le thé fumé, je pouvais m'attendre à une volée de bois vert. Aujourd'hui ce sera un bourbon, celui que tu as dans le deuxième tiroir à gauche.

Il marque un temps d'arrêt, persuadé qu'il s'agit d'un jeu.

— Tu bois ?

— Plus maintenant, mais ça m'a été utile quand tu m'as chassée de ce bureau.

— Je n'ai jamais voulu te faire souffrir, Mathilde.

— Je ne suis pas venue pour parler de ça. Dis-moi comment se portent mes petites romancières depuis que tu as annoncé officiellement qu'elles s'appelaient toutes Mathilde Pellerin.

— Tu ne vas pas m'en vouloir pour ça. Aucun éditeur au monde n'aurait pu résister à un coup de pub pareil. Trente-deux romans signés de la main de la seule scénariste femme de Saga. Trente-deux romans en rupture de stock ! Tu as pulvérisé les chiffres de Barbara Cartland et de Penny Jordan, j'ai vendu les droits de traduction à vingt-sept pays, avec l'Angleterre et les États-Unis en tête de liste. J'en ai vendu six au cinéma et la série des *Janice* pour la télé.

— Ces vingt années de ma vie ont servi à quelque chose.

— ... C'est tout l'effet que ça te fait ?

— Je n'ai pas eu voix au chapitre.

— Nous sommes riches, Mathilde.

Elle laisse passer un instant et reprend une gorgée de bourbon.

— Comment va ta femme ?

— Tu sais très bien quel rôle elle joue pour moi et pourquoi je l'ai épousée.

— Elle t'a donné deux enfants.

— Mathilde !

Pour couper court, il se penche pour l'embrasser et elle se laisse faire.

— Je ne retrouverai jamais un homme qui embrasse comme toi, qui caresse comme toi.

— Pourquoi en chercher un autre ?

Il l'étreint plus fort, mais cette fois, elle le repousse.

— Va t'asseoir, Victor.

Un ordre. Il ne lui connaît pas cette dureté dans la voix.

Il obéit.

— Tant pis pour Patty Pendelton, pour Sarah Hood, pour Axelle Sinclair et toutes les autres. Je les ai fait naître et tu les as fait mourir. Tu as peut-être eu raison.

— On forme une équipe, toi et moi. J'ai de grands projets.

— Moi aussi. Je vais commencer par te demander de quitter ce bureau sur-le-champ. On te livrera tes affaires personnelles le plus vite possible.

— ... ?

— Tu sais que je n'ai jamais eu de talent pour chercher mes pseudonymes, c'est toujours toi qui les trouvais. Aujourd'hui, c'est mon comptable. *Finecma*, qui vient de racheter 12 % des Éditions du Phœnix. *Provocom*, qui vient de racheter 18 % des Éditions du Phœnix. Le *Groupe Berger*, qui vient de racheter 11 % des Éditions du Phœnix. Et pour finir, *The Mail D.*, société d'investissements fantôme qui n'est autre que l'anagramme de Mathilde et à qui tu as cédé 16 % des parts des Éditions du Phœnix. Avec tes malheureux 33 % tu n'es plus majoritaire dans cette maison. Laisse le bourbon en partant, c'est un délice.

Sonné, Victor esquisse un très léger sourire, comme pour répondre à celui de Mathilde. Elle soutient son regard avec un aplomb qu'elle n'aurait pas même imaginé.

— Je n'aime pas du tout ce genre de plaisanteries, Mat.

— Et moi je n'ai plus aucune patience pour les phrases toutes faites depuis que je suis scénariste. Sors d'ici.

Il allume une cigarette pour se laisser le temps de la réflexion, en pompe trois bouffées successives puis l'écrase. Elle croise les bras et le toise avec une arrogance qui la rend plus belle encore.

— Le Phœnix est à moi, Mathilde.

Elle éclate de rire.

— Jérôme m'avait dit combien ce moment-là était divin, mais il était en deçà de la vérité.

Victor frappe du poing sur la table, donne un coup de pied dans une chaise et renverse une rangée de bouquins à terre. C'est le lion qui continue de rugir pendant qu'il s'affaisse, une flèche dans les flancs.

— Essaie de te traîner à mes pieds, on ne sait jamais. Je pourrais m'apitoyer. Je pourrais aussi être dégoûtée, c'est un risque.

— Tu sais ce que le Phœnix représente pour moi…
Si tu me l'enlèves, je…

Il s'interrompt net, incapable de proférer une
menace. Il sent que la colère lui fait perdre la partie.

Contre toute attente, il s'agenouille aux pieds de
Mathilde.

Il pose sa joue sur son genou.

Elle glisse la main dans ses cheveux.

Ils restent là un long moment sans dire un mot.

Mathilde se souvient.

Puis, en effleurant la joue de Victor, une larme
s'accroche à son doigt. Elle la porte à ses lèvres pour
connaître enfin le goût qu'ont les larmes de celui qui
l'a tant fait pleurer.

— J'ai pensé à une autre solution…

Victor relève lentement la tête comme un chien ser-
vile.

— Je te laisse une chance de garder la direction de
ma maison d'édition.

— … Tout ce que tu voudras.

— Tu vas m'écrire un roman.

— … ?

— Un gros roman d'amour qui suinte les bons sentiments.

Victor ne comprend toujours pas.

— Je veux que tu me racontes l'histoire de Victor et
Mathilde depuis la première minute de notre rencontre.
Le premier regard, les premiers mots, les premiers
gestes. Je veux lire tout ce qu'il y avait dans ton cœur
dès les premiers instants. Je veux des détails parfaitement intimes sur nos ébats, je veux retrouver tout ce
qu'on se chuchotait à l'oreille, je veux m'émerveiller
du moindre souvenir que j'aurais pu oublier. Je veux

des descriptions à n'en plus finir de nos promenades nocturnes, je veux que tu parles de la ligne de mes jambes comme tu le faisais à l'époque, je veux savoir tout ce qui se passait dans ta tête quand tu m'embrassais dans les lieux publics. Je veux que tu te souviennes de chacun de mes romans et de la manière dont tu les as reçus. Tu vas retrouver tous nos grands moments du début, mais aussi tous ceux qui ont suivi. Je veux la splendeur et la décadence. Je veux tout savoir sur la rencontre avec ta femme, tout ce que tu m'as caché, je veux toutes tes trahisons, tes misères et tes lâchetés. Je veux de l'éloquence dans l'horreur que tu m'as fait subir. Je veux ces vingt années-là. Sous les yeux, entre mes mains. Je les veux, rien que pour moi.

Abasourdi, Victor ne songe même pas à se relever et reste à genoux.

— Je veux que ce soit superbe, je veux pleurer en le lisant. Je te laisse un an pour l'écrire. Si ça ne me plaît pas, je te renverrai la copie à la figure et tu te remettras au travail jusqu'à ce que ce petit bijou soit terminé. Tu aimais tellement faire ça.

— ... Tu vas vraiment me demander une chose pareille ?

— Je sais que tu ne feras pas appel à un nègre, je ne t'imagine pas lui raconter toute notre histoire dans les plus petits détails ! Toutes ces choses que tu ne veux surtout pas qu'on dévoile.

Elle éclate de rire.

— Tu vas voir s'il est si simple d'écrire un roman d'amour. Rentre chez toi et mets-toi au travail. Débrouille-toi pour avoir du talent.

Elle lui ouvre la porte et le pousse dehors.

— Tu n'auras qu'à penser à nous.

Louis

Louis entre le dernier dans le théâtre, quand tout le public est installé, déjà conquis, prêt à l'ovation. Quelque chose l'a toujours agacé dans cette étrange unanimité, avant même le lever de rideau. Il se demande si le public ne vient au théâtre que pour voir les acteurs de près et se persuader qu'ils sont magiques. Louis veut bien admettre que certains sont doués pour trouver les mots et d'autres pour les dire, mais il n'a jamais compris pourquoi on vénérait les uns et on oubliait les autres. Chaque fois qu'il voit une salle comble, comme ce soir, il imagine qu'à trois pas de là, un jeune dramaturge coincé dans un gourbi est peut-être en train d'écrire les quatre répliques qui un jour feront crouler le théâtre sous les applaudissements.

Des retardataires cherchent leur place, les autres s'impatientent, un brouhaha monte légèrement vers le dôme. Avant de quitter la salle, il jette un dernier regard circulaire sur les spectateurs, le rideau, les lustres, les robes du soir. Pour la énième fois, il se dit que c'est à cause de tout ça que Lisa l'a quitté.

Sans hésiter sur le parcours, il emprunte divers couloirs, trouve l'agitation des coulisses et entre dans une loge sans y être invité.

Les yeux rivés dans leur reflet, l'acteur se passe un crayon noir sur les cils. Il entrevoit la silhouette de Louis dans son miroir et se retourne, stupéfait.

— ... Stanick ?

Louis dégage une chaise encombrée de vêtements et s'assoit.

— Qui vous a autorisé à entrer ?

Louis ne répond pas, l'acteur hausse les épaules et reprend son maquillage.

— J'entre en scène dans cinq minutes.

— Cinq minutes, c'est énorme pour un acteur. En cinq minutes, vous pouvez nous emmener très loin.

Penché vers le miroir, le menton en avant, l'acteur recouvre son visage de poudre avec des gestes rapides.

— Je ne vous ai pas vu à l'enterrement.

— J'ai vu son corps par terre avec du sang sur la tempe pendant que vous étiez en Espagne.

— Est-ce que vous seriez en train de dire que rien ne serait arrivé si j'étais resté auprès d'elle ?

— Quand on laisse une femme comme Lisa seule pendant trois mois, c'est qu'on ne l'aime pas.

L'acteur fait rouler sa tête sur les épaules pour faire craquer les cervicales.

— Vous vous êtes déplacé juste pour me dire ça, Stanick ?

Louis sort un billet plié en trois et le lui tend.

Petite ordure de scénariste raté.

Tu ne perds rien pour attendre. Je vais d'abord m'occuper de l'acteur de merde, il mourra comme

Molière ! Et il ne le mérite même pas ! Ensuite ce
sera ton tour, Stanick.

L'acteur jette le papier sur un coin de table et hausse
les épaules.

— Un fou. Il m'a déjà envoyé quelques lettres dans
ce goût-là.

— Le plus troublant dans cette affaire, c'est ce
troisième homme. Il prétend avoir aimé Lisa plus que
nous deux réunis, et seul un fou peut dire ça. Vous
avez une idée ?

— Il n'y a pas de troisième homme, Stanick. Juste
un déséquilibré qui lit les journaux. D'après la police,
ce genre de dingue ne passe jamais à l'acte.

Louis regarde le petit tas de courrier sur une chaise
de la loge.

— Il ne vous a pas envoyé un petit mot d'encoura-
gement, juste pour mettre la pression ?

— C'est possible mais je n'ouvre jamais le courrier avant d'entrer en scène. Superstition.

Un peu déconcerté, Louis réfléchit un instant. Il
s'attendait à voir vaciller un homme mais, pour l'instant, rien ne le laisse deviner.

— Je quitte Paris ce soir. C'est le seul privilège du
boulot d'auteur, on peut l'exercer dans n'importe quel
trou perdu. Vous, en revanche, on sait où vous trouver
tous les soirs pendant trois mois. Bien exposé, en
pleine lumière.

On toque à la porte pour presser l'acteur d'entrer en
scène. Il répond d'une bordée de jurons.

— Vous êtes venu pour ça, hein, Stanick ? Vous
vouliez *voir* cette peur.

Silence.

Tout à coup, l'acteur éclate de rire, un rire massif qui part du cœur, un rire qui ne peut se partager. L'expression d'une solitude. Et d'une force.

— Vous savez pourquoi je me fous de ces menaces, Louis ? Parce que personne, ni vous, ni tous ceux qui attendent dans la salle, ni même ce corbeau de merde ne peut s'imaginer le trac que j'ai à cette seconde précise. Le trac. Peur d'une lettre anonyme, moi ? Peur d'un petit crétin qui voudrait me nuire quelque part en ville ? C'est d'un ridicule…

Pris à contre-pied, Louis perd tout à coup sa superbe et, comme le spectateur qu'il est redevenu, il regarde l'acteur donner une dernière touche à son maquillage.

— Ce que j'éprouve en ce moment même est une sorte de perfection de la terreur. Ma vie n'a plus aucune importance, j'ai envie de fuir aux antipodes, planter tout le monde, insulter la terre entière, nier que j'existe, hurler pour qu'on me réveille, appeler ma mère, oui, ma mère, où est-elle, cette garce, d'ailleurs… ? Rassurez-vous, Louis, vous avez payé pour une peur minable et je vous en offre une bien plus terrible et bien plus éloquente. Une peur de première catégorie, profitez-en. J'ai un petit renard au fond de l'estomac qui mâchouille tout ce qui palpite, il a de l'appétit le bougre, je le connais bien, je l'ai nourri depuis le premier jour où j'ai décidé de faire ce métier. Est-ce que vous connaissez le délicat frisson d'une goutte d'acide sur un ulcère ? J'aimerais voir de mes yeux l'étendue des dégâts, ça doit ressembler à du Victor Hugo : « … un champ couvert de morts sur qui tombait la nuit. » Seulement voilà, au bout d'un moment on arrête de se plaindre et on va au charbon, sinon on fait un autre boulot.

Rien ne se passe comme prévu. Louis ne sait plus comment se rétablir.

— … Vous ne manquez pas de panache. C'est sans doute ce que Lisa appréciait chez vous.

— Je ne l'ai jamais poussée à vous quitter, Louis.

— Alors pourquoi, nom de Dieu ? Que lui donniez-vous que je n'avais pas ?

— Du paraître, juste un peu de paraître ! Lisa adorait ça, vous le savez mieux que personne. Je n'ai jamais assisté à autant de dîners mondains qu'après notre mariage. Quand j'ai refusé que *Paris-Match* vienne nous photographier à la maison, elle ne m'a pas adressé la parole pendant une semaine. Un jour elle a fait une vérole parce qu'elle était placée trop loin du ministre à la remise des Molière. Si vous saviez à quel point je déteste tout le vacarme autour de ce foutu métier !

— Si on m'avait accordé un peu de reconnaissance, juste des bribes, un seul petit éclat de ce qui vous entoure, elle serait peut-être encore près de moi aujourd'hui, bien vivante.

Le régisseur et le directeur du théâtre entrent d'autorité. L'acteur les rassure et demande une dernière minute de patience. Ils sortent.

— Je comprends que vous trouviez tout ça injuste, Louis. Et pourtant…

L'acteur hésite, sans doute pour la première fois depuis l'arrivée de Louis.

— Et pourtant si vous saviez à quel point je vous envie.

— … ?

— Vous, les auteurs, vous n'avez besoin de personne. Vous êtes les premiers à connaître le premier mot de la première phrase. Les autres viendront au gré de votre liberté et de votre fantaisie. Et le jour où nous jouons vos textes, vous êtes déjà ailleurs, loin, en train de préparer le prochain voyage où tous nous voudrons vous suivre.

Le cœur de Louis vient de se vider tout à coup de son fiel.

L'acteur sort de sa loge et claque deux fois dans ses mains, comme un rituel connu de lui seul.

Les deux hommes échangent une longue poignée de main.

Et un regard. Sans doute le premier.

— … Je dois partir, dit Louis. Mais je serai avec vous.

Avant de quitter le théâtre, Louis retourne dans la salle et reste debout sur les marches dans le silence et le noir profond.

Le rideau s'ouvre et l'acteur est là, debout.

Seul.

La salle applaudit à tout rompre et Louis se joint à eux un court instant.

La pièce peut commencer.

Moi

— Le Maestro disait souvent : « Le récit est comme
une flèche qui pointe vers sa cible sitôt l'arc bandé. »

— En clair ?

— Il faut toujours connaître la fin d'une histoire
dès ses prémices. L'épilogue doit être inclus dans le
prologue. On devrait connaître la morale de l'histoire
à peine prononcés les mots : « Il était une fois… »

Nous nous sommes tous retrouvés, comme prévu,
au café habituel à 20 h 30. Il nous reste dix minutes
avant le tout dernier épisode de Saga. Dix minutes
avant nos adieux.

Mathilde commande un grand calva et un café. Elle
est étrangement belle, belle, épuisée et sereine. Elle
arrive au bout d'une course folle qu'elle vient juste de
gagner. Jusqu'au dernier moment, nous étions sûrs
qu'elle allait craquer. Mathilde et son cœur monté sur
ressorts. Mathilde à qui on peut demander la lune en
échange d'un sourire. Nous n'étions pas très rassurés
à l'idée de la laisser dans une pièce close avec ce bel-
lâtre qui ne mérite que des baffes. Notre Mathilde n'a
pas défailli ! Elle a terrassé le dragon de ses amours

perdues. Au fil des mois, elle a su se servir de nous comme d'une palette de couleurs : un fond de Jérôme pour l'inventivité dans la vengeance, une nuance de Louis pour la finesse du trait, une petite touche de moi pour la détermination. Mathilde est enfin libre, débarrassée de ses démons. La Saga aura réussi ça.

— Je vais regretter la vodka au poivre, dit Jérôme. Il faut que je m'habitue tout de suite au Jack Daniel's, double.

Je commande la même chose que lui. Tristan l'attend, dehors, affalé dans la Renault Espace qu'ils louent depuis deux jours. Je pense n'avoir jamais vu Jérôme aussi heureux que ce soir. Il m'a promis de me montrer le film où Sauvegrain tombe dans son piège insensé. Là encore, je ne suis pas pour rien dans l'écriture de cette saynète. Si le dialogue est entièrement de Jérôme, l'apparition furtive de Spielberg est une idée à moi (j'y suis allé de ma théorie sur la crédibilisation maximale par la surenchère et l'inflation). Combien d'heures avons-nous passées à mettre au point cette scène toute simple qui, sur le papier, n'occupait pas plus de cinq feuillets. Au bout de la huit ou dixième version, nous l'avons fait lire à Louis qui a changé deux ou trois répliques et nous a donné sa bénédiction. Sans oublier de nous traiter de dingues. Le casting fut l'affaire de Lina et ses chercheurs de tête. À l'heure qu'il est, Jérôme peut se considérer comme un homme riche qui vient de retrouver son honneur et le respect de lui-même. Prêt à faire tenir tout Hollywood dans le creux de sa main. Plus encore que le bourbon, il semble goûter chaque minute de notre séparation, comme s'il se préparait déjà un souvenir.

Louis commande une grappa. À sa manière, il nous fait comprendre qu'il est déjà loin. Lui aussi.

— C'est un truc de novice que de vouloir partir comme un fou sur une idée de départ en se disant qu'on trouvera bien une fin en cours de route.

La fin. Il lui a bien fallu en trouver une avant de quitter Paris. Hanté par le fantôme de Lisa, il ne pouvait plus reculer le duel avec *l'acteur*. La seule qui pouvait lui venir en aide était Mathilde. Si l'atout cœur de notre fine équipe est une conseillère conjugale hors pair et une spécialiste ès-adultère, elle n'a pas son pareil pour décrypter le langage étrange de la jalousie.

Sur le téléviseur perché dans un coin du bistrot, je vois le visage du présentateur du 20 h s'effacer derrière le générique. Les pubs et la météo vont suivre ; le compte à rebours est enclenché. Il est trop tard pour changer quoi que ce soit.

— J'aimerais bien voir la tête que ferait votre Maestro devant le moindre épisode du feuilleton.

Louis nous montre un énorme sac de sport plein à craquer.

— J'emporte l'intégrale de la Saga en cassettes, dernier épisode compris, William m'en a fait une copie. Je suis sûr que le Maestro appréciera à sa juste valeur, même s'il est pris de tics nerveux dès qu'il passe devant un écran télé. J'ai envie de lui montrer tout ce que j'ai fait hors de sa vue.

Hors de sa vue. Chaque fois qu'il évoque le Maestro, je pense à un œil. Peut-être un regard. Celui d'un voyeur ou d'un Dieu scrutateur. Dans l'œil de Louis, on lit la hâte d'aller le retrouver.

Le bonheur de nos amis ne fait pas toujours le nôtre.

— À quelle heure est ton train, Louis ?

— Dans trente minutes, gare de Lyon. Je serai à Rome vers 10 heures, demain. Je redoute surtout le petit tortillard qui va à Palestrina. Je pourrais proposer une série sur les trains italiens…

— On peut te déposer à la gare si tu veux, il y a encore de la place dans l'Espace. Je dois passer prendre Oona et les trente kilos de fringues qu'elle a achetées à Paris.

— C'est un vol direct pour Los Angeles ?

— On passe d'abord par le Montana pour installer Tristan chez elle. Je n'aurais pas trop su à qui le confier, le temps de trouver mes repères.

Tout semble réglé comme sur du papier à musique. Mathilde fourrage dans son sac Vuitton pour y retrouver des cigarillos. Elle non plus n'a rien laissé au hasard.

— On pourra venir vous visiter, sur votre île ?

— Bien sûr ! Mais je ne sais pas combien de temps ils vont avoir besoin de moi.

— Vous allez enfin nous dire ce que c'est, ce boulot secret sur cette île mystérieuse ? Ne nous faites pas le coup du cliffhanger.

— Vous êtes les trois personnes au monde en qui j'ai le plus confiance, mais j'ai promis de ne rien dire et je suis superstitieuse. Dès que ça aura démarré, je vous enverrai à chacun une carte postale.

L'épisode n° 80 va commencer. Il ne sera pas encore terminé que mes trois collaborateurs seront déjà loin. Inaccessibles. Libres. Je commence à me demander si j'ai eu raison de vouloir rester.

— Et toi, Marco ?

Moi ? Oui, au fait. Qu'est-ce que je deviens, moi ? J'ai un film à écrire, dès demain. Comment se fait-il alors que je me sente si désemparé ?

— Tu es sûr que tu ne veux pas quitter Paris ?

— Tu peux l'écrire n'importe où, ton film.

— À vous entendre, je risque les pires emmerdes…

J'attends quelques secondes qu'on me rassure. Personne ne le fait.

— … Vous croyez vraiment que je vais avoir des emmerdes ?

Du doute dans les regards. De toute façon, la question ne se pose même pas, quelles que soient les retombées de ce dernier épisode, je dois rester à Paris. La Saga vient de nous débarquer et je suis sûr que Charlotte m'attend à quai en agitant son foulard bien haut.

Mathilde se lève la première pour rompre un inquiétant silence.

— Je dois être à Austerlitz dans vingt minutes, j'ai juste le temps de prendre mon taxi.

Elle saisit son sac et donne aux autres le signal du départ. Louis prend ses bagages.

— On se revoit bientôt, tous ?

Personne n'osait le dire. Il a bien fallu que je me dévoue. À moins que je ne sois le seul à le penser vraiment.

— Venez me voir à Rome, si vous avez un moment.

— Je vous fais signe dès que j'ai une adresse à L.A.

Les mots nous restent bloqués dans la gorge. Nous nous embrassons, encore et encore. Comme si les dialogues, les aventures au coin de la rue, le sens de tout ça, le devenir de chacun, n'avaient plus aucun intérêt.

Sans doute pour la dernière fois, nous nous serrons fort dans les bras les uns des autres.

Ils quittent le café au moment où la fugue de Bach se fait entendre.

Putain de Saga.
Nous voilà seuls, tous les deux.

*

Mes amis viennent de me quitter et la nuit va être
longue. La première nuit d'été.

Le ciel est chargé d'étoiles, toutes les fenêtres sont
ouvertes, il y a de la bière fraîche dans le frigo, mes
amis sont déjà loin, la femme que j'aime m'a quitté, et
j'ai beaucoup bu avant de rentrer chez moi. C'est le
moment ou jamais d'avoir le blues.

Je débranche le téléphone, il va sonner une bonne
partie de la nuit et chaque fois je vais penser que c'est
Charlotte. Chaque fois je vais être déçu. Si elle est vraiment revenue, elle peut bien attendre une nuit de plus.

La chaleur va avec le silence.

Vous êtes tous de beaux enfoirés de faire de moi un
orphelin. Il est quatre heures du matin et la nuit est
calme comme s'il ne s'était rien passé, comme si personne ne pleurait sur le cadavre de Saga. Je ne pleure-
rai pas non plus, cette salope m'a abandonné, moi qui
l'ai aimée comme personne et l'ai vue grandir comme
un père. Crève, chienne, vingt millions d'âmes perdues te regretteront sauf nous. Jérôme, Louis, Mathilde
et moi t'avons taillé un suaire dans l'étoffe la plus
noire que nous avons pu trouver, un noir qui ferait
passer les ténèbres pour de la dentelle de femme. Où
l'avons-nous puisée, cette encre obscure ? Impossible
à dire. Cela ne nous ressemblait pas. Il a fallu aller loin
dans l'enfer de notre inspiration. Écouter les muses de
l'abjection et de la perfidie. Laisser ricaner la hyène
qui sommeillait en chacun de nous.

Je me penche à la fenêtre et tends l'oreille pour
écouter le bruit du chaos.

Rien.

Pas même un souffle d'air.

Un suicide collectif? Vingt millions de morts sur la
conscience? Ou est-ce déjà l'oubli, et tout le monde
s'en fout?

Pourtant, je nous revois encore, hier midi, mes
compagnons et moi, devant l'écran. Dégoûtés par
notre propre désir de vengeance. Je l'ai déjà vu, cet
épisode n° 80, le vrai, celui que nous avons fait passer
au nez et à la barbe de Séguret.

Nous avons fait un travail d'orfèvre et de faus-
saire grâce à William et ses tours de passe-passe. Ces
dizaines de séquences qui n'ont pas été montrées, nous
les avons gardées, revues et corrigées, imbriquées,
montées et mixées, avec patience, pour rester maîtres
jusqu'au bout de notre aventure. Comment Séguret a-
t-il pu s'imaginer que nous le laisserions éclabousser
Saga de sa médiocrité? William a repiqué dans les
anciens épisodes, il a fait des collages d'images, il a
même réussi à plaquer de nouveaux dialogues sur des
situations qui n'ont plus rien à voir. Ce petit monstre
que nous avons créé comme des savants fous, la nuit,
dans le secret, a été diffusé hier soir. Il nous a même
fallu imaginer un scénario encore plus complexe pour
que l'épisode passe les contrôles techniques et soit
considéré comme Prêt-À-Diffuser sans que personne
ne s'aperçoive de rien. Nous n'avons pas lésiné sur les
séances occultes, les brainstormings avec le diable
pour tromper la vigilance de la grande machine à maîtriser l'imaginaire. Avant de partir, il nous restait à
finir en apocalypse.

In cauda venenum.

J'ai besoin de revoir l'épisode seul. Pendant que la cassette se rembobine, je m'allonge sur le canapé, une bière à la main. Soûl. Mes amis sont partis. La Saga est morte. Mieux valait qu'elle meure de nos mains plutôt que de la voir vivre entre celles de Séguret. Rien de moins qu'un crime passionnel.

Générique.

N⁰ 80

Walter se prépare un cocktail avec les fonds de bouteilles vides trouvées dans le bar des Fresnel. Il tourne la mixture avec l'index. Quelle image restera-t-il de lui ? Celle d'un alcoolique qui ne cherche plus à surmonter quoi que ce soit. Parce que la vie est une mascarade et l'alcool nous aide, grâce à Dieu, à la débarrasser, parfois, de ses guenilles. Si la phrase nue partait du cœur, l'alcool nous offre le regard nu et l'ivresse n'est qu'un pied de nez à la mort. Voilà pourquoi Walter se remet à boire de plus belle. Le second verre le rend lyrique, et ce lyrisme le rend beau. Et demain ? Demain, il y aura plein d'autres verres qui lui donneront la force de briller la nuit. Et, un jour, de s'éteindre, lentement. Très lentement. Le chômeur de Roubaix va retenir la leçon.

Marie, notre petite Marie tant aimée, qu'es-tu devenue ? J'ai cru à ton indépendance, ta fraîcheur intacte de jeune fille. Tu savais penser aux tiens sans t'oublier, tu avais des désirs qui faisaient parfois passer la femme avant la mère, c'est ce qui te rendait si forte. Si aimable. Et te voilà de retour au bercail après une escapade. Coupable et fatiguée. Implorant le pardon du bout du regard. Mon Dieu qu'elle est triste, cette scène. Mathilde ne t'a rien épargné. Pour la première fois tu as honte de tes rides et de ces quarante-cinq ans qui aujourd'hui paraissent le double. Où sont-ils passés, tous ces prétendants qui se seraient damnés pour toi? Walter te regarde comme une pute qui ne lui donne même plus envie de traverser le palier et Fred te méprise pour ton innocence dilapidée. Ta petite vie retrouvée ne va même pas rassurer la ménagère du Var. Celle qui n'a jamais pu suivre le bel inconnu t'en voudra à mort d'être revenue. Les autres te traiteront de salope. Tu n'avais pas mérité ça.

Où est-il le Jonas qui nous faisait croire que le vengeur masqué n'était peut-être pas tout à fait mort? La réponse est simple: si le seul vrai combat de tout homme l'oppose à sa propre lâcheté, pourquoi en serait-il autrement pour Jonas? Pourquoi lui, justement, devrait-il exalter sa part d'héroïsme? Personne ne naît avec une part d'héroïsme. Il était temps pour lui de se dire qu'il n'aura qu'une et une seule vie et qu'elle est faite, comme toutes les vies, de compromis et de lâcheté ordinaire. Qui oserait le lui reprocher? Qui manquerait de vergogne à ce point? Surtout pas le pêcheur de Quimper. Que les héros se désignent! Et qu'ils aillent s'attaquer à Pedro Menendez eux-mêmes. Pedro Menendez les attend. Jérôme s'en est donné à cœur joie dans le dialogue de leur dernier face-à-face. Quand Jonas annonce à Pedro qu'il passe la main, Pedro en a presque pitié pour son adversaire de toujours. Mordécaï a besoin d'un garde du corps, il paiera Jonas à prix d'or, c'est toujours ça. L'argent et l'héroïsme n'ont jamais fait bon ménage.

Parlons-en, de Mordécaï. Il n'a jamais su quoi faire

de son argent, mais il a bien fini par trouver. Depuis qu'on lui a dit que le Bien et le Mal étaient tombés en désuétude, il s'est mis à lire. Surtout la Bible, et Sade. Et comme par hasard, il a été foudroyé par la beauté de *L'Ecclésiaste*, seul passage de la première qui aurait pu être écrit par le second. *Vanité, tout n'est que vanité*. Rien ne lui est apparu aussi clairement que le deuil des illusions et des utopies. Il y a trouvé une vérité, celle de son propre désenchantement. Il ne lui reste donc qu'une seule chose à faire : jouir. Jouir, jouir, jouir pendant qu'il en est encore temps car chaque minute nous rapproche du néant. Il puise chez Sade tous les scénarios de jouissance imaginables, jusqu'au bout du plaisir et de la décadence. Toute sa fortune y sera consacrée. Vingt millions d'individus ? Autant dire vingt millions de fantasmes et de désirs qui resteront à jamais inassouvis. Mordécaï a décidé de les vivre, pour tous les autres.

Celui qui croit à l'amour croit forcément à la haine. Ça ne devrait donc étonner personne de voir Mildred et La Créature se haïr aussi fort qu'ils se sont aimés. Mathilde n'aurait laissé à personne le privilège de finir le boulot à sa place. Elle a soigné le travail comme une petite main, à l'ancienne. Le processus de décomposition du couple est si minutieusement rendu que ça m'en a découragé de courir après Charlotte. Il lui a suffi de trois courtes séquences pour éradiquer toute idée de bonheur conjugal. Du grand art. Même Jérôme est incapable d'une telle violence. Mildred est supérieurement intelligente, elle invente des tortures morales d'une rare sophistication. La Créature garde intacte toute sa beauté sauvage, pour un peu il ne se douterait même pas du mal qu'il est en train de lui faire. C'est dans sa nature. Cette passion, on le comprend dès la première scène, ne peut se terminer que par l'élimination physique de l'un ou l'autre. Mais Mathilde nous l'épargne ; avant d'en arriver à la délivrance finale, elle préfère parler de l'enfer de chaque instant. Le couple n'est qu'une longue succession d'instants qui exclut tout alentour, il fonctionne sur un principe de vases communicants qui empoisonne chaque geste d'amour et gangrène tout plaisir.

Et Bruno, le petit Bruno ? Quel sort lui faire subir ? Il a la vie devant lui. Il doit faire ses premiers pas vers l'âge adulte et piloter à vue tout au long de cette étrange odyssée qu'est l'existence. Mais en a-t-il seulement l'étoffe ? Comme tous les adolescents, Bruno doute de lui-même depuis le début du feuilleton. Et il a raison, parce qu'il sait déjà, bien au fond de lui-même, que sa vocation est de rejoindre le plus grand nombre. De grossir les rangs de *ceux qui sont là parce qu'il faut y être*. La jungle qu'il aurait dû ouvrir à la machette n'est qu'un sentier en ligne droite parfaitement balisé. Il en voit déjà le bout. Et déjà sa part d'oubli commence à manger sa part de rêve. Il ne sera ni Rimbaud ni Évariste Gallois, il n'aura même pas ce quart d'heure de gloire que promettait Warhol. C'est comme ça.

Menendez, lui, n'a jamais cessé de se poser des questions. Ses seules réponses sont le plastique et la dynamite. C'est peut-être ce qui a fait fléchir Jonas : l'intime conviction de Pedro qu'il faut en passer par là. Personne ne sait vraiment pourquoi Pedro fait sauter des bombes. Mais quelles que soient ses raisons, elles ne peuvent être que mauvaises.

Non… ?

Sûrement.

Quoique…

La question est laissée en suspens tout au long de cet épisode comme une énigme qu'il vaut mieux ne jamais résoudre. Qui n'a jamais pensé, dans un isoloir, un bulletin à la main : *à quoi ça sert*? Qui n'a jamais senti qu'on le regardait d'en haut comme une fourmi prête à être écrasée si elle ne remplit plus sa tâche? Qui n'a jamais souffert de l'absurdité des institutions? Qui n'a jamais eu envie de hurler à l'injustice et maudit ceux qui refusaient de l'entendre? Qui n'a pas eu envie de tout faire péter? Menendez est sûrement un salaud et un crétin. Il n'y a que la connerie individuelle pour chercher à plastiquer la connerie collective. Un jour, il mourra dans une embuscade et il l'aura bien cherché. Mais ce jour-là, agonisant, il n'avouera pas les raisons qui l'ont poussé à tout faire sauter. Personne n'en saura jamais rien. Nous lui avons laissé son secret. Ceux qui insistent pour le connaître n'auront qu'à relire Kafka.

Et Fred, celui que l'on attend tous, la coqueluche de toute la Saga, celui qui fait figure de Sauveur? Eh bien, le Sauveur en a marre de l'humanité. L'humanité est ingrate, l'humanité mord celui qui tend la main vers elle, que ce soit pour mendier ou lui venir en aide. S'il invente de quoi panser un mal, l'humanité va ouvrir dix autres plaies. Elle a un sixième sens, pour ça. Fred ne prononce pas un seul mot de tout l'épisode mais son cri intérieur nous vrille les oreilles. Lui qui a inventé la machine à broyer les guerres, la machine à éradiquer les virus, la machine à nourrir ceux qui ont faim, la machine à redonner l'espoir, il commence à se demander si tout ça a servi à quelque chose. C'est dommage. Il venait d'inventer une machine à nettoyer l'Inconscient. Une sorte de technique chirurgicale pour opérer l'âme, lui enlever ses kystes et ses caillots sans laisser de séquelles. Mais il la jette au panier dès qu'elle est au point. Ça aurait pu servir, allez savoir.

Une seule fin s'imposait, un seul épilogue. Il s'agissait d'un rêve de Camille qui n'a jamais été montré. Tout de suite après, elle se réveillait en sursaut et son Jonas préféré la prenait dans ses bras. Ce rêve, nous sommes allés l'exhumer du fin fond d'une poubelle pour le rendre à la vie réelle des personnages. Et peut-être à la vie tout court.

Camille nous en menaçait depuis trop longtemps. La séquence est extrêmement courte. Elle se regarde dans son miroir, éclate de rire, un vrai rire qui part du cœur, puis elle lance un *Viva la Muerte !* à ceux qui veulent l'entendre, pose le canon du revolver dans sa bouche et tire. Un impact de sang se fiche dans le mur.

Générique.

HUBRIS

Personne dans le couloir.

Ça ne veut rien dire, ils sont peut-être planqués dans l'escalier, comme la semaine dernière. Je tente une sortie, mon téléphone portable en main, en cas d'urgence.

L'ennui c'est que dans le commissariat dont je dépends, il y a une télé, bien cachée dans un vestiaire, pour les longues nuits de garde. Des spectateurs de la première heure, ces gars-là. Le jour où je suis allé porter plainte, les flics ont défilé dans le couloir pour voir à quoi je ressemblais. Certains avaient juste un truc dans les yeux qui disait : *c'est lui... c'est lui...* D'autres étaient plus bavards (« Vous voulez voir l'inspecteur Jonas ? il a démissionné ») et j'ai vite compris que, pour eux, tout ce qui m'arrivait était pain béni. Depuis je ne vais les voir que pour trouver un abri provisoire.

Toujours personne en haut de l'escalier.

La voie semble libre, celui qui aurait voulu me casser la gueule me serait déjà tombé dessus. Même ce crétin de syndic a dû remettre ça à plus tard. Il veut me faire payer les boîtes aux lettres arrachées, l'ascenseur cassé, et surtout, le nettoyage des graffitis. Ça part de

la porte cochère, ça court sur trois étages, et ça finit en
feu d'artifice autour de ma porte (*On te fera sauter la
gueule, signé Menendez. Tu paieras pour Camille et
les autres. Ci-gît une ordure, etc.*). Il y en a des milliers qui se chevauchent, illisibles. Certains ont dessiné
ma tête au milieu d'une cible. Parce qu'on la connaît,
ma tête. Ils se sont bien chargés de la médiatiser. Un
hebdo fouille-merde l'a passée en page deux, avec au-
dessus «WANTED» et forte récompense. Qui a dit que
les scénaristes n'avaient jamais leur part de gloire?

Ma boîte aux lettres a été réduite en miettes, si bien
que le facteur jette purement et simplement mes deux
sacs d'injures quotidiennes à même le dallage du hall.
Les lettres dégoulinent de partout, on les piétine, on les
déchire, et quand je ne passe pas deux jours de suite,
la concierge met le tout dans le container de la voirie.
S'il y avait un mot de Charlotte perdu au milieu de ce
torrent d'insultes et de menaces de mort, il me serait
impossible de mettre la main dessus. Par curiosité, je
saisis une ou deux lettres, au passage. «Cher petit scénariste de mes couilles, ce n'est pas en mon nom que
je t'écris, je suis bien au-dessus de ça, mais t'attaquer
à des enfants était la pire des saloperies, etc.» «Monsieur, ce dont vous vous êtes rendu coupable n'a pas de
nom. Vous n'avez certainement pas lu *La Divine
Comédie* de Dante, mais sachez que le neuvième cercle
de l'enfer est réservé à des gens comme vous...» Dans
le tas de ce matin, une enveloppe m'accroche tout de
suite le regard. Je la retourne dans tous les sens sans y
croire, mais non, ce n'est pas un rêve, je suis une
vedette. Cette lettre m'est parvenue avec, pour seule
adresse: *Au dernier scénariste de Saga qui n'a pas
quitté le pays, Paris*. Même le Père Noël n'a pas droit

à tant de diligence de la part du personnel des Postes. Pas le temps de l'ouvrir, j'entends le grincement de la porte de la concierge et quitte le hall en sachant déjà ce qui m'attend sur le trottoir.

Les premiers jours, j'ai cru qu'il s'agissait d'une coïncidence. Et puis, à la longue, j'ai dû me rendre à l'évidence. Une tradition bien parisienne s'est créée en bas de mon immeuble, bientôt ce sera une curiosité touristique et on visitera ma rue comme on va au Père-Lachaise. Le trottoir du 188 de la rue Poissonnière est devenu un cimetière de téléviseurs. Une marée nocturne charrie des dizaines de caissons pétés et se déverse dans le caniveau. Il en vient de partout, on en retrouve des piles devant le porche ou pêle-mêle alentour. C'est comme les blagues et les rumeurs, on ne sait pas d'où elles partent mais elles se propagent plus vite qu'un virus. Il paraît qu'ils en ont parlé aux infos régionales. De loin, on peut prendre ça pour de l'art contemporain, de près ça fait décharge, mais on peut y voir aussi, en forçant sur le symbole, une sorte de mausolée cathodique et décadent, un monument érigé en mémoire des victimes de la Saga. Des clodos et des récupérateurs de tout poil viennent glaner des pièces détachées, le tout forme un étrange ballet qui fait de moi un fantôme du petit matin contraint de raser les murs. À force d'écrire des choses horribles, elles finissent par arriver.

Je tourne le coin de la rue dans le jour naissant.

Personne.

Qu'est-ce qu'un quartier, après tout, un misérable petit quartier parisien quand cette putain de Saga a été diffusée, par satellite, dans l'Europe entière.

Je m'engouffre dans le métro pour rejoindre la

Concorde. Je ne sais pas comment tuer le temps avant mon rendez-vous et m'assois devant les grilles du jardin des Tuileries.

Je n'ai jamais eu envie à ce point de parler à quelqu'un. N'importe qui. Le premier venu ferait l'affaire.

Depuis que je ne passe plus chez moi que pour guetter un signe de Charlotte, le téléphone portable s'est imposé dans mon quotidien. Objet précieux en cas de dérive, il donne au vagabond l'illusion d'être relié à autrui. Dans mon cas, ce n'est rien de plus qu'une illusion. Les appels anonymes se sont faits plus rares, c'est déjà ça.

Je ne sais pas qui appeler.

Ma mère laisse sans cesse son répondeur branché depuis ce fameux 21 juin. Elle s'est vue contrainte de fournir des explications sur la Saga à ses collègues. Plus personne ne s'assoit près d'elle à la cantine. Comment pouvais-je imaginer une chose pareille ? Elle m'héberge quand je n'ai pas d'autre endroit où aller, mais je m'embourbe vite dans des justifications qui ne la satisfont pas. Elle me lance des « qu'est-ce qui a bien pu te passer par la tête… qu'est-ce qui a bien pu te passer par la tête », comme un gimmick verbal qui me poursuit même quand je suis seul. Le reste du temps, je vais de cinémas en chambres d'hôtel et de fast-food en bancs publics. J'ai fait de l'errance une sorte d'art majeur et de l'anonymat un sport à risque. Ma vie ressemble à un film sur la Résistance. Je pourrais me réfugier chez les deux ou trois copains qui me restent mais je sais bien que tout tournerait autour de *ça*. De *ça* et rien d'autre. Dès que je me mets à parler de l'épisode n° 80, c'est plus fort que moi, je fais des efforts pour retenir des larmes. Pour un peu, je me laisserais aller à chialer comme un gosse, sans savoir vraiment pourquoi. Je ne ressens pas le moindre iota de culpabilité, pas une seconde il ne m'est arrivé de regretter ce que nous avons fait, je n'ai envie d'implorer aucun pardon. J'ai envie de dire que cet épisode n'était pas une insulte crachée au visage des vingt millions de fidèles. Nous n'avons pas cherché à massacrer des innocents ni à faire payer ceux qui nous avaient permis d'exister. On m'a proposé de me justifier, en direct, sur le plateau d'un talk show à grande écoute et je n'y suis pas allé. Il s'agissait d'un procès en règle dont le verdict était déjà connu : lapidation jusqu'à ce que mort s'ensuive. *Tirez sur le scénariste*, titrait un magazine de télé, la semaine dernière. J'ai sans doute été lâche mais cela n'aurait servi qu'à me nuire. Je ne sais pas si j'arriverai à retravailler un jour dans mon domaine. Les producteurs du film que je devais écrire cet été m'ont fait comprendre que personne n'était assez fou pour embaucher un type capable de poignarder dans le dos ceux qui l'emploient. Ma vie de scénariste n'aura duré qu'une seule saison. La Saga m'a tout donné et tout repris. Elle m'a même arraché des choses que je pensais ne jamais pouvoir perdre. Des choses auxquelles tout le monde a droit. Une heure de répit, une parole aimable. Une minute d'écoute, sans récrimination, sans mépris.

Le soleil est déjà haut. La vie recommence sans moi. J'ai besoin de Charlotte. Une petite minute d'écoute. Sans récrimination, sans mépris…

Il y a des gens pour ça, après tout.

Marie faisait appel à eux quand elle avait envie de formuler ce qu'elle ne pouvait pas dire aux siens.

— S.O.S. Amitié, j'écoute.

— … Bonjour.

— Bonjour.

— …

— …

— J'appelle parce que je ne sais pas à qui parler. Être seul est quelque chose de terrible mais s'en apercevoir est encore pire.

— Et votre entourage ? Vous n'avez aucune famille ? Personne sur qui compter ?

— En ce moment, je ne connais personne qui aimerait faire partie de mon entourage.

— Que voulez-vous dire ?

— Vous aimeriez être un copain de l'ennemi public n° 1 ?

— Des ennuis avec la police ?

— Oui et non.

— Il vous serait possible de préciser ?

— Je ne suis pas recherché. Pas officiellement. Je suis seulement coupable de terrorisme idéologique, de manipulation fictionnelle et d'atteinte à la sûreté de l'État.

— …

— J'ai déjà perdu le grand combat : La Nation *versus* Moi.

— Quand rien ne va, on a souvent l'impression d'un complot.

— Vous croyez que je fais de la paranoïa ?

— Non, je vous demande de me dire ce qui ne va pas avec des mots simples.

— Quand on retrouve des dizaines de postes de télé chaque matin devant chez soi, on a du mal à faire simple. Disons que partout où je vais, on me renvoie l'image d'un traître et cette image me collera à la peau des années durant. Pourtant, je ne me sens pas coupable, mon vrai problème est de savoir si je dois partir ou pas.

— Partir ?

— Fuir si vous préférez. Essayer de refaire ma vie ailleurs. Cette idée me rend dingue. Je n'ai aucune envie de quitter mon pays, la ville où je suis né, les murs que je connais depuis l'enfance. Comment accepter d'être condamné à l'exil ?

— …

— Vous comprenez ?

— Fuir, exil, refaire sa vie. Vous parlez comme un criminel de guerre. Tant que vous ne me dites pas exactement ce qui vous arrive…

— Vous aussi vous voulez des phrases nues ? Je n'étais pas tout seul dans le coup. Nous étions quatre. Vous connaissez cette phrase « À force d'écrire des choses horribles elles finissent par arriver » ?

— …

— … Allô ?

— Vous êtes un des scénaristes de la Saga.

— … ?

— …

— Je suis bien autre chose que ça, vous savez.

— …

— Vous êtes toujours là… ?

— …

— Vous voyez bien que je ne suis pas para-noïaque.

— …

— Il vaut mieux que je raccroche, hein… ?

— Attendez… Laissez-moi vous raconter quelque chose. Nous avons un poste de télévision, ici, dans le local de S.O.S. Amitié, et nous le laissons allumé pendant la nuit. C'est une source d'informations au cas où il se passerait quelque chose qui suscite des réactions, mais c'est aussi notre quart d'heure de pause. Depuis l'automne dernier nous avons remarqué une baisse sensible des appels entre 4 et 5 heures du matin. Il s'est créé au fil des nuits comme une zone de tranquillité à cette heure précise. Comme tout le monde, nous nous sommes mis à regarder le feuilleton Saga pour essayer de comprendre le phénomène. Je peux même vous dire que j'ai beaucoup aimé ce personnage qu'on ne voit jamais et qui travaille à S.O.S. Amitié.

— J'avais peur que vous m'en parliez.

— Il ne correspondait à aucune réalité de notre fonction mais ça n'était pas grave, au contraire. Je dirais même qu'il était symbolique de tout ce qui se passait dans ce feuilleton. Le point de départ était fantaisiste, les dialogues parfois délirants, mais au milieu de tout ça se dégageait un réel très fort, quelque chose qui avait trait à la vie des gens, comme un langage qui parlait à tous, et tout le monde finissait par s'y reconnaître. Si vous saviez la publicité que ça a fait à S.O.S. Amitié ! Une publicité un peu encombrante même, des femmes seules appelaient pour rencontrer l'homme de leur vie ici, comme dans le feuilleton. Mais ce n'est pas le plus important, ce qui était passionnant à observer c'était la manière dont le feuilleton devenait pour nous une sorte de… une sorte de relais. Et cette tendance s'est accentuée jusqu'au succès des derniers épisodes. Je me suis longuement interrogé avec mes collègues sur ce phénomène d'identification aux personnages de la Saga, et j'avoue n'avoir pas trouvé de réponse satisfaisante. En tout cas, nos correspondants réagissaient de deux manières distinctes : soit ils trouvaient des *réponses* au fil de la Saga, soit ils trouvaient enfin les bonnes questions.

— …

— En tout cas, quelque chose avait changé, l'espace d'une saison.

— … Ce que vous dites me touche beaucoup… Je ne sais pas trop quoi dire… On ne pensait pas vous donner autant de boulot.

— C'est maintenant, le boulot. Depuis la fin juin, nous avons même été obligés de recruter. Votre entreprise de sabordage a parfaitement réussi. Personne ne peut soupçonner l'impact que peuvent avoir des personnages de fiction dans l'esprit des gens. Vous qui avez tant d'imagination, vous ne pouvez même pas supposer l'attachement qu'on peut leur porter. Ils font partie de la famille, ce sont des amis indéfectibles, ils sont même parfois plus proches encore. On a de la peine pour eux, on éprouve les mêmes joies, et on justifie leurs moindres faits et gestes. On les attend, on les espère. Vous avez frappé de toutes vos forces à l'endroit le plus vulnérable au moment même où on vous faisait une confiance totale. Vous avez fait exploser l'espoir que vous aviez fait naître chez ceux qui en avaient le plus besoin.

— Vous exagérez, nous n'avons…

— La vision du monde que vous proposez est celle d'une jungle qui finira par nous engloutir tous. La vie est une maladie grave, au mieux on peut espérer ne pas trop en souffrir en attendant la délivrance. Une certitude ? Oui, la tristesse universelle, c'est le matériau que les petits artisans que nous sommes doivent travailler jour après jour. Organisez votre propre chaos, bonnes gens, cela vous fera gagner du temps. Il n'y a rien à faire contre le désespoir, il est endogène, immanent, il est inscrit au fond des tripes. Et s'il vous faut à tout prix une réponse au doute, le suicide est sûrement la plus raisonnable. Vous êtes toujours à l'écoute ?

— …

— Le pire c'est que vous y avez mis tant de talent qu'il est impossible de ne pas être troublé.

— …

— Maintenant, je vais vous dire exactement ce qu'on vous reproche, et cette fois, je m'inclus dans le nombre. Depuis que vous êtes partis, nous avons retrouvé le chemin de la niche. Le spectacle suffisant de la médiocrité reprend ses droits, le grand show du cynisme roi va pouvoir recommencer. Vous nous avez laissés seuls face à cette télé de merde. Une dernière étincelle de conscience va s'éteindre sous cette mélasse d'images anxiolytiques qu'on nous prépare. Il n'était pas très fair play de nous avoir fait croire à Saga.

— …

— Si vous voulez bien raccrocher, j'ai d'autres appels.

*

Quelqu'un vient d'ouvrir le Jardin des Tuileries.

Un jogger s'arrête un instant pour souffler en s'accrochant aux grilles puis reprend sa foulée jusqu'au bassin central.

Je parierais que mon rendez-vous est déjà là, assis sur le même banc que la dernière fois.

Bien sûr qu'il est là, avec sa tête de conspirateur et sa dégaine d'espion. Qui porte un imperméable en plein mois de juillet ? Qui agit comme s'il était lui-même l'homme à abattre ? Qui est plus repérable que le nez au milieu de la figure ?

— Monsieur Séguret, malgré tous les griefs que nous avons l'un contre l'autre, laissez-moi vous dire que votre affection pour ces rendez-vous de série B est grotesque. À cause de petits détails comme ça vous ne serez jamais scénariste.

— Ne parlez pas dans ma direction.

— Ne soyez pas ridicule. J'ai aussi peu envie qu'on me voie en votre présence que vous en la mienne. Vous ne trouvez pas que vous en faites un peu trop ?

— Je n'en fais pas une affaire d'État, et vous savez pourquoi : parce que c'est une affaire d'État. Hier, l'affaire Saga est passée en second à l'ordre du jour du Conseil des ministres.

— C'est vous qui avez fait du feuilleton un outil de pouvoir. Pour nous, ce n'était qu'un sit-com. Des histoires qui arrivent à des gens, point.

— À cause de vous, ma vie aussi est un sit-com. Un épisode de dix-huit heures par jour ! Si je ne suis pas encore mort c'est qu'on m'a donné l'ordre de redresser la barre pour la rentrée.

— Vous me l'avez déjà dit la semaine dernière, mais je ne vois toujours pas comment demander à vingt millions d'individus d'oublier ce qu'ils ont vu entre 20 h 40 et 22 h 10 le 21 juin dernier.

— Nous sommes assis sur une bombe, Marco.

— « *Nous sommes assis sur une bombe, Marco.* » Vous êtes le plus mauvais dialoguiste que j'aie jamais rencontré. On vous apprend vraiment à parler, à l'É.N.A. ? « *Nous sommes assis sur une bombe, Marco.* »

— C'est pourtant vrai…

— Pour moi, la bombe a déjà explosé. Plus de famille, plus de travail, plus aucun avenir, plus rien, et je ne peux même pas me plaindre à S.O.S. Amitié.

— Qu'est-ce que vous avez pensé de l'épisode d'hier ?

— Vous voulez parler de cette plaisanterie écrite à la diable par votre fine équipe de tâcherons ? Si vous aviez l'intention de « redresser la barre » avec ce truc-là, c'est raté. C'est un peu comme si on avait demandé à Marguerite Duras d'écrire le prochain Robocop. Ne me dites pas que vous pensiez que l'épisode 80 allait s'effacer de lui-même avec cette suite ridicule ?

— Les réactions ont été catastrophiques, tant du côté du public que du Premier ministre.

— L'erreur est là, Séguret. Vous n'avez toujours pas compris que le Premier ministre fait partie du public, comme tout le monde. À lui aussi, on racontait des histoires quand il était môme. Lui aussi emmenait sa fiancée au cinéma quand il était adolescent. Lui aussi invente désormais des histoires à ses petits-enfants. Lui aussi a besoin de sa dose quotidienne de fiction. Il y a peut-être d'obscures manipulations politiques autour du feuilleton, mais dites-vous bien que votre Premier ministre se sent trahi comme s'est senti trahi le chômeur de Roubaix, la ménagère du Var et le… ?

— Le pêcheur de Quimper.

— Je l'oublie toujours.

— Qu'est-ce qui n'allait pas dans cet épisode ?

— Du fin fond de mon malheur, je me dis que je pourrais être à votre place, et ça va tout de suite mieux.

— Répondez, je vous en prie…

— RIEN n'allait ! Vos scénaristes ne nous épargnent pas un seul poncif du genre, on les sent ramer comme des galériens pour essayer de rattraper le coup. Et les dialogues ? Vous voulez qu'on parle des dialogues ? C'est simple, on a l'impression que c'est vous qui les avez écrits !

— Le 81 devait être un peu de pommade sur la plaie et ça a fait l'effet du vinaigre.

— Qu'est-ce que je disais...

— Il faut une vraie suite à la Saga.

— La Saga était une délicate alchimie entre Mathilde, Jérôme, Louis, et moi. Vous pourrez contacter tous les scénaristes de la terre, même de bien meilleurs que nous, ils vous concocteront peut-être des chefs-d'œuvre, mais ils n'écriront pas la Saga.

— J'ai besoin de votre aide.

— Vous plaisantez ?

— Nous allons tous les deux vivre un enfer. Vous avez autant besoin de cette suite que moi.

— Trop tard.

— Si vous ne le faites pas pour vous-même, faites-le pour vingt millions de gens. Faites-le pour le pays. Pour mes enfants, pour le Premier ministre, pour les fan-clubs, pour les marchands de vanille, pour tout ce que vous voulez. Ou bien, faites-le pour la Saga.

— Jamais.

*

Il m'a suivi un bout de chemin et j'ai réussi à le semer en sautant dans une rame de métro à la station Palais-Royal. Je ne suis pas resté à Paris pour la Saga ni par peur de l'exil. Je suis resté uniquement pour retrouver la femme de ma vie. J'ai enfin compris à quel point j'étais coupable de ce qui nous est arrivé. Avais-je besoin de lui dire à tout bout de champ que je vivais des choses passionnantes dès que je sortais de la maison ? Pourquoi ai-je parlé de Camille, de Marie ou de Mildred comme un Pygmalion se vante de ses Galatées ? Comment ai-je pu oublier jusqu'à son existence pendant qu'elle était là, à portée de main, prête à me soutenir si j'en avais eu besoin. Il aurait suffi de demander. Dans les films, les mauvais garçons en cavale se font coincer parce qu'ils veulent une dernière fois voir leur fiancée avant de quitter le pays. J'ai toujours trouvé ça un peu facile et pas crédible pour un sou. Aujourd'hui, je dois des excuses à tous les rebelles romantiques. Je ne quitterai pas Paris tant que je n'aurai pas la certitude qu'elle ne m'aime plus.

— Que voulez-vous que je vous dise de plus que la dernière fois ? Elle a travaillé trois semaines dans une boîte à la Défense, puis elle s'est trouvé une mission de deux mois dans une P.M.E. en banlieue sans nous donner beaucoup de détails.

Être pris pour un con me dérange rarement, excepté quand il s'agit de retrouver celle qui me manque le plus au monde. La voilà donc, cette fameuse « chef de projets ». Au téléphone, je la sentais plus revêche, mais depuis qu'elle m'a *de visu*, planté devant le standard, avec ma gueule de pruneau mal rasé et mes nippes froissées, elle révise son ironie à la baisse. Je sens comme une odeur de consigne formelle, dans ce hall, pour un peu je me sentirais indésirable s'il n'y avait cette curiosité tenace dont je fais l'objet depuis un fameux soir de juin. La standardiste m'a léché du regard, un instant j'ai même cru que je lui plaisais, mais elle avait ce truc dans les yeux, ce truc qui dit *c'est lui, c'est lui*, et qui me donne toujours l'impression qu'il s'agit d'un autre. Des collègues de Charlotte se tiennent là-haut, bien en ligne sur la passerelle en verre et acier.

— Vous ne voulez pas me donner l'adresse de cette P.M.E. ?

— Charlotte est très autonome, elle peut disparaître comme ça, sans prévenir.

Elle me dit ça à moi, cette folle !

— Si vous me laissez voir son bureau, je trouverai peut-être un numéro de téléphone, quelque chose.

— Qui êtes-vous pour prétendre à une chose pareille ?

Cette femme m'exaspère et m'exaspère et m'exaspère.

— Madame la chef de projets, je dois vous mettre en garde. Charlotte est peut-être morte. Ou bien elle est en danger, quelque part dans une cave humide. Elle attend que ses collègues réagissent mais sa supérieure hiérarchique s'en fout. Quand on retrouvera son cadavre, il y aura une enquête, on viendra vous interroger, ce ne sera pas facile de leur expliquer ça. Vous risquez entre deux et quatre ans fermes. Vous verrez vos enfants une fois par semaine, à Fleury-Mérogis. Vous savez qu'il n'y a plus de grilles, dans les parloirs ? On se parle à travers des plaques en verre, vous ne pourrez même pas les embrasser. Et votre mari ? Vous croyez qu'il aura la patience d'attendre ? Au début, il se mettra à boire pour noyer sa honte, mais très vite il souffrira de solitude, c'est humain. Imaginez le défilé de baby-sitters, chez vous, et toutes vos amies si bienveillantes qui vont vouloir lui prêter main-forte. C'est attendrissant, un homme abandonné par sa femme avec deux enfants en bas âge.

— Je sais que c'est votre métier mais je n'ai pas le temps d'écouter vos élucubrations. Si Charlotte donne des nouvelles, je lui dirai que vous êtes passé. Maintenant je vais vous demander de quitter les lieux et de ne plus vous manifester.

Charlotte est peut-être là, tapie quelque part, rouge de confusion. Je refuse de sortir et attrape la chef par le bras, pas méchamment, juste assez pour qu'elle dise à la standardiste :

— Mireille, appelez la sécurité.

— C'est plus grave que vous ne l'imaginez, laissez-moi entrer, je vous en prie.

— Lâchez-moi !

Une des filles a poussé un petit cri. Les deux types en combinaison bleue m'ont attrapé par les avant-bras pour me traîner dehors. J'ai failli insister mais les vigiles ne demandaient que ça. Ils doivent s'ennuyer, à la longue, dans ces buildings modernes.

*

Juliette est seule chez elle. Charlie a emmené les gosses chez les grands-parents jusqu'à la mi-août et elle n'ira le rejoindre que dans une semaine. Elle me propose de déjeuner mais je refuse et reste debout dans le vestibule.

— À sa confidente, on dit tout.

— Tu te trompes, Marco. Les dernières semaines où vous étiez ensemble elle ne me racontait déjà plus rien. Je ne sais même pas pourquoi elle t'a quitté.

— Elle m'a quitté ?

— Ça fait combien de temps que tu ne l'as pas vue ?

— Plus de six mois.

— …

— Dis-moi où elle est.

— Si je le savais, je te le dirais tout de suite, je n'aime pas voir les gens souffrir, surtout un gars comme toi. Il faut dire aussi que ta connerie de feuilleton n'a rien arrangé.

— Quoi, ma connerie de feuilleton ?

— Tu ne doutes vraiment de rien, Marco. Au début, on était fiers, nous tous, tes copains…

— Pas toi. Je suis crevé.

— Tu voudrais qu'on t'aime ? Tu voudrais que Charlotte aime un type qui a ces trucs-là dans la tête ? C'est ça, la vision du monde que tu lui proposes ?

— C'était de la fiction ! Rien de plus que de la fiction. La vie n'est pas comme ça, les gens ne vivent pas comme ça, des personnages comme dans la Saga on n'en rencontre pas dans la vraie vie, et j'en ai marre d'avoir à ressasser des choses aussi tristement banales ! J'en ai marre ! J'ai l'air de quoi, là, à dire ça dans ton vestibule !

Il y a un silence pas du tout suédois, plutôt une longue phrase muette, une sorte de non-dit qui prend le temps de s'écouter.

— Je peux dormir ici, ce soir ?

— … ?

— Charlie n'en saura rien.

Contre toute attente, elle éclate d'un rire plutôt sain.

— Je ne vais pas te fermer la porte au nez mais je ne suis pas sûre que ce soit une bonne idée.

Elle a sans doute raison. Je l'embrasse sur les deux joues, longuement.

Je me retrouve à nouveau dehors, bête traquée et livrée à elle-même dans un monde qui confond les bêtises qu'on voit à la télé et la vie réelle. Pour un peu, j'aurais envie de le réécrire sur un coin de table, ce monde.

1. LE MONDE.
EXTÉRIEUR. JOUR

Le ciel est bleu, l'herbe est verte, la mer entre les deux. La terre est peuplée d'animaux et d'hommes. Les premiers passent leur temps à faire l'amour, les seconds aussi, mais parfois ils consacrent une heure ou deux à lancer le boome-rang. À cause d'une querelle autour d'un vers de Rimbaud, une moitié de l'humanité part en guerre contre l'autre. Au bout d'une longue bataille où les armes les plus sophistiquées sont utilisées (son-nets, quatrains, pantoums, alexandrins, odes), les vainqueurs ont le droit d'assister aux pièces de théâtre montées par les seconds.

Fin.

Pour retrouver ma bien-aimée, il va falloir aller jus-qu'au bout de l'épreuve et affronter ceux que j'ai fuis jusqu'à maintenant : ses parents. Ceux qui se sont tou-jours demandé ce que leur fille faisait avec un type qui gagnait sa vie en écrivant des dialogues pour des dessins animés japonais. S'ils ne veulent rien lâcher, j'irai partout où Charlotte aimait traîner, au petit bon-heur, ça prendra le temps qu'il faudra mais je finirai par la mettre devant un choix : quitter ce pays de fous avec moi ou nous dire adieu pour de bon. De toute façon, il faut que je parte, un an ou deux, le temps qu'on oublie la Saga. Il faudra que je me scénarise une nouvelle vie, ailleurs. Après tout, c'est peut-être possible.

— Je ne veux pas vous déranger mais vous êtes la seule personne qui sache où est Charlotte et j'ai vraiment besoin de la voir.

— Marco ?

— … Oui.

— Vous avez raison, il faut qu'on parle de tout ça, vous êtes ici dans combien de temps ?

— … Vers midi ?

— Nous vous attendons.

Une bonne mesure de fermeté, un zeste de sécheresse et une pointe de silence bien glacé, pas de doute, c'était la mère. Comment une fille comme Charlotte peut-elle être née de tels parents, voilà bien le seul mystère de la création qui ne cesse de me dérouter. Je prends un taxi pour arriver le plus tôt possible afin de repartir le plus tôt possible. Ils tiennent à cette entrevue autant que moi et se délectent à l'idée de m'agonir d'insultes et me pilonner de mauvaises nouvelles. Le père de Charlotte m'ouvre avec un grand sourire qui ne me dit rien qui vaille.

— Vous avez fait vite. Entrez mon petit Marco, l'apéritif est prêt.

J'attendais la volée de bois vert et voilà que madame se précipite dans mes bras. Sort de sa bouche une longue farandole de phrases toutes faites sur la joie de me revoir, mêlant interjections exaltées et embrassades intempestives. Je suis K.O. debout. Elle m'installe devant une myriade de coupelles remplies de petites choses à grignoter et lui me sert d'autorité une bonne rasade de whisky. Pour l'instant, je les laisse déballer tout ce qu'ils ont derrière la tête sans dire le moindre mot. De toute façon, il m'est impossible d'en placer une. Leur bienveillance n'est qu'une stratégie, je dois préparer ma défense. Ils ont peut-être lu quantité de ces romans policiers anglais où l'on prodigue aux invités des trésors d'attention avant de les assommer et de les enterrer dans le jardin. Le sens de cette mascarade est peut-être encore plus tragique : ils me regrettent déjà depuis que Charlotte a rencontré un type bien pire que moi.

— Mon petit Marco, vous êtes en âge de prendre des décisions d'homme. Quand vous déciderez-vous à parler mariage ?

— Pardon… ?

— Je suis tout prêt à écouter votre demande.

On sonne à la porte d'entrée. Coup de gong qui me sauve in extremis d'un uppercut avant la seconde reprise. Mariage ? Est-ce bien le mot que j'ai entendu ? Un bonhomme tout rond entre et se joint à cet apéritif invraisemblable.

— Étienne, voici notre futur gendre. Marco, je vous présente un de nos meilleurs amis, Étienne.

— Je suis un fanatique de la Saga, dit-il, je prévoyais bien des choses avant qu'elles n'arrivent. Tenez, par exemple, l'explosion du gâteau d'anniversaire du caissier général de la Banque de France, j'en ai parlé à ma femme deux épisodes plus tôt.

Mariage… Charlotte leur a parlé de mariage ? Je ne peux pas y croire. On sonne à nouveau à la porte.

— Tiens, ce doit être elle, justement, dit la mère.

— Qui ? je demande, en me dressant sur mes jambes.

— Ma femme, dit Étienne.

On me présente Simone qui confirme que son mari avait bel et bien prévu l'histoire du gâteau d'anni-

versaire. De quel gâteau parlent-ils ? Tous les quatre
piaillent entre eux et me laissent devant mon verre de
whisky. Autre explication : ils sont en train de me faire
une surprise orchestrée par Charlotte elle-même. Elle
va apparaître, enfin, pour m'annoncer devant sa
famille et ses proches que la quarantaine est terminée
et que nous allons nous marier ! On sonne encore ! La
voilà !

— Marco, je vous présente ma sœur et mon beau-
frère, dit la mère, ils habitent à deux pas et tenaient
absolument à vous rencontrer depuis le temps qu'on
leur parle de vous.

La sœur de ma future belle-mère habite dans le
même quartier que l'actrice qui joue Évelyne (laquelle,
malgré le succès, est restée «une fille simple et souriante»). Le mari de la sœur est heureux «d'avoir un
artiste dans la famille». Les Bergeron sont arrivés, des
voisins ou des parents, je ne sais plus. Je réponds aux
questions sans vraiment les comprendre, je confonds
le gâteau d'anniversaire de la Banque de France avec
l'explosion d'Évelyne mais ça ne semble pas choquer
grand monde. Au milieu du brouhaha, je parviens à
coincer la mère de Charlotte.

— C'est votre fille qui vous a parlé du mariage ?

— Charlotte ? Elle est bien trop extravagante pour
ça. Vous qui avez les pieds sur terre, vous ne trouvez
pas qu'il serait temps de régulariser ?

— Pour ça, il faudrait qu'on en parle et je ne sais
même pas où elle est.

Elle met un petit fond musical et tend les cacahouètes à M. Bergeron.

— Il faut absolument que vous me disiez où est
votre fille !

— Aucune idée, ça fait bien trois mois qu'on ne l'a pas vue.

Elle s'occupe de dix choses à la fois, s'adresse à tout le monde et me propose de porter un toast dans la foulée.

— Vous êtes en train de me dire qu'elle vous laisse sans nouvelles depuis trois mois?

— Mon mari l'a eue au téléphone la semaine dernière. Vous la connaissez! Même gosse elle était complètement imprévisible!

Elle court vers la cuisine pour chercher un plateau de petits fours chauds. Je slalome entre les individus pour rejoindre le père et le coupe en pleine conversation. Si j'étais lui, je ne me fierais pas à mon apparente docilité.

— Comment va-t-elle? Qu'est-ce qu'elle vous a dit? Elle avait des problèmes? Elle appelait de loin? Répondez, bordel!

En s'empiffrant de pistaches, il cherche dans ses souvenirs, un peu surpris.

— Tout avait l'air d'aller. Il me semble qu'elle était en province. Ou à l'étranger. Avec le boulot qu'elle a, on ne sait jamais vraiment. On est habitués. Dites donc, Marco, cette Saga, ça reprend quand?

Invisible, immatériel, je traverse tout ce tintouin comme un fantôme dépouillé de son suaire. Je devrais faire le siège jusqu'au prochain coup de fil de leur chère petite. Je n'en ai pas la force et me retrouve dehors, sans la moindre piste. Face à *l'homme de la rue*, ma faculté d'anticiper sur les situations ne me sert plus à rien. Les amateurs n'en font qu'à leur tête, ils improvisent et plus rien ne correspond à l'histoire qu'on avait imaginée. Il faudrait pouvoir écrire sa vie, scène après scène, et s'en tenir au script.

*

J'hésite entre une bouche de métro et un café sans
âme. Mes pas me dirigent dans une ruelle insignifiante
et je ne cherche pas à les contredire. Que ferait un type
dans ma situation dans un film américain ? Depuis
belle lurette, il aurait fait appel à un détective privé.

L'idée n'est pas aussi saugrenue qu'elle en a l'air.
Il me faut un gars comme ça. Un œil. Il se foutrait
bien de savoir qui je suis du moment que j'allonge le
pognon. Il saurait cuisiner la chef de projets sans
même qu'elle s'en aperçoive. Au bout de la ruelle, un
type en complet gris-bleu me tend la main. Sa tête ne
me dit rien.

— … On se connaît ?

On ne laisse pas pendre une main que l'on vous
tend. J'ai été élevé comme ça. Deux autres gars dans
son genre viennent m'encadrer, en silence.

Tout se passe très vite, le mouvement est répété
comme un pas de deux : la portière ouverte de la voiture, les pressions dans les côtes, Marco qu'on flanque
sur la banquette arrière et démarrage. Le tout sans que
personne ne prononce un mot, pas même moi. Ça ressemble aux quelques secondes qui suivent un accident
de voiture, on sent confusément qu'il vient de se passer
quelque chose de violent et on attend que la conscience
nous revienne. La ruelle est déjà loin derrière, le
chauffeur tourne le coin de la rue. Un de ses acolytes
est sur le siège passager et l'autre près de moi. Tous
les trois portent exactement le même costume gris-
bleu, tous les trois ont la mâchoire carrée et les yeux
froids comme des merdes de poisson. La trouille au

ventre, je bafouille le plus attendu des dialogues et leur parfait silence me confirme à quel point ils le connaissent déjà par cœur. La voiture se retrouve vite sous un tunnel. Je crispe les yeux très fort pour entendre ma propre voix résonner dans mon crâne : *Non, Marco, nous ne sommes plus dans la vraie vie, le réel n'a plus rien à voir avec ce que tu as connu avant de mettre en marche la Saga. Mais quoi qu'il arrive, n'oublie jamais que c'est toi le héros, le gentil. Sinon ils vont tous finir par te rendre dingue.*

— Où est-ce que vous m'emmenez ?

Silence.

— Quelle que soit la question, vous ne répondrez pas ?

Sans se retourner, le passager dit :

— Le scénariste c'est vous, non ?

Je ne sais pas quel test il veut me faire passer mais, aussi étrange que cela puisse paraître, ce type a raison. Le scénariste, c'est moi.

— Si j'essaie d'analyser la scène, je dirais que nous sommes dans une superproduction, vu les costumes taillés sur mesure et la bagnole de luxe. Le casting est impeccable et votre jeu d'une rare sobriété. Tout de l'intérieur, l'école Strasberg. Côté dialogue, le ton général de la scène est trop mat. Si je peux me permettre un conseil : il est toujours risqué de faire durer un climat anxiogène, vous risquez de perdre le spectateur, il n'aime pas ça contrairement à ce qu'on croit. Au cinéma, on s'ennuie dès qu'on identifie un procédé. Dans une séquence de quinze secondes on peut se mettre à bâiller dès les cinq premières. D'autres que moi auraient zappé depuis longtemps.

Il fallait le tenter. Je n'ai pas reçu de baffe.

— Pourtant vous ne savez toujours pas dans quel clan on est, dit l'un d'eux.

— Vous dites « clan » comme s'il n'y en avait que deux : les flics et les voyous. Si nous sommes vraiment dans un film de genre, je dirais que vous n'êtes ni gentils flics, ni méchants voyous, ni gentils voyous, ni méchants flics. Vous êtes bien au-dessus de tout ça. D'un point de vue technique, si je devais vous nommer dans un scénario, j'écrirais SBIRE 1, SBIRE 2, SBIRE 3, sans distinction morale ou physique.

Les charrier pour qu'ils réagissent. Risqué. Pile ou face.

— … Continuez.

— Essayons de lister les hypothèses. Vous êtes tous les trois ambigus à souhait, il est impossible de savoir si vous allez : a. m'égorger en rase campagne ; b. me faire prendre un jet pour me sauver la vie ; c. me foutre une trouille noire pour m'obliger à faire ce que je ne veux pas faire.

Ils ne réagissent pas mais je crois que nous nous acheminons vers le c. Ce matin j'ai juré à Séguret que je ne retoucherai pas à la Saga. L'information s'est répercutée de plus en plus haut, ce qui me vaut l'honneur d'être pris en otage par ces trois clones tout droit sortis de Matignon ou d'un mauvais film de barbouzes.

— Vous ne trouvez pas que toute cette histoire prend des proportions invraisemblables ? On déverse des torrents d'images tous les jours à la télé, on voit des enfants mourir en direct, on assiste à des guerres comme si on était dans un jeu vidéo. On vous montre des pourris et des tueurs qui sortent innocents à l'issue des procès. On vous gave de jeux débiles présentés par des ignares milliardaires, on vous impose des tonnes de fictions qui vous ramollissent le cortex, tout le paysage audiovisuel est aux mains des cyniques qui nous écrasent de leur puissance et de leur médiocrité, ET C'EST CETTE PUTAIN DE SAGA QUI A DU MAL À PASSER? MAIS POURQUOI VOUS ACHARNEZ-VOUS SUR CE FEUILLETON DE MERDE? SUR MOI, PETIT SCÉNARISTE QUI A JUSTE ESSAYÉ DE BIEN FAIRE SON BOULOT?

Ils laissent passer quelques secondes de stupéfaction avant de me demander de me calmer. J'aurais pu cracher tout ça au type de S.O.S. Amitié, ou même à Séguret, ou à ma chère belle-famille. Mais non, il fallait que ça tombe sur les pires. Ils échangent des regards amusés. J'ai tout à coup l'impression de ne plus exister.

SBIRE 1 : Dites donc, les gars, ça ne vous rappelle pas la tirade anti-télé? C'était qui, déjà?

SBIRE 2 : Walter Callahan, au tout début. On voyait juste sa tête qui changeait d'expression devant l'écran. Rien qu'avec une toute petite lueur dans l'œil on savait ce qu'il regardait. C'était un bon acteur.

SBIRE 3 : C'est dans cet épisode-là que son cousin Quincy est de passage à Paris.

SBIRE 2 : Le cousin Quincy! Celui qui dit toujours…

SBIRES 1, 2, 3 (en chœur) : Here we go down and dirty!

SBIRE 3 : Vous vous souvenez de Clarisse, la copine de Camille?

SBIRE 1 : Le bizutage présocratique?

SBIRE 3 : J'avais un faible pour elle, elle disparaît dès l'épisode suivant, je ne sais plus comment.

La voiture roule toujours dans Paris sans itinéraire précis.

SBIRE 2 : Elle meurt à cause de l'enquête du journaliste qui est en fait le fils de la victime et qui demande au tueur lui-même de l'aider. Et ce crétin tombe dans le piège.

SBIRE 1 : Pendant cette période-là, je croyais que c'était Fred, le tueur.

À la réflexion, si. Il y a un itinéraire précis. La voiture s'achemine vers un quartier que je connais bien. Le mien.

SBIRE 2 : Moi, j'étais sûr que c'était Jonas, à cause de sa théorie sur « l'assassinat paradoxal ».

SBIRE 3 : Moi je croyais que c'était cette femme de 60 ans dont j'oublie toujours le nom…

— Vous n'allez pas me lâcher en plein jour en bas de chez moi, les gars ? Dites-moi que vous ne ferez pas une chose pareille !

SBIRE 2 : Tu veux parler de celle qui vit encore dans les années cinquante ?

SBIRE 1 : Yvette ! Quand elle enlève sa chaussure pour remettre droit la couture de son bas… yaaaaa ! ça m'a rappelé ma mère. Vous savez que c'est Yvette qui prononce le mot « Saga » la seule et unique fois de tout le feuilleton ?

La voiture s'engage dans la rue Poissonnière. Au loin, je vois un camion de la voirie ramasser une pile de téléviseurs.

SBIRE 3 : Non, il y en a une autre.

SBIRE 1 : … Quoi ?

Des types bizarres font des graffitis à la bombe sur les murs alentour.

SBIRE 3 : Quand Camille rencontre un touriste qui lui dit : *Ma vie est une Saga, laissez-moi vous la raconter.* C'est un copain suédois qui me l'a traduit.

Une poignée d'individus attend, juste en bas, au 188. La voiture freine. Je m'accroche au siège et aux

poignées. Le SBIRE 2 fait le tour pour ouvrir ma portière. Le groupe de badauds regarde vers la voiture en
pensant qu'un V.I.P. va en sortir.

— Vous n'allez pas me faire descendre ici?

Ils s'y mettent à deux pour m'arracher de là et me
jeter sur le trottoir.

SBIRE 1 : Vous allez vous remettre au travail tout de
suite.

SBIRE 2 : D'ici septembre, il faut que TOUT rentre
dans l'ordre.

SBIRE 3 : Sinon, la prochaine fois, nous opterons
pour l'hypothèse a.

Ils claquent les portières et la voiture disparaît au
loin. *Vous n'allez pas me faire descendre ici?* Je vais
bel et bien me faire descendre si je reste planté là une
seconde de plus. Je prends un air dégagé et fais volte-
face en direction de la rue de la Lune. Ça ne rate pas :
trois types qui réclamaient ma mort à l'encre rouge sur
la façade de l'immeuble s'élancent vers moi. Dans la
foulée, deux ou trois locataires, le syndic et quelques
autres leur emboîtent le pas. Des désorganisés, des
non-identifiés suivent le mouvement, je me mets à courir. Courir courir à m'en faire éclater le cœur. Je t'aimais, Charlotte! J'ai risqué ma vie pour toi mais je
crois que mon instinct de survie va reprendre le dessus
et cette course folle ne s'arrêtera qu'à l'autre bout du
monde. Tu y es peut-être déjà, j'arrive! J'arrive!

Coincé, rue Thorel. L'essaim m'entoure, je reste
immobile dans un cercle de feu, il y a des scorpions qui
se feraient sauter le caisson pour moins que ça. Avant
même que je puisse dire un mot, je reçois quelques
rafales de peinture qui me barrent le corps. Bouscu-
lade, cris, houle de haine qui monte, ils m'empoignent,

c'est la curée, ils veulent tous leur part, une ruade me précipite au sol, des semelles me piétinent, et j'essaie de penser très fort que tout ça, c'est de la fiction.

Une simple comédie qui rend la croyance toujours plus forte que le savoir.

Mais ça n'empêche pas la douleur. La mêlée s'écrase sur moi, mes os vont craquer sous le poids, l'un d'eux va me porter le coup de grâce, en douce, personne ne saura qui.

J'attends.

J'espère.

J'attends, les yeux clos.

Mais le calvaire s'arrête net.

Le poids s'envole...

J'ouvre les yeux.

Un ouragan de bras et de poings vient coller des baffes à ma petite bande de tortionnaires. Je ne comprends plus rien, ça se bouscule et se castagne au-dessus de ma tête, d'autres bras me soulèvent du sol et je m'envole dans la rue de la Lune.

Christique ! Je suis devenu une entité christique !

Tout cela devient réjouissant au possible. Ça y est, ils m'ont rendu fou ! Je vole !

Et trois secondes plus tard on m'enfourne à l'arrière d'une camionnette.

— On rentre à la base.

— C'était moins une...

— Démarre bordel !

— On s'occupe de tout, monsieur Marco, ne vous inquiétez plus.

Le genre de phrase qui provoque instantanément l'effet inverse. Une demi-douzaine d'individus agglutinés dans la carlingue me regardent avec des sourires

ébahis. Ils ont en moyenne mon âge. Les garçons semblent rompus à toutes les techniques de guérillas et les
deux filles se meuvent comme des combattants d'élite.

Ce matin, sur les coups de sept heures, j'étais dans
le drame psychologique. Un peu plus tard, j'ai fait
dans la comédie de mœurs. En début d'après-midi, je
me suis retrouvé sans le vouloir dans une série B d'es-
pionnage. Mais là, je ne vois vraiment pas ce que je
fous dans un film de guerre.

— C'est quoi cette base ?

— À trois pas d'ici. Mais ça ne se raconte pas, ça
se visite.

— Vous passiez là par hasard ?

— On a toujours un type de garde, au cas où vous
feriez une apparition, mais vous êtes difficile à choper. Il nous a prévenus, on a pu intervenir d'urgence.

— On peut savoir qui vous êtes ?

— La délégation des 61 présidents des fan-clubs
de la Saga dispersés en France.

Je soupire un grand coup. Ils prennent ça pour un
soulagement quand ce n'est que de la résignation.

La journée va être longue.

*

La camionnette s'engouffre dans une cour pavée.
Au bas d'un bel immeuble vétuste, je vois l'affiche À
VENDRE. Le propriétaire est un des leurs et l'a proposé comme point de ralliement pendant quelques
mois avant de s'en séparer. Un comité d'accueil me
fait la fête dès que je franchis le seuil. Quand ils ont
su que je venais, ils ont préparé un petit buffet et une
banderole de bienvenue. Ils attendent ça depuis deux

semaines. Je ne sais pas si je dois relâcher la pression. Après une coupe de champagne, on me montre le dortoir, la salle de réunion, et ce qu'ils appellent le «Musée», un genre de loft qu'on visite comme un vrai musée, avec toutes sortes de choses posées sur des socles. Le chef me fait la visite.

Un pistolet sous une cloche en verre.

— C'est le 9 mm de Camille, on l'a racheté à l'accessoiriste de la première équipe. Ils ont remplacé le flingue depuis, mais c'est celui-là qu'elle tient dans l'épisode 2.

Sur un long présentoir, une série d'une dizaine de pages de scénario.

— Ça, c'est un des nôtres qui les a récupérées dans les bureaux de la production avant que ça parte à la poubelle. C'est le brouillon de la scène 18 du n° 62 quand Mordécaï achète 2 000 dollars de shamallows à Marie. Au bas d'une page, Louis Stanick a rajouté, à la main : *Insérer une phrase nue, ici.*

Un petit récipient en plastique transparent qui contient un liquide blanchâtre.

— L'échantillon de lipose que montre Fred au ministre de la Santé. L'accessoiriste a obtenu le mélange avec du blanc d'œuf et du saindoux emprunté à la cantinière.

Une bouteille de vodka vide.

— Je pense que vous savez où on l'a trouvée, dans la poubelle du 46, avenue de Tourville. Vodka au poivre Pieprzowka, on dit que c'est Jérôme Durietz et vous qui en buviez mais que Mathilde Pellerin ne prenait jamais d'alcool et Louis Stanick préférait la bière.

Des images de la Saga défilent sur un écran.

— Une pièce rare : l'enregistrement du n° 8 avec

l'erreur de prénom sur Éric que tout le monde appelle Jean-Jean. Ils ont rectifié pour les rediffusions et les cassettes.

Je suis coincé, obligé d'aller jusqu'au bout de cette visite absurde. Il ne m'épargne rien, pas la plus petite rognure d'ongle, pas la moindre anecdote sans intérêt, et plus on avance plus je me dis que je suis tombé dans un nid de déments, des fous, des fous dangereux, une secte de monomaniaques qui vont m'empailler comme leur plus beau trophée. Je sens mes yeux se gonfler lentement. J'ai besoin d'implorer son pardon à Dieu.

— Vous le reconnaissez? C'est l'exemplaire du *Procès* de Kafka que Menendez garde toujours à portée de la main.

Dieu?

Oui, c'est ça…

Bien sûr que c'est ça!

C'est LUI qui est derrière tout ce merdier!

— Pour remettre la main sur le flacon de parfum à la vanille de Walter, j'ai pratiquement payé de ma personne. Et en plus, ça ne sent rien.

Dieu m'en veut d'avoir joué avec les destins, de L'avoir utilisé comme personnage et de L'avoir fait parler, Lui dont les desseins sont impénétrables! Nous nous sommes pris pour LUI, nous avons créé un Veau d'or, nous avons même bafoué un par un tous ses commandements!

— Un adhérent de Paris qui est sculpteur a reconstitué le «paysage tactile» dont parle Bonnemay dans le nº 67 ou 68, il a utilisé quatre pierres différentes et…

Pardonne-moi, Seigneur.

Je me repens. Sincèrement. Mais si Tu lis clair en moi, il serait stupide de chercher à Te mentir.

Si Tu savais ô Toi, combien j'ai aimé faire ton boulot…

Tu fais un job formidable et nous sommes peu ici-bas à le savoir ! Que c'était bon de brasser de la péripétie en pagaille ! Quelle joie de voir tout ce petit monde bouger, aimer, souffrir ! Que c'est bon de les soumettre à des épreuves et les récompenser quand ils le méritent ! Alors pourquoi T'acharner sur moi ? Moi, qui connais les ficelles du métier, moi qui prédis toujours quatre séquences à l'avance ce qui va suivre ?

— Vous vous souvenez de la robe photochromique que Fred invente pour Marie ? On a récupéré le prototype, mais sans le trucage ça ne marche pas, on a essayé.

Entre collègues, nous aurions pu éviter de nous faire des crocs-en-jambe. Un pauvre type qui recherche la femme de sa vie comme un damné, ça ne Te suffisait pas ?

Non ?

Il fallait que Tu me prouves quelque chose.

— Il vous plaît, notre musée ?

Il fallait que Tu me prouves que Tu es bien meilleur que moi.

— … Il ne vous plaît pas ?

— Si si… Ne m'en veuillez pas si je suis un peu absent… C'est tellement émouvant…

Il doit bien y avoir un moyen de les endormir un peu, tous ces tarés, c'est le moment de trouver un rebondissement pas trop mauvais.

— Je pourrais faire une donation au musée, avec quelques pièces extrêmement rares. Tout est stocké, je vous ramène ça d'ici ce soir.

— Quel genre ?

— J'ai gardé des carnets de notes, des cadavres

exquis complets, on y jouait quand nous n'avions pas
envie de travailler. C'est comme ça qu'est né le personnage du guérisseur. J'ai hérité aussi de la Boîte à
Décisions et des…

— La Boîte à Décisions ?

— Nous avions mis au point un système dès le
début de notre collaboration, une boîte à chaussures
qui nous servait à faire des choix. Il doit rester plein
de bouts de papiers dedans, si ça vous tente. Tout est
dans un débarras, avenue de Tourville.

— On a fouillé partout.

Leurs intentions sont sûrement pacifiques. Ils me
vénèrent. Ils m'idolâtrent. À tel point que ça va éner-
ver un peu plus le Très-Haut.

Je Te jure que je regrette ! Sors-moi d'ici, j'ai compris la leçon.

— Peut-être dans mon fourbi ?

— Plus tard. Pour l'instant nous avons prévu autre
chose de bien plus important.

Intentions pacifiques, mon cul. Qu'est-ce qu'ils ont
encore inventé, bordel de bordel ! Qu'est-ce que Tu es
allé m'inventer, Toi ?

— Attention aux marches, une sur deux est foutue.

Je sais que j'ai commis une faute grave, et cette
faute, les Grecs anciens lui donnaient un nom.

Hubris…

La rencontre de la démesure et de l'insolence.
Concurrencer Dieu en se donnant le droit de lier et délier
les destins. Voilà ce que nous avons fait, et nous l'avons
fait en toute impunité, en dehors de tous les codes, dans
le plus grand souffle de liberté jamais offert à des scri-
bouillards.

Les quatre ou cinq tordus qui m'escortent dans ce

couloir en ruines ont tous cessé de parler devant une porte à double battant. Je pourrais hurler à la mort, personne ne m'entendrait. Je pourrais jouer les indignés, ils s'en foutraient bien. Ils m'ont sauvé pour mieux me faire payer.

Les portes s'ouvrent.

Un salon énorme, nu, avec une trentaine de silhouettes sur des chaises disposées en carré devant ce qui pourrait ressembler à un décor de cour d'assises.

Un procès…

Le mien.

On me fait asseoir dans un semblant de box, on fait entrer d'autres silhouettes qui prennent place avec un sens de la gravité digne de la plus haute magistrature.

Au milieu de ce cauchemar absurde je réalise à quel point les pauvres égarés que nous sommes ont besoin de croire aux histoires. Il ne se passait pas un jour sans que l'un de nous quatre n'évoque la ménagère du Var et le chômeur de Roubaix. Mais parmi ces vingt millions de regards avides et anonymes, il y avait aussi la vieille fille d'Avignon, l'ermite du Vaucluse, le dépressif vendéen et les orphelins de partout. Il y avait tous les brisés, les esseulés, les instables, les anxieux et les laissés-pour-compte. Ceux qui n'ont ni famille ni ami mais qui s'en trouvent au hasard d'un zapping. Il y a ceux dont le désir de croire est si fort que tout souci de vraisemblance est un obstacle. Quand le réel vous largue en cours de route comment garder la distance avec la fiction ?

Le travail d'identification, ils s'en chargeaient bien tout seuls. Il nous suffisait d'entrouvrir la petite porte pour qu'ils s'y engouffrent et tombent dans un monde à conquérir. Leur chemin était parcouru d'embûches et de chausse-trappes, il leur fallait déchiffrer des signes et éclairer des zones d'ombres. Ce travail-là les rendait plus fiers et plus agiles. C'est seulement à la fin de l'épisode que leur Saga commençait vraiment, et peu importe si l'épisode suivant répondait ou non à leurs questions : ils s'étaient aventurés là où on ne les invite jamais.

Et c'est tout ça que nous avons tué avec l'épisode 80.

Ceux qui me jugent aujourd'hui étaient sans doute les croyants les plus fervents mais aussi les plus fragiles. Ils demandaient bien plus que ce que nous pouvions donner.

*

Le soir commence à tomber. Au dernier étage de l'immeuble, ma cellule est un petit deux-pièces aux fenêtres murées. Le procès a duré quatre bonnes heures. Mon avocat n'a pas démérité, quelques-uns de ses effets de manche ont parfois mouché le procureur. Mais à l'impossible nul n'est tenu, les chefs d'inculpation étaient bien trop nombreux. Mathilde, Jérôme et Louis étaient déjà condamnés par contumace, il ne restait plus qu'à décider de mon sort. Ce que j'avais à dire pour ma défense ? Un tissu de mensonges auxquels ils n'ont pas cru. Je leur ai annoncé que la Saga allait renaître de ses cendres. J'ai même donné des exemples et me suis livré à un exercice périlleux, une sorte de fuite en avant du feuilleton, toute pleine de promesses et de rebondissements. De la Saga en roue libre. J'ai chanté une romance en trouvant les rimes d'instinct. En gros, j'ai donné de l'espoir.

C'est sans doute ce qui a provoqué la sentence.

— Vous connaissez sûrement les contes des *Mille et Une nuits*.

— … ?

— Le nom de Schéhérazade devrait vous dire quelque chose.

— La princesse condamnée à mort ? Elle racontait une histoire pour captiver le Sultan qui lui laissait la vie sauve tant qu'elle saurait trouver la suite.

— Vous aurez la journée entière pour inventer la suite de Saga, et nous l'écouterons le soir, tous, ici. Chaque soir, nous déciderons de votre survie.

— Mille et une nuits ? Vous plaisantez ?

— Deux ans et neuf mois.

— Mais comment voulez-vous que je trouve du matériel pendant deux ans et neuf mois ? Et sans mes collègues vous n'aurez qu'un quart de Saga !

— Premier épisode, demain soir.

— Mais… !

— Si j'étais vous, je ne perdrais pas de temps et je commencerais à mitonner quelques situations. Pensez surtout à Camille. Faites-la revenir.

— Elle est morte !

— Débrouillez-vous.

Pour l'instant, je n'ai qu'un bloc-notes et un crayon, mais ils m'ont promis que bientôt j'aurai un ordinateur et tout ce qui va avec. Je serai traité comme un prince des *Mille et Une nuits*.

*

— Réveillez-vous, Marco. C'est moi, votre avocat.

… Mon quoi ? La chambre avec ses fissures au

mur… le bloc-notes à portée de main… Et mon avocat. Oui, c'est bien lui. Je pensais que ce cauchemar allait s'évaporer dans les premières lueurs de l'aube.

— C'est l'heure de l'épisode ? Je n'ai encore rien trouvé, je suis sec, il me faut plus de temps… Allez leur dire, par pitié.

— Je suis venu vous sortir de là.

— … ?

— Levez-vous, j'ai un moyen infaillible de vous faire quitter ce repaire de dingues.

C'est Toi, Dieu, qui me l'envoies ? Tu as entendu mes prières ?

— Je ne sais pas qui vous êtes mais votre intrusion ne me paraît pas très plausible. À moins que vous ne me demandiez quelque chose d'exorbitant en échange.

— Absolument rien.

— À d'autres ! Des types comme vous, on n'en rencontre pas dans la vraie vie.

— Dans la vraie vie, je suis professeur d'histoire à Choisy-le-Roi. Il y avait bien un avocat parmi vos fans mais il refusait obstinément de vous défendre. J'y ai mis toute ma bonne foi mais la cause était perdue d'avance.

— Professeur d'histoire et président d'un fan-club de Saga, vous vous fichez de moi ?

— À vrai dire, ma véritable passion est l'œuvre de Ponson du Terrail.

— … ?

— … Ponson du Terrail ? Ça ne vous dit vraiment rien ?

— J'ai très peu lu, vous savez. Si j'avais passé moins de temps à regarder toutes ces conneries à la télé, je n'en serais pas là aujourd'hui.

— Le vicomte Pierre Alexis Ponson du Terrail est

un de vos illustres prédécesseurs. Romancier fécond mais surtout feuilletoniste extravagant. Des milliers de pages où il fait preuve d'une imagination féroce pour précipiter ses personnages dans les situations les plus inextricables. Si son œuvre n'évoque plus grand-chose aujourd'hui, son héros est passé dans le langage courant pour qualifier l'inqualifiable.

— Rocambolesque !

— Rocambole, parfaitement. Il court sur une bonne trentaine de romans, *Les drames de Paris*.

— Jamais lu.

— Inégalé ! Un mélange de sibyllin et de pittoresque à vous couper le souffle. Quand je lis la dernière ligne de la toute dernière aventure de Rocambole, j'ai totalement oublié la première. Je pourrais passer une vie entière à les monter en boucle. Mais la rigueur n'était pas la première qualité de ce cher Ponson, il se souciait assez peu de vraisemblance et de psychologie. À cause d'une fâcherie avec le directeur de son journal, Ponson écrit un dernier épisode de son feuilleton sous le coup de la colère : il enferme son héros dans une cage en métal et le jette à la baille par deux cents mètres de fond. Fou de rage, le directeur fait appel à d'autres auteurs pour le remplacer mais tous déclarent forfait.

Je ne m'en serais pas mieux tiré. Rien qu'à l'injonction de ressusciter Camille, je me suis fait des nœuds dans les synapses.

— Heureusement, le grand homme consent à reprendre le feuilleton sous les supplications du patron. Vous allez me demander comment il s'est tiré d'affaire, non ?

Pas besoin, il sait combien ce genre d'anecdote est vital pour un gars comme moi.

— Le plus simplement du monde, Ponson a commencé l'épisode suivant par : *Se sortant de ce mauvais pas, Rocambole remonte à la surface.*

— Il a osé ?

— Et comment.

Perfection ! Quelle liberté ! Quelle leçon pour nous autres ! Je pensais que notre feuilleton était un point de non-retour, un *total borderline* comme disait Jérôme. Si nos illustres prédécesseurs nous l'ont laissé croire, c'était sans doute pour mieux veiller sur nous. Homère, Schéhérazade, Ponson du Terrail et tous les autres ont fait le voyage bien avant nous. Et ils sont allés bien plus loin encore.

— Vous et vos trois acolytes étiez un peu nos Ponson du Terrail modernes. Délire échevelé, fuite en avant jubilatoire, votre Saga m'a follement amusé.

— Nous étions très loin de ce niveau-là.

— En tout cas, en mémoire de ce cher homme, je me dois d'intervenir. Ce qu'il a fait pour Rocambole. je vais le faire pour vous. Ou peut-être pour la Saga.

*

Deux minutes plus tard, je cours comme un dératé jusqu'à la Bastille. Libre, en sueur, incapable de savoir dans ce qui m'arrive quelle est la part de Dieu, du diable, du hasard, du rêve, du réel, de la folie des humains ou de la mienne. À bout de souffle, je m'adosse à une fontaine Wallace et me passe un peu d'eau sur le visage. J'ai besoin d'un endroit calme où me reposer juste un moment. Juste un moment. Devant un verre de vodka. Une bouteille entière de vodka. J'ai envie d'être ivre, de parler à des gens sensés. Ne pas parler du tout. Qui sait où je dormirai ce soir ?

En remontant la rue de la Roquette, l'enseigne vacillante d'un bar m'attire l'œil.

L'ENDROIT.

Il n'est qu'une heure du matin.

— Vous ne fermez pas tout de suite ?

— Dans trois quarts d'heure.

— Vous avez de la vodka au poivre ?

— Non.

— Donnez-moi n'importe laquelle, double.

Le lieu est incroyablement désert. Feutré, confortable, mais désert. Agrippé au comptoir, perché sur un tabouret, j'avale mon verre d'un trait et en commande un autre. Le barman pose devant moi une coupelle de cacahouètes et met un disque de jazz.

Mon rythme cardiaque redevient normal. Je pousse un long soupir de bien-être en fermant un instant les yeux.

Paix.

Je m'imagine passer le reste de ma vie dans ce bar à boire de la vodka et écouter du saxo, seul, hormis la silhouette fantomatique du barman qui disparaît dans une arrière-salle. Voilà peut-être le secret du bonheur, ne plus penser qu'à l'instant présent, comme s'il s'agissait d'un extrait de film dont on ne connaît ni le début ni la fin.

Une femme entre et s'assoit sur un tabouret, à quelques mètres de moi. Elle est vêtue d'un jean trop grand de deux tailles et d'un vieux tee-shirt à manches longues avec le mot AMNÉSIE écrit dessus. Elle commande un bourbon *Wild Turkey* sans glace et un verre d'eau.

Je la connais.

Je connais cette fille, bordel.

Trop beau pour durer. Rien qu'un sursis. J'étais bien, dans ce bar, il y a une minute à peine.

Elle a un pouvoir de fascination qui, faute de client, ne s'exerce que sur moi. Elle est venue parce que j'y suis. *La paranoïa pèse le réel avec une balance plus subtile.* Oui, elle est là pour moi. Je ne vois que sa nuque de trois quarts. Elle refuse de me faire face.

Cet accoutrement d'Américain négligé, les traces qu'elle a dans le cou, ces œillades furtives mais d'une incroyable intensité…

— Mildred?

J'aurais tellement préféré qu'elle ne réagisse pas. Très lentement, son tabouret pivote dans ma direction et son visage avance dans le halo d'un spot.

— … Oui?

J'éclate de rire.

Je m'approche d'elle et pose la main sur son avant-bras pour m'assurer qu'elle est faite de chair et de sang. Le barman, inquiet, lui demande au loin si je l'importune. Elle secoue la tête pour dire non.

Un visage incroyable. Des traits mal dessinés qui inspirent un respect immédiat. Quelque chose d'antique et de sacré dans ces lignes ingrates. Où sont-ils allés chercher cette fille?

— Je n'ai guère la mémoire des noms, encore moins de ceux des acteurs, je vous ai vue une fois à un cocktail organisé par la production, nous ne nous sommes pas parlé. Vous aviez dit des choses assez sympathiques sur les scénaristes, je me souviens, c'était vers février. Votre nom commence par un D, ou peut-être un T… Votre prénom c'est… Sophie?

Elle me scrute avec un mélange de curiosité et de dureté.

— J'aurais préféré rencontrer Mathilde Pellerin.

Elle commande un autre bourbon. Elle en buvait dans l'épisode où elle prend une cuite avec son père.

— Désolé, elle a quitté les lieux du crime avec les autres. C'est elle qui a créé, animé et affiné le personnage de Mildred. Le couple avec la Créature, c'est elle aussi.

— Ne l'appelez pas comme ça.

— Qui ?

— L'homme que j'aime.

Il faudrait que je me souvienne de ce que j'ai lu sur elle dans les journaux. Sophie… quelque chose. Je crois qu'elle est du Sud, Nice ou Cannes, avant la Saga elle présentait une petite émission de télé locale. Je confonds peut-être avec une autre. Haut et fort, je lui demande qui lui a dit que j'étais dans ce bar ? Elle prend une gorgée de bourbon sans cesser de me toiser de pied en cap avec une petite pointe de dédain qui m'énerve.

— Vous allez me dire que vous êtes là par hasard ? Regardez-moi en face quand je vous parle.

— Vous n'êtes pas sans savoir que ça ne va plus très fort entre celui que vous appelez la « Créature » et moi. Il a bien fallu que je me mette à fréquenter les bars. Après tout, c'est Dad qui a raison. Je ne connais rien de meilleur que l'alcool pour relativiser un peu ce bas monde. Au moment où ça allait le plus mal, j'ai sincèrement songé à une carrière d'alcoolique. Parce que c'est une carrière, comme un brillant parcours professionnel. Certains réussissent, d'autres non.

— N'essayez pas de m'avoir sur ce terrain-là, je sais très bien que les acteurs ont hurlé avec les loups à la diffusion du n° 80 : détournement de leur image, abus de confiance, etc. Votre gigantesque ego de comédienne a dû en prendre un coup, mais c'était le cadet de nos soucis.

— Ma plus grande chance dans l'existence est d'avoir rencontré l'homme que j'aime. La seconde, c'est mon intelligence. Sans mon Q.I. invraisemblable, j'étais bonne pour l'hôpital psy. On se demande toujours si la supra-conscience vous rend un peu plus ou un peu moins malheureux. Avant cet épisode n° 80, je n'aurais pas su répondre. Mais maintenant je sais que plus on est intelligent, moins on souffre. Le sourire du ravi et le bonheur du simple ne sont que chimères. Je m'en suis mieux tirée que les autres, mais l'homme de ma vie, lui, n'a pas la ressource d'essayer de *comprendre*. Vous avez bien vu sa façon de réagir au monde, aux autres…

— C'est Séguret qui vous a demandé de me relancer jusqu'ici ?

— … Ma seule force sur lui consiste à savoir dégager du sens. Et par là même à contempler ma propre douleur. Mais lui ne peut que souffrir, comme un animal, parce qu'il n'est rien de plus qu'un animal. Et moi je souffre autant que lui de le voir se noyer.

— Vous êtes plutôt bonne comédienne. Vous allez retrouver du boulot très vite.

— Vous croyez que c'est simple, pour moi ? Un père alcoolique, heureux de son sort, mais alcoolique quand même. Une mère disparue, réapparue et disparue à nouveau. Un frère flic reconverti en larbin. Et un amoureux qui vit comme une bête sauvage ? Ils sont beaux, les Callahan… Sans parler de l'entourage.

— Que voulez-vous de moi ?

Elle termine son bourbon et le barman la ressert

d'office. Elle lui fait un signe de tête pour le remercier, comme une vieille habituée.

— Vous vous goinfrez de mots, de dialogues
bavards, mais vous n'essayez surtout pas de *comprendre*. Vous avez décrété l'enfer dans notre couple
et nous le vivons, un peu plus tous les jours, à un point
où votre fertile imagination ne pourrait vous conduire.
J'ai enduré les pires douleurs physiques, mais ce n'est
rien en comparaison de ce qu'il vit, lui, au quotidien.

Elle dépose un billet de cent francs sur le bord du
comptoir et descend de son tabouret.

— Faites quelque chose pour l'homme que j'aime.

Il ne faut pas la laisser partir sans mettre fin à cette
mascarade. Je l'empoigne par le bras. Le barman
s'approche, inquiet.

— Avant de partir, vous allez me montrer vos cicatrices.

Elle reprend son bras avec violence et me défie du
regard :

— C'est dans votre intérêt autant que dans le nôtre.

Dans le seul épisode où on les voit, le maquilleur a
mis deux bonnes heures à les faire, ces cicatrices. À
moins qu'il ne soit dans le coup, lui aussi !

— Lâchez-moi !

Une pulsion de violence monte en moi, le serveur
nous sépare, m'attrape par les revers et me jette contre
une table qui dégringole avec moi.

Mildred a déjà disparu.

Je me relève lentement. Il m'ordonne de ficher le
camp.

— C'est la première fois qu'elle vient, cette fille ?

Pour toute réponse, il me saisit par le col et me fout
dehors.

Saga

Au beau milieu de la rue, je la cherche du regard.

Je demande l'heure à un passant.

1 h 40.

Tu ne dors donc jamais, Seigneur ?

Tu as décidé de ne plus me lâcher jusqu'à ce que j'aie compris ? Ne T'inquiète plus : j'ai compris. Je peux même Te le faire, Ton monologue intérieur, Ta voix off : « Petit Marco, tu as voulu jouer dans la cour des grands, Me défier sur mon terrain, mais Je vais t'apprendre, Moi, ce qu'est un point d'action dramatique, une fausse piste, une relance. Tu vas en avoir, de la péripétie. »

Acharne-Toi sur les autres, ils sont tout aussi coupables que moi. Toi seul sais où sont allés se cacher Mathilde, Louis et Jérôme, et ce qu'ils font à cette seconde précise.

Où êtes-vous, tous les trois ?

— C'est lui ?

— Bien sûr que c'est lui.

Deux silhouettes avancent vers moi.

— Tu nous reconnais ?

Mais oui, je vous reconnais. Ce serait un comble. Vous êtes Bruno et Jonas. Mais Mildred vient de me faire le coup il y a une minute à peine et l'effet de surprise s'est émoussé. Je me rends bien compte que tout ça est très au point mais je n'ai pas envie de rentrer dans votre belle mise en scène.

— Tu nous reconnais, dis ?

La pire chose qu'on puisse faire à un acteur, c'est justement de ne pas le reconnaître.

— Ma gueule ne te dit rien !

— Non, rien du tout.

— La mienne non plus ?

— Franchement je ne vois pas, les gars.

Pour qui se prennent-ils, ces acteurs ? Avant de rencontrer leur rôle ils n'étaient rien. Sans nous, ils ne seraient rien. Et voilà que maintenant, ils réclament leur légitimité, leur retour à la normale

Misérables petits personnages issus d'une pirouette de mon imagination. Vous me devez tout.

*

Les misérables petits personnages issus d'une pirouette de mon imagination m'ont laissé dans le caniveau, la gueule en sang. Un flic flanqué d'un ado qui fait ses premiers pas dans le monde des adultes, ça cogne dur. Je ne les aurais pas crus capables de ça. De bien pire, soit, mais pas de ça.

Je m'assois sur le bord du trottoir et regarde passer les taxis.

J'accuse un coup de fatigue.

J'aimerais être avec Charlotte, juste ce soir. Elle me donnerait le mouchoir dans lequel elle ne pleure jamais pour éponger mon sang.

Une moto s'arrête juste devant moi.

— Dites, je cherche la rue Poissonnière.

Sur son porte-bagages, solidement harnachée, je vois une télé portable qui vient sûrement de rendre l'âme.

— Vous allez tout droit jusqu'à République, vous continuez par le boulevard Bonne-Nouvelle et vous tournez sur la gauche dès que vous croisez le cinéma *Le Rex*. Si vous cherchez le 188, c'est au bout.

— Merci !

Il fait rugir le moteur et disparaît dans la nuit.

LES EXILÉS

En sortant de l'aéroport, dès que j'ai vu ces deux flics parfaits, je me suis senti à New York.

Gainés dans un bleu roi qui fait jaillir les écussons jaunes, la matraque ballante jusqu'au tibia, une casquette à faire rêver les backrooms, et une paire de Ray-ban à miroir qui vous renvoie dans la seconde l'image d'un suspect.

L'un ventripotent et droit comme un I, l'autre filiforme et droit comme un I, ils ont fait de moi l'espace d'un instant un grand fanatique de la Loi et de l'Ordre. Quand je les vois tourner autour d'une voiture mal garée, des petites bulles d'enfance me remontent en surface. Je revois mon oncle Dominique, incapable de raconter New York chaque fois qu'il en revenait ; il se contentait de nous dire que c'était *comme dans Kojak* et s'arrêtait là. Je me souviens d'avoir ri aux larmes en voyant la kyrielle d'uniformes qui court après Buster Keaton dans *Cops*. La première fois que j'ai vu la photo de l'assassinat de Lee Oswald, entre deux policiers, je suis resté tétanisé par la violence de l'instant. Mais les images ne sont presque rien en comparaison

du fatras de lieux communs des séries policières américaines. Quand j'avais douze ans, je pensais que tous les
flics du monde lisaient ses droits au type qu'ils embar-
quaient. Je croyais qu'il suffisait de payer une caution
pour se retrouver dehors. J'étais persuadé que dans une
cour de justice, il fallait jurer sur la Bible. J'ai même été
un peu choqué quand j'ai acheté, à quinze ans, une bouteille de whisky sans qu'on ne me demande rien.

Je n'hésite pas longtemps entre le métro et le taxi et
grimpe dans un de ces trucs jaunes à damier pour filer
vers la ville.

— *Manhattan, Fifty Second and Eleven.*

Ces deux flics ont suffi à calmer mon inclination
pour les images mythiques. Inutile de les traquer, il va
y en avoir beaucoup d'autres. Ce matin, dans les premières lueurs du boulevard Bonne-Nouvelle, j'ai senti
que la Ville Lumière allait me manquer. En traversant
le pont de Brooklyn sous un soleil qui attendrit les
câbles, Paris m'est apparu comme un petit bibelot
qu'on secoue pour faire de la neige. Je ne sais plus d'où
je viens et je m'en fous. J'ai faim de choses grasses.
J'ai soif de choses fortes. J'ai envie de me promener
torse nu avec mon tee-shirt sur les épaules. J'ai envie
de tout montrer du doigt comme un rapper. Buildings
et prédicateurs fous aux coins des rues, limousines aux
verres fumés, sortie de bureau des Nike girls, delica-
tessen et homeless avachis.

Je suis à New York.

*

Le taxi m'arrête au croisement de la 52ᵉ Rue et de
la 11ᵉ Avenue. Brusquement, les gens ont disparu, les

voitures aussi, je me retrouve entre un terrain de basket vide et un restaurant désert : le Zeke's. Je passe une double porte et longe le bar de dix mètres de long, un type sort de la cuisine avec un sac en plastique bourré de bières dégoulinantes de fraîcheur. Il m'installe à une table en devanture et me tend la carte. Je préfère attendre et regarder au-dehors.

Quelques rares gratte-ciel, un bloc d'immeubles raisonnables, des escaliers extérieurs, comme dans *West Side Story*. Au loin, je devine l'Hudson River.

J'attends, immobile.

— Je suis sûr que tu te sens comme dans une toile de Hopper.

Accolades et tapes dans le dos, façon mafieux. Jérôme porte exactement les mêmes vêtements qu'à Paris, mais ici, ça lui donne un petit air élégant.

— Tu viens d'arriver ?

— Direct de J.F.K.

— T'as vu cette putain de ville ?

— … !

— Dès les premières minutes, je suis rentré dedans comme dans des charentaises. Comme Judy Garland à la fin du *Magicien d'Oz*, je me suis dit : *There's no place like home*. Je me suis mis à parler comme un vieux vendeur de gnôle de Harlem et personne ne s'en est étonné.

— À Paris, tu parlais déjà comme un vieux vendeur de gnôle de Harlem.

— Il y a une chose qu'on place au-dessus de tout ici : c'est ton droit inaliénable à la bizarrerie. Quand un type se balade avec un nez rouge en psalmodiant des conneries, ça ne peut être qu'un acteur qui répète un rôle. Personne ne passe pour dingue, on te laisse toujours le bénéfice du doute. Je ne comprends pas pourquoi on n'a pas inventé plein de petites encoignures comme ça dans tous les pays du monde. Des Babylone à usage de tous. Tu y restes une semaine, un an, et tu retournes à la civilisation pour reprendre ta petite vie, peinard. Il y aurait beaucoup moins de problèmes.

— Je pensais que tu étais basé à Los Angeles.

Il m'explique qu'à New York il se passe autant de choses que là-bas. Son contrat l'oblige à faire l'aller-retour deux fois par mois.

— Et Tristan ?

— Il est dans le Montana, avec Oona. Je voulais l'installer ici mais il préfère la cambrousse, tu connais l'oiseau. Je vais les visiter un samedi sur deux, en attendant que Oona passe son diplôme. Après, on verra.

— Il zappe ?

— Plus vraiment. Il a des copains qui lui font voir du pays dans un pick-up truck. Je suis content de le savoir là-bas.

Il passe la commande pour nous deux, je ne comprends pas un mot. On nous apporte du vin californien dans une carafe. Jamais je n'ai vu Jérôme aussi calme, aussi à l'aise. Aussi adulte. J'ai envie de lui demander s'il est enfin là où il a toujours voulu être, ou s'il lui reste encore du chemin à parcourir.

— Difficile à dire. Il s'est passé tellement de choses en si peu de temps. Je suis consultant sur la version américaine de Saga, mais les scénaristes n'ont pas vraiment besoin de moi, c'est juste pour la forme. J'écris *Deathfighter 3* pour Stallone mais ça commence à sentir le réchauffé. Il m'a proposé un autre projet avec Eastwood, ça devrait se faire.

— Tu veux dire *Clint* Eastwood ?

— Tu en connais un autre ?

— Clint lui-même ? Dirty Harry ?

— Callahan, le vrai Callahan. Ça l'a beaucoup amusé quand je lui ai raconté ça. Un projet de film comme celui-là, c'est un bordel de droits inextricable, il faut des cargaisons d'avocats pour démêler les contrats et ça prend un temps fou. En attendant, j'ai proposé une idée de série à N.B.C., ils viennent d'accepter le Pilote.

Il m'annonce toutes ces choses extraordinaires avec une platitude qui frôle la perversité. Si je ne connaissais pas Jérôme, je serais persuadé qu'il cherche à m'en mettre plein la vue. En fait, c'est tout le contraire. Jérôme parle avec la modestie de celui qui a trouvé sa voie, celui qui n'usurpe aucune place, celui qui est *where he belongs*, comme il dit.

— MILLIARDAIRE ! Tu dois être milliardaire !

— De ce côté-là, je n'ai pas à me plaindre, mais je me suis rendu compte que je n'étais pas fait pour le pognon. L'argent ne m'amuse pas. J'ai bien essayé, tu sais. Le peu que j'avais avenue de Tourville me suffisait amplement. Si tu voyais l'appartement que je loue, c'est un vrai scandale.

— Mille mètres carrés sur la 5e Avenue, le genre de truc dans lequel on arrive directement par l'ascenseur ?

— J'habite dans un petit flat juste au-dessus de ce restaurant. De la brique rouge, un frigo pourri et des blattes dans la baignoire. Mais je m'y sens bien.

On nous apporte deux assiettes de petits crabes entiers accommodés d'une vague persillade. Ne sachant trop comment faire, je prends exemple sur mon camarade qui s'envoie directement l'animal dans le bec, carapace comprise.

— Spécialité new-yorkaise, les *soft shells*, ils pêchent le crabe juste après sa mue et le font revenir à la poêle. La carapace est aussi tendre que la chair.

Un rayon de soleil balaye la table. Quelques joggers frôlent la vitrine.

— Je suis content que tu sois là, mec. Je sentais que tu faisais une connerie en restant à Paris. J'ai entendu dire que l'épisode 80 a été mal reçu.

Il ne me parle pas de la cicatrice que j'ai sur la gueule. Cadeau de la Saga. Une belle étoile au coin de l'œil, pour un peu on dirait une scarification, une marque chargée de sens, une connerie dans ce goût-là. Le toubib m'a dit qu'elle partirait à l'automne.

— Tu veux des phrases nues ou je délaye ?

— Des phrases nues.

— Le pays est à feu et à sang et je suis l'ennemi public numéro 1.

— À force d'écrire des choses horribles…

— Séguret a déployé des trésors d'imagination pour me foutre dans la merde.

— J'avais oublié ce nom-là. Séguret… Vu de près c'était une catastrophe, vu d'ici c'est un nain de jardin. À côté de lui, n'importe quel producteur américain a l'air d'un prince.

Il s'arrête un instant pour boire une gorgée de vin. Des mômes qui font trois fois ma taille envahissent le terrain de basket. Tout est *King Size* ici, même les gosses.

— Tu repars quand pour Paris ?

— Je ne sais pas encore.

— Je t'ai prévu une petite soirée sympa mais je te laisse la surprise. Tu as envie de faire quoi, cet après-midi ?

— Je ne veux pas te mobiliser, si tu travailles.

— Toi, mon deuxième frère, tu as peur de me déranger ? Dis-moi de quoi tu as envie. Tu as sûrement une idée derrière la tête, tout le monde en a en arrivant à New York.

— Il y a un bout de mon enfance, ici. J'ai envie de décors.

— Tu vois le bloc, là-bas, entre les arbres ? Juste derrière c'est la 42e Rue.

— *Forty second Street ?*

— En personne.

J'aime bien son côté « ici c'est chez moi et tu n'as pas fini d'en voir ». M'initier à New York l'amuse beaucoup. Nous en avons tellement parlé, la nuit, quelque part sur la rive gauche de la Seine, brûlés à la vodka.

*

Une heure plus tard, je suis dans *Taxi Driver*. Avec tout ce qu'il faut de putes, de maquereaux, de paumés, d'égouts qui fument et d'enseignes Coca. Une bouffée de nostalgie me remonte dans les yeux et me picote le nez. Pour cacher cette émotion imbécile, j'ai sifflé l'air de *Macadam Cow-Boy* d'un air dégagé.

*

En deux coups de fil, on vient de me livrer un smoking, et une limousine avec chauffeur nous attend en bas.

— Tu ne veux toujours pas me dire où on va ?

— Au cinéma.

Je ne sais pas faire les nœuds papillon. Il m'arrange
ça avec une rare dextérité. Un type qui, il y a trois
mois, était incapable de boutonner correctement sa
chemise. Avec un sourire béat, il farfouille dans une
armoire et revient avec un paquet cadeau.

— … Pour moi ?

— Ça devrait te faire marrer.

Un jeu de société, avec un plateau, des dés, des
pions et des cartes. Ça s'appelle *Fictionnary*.

— Un soir, pendant une fête grandiose à Los
Angeles, je discute avec Vernon Milstein…

— Le producteur de *Fighting Games* ?

— Surtout de la série des *Captain Club*, mais ça n'a
jamais été diffusé en France. Je lui parle d'une idée de
jeu où l'on devrait créer une fiction jusqu'à son épilogue, avec des aides, des relances, des contraintes et
des embûches en cours de route. Deux mois plus tard,
le jeu est fabriqué et bientôt en vente dans cinquante-
deux États. *God bless America !*

Une chose est sûre, je ne défierai jamais Jérôme au
Fictionnary.

*

La limo s'arrête devant le *Ziegfield Theatre* éclairé
de mille feux pour l'avant-première de *Night Calls*, une
comédie sentimentale sur fond de guerre des gangs.
Le spectacle commence dès l'arrivée en voiture, des
centaines de badauds agglutinés à l'entrée de la salle
sont venus voir défiler les stars.

Un voiturier ouvre ma portière. Avec un peu de
courage, je n'aurais plus qu'à poser le pied sur le tapis
rouge, affronter une rafale de flashs et répondre aux

micros de trois chaînes de télé. Mais il n'en est pas question.

— Qu'est-ce que tu fous ? Descends, mec !

— J'ai la trouille, Jérôme…

Il me pousse dehors. Les dix pas qui me séparent du hall sont les plus glorieux de mon existence passée et à venir. Le reste de ma vie ne sera désormais qu'une sorte de déclin. À l'intérieur, je vois des types plus connus que le président américain venir serrer la main de Jérôme. Des actrices qui font pâmer la terre entière se jettent à son cou. En une minute, je suis recouvert de poussières d'étoiles et j'en deviens moi-même incandescent. Tout ça n'est pas comme au cinéma. *C'est* le cinéma.

— Dis, Jérôme, tu vois cette dame en robe longue, là ? J'avais un poster d'elle dans ma chambre quand j'étais petit.

— Je vais te la présenter, c'est un amour.

*

Pendant toute la séance, je suis resté assis à côté d'elle. Quand les lustres se sont allumés, elle m'a demandé ce que je pensais de l'histoire. Sans trop me mouiller, j'ai répondu que c'était un film comme on ne peut en faire que dans cette partie du monde. Après un petit cocktail privé où nous avons bu comme des trous, nous nous sommes retrouvés, Jérôme et moi, au Village Vanguard, là où est né le jazz et où il mourra peut-être. Un peu trop éméché, je n'ai pas pu refuser le verre que le barman m'a offert. Jérôme écoute d'une oreille distraite un be-bop hors d'âge.

— Ceux qui disent que les ricains font des films

pour les moins de douze ans, pendant que la vieille Europe travaille à l'élévation de l'âme, sont des cons.

La tête me tourne, Jérôme ne s'en aperçoit pas et continue sur sa lancée.

— Ce genre de certitude rassure les sots. Quand ils veulent bien s'en donner la peine, les Américains sont capables de faire chialer la terre entière !

À sa manière de ponctuer chaque phrase de coups de tête rageurs, je m'aperçois qu'il est aussi soûl que moi.

— Si je te disais que dans pas longtemps je vais être invité à la Maison-Blanche ?

Je dois à tout prix retrouver quelques minutes de lucidité avant de m'écrouler dans le premier lit venu. Le temps va me manquer, et demain, il sera peut-être trop tard pour lui parler. Je suis venu pour ça. Uniquement pour ça.

— J'ai quelque chose à te demander, Jérôme.

— Tout ce que tu veux, tu es mon deuxième frère. Tout ce que tu veux sauf une chose.

— Il faut réparer ce qu'on a fait.

— C'était ça, la chose.

— On refait juste le dernier épisode et tu n'entendras plus jamais parler de la Saga.

— *Fuck you !*

— Il faut finir ce que nous avons commencé. Sinon rien ne rentrera dans l'ordre.

Il a agrippé mon revers de smoking et m'a regardé dans les yeux avec violence, comme seul un ami peut le faire.

— Il faut que tu quittes ce pays pour de bon, il est foutu pour des types comme nous. Ici, c'est le paradis des scénaristes !

J'essaie de le calmer d'un geste mais rien n'y fait.

Sans même s'en rendre compte, il renverse son verre d'un coup de coude.

— Ici, tu n'as pas besoin de traîner ton script pendant des mois avant qu'un fonctionnaire daigne le lire : tu déboules dans un bureau et on te laisse soixante-quinze mots pour convaincre. Si tu réussis, tu ressors avec un contrat. En France, si tu n'es pas dans le sérail, tu peux toujours cavaler avant qu'on te remarque.

Il faut que je tienne bon. J'ai fait tout ce voyage pour le convaincre. Il s'en fout et continue son speech.

— En France, si tu as signé un malheureux succès, tu peux vivre sur ta réputation et écrire des merdes pendant dix ans. Ici, tu as droit à l'erreur une fois, deux maximum, ensuite t'es hors-circuit. En France, il faudrait qu'on se prosterne devant le génie de certains crétins de réalisateurs qui ont à peine fait un court métrage. Ici, un auteur a parfois plus de pouvoir qu'un metteur en scène. En France, on ne lit même pas ce que tu fais parce que peu de gens savent lire. Ici on mouille sa chemise du matin au soir, parfois une bonne partie de la nuit, et on recommence le lendemain, encore et encore, cinq, dix, quinze versions, jusqu'à ce que ça aille.

— J'ai besoin de toi là-bas, Jérôme.

— Reste ici, avec moi, on est de la même race ! Tu es même plus fou que moi ! Avec tout ce qui se passe dans ta tête on pourrait écrire dix autres Saga. Ils ont besoin de gens comme nous, ici. Dans six mois tu écris un truc pour Hollywood, ce sera encore plus fort qu'un rêve de gosse, tu verras. On fait ce métier pour ça.

— Il faut finir la Saga. Un seul épisode…

— Ils ne se sont pas assez foutus de nous ? Reste ici, je te dis… Tu n'as même pas besoin de rentrer

Demain soir tu as un permis de séjour indefinitely, une carte de travail, un appartement à Manhattan et un contrat. Les miracles, c'est notre boulot, mec.

— En un mois, on boucle la Saga, ensuite je ferai tout ce que tu veux.

Il regarde au fond de son verre, prend une gorgée de bourbon et ferme les yeux pour faire passer la brûlure.

— Plutôt crever.

Une île.

Là-bas, à tribord. Comment font les îles pour paraître aussi fières aux yeux de ceux qui veulent s'y échouer ? Celle-là en fait juste assez pour imposer toute sa hiératique beauté. Je me suis demandé ce que j'éprouvais, là, à l'instant présent, assis sur le pont de ce bateau, en la voyant se rapprocher sans pourtant se livrer. Un sentiment inconnu. Quelque chose comme du respect.

Pour éviter Paris, j'ai pris un vol New York/Nice, un autre jusqu'à l'aéroport d'Hyères, puis cette navette où un troupeau de touristes me tape sur les nerfs depuis que nous avons quitté la Tour Fondue. En aparté, je demande au guide si l'île reçoit autant de visiteurs chaque jour.

— Avant c'était l'île du Levant qui attirait du monde, mais depuis qu'*ils* se sont installés, c'est celle-là. Pas étonnant, avec tout ce ramdam.

Celle-là, c'est l'île de Laud, la plus au sud des îles d'Hyères. Et ramdam est un doux euphémisme ; la presse mondaine ne parle plus que de ce grain de

beauté qui n'apparaissait même pas sur les cartes il y a
six mois. On nous conduit vers un petit sentier d'où, en
surplomb, on devine le château. Je cherche des yeux
celle qui devait m'accueillir à l'embarcadère. Si je ne
la trouve pas d'ici cinq minutes, je vais avoir droit au
circuit touristique et à la visite guidée.

Non, je la vois me faire signe au loin…

Les cheveux dans un foulard blanc, une petite robe
à fleurs qui gonfle sous le vent, elle court vers moi en
poussant un cri de joie, je la happe, la fais tournoyer
dans mes bras, j'aimerais la maintenir dans les airs
pendant des siècles.

— Si mon amoureux nous voit, il va nous jeter un
sort.

— Il me casserait la gueule ?

— Pensez-vous, il est plutôt du genre à venir me
chanter une aubade pour me pardonner. Vous avez
fait bon voyage ?

— J'aurais préféré venir hors saison.

— Les touristes s'en vont vers 17 heures, ensuite
l'île est à nous. D'ici là, je m'occupe de tout. Nous passons d'abord chez moi déposer vos bagages, et nous
irons déjeuner. Vous aimez toujours la pizza aux
anchois ?

— …?

— Je plaisante.

Des domestiques dans un accoutrement Belle Époque
viennent prendre ma valise. Mathilde leur donne
quelques consignes comme si elle avait fait ça toute sa
vie. L'un d'eux nous propose de nous conduire dans un
drôle de petit buggy mais d'un commun accord nous
préférons marcher.

— Là-haut, c'est le château, nous irons à la nuit

tombée. La petite maison que vous voyez en contre-bas, c'est chez moi.

— Personne n'habite l'île, à part vous et eux ?

— Aucun autochtone si c'est ce que vous voulez dire. Une trentaine de personnes s'occupent du service et je dirige une équipe de six assistants.

— Pour votre… business ?

— Appelons ça comme ça. Ils habitent dans une superbe folie que l'on ne peut pas voir d'ici.

Le sentier est bordé de palmiers géants, il fait chaud et humide, j'ai l'impression d'être à Madagascar. Un climat qui donne envie de s'habiller en blanc et attendre le soir. La maison de Mathilde est de plus en plus belle à mesure qu'on s'en approche, on dirait un petit pavillon de chasse façon Fontainebleau, tout en pierre blanche et fenêtres ovales. La piscine à son flanc ne vient rien gâcher, on la devine à peine derrière des haies de laurier-rose. Qu'est-ce que je fous dans un endroit pareil ? À l'intérieur, c'est pire. Des pièces en enfilade, des tentures ocre et pastel, des meubles d'un autre siècle.

— Ma pièce préférée : le boudoir.

— Un vrai ?

— Un vrai. Je vous le prêterai si vous prend l'envie de badiner.

Elle me conduit à ma chambre et me laisse un moment seul. Ma valise est ouverte sur un fauteuil Louis XV et tous mes vêtements sont rangés dans une penderie. Je plonge dans le lit en faisant quelques mouvements de crawl pour arriver jusqu'aux oreillers. J'ai envie de crier vive l'aristocratie et vive les privilèges. Par la fenêtre, je vois un grand type baraqué faire des longueurs dans la piscine. Une femme de ménage habillée façon victorienne vient m'apporter des serviettes et un peignoir brodé au blason du château. Je passe une chemise blanche à manches courtes, un pantalon en toile beige clair, et descends rejoindre Mathilde qui m'attend au bas de l'escalier.

— C'est mieux que ce que vous m'avez décrit.

— Personne n'habitait le pavillon depuis cinquante ans.

Je la suis dans un petit salon particulier où une table est dressée. Je saisis d'emblée la bouteille de vin mais le maître d'hôtel, déguisé lui aussi, se précipite pour me servir.

— J'ai vu un éphèbe barboter dans la piscine.

Elle sourit à peine, hésite un instant.

— Il est venu visiter l'île il y a trois semaines et il n'est plus reparti. Il est très indépendant, c'est sa première qualité. Quand l'un de nous deux se lassera, il prendra sa valise et je l'accompagnerai jusqu'à l'embarcadère. Je suis bien certaine qu'un autre viendra vite le remplacer. Ne m'en veuillez pas, la vie de château m'a rendue frivole.

Je ne suis pas encore habitué à la nouvelle Mathilde. L'autre, celle qui enveloppait chacune de ses phrases dans un écrin de tendresse, est restée sur le continent. C'est peut-être ce qui pouvait arriver de mieux à celle qui parle aussi crûment aujourd'hui. On nous sert une cuisine succulente et le meilleur vin du monde, mais un type derrière moi essaie de prévenir le moindre de mes gestes et ça gâche un peu l'ensemble. Mathilde s'en aperçoit et lui demande de nous laisser.

— D'habitude je vis seule ici, mais le Prince a tenu à ce que vous soyez bien reçu.

Je ne sais pas ce qui me retient de rire quand elle dit le « Prince ».

— Il ne me connaît pas.

— Vous êtes mon ami, c'est suffisant.

Je suis venu jusque dans cette île pour parler à Mathilde mais aussi pour tenter de percer le mystère de sa présence ici. Pendant le temps qu'a duré mon voyage, j'ai essayé d'imaginer toutes les hypothèses mais aucune ne m'a donné satisfaction.

— De vous à moi, il existe vraiment ce… comment s'appelle-t-il déjà ?

— Le prince Milan Markevich de Laud.

— Arrêtez vos conneries.

— Son nom est dans tous les livres d'histoire et il nous attend ce soir à dîner.

— Sa tribu avec ?

— Ceux que vous appelez sa tribu avec autant de légèreté sont non seulement une famille de sang royal, mais aussi de très chers amis. Je vous les présenterai tous un par un, vous verrez, ils sont attachants.

Je reprends un verre de vin, histoire de vérifier que tout ceci n'est pas un rêve. Le lynch-bages est si bon que c'en est sans doute un.

— Allez-vous me dire ce que vous faites ici, Mathilde Pellerin, dans cette île d'opérette, au milieu de tous ces fin-de-race ?

— Vous appelez ça le business.

Elle sourit à nouveau. Sournoise. Triomphante. Mathilde, quoi.

— Vous vous souvenez de la manière dont vous vous fichiez de moi, tous les trois, quand je découpais mes photos dans les rubriques mondaines et la presse à scandale ?

— Vous saviez vous auréoler de mystère, et celui-là était le plus épais.

— Eh bien, je pensais déjà à la reconversion. Reprenez donc une caille.

— Mathilde, je vous en prie !

Faire durer le plaisir. Voilà bien un souci de scénariste.

— De nos jours, à part les stars, à qui incombe la tâche délicate de faire rêver les foules ?

Sans y réfléchir à deux fois, je propose :

— Les têtes couronnées ?

— Exact. Seulement, de ce côté-là, on accuse un déficit terrible depuis une dizaine d'années. Les monarchies s'effondrent et se rendent ridicules, les princesses pondent des gosses et ressemblent à des mémères, pas une famille de sang bleu ne vient relever le niveau. Vous êtes d'accord ?

— Si vous le dites.

— Déperdition de rêve égale faillite médiatique égale krach d'une industrie jadis florissante. Cette débâcle est sans doute un signe des temps mais c'est aussi un terrible manque à gagner. Heureusement, une poignée d'affairistes a décidé de reprendre tout ça en main. Les marchands de papier glacé, les marchands d'images, les marchands de luxe, les marchands d'art de vivre, les marchands de nostalgie, tous les marchands de grandeur et les vendeurs de décadence. Si on compte les produits dérivés, ça fait une sacrée galette.

— Mais… ! C'est immoral !

— Et alors ? Nous sommes en train de faire péter le Box Office, comme dirait Jérôme.

— Vous ne pouvez pas tromper les gens comme ça… Avec des acteurs, des décors…

— Quel acteur ? Quel décor ? Le prince Milan Markevich de Laud et sa famille sont au-dessus de tout soupçon. Ils tiennent admirablement leur rang, eux. Depuis le XVIe siècle, ils ont accompli un parcours sans faute, pas une campagne, pas un fait d'arme n'a échappé à la lignée des Markevich. En pleine alliance franco-russe, en 1906, son père Féodor se marie à Paris avec la comtesse de Laud, ils vivent à Saint-Pétersbourg jusqu'en 1917 puis viennent s'installer ici. Le prince Milan naît en 18, mais moins de deux ans plus tard ils sont ruinés et doivent occuper les communs pour devenir les larbins des quatre ou cinq familles de parvenus qui se sont repassé le château. Il a fallu une armada de généalogistes pour remonter jusqu'à eux, et une bataille juridique invraisemblable pour leur rendre leurs biens.

— … ?

— Ne me regardez pas comme ça, tout ceci est vrai, vous pensez bien que nous n'avons aucune envie de nous faire piéger par un quelconque pigiste du *Canard enchaîné*.

Je lui sers un verre de vin pour calmer le jeu.

— Continuez, Mathilde. Je suis prêt à tout entendre mais pour l'instant je n'y crois toujours pas.

— Une famille royale, un domaine paradisiaque. Ne leur manquait que… ?

Je fais semblant de chercher mais j'ai bien peur d'avoir trouvé.

— … Des histoires ?

— Pour leur faire vivre un quotidien extraordinaire, pour passionner le monde entier et rendre fous les paparazzi, il leur fallait un scénariste. D'autres que moi auraient fait l'affaire, mais compte tenu de mes romans, de la Saga, et de mon penchant naturel pour les histoires princières, c'est moi qu'on a choisie. Encore des morilles ?

*

J'ai eu droit à un dîner d'apparat qui sentait bon le Grand Siècle. Le protocole voulait qu'on nous séparât, Mathilde et moi, mais j'ai fait comprendre au protocole que je préférais rentrer à la nage plutôt que me retrouver coincé entre une douairière et une perruque poudrée. Le Prince, un charmant vieux monsieur de plus de 75 ans, m'a accueilli avec quelques formules bien tournées et m'a présenté à toute sa famille. Nous nous sommes retrouvés dans la salle de réception du château autour d'une table de vingt-trois mètres. Musique baroque, laquais, invités de marque, sans oublier les journalistes, dehors. Tout y est.

— La liste des invités suit une logique qui échappe à tout le monde, me dit Mathilde. Avec l'aide de mes assistants, je choisis les heureux élus et laisse en souffrance ceux qui se damneraient pour dîner ici.

— Qui est cette belle fille, là-bas ?

— Vous n'avez pas lu *Paris-Match* depuis combien de temps, Marco ? Iliana, fille d'Aymé et Catherine de Laud, petite-fille du Prince. Elle a dix-sept ans et ne fait que des conneries. Avec le physique qu'elle a, il fallait qu'elle se lance dans le cinéma. Je lis ses scénarios, je la conseille pour toutes les bêtises possibles et toutes celles qu'il faut absolument éviter. Je lui rédige ses réponses aux interviews et lui demande de ne pas trop improviser quand elle est hors de portée. Je suis en train de lui chercher un fiancé qui va couper la chique à tout le monde, je vois bien un toubib qui parcourt l'Afrique pour traquer des virus.

— Classieux.

— Le type en face d'elle, c'est son frère Dimitri. Vous ne devinerez jamais son job.

— Le farniente?

— Non, le farniente, c'est l'oncle Anthony. Dimitri écrit des romans d'amour.

— Non...

— Si! Il en sort un par trimestre, j'écris ça d'une main en regardant la télé, ça entretient ma plume. Le plus drôle c'est qu'il les publie sous un pseudo et les suppositions vont bon train. Le bruit court qu'il est en train d'écrire un roman érotique.

— Vous n'allez pas faire ça.

— Si!

— Et la dame qui a l'air de s'ennuyer ferme, là-bas?

— Anna Watkins, la sœur d'Anthony. Je lui ai bâti une carrière de femme fatale redoutable, elle qui s'occupait d'un élevage de truites il y a cinq ans. Aujourd'hui on lui attribue plus de suicides qu'à Rudolph Valentino.

— Et la chaise vide?

— Je n'en suis pas peu fière, c'est la place de Virginie de Laud, l'aînée de la famille et princesse héritière. Elle a l'habitude de s'évaporer dans la nature et réapparaître sans prévenir personne. Il ne se passe pas un jour sans qu'un journal ne lance un scoop sur sa mystérieuse disparition. Chaque fois qu'elle revient, je lui trouve une histoire différente.

— Elle est où, en ce moment?

— Dans sa chambre, au-dessus de votre tête. Le statut de princesse n'est pas marrant tous les jours.

— Vous gérez combien de personnages, en tout ?

— Si je compte les prétendants et quelques cousins, trente-sept.

— Quel est celui dont vous êtes la plus fière ?

— Le Prince lui-même. Mon chef-d'œuvre. J'en ai fait un descendant bâtard de Pierre le Grand et aujourd'hui, il y a fort à parier qu'il possède le fameux trésor caché des Romanov. Sa forme physique lui viendrait d'un breuvage secret dont la formule est jalousement gardée par la dynastie.

— Vous ne craignez pas d'en faire un peu trop ?

— Peut-être mais pour l'instant ça marche. Parfois il vient me faire des suggestions, je lui écris ses discours, nous nous entendons à merveille.

— Je ne vous soupçonnais pas de connaissances aussi pointues en Histoire.

— J'ai trois spécialistes qui travaillent sur la question.

— Et vous les aimez tous, c'est ça ?

— Pas les trente-sept mais une bonne partie. Ils sont ma famille, désormais. Je me sens responsable d'eux. Vivre au milieu de ses personnages est la seule idée que je me fais du bonheur.

*

La fête s'est prolongée tard dans la nuit. Une réception chez les Markevich de Laud, c'est champagne, billard, joutes verbales et promenade aux flambeaux jusqu'au petit jour.

Il est cinq heures du matin, le soleil commence à poindre. Mathilde a allumé toutes les lumières de sa gigantesque bibliothèque et nous buvons une dernière coupe de champagne.

— J'ai besoin de vous pour réparer les dégâts de l'épisode 80.

— Je redoutais cette phrase depuis votre arrivée.

— Mathilde…

— Je vais avoir du mal à vous refuser quelque chose, Marco, mais considérez que c'est fait.

— J'ai besoin de vous.

— Quand je découpais tous ces articles dans les magazines, vous vous souvenez de la manière dont je répondais à vos quolibets pour avoir la paix ?

— Vous vous contentiez de dire « C'est mon jardin secret », comme si ça allait nous calmer.

— Allez vous pencher à la fenêtre. Jetez un œil en bas et dites-moi ce que vous voyez.

J'obéis, sans chercher à comprendre.

En bas… ?

En bas, il y a…

Il y a, dans la pénombre, un décor que personne n'a jamais osé dessiner. Des herbes hautes et des fleurs magnifiques, un banc, une balançoire, des colonnes grecques et… des paons. Des paons vivants qui se promènent !

— Le voilà, mon jardin secret. Il existe vraiment. C'est là que je vivrai tant que ça durera. C'est là que j'attendrai la fin du monde comme une vraie midinette qui est allée jusqu'au bout de son rêve. C'est là que je verrai mes amants se succéder jusqu'à ce qu'aucun ne vienne plus frapper à ma porte. Je ne retournerai pas d'où je viens, ce monde-là, je vous le laisse.

— Ça ne vous prendra qu'une semaine ou deux.

— Laissez-les tomber et restez à mes côtés. Je ne

peux pas m'occuper de trente-sept personnages toute
seule.

— Nous n'avons pas le droit ! Il faut nous remettre
au boulot !

— Jamais !

Elle est furieuse, et pourtant je ne pense pas avoir
fait grand-chose pour la blesser.

— Je vous souhaite une bonne nuit. J'ai quarante
ans, il est cinq heures du matin et un type beau comme
un astre est en train de piaffer devant la porte de ma
chambre.

Une petite pancarte en forme de flèche indique encore l'*Albergo dei Platani*, mais ce n'est plus un hôtel depuis longtemps, Louis me l'a répété trois fois. « Quand tu te retrouveras au milieu de nulle part, dans un coin qui ressemble au centre du monde, tu seras arrivé. » Merci, Vieux…

Une certitude, je n'ai rien connu d'aussi beau que cette Palestrina perdue dans la campagne romaine. Je repère un escalier bizarre fait de rondins jetés à la diable sur vingt mètres de hauteur, façon schlitte.

— Fais attention, tout le monde se casse la figure au moins une fois.

L'escalier devait être praticable il y a dix ans, avant qu'on ne le livre au chiendent et à la pluie. J'y mets le temps qu'il faut mais j'arrive entier. Louis me tend la main pour me hisser jusqu'à lui.

— Je t'attendais plus tôt dans l'après-midi.

— Pas causants, les gens du coin. J'ai mis plus de temps pour faire les cinq derniers kilomètres qu'entre Nice et Rome.

Des platanes, il y en a des dizaines, énormes, magnifiques. Ils créent un écran de fraîcheur et de pénombre comme dans la plus épaisse des forêts. L'ancien hôtel est perdu au milieu. Nous passons devant une tonnelle qui abrite deux chaises longues et une table.

— Votre salle de brainstorming?

— Le plus souvent, oui, mais depuis quinze jours, c'est devenu difficile.

Nous avançons à pas lents vers la résidence, comme pour éviter de faire du bruit.

— Il va comment?

— Pas très bien.

— Je tombe mal?

Louis me sourit avec toute l'indulgence dont je le sais capable.

— Au contraire, je vais en profiter pour le laisser se reposer un jour ou deux. J'en ai besoin aussi. Entre…

Le hall de l'hôtel a été gardé tel quel, le desk du concierge, le casier de ventilation des clés, celui du courrier. Louis en joue avec un certain bonheur.

— Je vais te donner la chambre bleue, elle a trois fenêtres, nord, sud, ouest. Tu as le téléphone. Personne ne se lève avant dix heures. Quand je dis personne, c'est moi, parce que lui ne se lève plus du tout.

— Vous n'êtes que tous les deux?

— Oui. Sa femme reste à Rome pendant qu'il travaille, ça fait trente ans que ça dure. Je crois même qu'elle n'est jamais venue ici.

— Il sait que tu as un visiteur?

— Je lui parle souvent de toi.

— … Non?

— Quand il a su que tu venais, il a dit: *Marco…? Quello che non sa scrivere a mano?* Parce que je lui ai raconté que tu écrivais tout par ordinateur, même la liste des courses.

C'est parti comme une flèche pour se ficher droit dans mon petit cœur. Le Maestro a prononcé mon nom ! Moi, Marco ! Moi qui suis né dans une banlieue pourrie à une époque sans relief. Celui qui a fait des chefs-d'œuvre comme on va à l'usine a gardé une petite place dans sa mémoire pour y loger mon nom !

Dans ce qui était jadis la salle de restaurant, Louis me fait un café au percolateur.

— Putain qu'il est bon…

— Un type passe tous les trois mois pour entretenir la bécane. Le Maestro n'en boit plus mais il y tient. Viens, je vais te montrer ta chambre.

Je monte un escalier et traverse un couloir. Devant l'une des portes, Louis ralentit le pas et pose un doigt sur sa bouche.

Le Maestro dort.

Louis ouvre ma chambre et referme la porte pour parler à voix haute.

— Je prends des précautions mais je n'ai jamais rien vu le réveiller. En 72 ou 73 une météorite est tombée à trois kilomètres d'ici. Les paysans du coin pensaient que la fin du monde était arrivée. Le lendemain matin, quand le Maestro a appris ce qui s'était passé, il m'a engueulé comme du poisson pourri parce que je ne l'avais pas réveillé. Je lui ai répondu : « Cette météorite est tombée ici à cause de toi, Maestro. »

Je prends une douche au filet d'eau fraîche que la pomme veut bien m'octroyer. Il fait tellement chaud que je n'ai pas besoin de me sécher, un petit froissement de drap suffit. Sous la tonnelle, Louis m'invite à le rejoindre, une bouteille de Martini en main. Je lui demande comment avance son scénario.

— Plus lentement que d'habitude. Le Maestro fatigue vite. Quand il arrive à se concentrer, il a la vivacité d'esprit d'un jeune homme. La séance suivante, il peut être totalement absent, le regard vide. Je lui dis : « Maestro, ce serait bien que ce personnage soit un immigré qui sache communiquer grâce à son savoir-faire, qu'est-ce que tu dirais d'un pâtissier, un pâtissier tunisien ? » Lui ne répond rien, il est ailleurs, peut-être dans les images de son film. Le lendemain, il me dit : « Un pâtissier tunisien, excellent ! Il ferait une sorte de pièce montée qui représenterait une femme avec, tu sais, cette pâte d'amande très colorée. »

— Tu crois qu'il aura la force de le tourner ?

— Je crois, sinon il ne m'aurait pas demandé d'y travailler avec lui. Il va me jouer la *mater dolorosa* pendant toute l'écriture et il va se réveiller d'un seul coup pour le premier jour de tournage. Au dernier, on pourra commencer à s'inquiéter.

— Qu'est-ce qu'il a ?

— Tout et rien. Il sent que c'est l'heure. Les toubibs veulent le mettre à l'hôpital. Lui, à l'hôpital !

— Ils n'ont pas tous vu le film.

— Cette scène-là, tout le monde la connaît.

— Le travelling au milieu des draps blancs et des barreaux de lits. Le fils, à l'accueil, qui veut voir son père mourant.

— C'est la dernière chance qu'il a de lui parler…

— … L'infirmier lui dit que les visites sont terminées après neuf heures ! Rien que d'en parler, ça me fout des palpitations. Cette scène, mon père me la racontait déjà quand j'étais môme.

— Moi aussi, je me sens toujours un peu gosse quand je repense à ses films. Même si j'en ai écrit certains avec lui.

— Tu te souviens du vieillard qui mange son plat de spaghettis ? Juste un petit personnage en arrière-plan. Il fait des gestes incompréhensibles. Au début on rigole, et puis…

— Le bonheur et la nostalgie n'arrêtent pas de se chercher pendant tout le film. Il arrive même à faire passer une pointe de sensualité.

— Tout était splendide, dans ce film. Les rêves de l'idiot du village, la scène du déluge…

— … Et « La partition de l'amour » ? Et le moment où Zagarolo se prend pour Dante !

— Il a toujours dit que de tous ses films, c'est celui qu'il aime le moins.

— On ne lui a pas donné la Palme d'Or parce qu'il l'avait eue l'année précédente.

La mémoire en feu, nous enchaînons Martini sur Martini.

— Je ne sais pas ce que je donnerais pour bosser avec un géant comme lui, rien qu'une petite heure.

— C'est une chance unique, mais c'est aussi un piège. Le Maestro n'a pas besoin qu'on lui trouve des histoires, il les a déjà en lui, dès la première séance. Il a seulement besoin d'un type assez fou pour descendre fouiller dans son univers et en ramener des blocs entiers. Parfois il faut y aller avec des bottes d'égoutier. Tu ne seras jamais qu'un pâle reflet de son imaginaire. Et tu seras sacrifié au bout du compte parce que ça restera son film, pour les siècles à venir et pour la terre entière.

Tout à coup, un cri déchire la quiétude de cette fin d'après-midi.

— ... LUIGI?... LUIGI... PER LA MADONNA...
LUIGI... !

Louis se lève et saisit la bouteille de Martini.

— Je le connais par cœur. Il sait que nous sommes
en train de prendre l'apéro et ça le rend malade de
jalousie.

*

Nous avons dîné dehors, incapables de quitter la tonnelle malgré la fraîcheur du soir. Le Maestro n'est pas
sorti de sa chambre et s'est contenté d'un petit bouil-
lon. Devant lui, je n'aurais sans doute pas prononcé le
moindre mot et les tagliatelles de Louis me seraient
restées en travers de la gorge. Nous avons bâfré en
buvant ce petit vin de pays tout juste tiré de la barrique.
J'ai vu de mes yeux le Vieux préparer des pâtes
fraîches sur l'énorme plan de travail des cuisines. Un
beau cercle jaune qu'il a plié comme un ruban avant de
me demander :

— Fettucine ? Spaghetti ? Papardelli ? Tagliatelle ?

J'ai choisi au hasard, sachant que de toute façon je
regretterai les autres. Nous avons passé le reste de la
journée à préparer le dîner, surveiller la sauce tomate,
cueillir du basilic dans le jardin, dresser le couvert,
sans nous presser, en ponctuant nos rares phrases de
verres de vin blanc. Je ne lui connaissais pas ce talent
de mamma romaine.

— Quand tu travailles avec les Italiens, il faut
s'adapter. Combien d'idées géniales ai-je laissées en
souffrance parce que l'heure de la pasta avait sonné. Ils
sont *tous* comme ça, et ils l'étaient plus encore dans les
années soixante-dix.

Tard dans la soirée, il m'a sorti une grappa extraordinaire à base de truffes blanches.

— Elle vient de Venise. Pour un peu on la porterait en eau de toilette.

— Vous le terminez quand, ce scénario ?

— Quand il aura cessé de tourner en orbite autour d'une idée que je n'arrive pas à cerner. Il me fait penser à un peintre dans sa dernière période.

— Un peintre ?

— Vers la fin, ils vont tous vers le dépouillement maximal, regarde Turner. Ils gardent un point central, essentiel, le reste autour n'a plus beaucoup d'importance.

— Le Maestro a la réputation d'être un perfectionniste et un bourreau de travail.

— Perfectionniste peut-être, mais bourreau de travail, sûrement pas. Qu'il soit malade ou pas, c'est toujours la même histoire : on s'installe, on bavarde un peu, et dès qu'on est concentrés, il faut qu'il aille jouer au baby-foot ou téléphoner des heures à sa femme. Il revient, on re-bavarde comme des pies, on parle des films qu'on a aimés, de tous ceux que l'on n'écrira pas, on ment beaucoup, et puis c'est l'heure de la pasta. Au total, sur une journée de travail, on peut retenir une bonne demi-heure de rentable. Et puis un jour on s'aperçoit que le film se construit tout seul même si nous n'avons rien sur le papier.

— Je ne suis pas sûr de jamais travailler pour un réalisateur qui transforme tout ce qu'il filme en or.

— Sans vouloir te décourager, cette race-là se fait rare. Les films magiques issus de l'imaginaire d'un seul homme n'intéressent plus personne. Les vision-

naires qui se promènent sur les territoires inconnus de
l'âme humaine sont déjà en exil.

— Le cinéma aura toujours besoin d'illuminés
comme lui.

— Pas sûr. Avant, quelques producteurs fous mettaient encore de l'argent au service d'un art. Aujour-
d'hui on fait l'inverse. Pourquoi pas, après tout ? Des
types comme Jérôme vont nous montrer que la logique
de l'argent peut aboutir à de belles choses. Qui sait ?

Quand il parle de Jérôme me reviennent en mémoire
les regards en coin que nous échangions, au début,
lorsque Louis nous évoquait ses années italiennes.

— Tu sais, Louis… Jérôme et moi, les premiers
temps, on ne savait pas trop quoi penser quand tu
nous parlais des Italiens, du Maestro…

— Vous n'aviez jamais vu mon nom sur un générique et vous vous êtes demandé si je n'étais pas un
vieux ringard qui rêvait sa filmographie ?

— …

— À cette époque-là, les Italiens avaient compris
qu'un film était une conjugaison de talents. Comme
dans une bonne engueulade en famille, tout le monde
y mettait son grain de sel. Quand un Mario travaillait
avec un Dino, un Ettore passait les voir pour lire un
bout de script, un Guido venait proposer une idée et
appelait un Giuseppe pour avoir son avis sur la question. Ça se téléphonait du Piémont en Sicile : « Viens
me sortir de ce merdier, cette putain d'histoire me
casse les noix, *per la madonna* ! » Moi, Je venais de
débarquer au milieu de cette bande, fasciné, avec tout
plein d'images et de répliques en tête. Ils m'ont
adopté vite fait, les salauds. J'étais leur mascotte, *il
Francese*, je leur portais chance, disaient-ils, et je suis

devenu un consultant permanent, le gars qui traîne partout et nulle part. Parfois je passais la matinée autour d'une bonne comédie classique, l'après-midi je faisais des sauts de puce dans une série B, et le soir on dînait à huit ou dix autour d'un film à sketches. J'étais payé par toutes les productions que comptait Rome, je n'avais qu'à être là, soit pour faire les expressos, soit pour écrire l'intégralité d'un dialogue, soit pour raconter mon rêve de la nuit précédente. Comment voulais-tu que mon nom apparaisse où que ce soit ? On me disait : « Luigi, le prochain c'est le tien, ça sera TON film, on viendra tous te donner un coup de main. » Mais ce n'était jamais le moment. Tu parles d'une bande d'enfoirés ! Qu'est-ce que j'ai aimé ces années-là…

— Tu aurais dû nous raconter, Louis.

— Je serais bien incapable de dire ce qui est de moi dans tous ces films, mais une chose est sûre : j'étais partout. Une image, une réplique, une idée, j'ai laissé ma trace dans vingt ans de cinéma italien.

La honte me chauffe les joues, je dois être rouge comme une pivoine.

— Ensuite j'ai rencontré le Maestro et nous avons formé un duo. Mais, pour les producteurs, le public, et le Maestro lui-même : un film du Maestro est un film du Maestro. Il faut que son ombre plane sur tout, de l'esquisse de l'idée de départ au montage final, en passant par l'affiche et parfois même la musique. Pas question de cosigner quoi que ce soit quand Sa Sainteté y a apposé son sceau. Et après tout, c'est mieux comme ça.

— Tu aurais dû nous raconter, Louis…

— Je n'avais pas besoin de vous raconter. Tu sais pourquoi ? Parce que la complicité et l'enthousiasme de cette époque-là, je les ai retrouvés avec vous trois pour la Saga. Je remercie Dieu de m'avoir fait éternel has been, sinon je n'aurais pas été de cette belle aventure.

Il me sert sur un plateau une occasion rêvée d'aborder les vraies raisons de ma visite.

— … Chhhhut !

Il se braque comme un chien d'arrêt quand il entend un grognement lointain et pointe le doigt vers la fenêtre du Maestro.

— Je vais voir s'il n'a besoin de rien.

Je lui emboîte le pas, nous montons l'escalier comme des voleurs, il ouvre doucement la porte de la chambre du maître et la referme un instant plus tard.

— Il dort.

— Laisse-moi le voir, Louis. Juste un coup d'œil. Offre-moi ce souvenir. Si un jour j'ai des enfants, je leur raconterai cet instant-là. Ils le raconteront à leur tour et j'aurai une chance de rester dans les mémoires.

Il se fend d'un sourire et ouvre à nouveau la porte de la chambre. Je passe la tête à l'intérieur.

Le Maestro est là.

Le profil enfoui dans un oreiller.

Tranquille.

Perdu dans le monde des rêves.

Ces mêmes rêves qui sont devenus les nôtres depuis si longtemps.

— Merci…

Il me raccompagne jusqu'à ma chambre.

— Louis, j'ai autre chose à te demander. Il faut que je t'en parle maintenant sinon ça va me travailler toute la nuit.

Pas la moindre lueur de surprise sur son visage. Il

entre, s'adosse à la fenêtre et croise les bras avec un air de défi.

— J'ai besoin de toi à Paris pour rattraper les conneries de la Saga.

— Et merde…

— Nous n'avons pas le droit de la laisser dans cet état-là.

— C'est le Maestro que je ne peux pas laisser dans cet état-là.

— Il comprendra, Louis. Tu n'as pas le choix.

— Tu pouvais tout me demander, sauf de le lâcher maintenant. Depuis que Lisa est morte, je n'ai que lui. Et je ne veux pas l'abandonner dans sa dernière folie. Même si, juste après, c'est lui qui m'abandonnera encore.

De la fenêtre du bureau, je vois, de chaque côté de l'avenue, une voiture banalisée où deux pauvres bougres attendent qu'on vienne les relayer. J'ai repéré aussi deux flics en civil, l'un à la terrasse du tabac, l'autre sur le banc en face du kiosque. Je ne sais pas s'ils dépendent tous de la même maison ou s'il y a un manque de coordination entre les services. Une chose est sûre, ils ne nous lâcheront pas d'une semelle tant que nous n'aurons pas terminé cet ultime épisode.

— Tu nous fais chier à regarder tout le temps dehors, mec. Manquerait plus qu'on les plaigne !

Depuis que nous nous sommes remis au travail, Louis, Mathilde et Jérôme ne perdent pas une occasion de me dire qu'ils seraient bien mieux ailleurs. Ai-je vraiment eu besoin de les convaincre de finir ce que nous avions commencé ? Maintenant que je les ai sous les yeux, penchés sur leur écran, j'en doute. Sont-ils revenus parce que je les ai suppliés ou parce que la Saga elle-même a lancé des appels auxquels ils ne pouvaient résister ?

Mathilde téléphone dans son île dès qu'elle le peut.

Son équipe lui fait une synthèse complète de tout ce qui s'est passé dans la journée et elle leur donne les directives pour le lendemain. J'ai cru que son business mobiliserait toute sa disponibilité mentale, mais il n'en est rien. Elle se concentre à 100 % sur le tout dernier épisode de la Saga.

Non sans une certaine morgue, Jérôme nous a montré un fax de Clint Eastwood tombé ce matin. Il aime beaucoup le script de *Full Time Love* que notre cher collègue lui a fait parvenir juste avant son escapade parisienne. Ils ont rendez-vous dans dix jours à New York pour en parler. Au rythme où nous avançons, Jérôme ne lui posera pas de lapin.

Le Maestro est allé faire des repérages en Sardaigne et en profite pour se reposer au soleil tout en dessinant les décors du prochain film. Louis a l'esprit tranquille. Cinecittà les attend tous les deux dans les semaines à venir.

— Dites donc, vous trois, nous sommes le 29 septembre ? Ça ne vous rappelle rien ?

— Le 29 septembre de l'année dernière, nous avions notre première réunion de travail dans ce putain de bureau.

Nous nous sommes regardés l'espace d'une seconde et avons repris le boulot comme si de rien n'était. Nous n'avons que faire des commémorations et des souvenirs. L'important, c'est demain, c'est le prochain épisode de notre vie, c'est notre devenir qui nous attend, quelque part, dès que nous aurons livré cet ultime épisode de Saga.

Et cet épisode-là n'a qu'une seule chose à raconter.

Les premiers jours, nous avons écouté les suggestions alentour, nous avons cherché à savoir ce qui manquait le plus à ceux qui avaient tant aimé la Saga. Chacun y est allé de son coup de cœur et de son coup de gueule, tous les personnages y sont passés. Quel avenir pour le couple de Mildred et la Créature ? Qu'est devenu le vaccin contre la peur que Fred nous avait promis ? Pedro est-il bon ou méchant ? Camille va-t-elle ressusciter ? Et des milliers d'autres questions, plus insoupçonnables, plus urgentes les unes que les autres. Il nous a fallu faire un bilan de toutes ces attentes pour nous rendre à l'évidence et accepter ce que nous savions déjà. Que sont Camille, Fred et Mildred, Marie et les autres, au regard de ces vingt millions d'individus qui ont fait vivre la Saga ? À quoi bon pousser à bout le destin de chacun de ces petits personnages qui n'en méritent pas tant, après tout. Ce n'est pas leur Saga qui nous intéresse, c'est la nôtre, celle de la rue, celle que nous portons en chacun de nous. L'ultime épisode doit inspirer vingt millions de Sagas. Pour ce faire, nous avons besoin de vingt millions de scénaristes.

Celui qui a ri et pleuré à ce feuilleton, celui qui a aimé et haï, celui-là portait dans son imaginaire, dans sa mémoire et dans son cœur, ce que la Saga avait de bon à lui donner. À lui désormais d'écrire sa propre Saga, jour après jour. Nous lui avons donné assez d'outils pour qu'il se débrouille seul. Il sait que rien n'est écrit et que les répliques ne sont pas immuables. Il ne trouvera pas meilleur que lui-même pour affûter son propre dialogue et choisir parmi les mille bifurcations que sa vie lui propose.

Mathilde, Jérôme, Louis et moi avons livré nos secrets de fabrication dans cet ultime épisode.

À eux d'en faire bon usage.

Au grand étonnement de Séguret, nous avons refusé les décors somptuaires, les budgets pharaoniques, les cascades et autres luxes des superproductions. La Saga devait se terminer comme elle a commencé, dans l'indigence de moyens, pour être plus proche de ceux qui étaient là depuis le début et de ceux qui se sont perdus en cours de route. L'ultime épisode va se dérouler dans le salon des Fresnel, chaque protagoniste bouclera sa boucle et la Saga fera partie de l'Histoire.

Un retour aux sources est parfois plein d'épreuves : nous avons demandé qu'il soit diffusé entre quatre et cinq heures du matin. L'idée que la France entière serait debout à cette heure-là nous a paru aussi juste que drôle. Dans vingt ans, ils se souviendront tous de cette nuit de veille devant la petite lucarne.

Ensuite, nous nous séparerons pour de bon. Chacun de mes partenaires s'envolera à nouveau loin de Paris.

Et moi, dans tout ça ?

Pour moi tout est allé très vite depuis le soir où j'ai entendu la voix de Juliette sur mon répondeur.

Charlotte est à Paris. Dans le studio qu'on lui prêtait quand elle était étudiante. Je ne t'ai rien dit et ne fais pas le con.

*

La porte s'est entrouverte. Tout de suite elle m'a demandé de parler à voix basse, avant même de me laisser entrer.

— Je ne sais pas si je vais te laisser entrer.

— …

— C'est Juliette qui a vendu la mèche ?

— Tu n'es pas seule ?

Elle jette un œil vers l'intérieur, l'air gêné.

— … Entre.

Immédiatement, je cherche la présence d'un tiers. La porte de la chambre est fermée.

— Ça n'a pas changé, ici.

— Tu peux t'asseoir là.

— …

— Tu veux boire quelque chose ?

— Qu'est-ce que tu as ?

— Du Bailey's.

— Au moins tu n'as pas perdu ton sens de l'humour. Du Bailey's…

— C'est très bon le Bailey's.

— …

— Il doit rester une bière.

Elle a toujours détesté la bière. Qu'est-ce que fait cette bière dans son frigo ?

— Tu n'étais pas à Paris, ces derniers mois.

— Non.

Silence.

D'accord, j'ai compris. Il va falloir que je lui arrache les mots de la bouche un par un et j'ai horreur de ça. Dans mon métier, c'est une règle essentielle : il est interdit de s'embourber dans un « tunnel » explicatif. Pourquoi ci, pourquoi ça, ça s'est passé comme ci, et j'ai fait croire que c'était comme ça, et bla-bla-bla et bla-bla-bla ! Pourquoi faut-il que dans la vie nous soyons obligés d'en passer par là, bordel !

— Tu travailles, en ce moment ?

— Non, je suis en congé. Et toi, ton feuilleton ?

— Quel feuilleton ?

— Ton truc qui devait passer la nuit.

— Ne me dis pas que tu es la seule personne sur le

globe terrestre qui n'ait jamais entendu parler de Saga ?

— Eh bien si, je t'annonce que je suis la seule personne sur le globe terrestre qui n'en a jamais entendu parler. Ça a été diffusé ?

— Tu veux me faire marcher, là…

— J'étais dans la Creuse. Pas de télé, pas de journaux, c'est tout juste si j'avais l'électricité. La Creuse, c'est la Creuse.

— Oui, ça a été diffusé.

— Tu étais content ?

— Je ne sais pas si c'est vraiment le moment de te raconter ça.

— Mais si. En trois mots. Ça m'intéresse. C'était tellement important pour toi.

— Disons que… Disons qu'en un an j'ai fait un cycle complet autour du soleil en passant par toutes les saisons. J'ai fait une sorte de voyage initiatique à 180°, je suis parti comme Homère et je suis revenu comme Ulysse. Je me suis mis en abîme, je m'y suis penché et ça m'a fait peur. J'ai repoussé les limites jusqu'à ce qu'elles me repoussent à leur tour, et je suis allé très loin, par-delà le bien et le mal. Mais ça ne m'a pas suffi, il a fallu que je fricote avec le diable pour me rapprocher de Dieu et me faire passer pour lui à mes moments perdus. J'ai revisité la tragédie grecque, la comédie à l'italienne et le drame bourgeois, j'ai foulé Hollywood de mes pieds, et j'ai été, l'espace d'un soir, l'invité des princes. J'ai brassé mille destins tordus et me suis retrouvé en charge de vingt millions d'âmes. Mais tout ça est rentré dans l'ordre.

Petit silence mérité. J'ai tout fait pour.

— Et toi, Charlotte ?

— Moi ? J'ai fait un enfant.

— …

La porte de sa chambre est fermée.

— Le scénariste, c'est moi, Charlotte. Les coups de théâtre, les rebondissements et les répliques cinglantes, c'est mon métier.

— J'ai quand même fait un enfant. Et si tu as peur que je te pique les répliques, je vais faire dépouillé : il est de toi, il a trois mois, c'est un garçon, je l'ai appelé Patrick en me disant que d'ici trente ans ce sera un prénom unique, donc d'un chic absolu.

La porte de sa chambre est fermée.

… J'ai besoin de la scène explicative.

J'exige un très long tunnel, avec les retours en arrière et les mises au point narratives qu'il faudra.

J'ai toutes les questions à poser.

Elle les attend. Avec toutes les réponses.

Je sens que mes répliques vont perdre de leur verve.

— … Pourquoi ?

— Parce que j'ai eu les résultats des tests à l'époque où tu as commencé à travailler sur ton feuilleton. J'aurais aimé te l'annoncer sans en faire une montagne, en prenant des précautions, je sais que tu es un garçon impressionnable. J'ai essayé plusieurs fois.

— Et alors ?

— Tu me le demandes ? Tu ne te souviens pas à quel point tout ça t'a rendu fou ? Fou dangereux ! Tu étais obsédé par ton feuilleton, tes collègues, tes personnages, plus rien d'autre ne comptait dans ta vie, essaie de me dire le contraire.

— J'ai peut-être été un peu polarisé…

— Même quand tu étais à la maison, tu étais là-bas. Tu vivais des choses tellement plus exaltantes

qu'avec moi et tu me le faisais comprendre. Un soir tu
m'as même dit : *Comment ça va à ton boulot ? J'ai
pensé que Mildred pouvait faire ce genre de job un
peu plan plan.*

— Moi j'ai dit ça ?

— Tu as dit nettement pire. Je préfère oublier.

— La Saga était la chance de ma vie ! Elle tombait mal, c'est tout. Tu aurais pu comprendre ! Être
un tout petit peu patiente. Que tu te sois tirée en douce
au fin fond de la Creuse à cause de ça, c'est dégueu-
lasse !

— Ce n'est pas la seule raison, Marco. Il y a eu
aussi… ça.

D'un tiroir, elle sort le script de l'épisode n° 5 de
Saga et me le tend.

— À t'entendre tu étais en train d'écrire la 8e merveille du monde. Ce scénario traînait sur le lit, j'ai eu
la curiosité d'y jeter un œil.

— … ?

— Scène 21.

Je froisse la moitié des pages, mes mains sont de
plus en plus moites… scène 21… scène 21… qu'est-
ce que ça peut être que cette putain de scène 21, bordel de bordel ?

21. SALON FRESNEL.
INT. JOUR

**Jonas Callahan et Marie Fresnel sont seuls dans
le salon. Elle prépare du thé.**

JONAS : **Dites-moi, madame Fresnel, Camille a
toujours été comme ça ?**

MARIE : **Vous voulez dire aussi mélancolique,**

aussi affectée? Non. C'était une petite fille pleine de vie, elle était frondeuse, espiègle…

JONAS : Je vais tout faire pour qu'elle le redevienne.

MARIE : Vous êtes gentil, Jonas, mais si vous voulez mon avis, je peux vous dire ce qui lui redonnerait la force et l'enthousiasme qu'elle a perdus.

JONAS : Ce serait trop beau, qu'est-ce que c'est?

MARIE : … Un enfant.

Jonas se lève d'un bond, renverse sa tasse de thé brûlant sur ses genoux mais ne réagit pas. Il regarde fixement Marie.

JONAS : Je suis tellement amoureux de votre fille qu'elle aurait pu me demander n'importe quoi… Jeter ma vie de flic aux orties pour devenir le pire des voyous. Me vautrer dans l'alcoolisme pour ressembler à mon père. Aller déterrer Schopenhauer et le ramener à la vie pour lui faire avouer qu'il s'est trompé. Me mettre une balle dans la tête pour lui montrer que la mort n'a rien d'extraordinaire. Elle aurait même pu me demander bien plus. Mais pas un enfant!

Il se dirige vers la fenêtre pour fuir le regard de Marie.

JONAS : Qu'un autre le lui fasse, si ça peut la rendre enfin heureuse, mais ça ne pourra jamais être moi. L'idée même qu'un être puisse être issu de ma chair me fait horreur. Je veux que tout se termine après moi, je veux être la fin, je ne veux pas mettre au monde un petit être qui va souffrir tout au long de son existence et qui finira par en crever. Je ne veux pas m'en faire pour lui, j'ai déjà trop à gérer tout seul. Et si jamais je ne l'aimais pas, hein? Vous croyez que c'est naturel, l'amour? J'aurais trop peur de le détester dès son arrivée et lui faire payer d'être venu se poser entre moi et l'autoroute que je veux prendre à deux mille à l'heure. Mettre un enfant au monde...? Si je pensais que ce monde avait encore une chance, je ne serais pas devenu flic. Je n'ai pas besoin de me prolonger. Je n'aurai jamais d'enfant.

Il quitte le salon.

Je referme le script et regarde Charlotte, plus belle que jamais.

— Il ressemble à quoi, ce môme?

L'AMOUR
ET LA GUERRE

Louis.

Louis n'est pas mort.

Le Vieux…

Maintenant que j'ai l'âge qu'il avait quand nous nous sommes rencontrés, j'ai du mal à l'appeler comme ça. Il a passé la barre des quatre-vingts. Je ne comprends pas ce qui l'a fait tenir si longtemps. Ni pourquoi, tant d'années plus tard, il cherche à me revoir.

Il y a six mois, quand l'intégrale du Maestro a été rééditée, le Vieux avait son nom crédité au générique de *Un attimo delle stelle*, son dernier film. Trente ans plus tard, Louis a fini par apparaître.

Je me suis passé en boucle tous les films du Maestro sur l'écran que mes gosses m'ont offert pour mes 55 ans. J'essayais d'imaginer, au milieu de toutes ces vieilleries, ce qui était né sous la plume de Louis. Parfois j'ai eu l'impression de le retrouver dans quelques répliques et autres idées tordues. Une chose est sûre, les images du Maestro sont restées intactes dans ma mémoire, je les sentais se réveiller en moi à mesure qu'elles défilaient sur l'écran. Je les avais rangées depuis toujours dans le même tiroir que mes souvenirs d'enfance.

Louis… Tu ressors d'outre-tombe et tant de choses ressuscitent avec toi. Aujourd'hui, je ne pourrais plus compter les choix que tu m'as inspirés depuis les trente dernières années. Grâce à toi, je suis devenu l'un des *script-doctors* les plus recherchés de cette partie du globe.

À la fin de la Saga, après la dissolution de l'équipe, j'ai écrit une dizaine de scénarios de longs-métrages. Certains m'ont apporté de grandes satisfactions morales, d'autres un gros paquet de fric. J'ai obtenu toutes les récompenses que l'on peut espérer dans le domaine. J'ai travaillé avec les réalisateurs pour lesquels j'avais une réelle estime.

Et brusquement, tout ça m'a lassé.

Patrick allait sur ses dix ans, sa sœur Nina n'était encore qu'une petite chose rosâtre, Charlotte devenait une executive woman comme on n'en fait plus. J'aurais pu enchaîner les films les uns après les autres, imaginer de nouvelles histoires et découvrir des concepts forts, mais plus rien de tout cela ne m'amusait. C'était le moment ou jamais d'abandonner l'idée même d'avoir une *œuvre*.

J'ai retrouvé le grand frisson dans l'intervention d'urgence. « Allô… ? Marco… ? On ne peut plus sortir d'un tunnel dans le troisième tiers et il nous manque une relance avant la résolution du plot ! » Dans ces cas-là, j'arrive ventre à terre avec ma trousse de premiers secours pour sauver les scénaristes du marasme. Je lis le script, je lui fais passer un check-up complet et je donne mon diagnostic. J'ai les pansements, les attelles, et toutes les piqûres nécessaires. Vingt ans d'assistance, vingt ans à rafistoler les canards boiteux, vingt ans à psychanalyser des scénaristes et des réalisateurs en pleine déprime. J'en ai vu défiler, des scénarios bancals et des génies dans la dèche ! J'en ai vu pleurer, des producteurs au bord de la ruine et des acteurs en mal de personnage ! J'aime le regard chargé d'espoir du malade après l'auscultation. J'aime qu'on me regarde comme un sauveur. Et même si tout ceci ne m'a pas rapporté la plus petite miette de gloire, j'ai le sentiment d'avoir exercé dans les règles de l'art.

— Charlotte ? Je vais laisser tomber ce script sur Porfirio Rubirosa pendant deux ou trois jours. Louis a besoin de me voir.

— Tu ne te demandes jamais si c'est moi que tu laisses tomber ?

— Toi ? Mais… partout où je vais tu es là, dans mon cœur.

— Tu n'écris plus de dialogues depuis combien de temps ?

— Une quinzaine d'années.

— Ça se sent.

*

Les jeunes disent que de nos jours, le tour du monde prend le temps d'un zapping. Pourtant, trente ans plus tard, il est toujours aussi difficile pour un étranger d'atteindre l'*Albergo dei Platani*. Le taxi a l'air de connaître.

Je me souviens de nos conversations avec Jérôme, tard dans la nuit, pendant que nous écrivions la Saga. Nous avions essayé de l'imaginer, ce monde futur et sa débauche de nouvelles images. Si à l'époque nous

avions engagé les paris, nous les aurions tous perdus.
Jérôme pensait que la télévision allait gangrener les
cerveaux, que les bébés naîtraient avec des yeux carrés et de la corne sur le pouce du zapping. En fait,
après avoir phagocyté le cinéma en salle, la télévision
est tombée dans son propre piège d'omnipotence. À
force de se voir proposer de plus en plus, de mieux en
mieux et toujours plus loin, les téléspectateurs n'ont
plus su quoi choisir et la durée de vie d'une émission
est tombée sous le seuil des quatre secondes. C'était
déjà le seul souci de Tristan, affalé dans son canapé. *Il
y a mieux sur une autre chaîne, il y a sûrement mieux
ailleurs...* De fait, il y a toujours mieux ailleurs, c'est
aussi simple que ça. Leur ratatouille d'images et de
son a lassé tout le monde, même la ménagère du Var.
Le chômeur de Roubaix a disparu, quant au pêcheur
de Quimper, je ne suis pas sûr qu'il ait vraiment existé.

Tous les trois sont devenus des esthètes. À la longue,
ils ont compris que seul le cinéma donnait un peu
d'amour. Depuis, ils se projettent des films sur leur
écran géant, seuls ou en famille. Tranquilles. Car si
l'on peut jeter sa télé aux orties, on ne peut pas se passer de films. Personne n'a encore trouvé mieux que ces
deux petites heures de bonheur pour s'entendre raconter une histoire.

L'hôtel semble toujours aussi irréel. Aussi préservé.
L'escalier casse-gueule n'existe plus, on accède à la
bâtisse par une petite pente en ciment qui monte doucement jusqu'au seuil de l'hôtel. Une femme d'une
cinquantaine d'années m'accueille en italien, je comprends tout ce qu'elle dit. Elle me conduit dans cette
chambre qui fut la mienne jadis. Elle ne ressemble ni
à une nurse ni à une épouse. Pendant que j'ouvre ma

valise, j'entends un cri qui me vrille la moelle épi-
nière.

— MARCOOOO! QU'EST-CE QUE TU FOOOOUS?

Il a encore du coffre, le Vieux. Elle veut me conduire
jusqu'à sa chambre, je lui dis que c'est inutile. Je
n'imagine pas Louis en choisir une autre.

Il se redresse sur ses coussins et m'ouvre ses bras
nus, maigres à faire peur. Je devine son crâne derrière
un masque de peau grise. Sa voix graillonne, il n'y
fait même plus attention et se racle la gorge dans un
bruit odieux. J'ai peur de faire craquer son squelette
en le serrant dans mes bras. Plus de lunettes, plus de
sourcils, mais le regard est toujours là, malicieux,
éclairé par cette lueur de bienveillance au fond de la
rétine. Il nous faut une ou deux bonnes minutes avant
de prononcer un mot. J'ai envie de chialer, mais il ne
faut pas, il ne faut pas, bordel de merde. Louis, je t'en
supplie, ne me dis pas que tu m'as fait venir pour te
voir mourir. Ne déconne pas, Louis.

— Assieds-toi là.

Combien de fois ai-je raconté cette vision fugace
du Maestro endormi dans cette chambre? Combien de
fois ai-je décrit la table de chevet et la couleur des
rideaux? À chaque nouvelle édition, j'inventais un
détail, une impression. En trente ans, j'en ai fait un
mausolée, de cette piaule.

— Gentil d'être venu si vite. Tu n'as donc rien qui
te retient chez toi?

Je lui parle de Charlotte, de mes deux enfants, de
mes petits-enfants, ça semble lui faire plaisir. Il veut
des descriptions précises: choses vues et vécues.

— Tu as des photos?

Il les regarde avec un œil de connaisseur, comme
s'il avait toute une dynastie derrière lui.

— Le boulot ?

Je cite quelques titres parmi les plus connus de ma
filmo. Il comprend vite que mon parcours n'est pas si
éloigné du sien mais ne cherche pas à faire de rappro-
chements.

— Tu sais, Louis, dans un magazine, il y avait un
portrait des dix réalisateurs européens les plus cotés
de la nouvelle génération. Six ont cité Saga dans leurs
souvenirs de gosses, et trois d'entre eux racontent à
quel point le feuilleton les a influencés.

— Vrai ?

— Tel quel.

Il sourit sans montrer ses dents. Je crois que ça lui
fait plaisir pour de bon.

— Je n'avais pas entendu parler de cette vieillerie
depuis longtemps. Tu penses que c'est regardable, de
nos jours ?

— Je n'ai pas essayé. Mais à part le cinéma qu'est-
ce qui tient le coup, trente ans plus tard ?

— Il paraît qu'ils ont inventé un machin interactif
où on peut régler le traitement comme si c'était le son
ou le contraste de l'image.

— Ne m'en parle pas ! Les enfants m'ont offert ça
pour mon anniversaire avec un écran qui fait la dimension de ton mur. C'est une sorte de télécommande qui te
permet d'intervenir directement sur la fiction. Techni-
quement, tu envoies une série de signaux qui font bifur-
quer différentes versions, je ne peux pas t'expliquer
mieux que ça. Par exemple, tu as un bouton *Humour*, un
bouton *Sexe,* un bouton *Violence*, tu peux aussi varier la
psychologie des dix personnages principaux.

— *Per la madonna !*

— À tout moment, en appuyant sur le bon bouton, tu peux régler *Humour* +, *Violence* –, *Exotisme* +, et si tu veux que le personnage principal devienne méchant, tu appuies sur 1 –. Tu as compris ?

— Non, mais à t'entendre ça a l'air formidable.

— C'est d'une connerie totale. Dès les dix premières minutes, je n'ai pas pu m'empêcher de pousser tous les boutons à fond : sexe au maxi, violence au maxi, humour au maxi, tout ! Je serais incapable de te décrire la chose hystérique que j'ai eue sous les yeux, un cocktail de sang et de rire qui t'explose à la tête, tous les personnages deviennent dingues, et toi aussi.

— Tu avais envie de te rassurer à l'idée qu'une bécane ne te piquerait jamais ton boulot.

— Peut-être. Mais pour l'instant, ce n'est pas encore au point.

— T'as eu des nouvelles des deux autres ?

Cela me fait plaisir qu'il dise *les deux autres*.

— Au début on se téléphonait souvent, et puis, tu sais ce que c'est… J'ai suivi un peu leur parcours, de loin. Jérôme est devenu la star qu'on savait qu'il était, mais à l'époque nous étions les seuls. Il est passé à la réalisation, je crois.

— Il m'a écrit il y a douze ou treize ans pour me dire qu'il allait mettre en scène un film. J'avais l'impression qu'il me demandait mon autorisation. Comment s'appelait son truc ?

— *Full Moon Head.* J'ai trouvé ça plutôt bien.

— Moi aussi, mais il a eu raison de redevenir scénariste. C'est ce qu'il fait de mieux. Je l'ai vu sur une photo où il faisait campagne pour son pote président.

— Ensuite, il a quitté Oona pour épouser je ne sais

quelle star qu'il a quittée au bout de quinze jours pour
se remarier avec Oona. Les Américains étaient déjà
comme ça quand les Lumière ont inventé le cinéma.

— Et maintenant, il fait quoi ?

— Mystère. On ne l'a pas revu depuis cinq ans.
Pareil pour Mathilde.

— Elle a fini par quitter son île ?

— Au bout de trois ou quatre ans, ensuite elle a
réécrit des romans.

— Roses ?

— Je n'en ai lu aucun. Et puis elle est partie en
Angleterre où elle s'est mariée avec un duc ou quelque
chose comme ça. Elle a disparu de la circulation il y a
à peu près cinq ans.

— En même temps que Jérôme ?

— En même temps. Impossible de savoir ce qu'ils
sont devenus.

— Elle doit aller sur ses soixante-dix ans, la mère
Mathilde. À cet âge-là on ne disparaît plus : on meurt.

— Dis, Louis, tu crois qu'ils auraient disparu
ensemble ?

Nous avons éclaté de rire tous les deux. L'heure qui
a suivi n'a été qu'un long brainstorming, nous avons
passé en revue tous les cas de figure possibles à propos des *deux autres*. Aucune des différentes versions
n'était plausible, ni suffisamment folle pour devenir
une vérité officielle. Nous avons donc gardé la plus
lyrique : amoureux fous depuis toujours, Mathilde et
Jérôme ont tout plaqué pour vivre un bonheur caché
dans une contrée désertique où, en ce moment même,
ils sont en train de concevoir une tripotée de petits
scénarios.

— Avec l'âge, on devient mièvre, tu ne m'avais
pas mis en garde, Louis.

Pour toute réponse j'ai eu droit à un graillon long comme le bras suivi d'un ou deux jurons en italien. J'ai embrayé sur la conversation, histoire de meubler.

— Il t'a laissé l'hôtel des Platanes?

— Il avait promis de mettre ça sur son testament, il l'a fait. Tout le monde s'en foutait, de cette baraque. Quand on dit que Rome est le seul endroit où attendre la fin du monde, c'est vrai, mais un poil au sud-est. Le problème c'est que je ne serai pas là pour voir la fin du monde.

Voilà bien ce que je redoutais depuis que je suis entré dans la chambre. J'en avais même le vague pressentiment au moment précis où Charlotte m'a parlé de son coup de fil. Les phrases qui réconfortent, le soutien, la métaphysique, je n'ai pas de talent pour ce genre de dialogue, Louis.

— Elle peut nous tomber dessus dans dix minutes, avec toutes ces menaces qu'ils nous ont inventées depuis le temps.

— Je peux te dire quand j'y passe à deux heures prêt, mais je préfère la boucler, tu te sauverais en courant. Tu n'as pas changé, hein, Marco?

— Je n'ai jamais vu personne changer.

Silence.

Le genre suédois.

— Voilà une bonne question. Scénaristiquement, j'entends. Peut-on vraiment faire croire à une reconversion des personnages?

— Un personnage ne doit jamais être le même à la fin qu'au début, dis-je. Sinon on se demande à quoi ça a servi qu'il vive tout ce bordel.

— Quand tu penses que j'ai passé plus de cinquante ans de ma vie à adapter le réel, gommer toutes

ses petites aspérités, l'orienter côté soleil ou côté pluie
à ma guise. Toi qui fais encore partie de ce monde, tu
dois savoir s'ils se sont enfin décidés à voter des lois
contre des gens comme nous ?

— Toujours pas.

— Les cons…

Il pose doucement sa tête de côté et ferme les yeux.
Arrête ça immédiatement, Louis !

— Ne t'inquiète pas, ce n'est pas encore pour tout de
suite. Va te promener et repasse me voir dans la soirée.

Je ne me le fais pas dire deux fois.

*

Après un verre de Chianti et une bonne grosse salade
de tomates comme on n'en trouve plus dans aucune
partie du globe, je suis retourné le voir. Une légère
appréhension s'est dissoute au seuil de sa chambre.
Par la fenêtre grande ouverte, il regarde du fond de
son lit une colline qui rougeoie au loin dans la lumière
du soir. Serein. Le genre de sérénité qui n'a rien pour
rassurer.

— Qui est cette dame en bas, Louis ?

— Une fille qui n'a jamais quitté la contrée. Nous
sommes devenus des espèces d'amis, à la longue.

— Elle est douce. Elle est jolie.

— Seulement voilà, quand nous nous sommes
connus, je n'avais plus beaucoup de battements de
cœur à lui offrir. J'en avais juste assez pour moi.

Je laisse traîner ma main sur une tablette, près d'un
livre. Il en profite pour la saisir et la serrer dans la
sienne sans cesser de regarder sa colline.

— Je suis crevé, Marco.

— Tu as toujours aimé te plaindre.

— Regarde dans le tiroir de la table de chevet.

Il libère ma main, j'ouvre le tiroir et en sors un gros cahier de brouillon jauni. Je le feuillette avec un soin extrême de peur qu'il ne tombe en poussière. Chaque page est bourrée de griffonnages et d'annotations, de gribouillis de toutes sortes. Je reconnais l'écriture du Vieux.

— Une relique de l'époque.

— Celle où tu travaillais pour les Italiens ?

— Je t'ai déjà raconté ?

— Il y a trente ans.

— Tant mieux, j'ai intérêt à m'économiser. Tu te souviens de toutes les divagations qui nous traversaient la tête pendant la Saga ?

— Les films qu'on n'écrirait jamais, les idées les plus inavouables, les dialogues les plus absurdes, les répliques les plus gonflées, tout ce qu'on n'oserait jamais montrer à des producteurs.

— Avec les ritals, nous passions notre temps à écrire, boire, manger et raconter ce genre de bêtises. J'avais la fâcheuse habitude de tout noter au lieu de laisser s'envoler tout ça dans la légèreté du moment. Vingt années de films perdus sont consignées dans ce cahier. Des répliques qu'aucun acteur n'a jamais prononcées, et des idées, en pagaille, des idées qui nous vaudraient directement la prison si on les divulguait. Je t'en fais cadeau. Tu peux utiliser le matériel ou le ranger dans un tiroir comme je l'ai fait. Tu es seul juge.

— Je ne peux pas accepter, Louis.

— Qu'est-ce que tu veux que Loretta en fasse ? Ça va partir dans une benne à ordure !

Une quinte de toux interminable ponctue ce petit accès d'autorité. Son masque grisâtre devient écarlate, je ne sais pas quoi faire pour le secourir sinon lui taper dans le dos. Contre toute attente, ça le calme. Il reprend lentement son souffle.

— Si un jour tu revois les deux autres, dis-leur que je n'ai jamais cessé de penser à eux. Le sourire de Mathilde, les coups de gueule de Jérôme. Et surtout le regard de Tristan perdu devant son écran.

Tout à coup, il s'agrippe très fort à mon bras, le temps d'un spasme, autant dire un siècle.

— Je vais appeler Loretta…

— Pas tout de suite !

Nouveau spasme. J'ai peur que mon cœur lâche avant le sien.

Il me demande de l'aider à se coucher sur le côté.

— Je préfère fermer les yeux, continue de parler, dit-il.

— …

— Dis quelque chose, c'est ce que tu as de mieux à faire.

J'hésite encore. Le temps va me manquer. Prends ton courage à deux mains, Marco. Ou tu le regretteras le reste de ton existence.

— Tu sais, Louis… Il y a un point sur lequel on pourrait échanger deux ou trois mots, toi et moi. Mais je ne suis pas sûr que tu sois d'accord.

— C'est le moment ou jamais d'essayer.

Il a foutrement raison, le Vieux. C'est le moment ou jamais.

— Quelque chose me tracasse depuis le début, Louis. Mine de rien, j'y ai gambergé souvent. J'ai retourné ça dans ma tête des centaines de fois. Des milliers de fois. À la longue c'est même devenu comme un défi pour le scénariste que tu m'as aidé à devenir.

— Un problème de scénario ? Tu ne pouvais pas mieux trouver. Je vais mourir en scène, comme Molière.

— Trente ans que j'analyse tous les paramètres de cette histoire. Que je fouille toutes les hypothèses. À tel point que j'en suis arrivé à la seule version à peu près crédible.

— Tu étais le meilleur de nous quatre.

— C'est à propos de la mort de Lisa. Ta Lisa…

— …

— C'est toi qui l'as tuée, Louis. Il n'y a pas d'autre dénouement plausible. Il m'a fallu très longtemps avant d'oser accepter cette idée-là. Mais scénaristiquement, il n'y a pas d'autre solution. Pourtant, j'ai cherché, tu sais…

Il ouvre faiblement les yeux. Un très léger sourire vient redonner un peu de lumière à son regard.

— Cet après-midi, quand j'entendais ton pas sur le dallage, je me suis demandé si j'allais t'en parler ou pas. On se dit toujours que ça va soulager la conscience.

— Seulement, ta conscience n'a jamais demandé à être soulagée.

— Je crois même que c'est ce qui m'a fait tenir aussi longtemps, tu sais. Tout est allé mieux après sa mort. J'ai souffert, oui, mais autrement. Je pouvais m'imaginer sans elle, mais elle sans moi, c'était au-dessus de mes forces.

J'ai poussé un incroyable soupir de soulagement. De victoire.

— Donne-moi ta main, grand.

Il a refermé les yeux.

*

Il ne lâche plus ma main depuis de longues minutes.
Je suis suspendu à son souffle.

— Quand je pense à cet hôtel, j'ai l'impression de
mourir au-dessus de mes moyens…

— Tu charries, Louis. Celle-là, elle n'est pas de toi
mais de Wilson Mizner, un scénariste hollywoodien.

Silence.

Sa main s'ouvre lentement et perd de sa force.

— Faux. Elle est d'Oscar Wilde. Je suis bien obligé
de piquer une dernière réplique. Je n'ai rien trouvé de
bien…

Tout son corps se fige d'un coup. Il cherche en lui
la force de happer un peu d'air.

Son bras tombe sur le bord du lit.

J'ai passé la main sur ses yeux déjà clos.

Manhattan n'a plus rien à voir avec cette folie que j'avais eu à peine le temps d'entrevoir quand j'étais venu chercher Jérôme, il y a si longtemps. Tout est beaucoup plus calme, beaucoup plus clair. La ville semble exsangue. Son rythme cardiaque est passé sous la barre des trente pulsations minute. La Babylone d'antan est devenue une sorte de conglomérat géant et feutré où seule la finance a réussi à s'imposer.

Le taxi s'arrête devant un gros cube en verre et en acier que je reconnais sans l'avoir jamais vu, tout droit exhumé d'un vieux livre de géographie. Le siège de l'O.N.U.

— Ils ne veulent pas déménager, dit le chauffeur. Remarquez, ça donne un petit côté indéracinable, éternel. Plutôt rassurant, non ?

Je m'approche du building avec mon sac à la main. L'Organisation des Nations Unies d'aujourd'hui ne ressemble plus à celle de jadis. Son autorité est désormais incontestable et aucun pays au monde ne s'aviserait de discuter ses décisions. Je passe devant un premier cordon de militaires qui vérifient mon laissez-passer et m'indiquent le chemin. Avant d'accéder à l'esplanade, j'entre dans un petit blockhaus où d'autres militaires me scannérisent des pieds à la tête. Rayons X et fouille au corps avec des instruments d'une précision insensée. Rien qui n'incite à la plaisanterie. Mon laissez-passer ressemble à une carte de crédit, on le glisse dans un appareil qui, de mon temps, aurait pu passer pour un détecteur de faux billets. Deux types en blouse blanche se penchent sur la bouteille rouge sortie de mon sac et m'interrogent du regard.

— Vodka.

— Pourquoi est-elle rouge ?

— Elle est au poivre.

— Jamais vu.

— J'ai eu du mal à en trouver, j'ai dû la commander chez le fabricant, il lui en restait quelques-unes.

Malgré ma désarmante bonne foi, ils ouvrent la bouteille et en versent quelques gouttes dans un tube à essai pour vérification.

— Avalez-en une bonne lampée, vous comprendrez tout de suite.

— …?

Il ne faut pas plaisanter avec ces types, je le savais. Ce petit scientifique paranoïaque est à mille lieues de se douter que mes investigations pour parvenir à cette bouteille ne sont rien en comparaison des trois semaines que je viens de passer avant d'arriver ici.

Le Vieux n'a pas eu besoin de me pousser beaucoup, il fallait que je revoie Mathilde et Jérôme pour des centaines de raisons. Pour leur dire que notre équipe venait de perdre son leader. Pour savoir ce qu'ils deviennent et s'ils le deviennent ensemble. Pour voir la tête qu'ils ont aujourd'hui. Pour retrouver cette odeur qui flottait toujours autour de Mathilde. Et bien d'autres choses.

On me laisse traverser l'esplanade, j'arrive au pied du bâtiment où une escouade de types en costume cravate examinent un par un mon laissez-passer et m'indiquent un guichet au bout du gigantesque hall. Je m'attendais à un fourmillement d'individus mais je n'entends que l'écho de mes pas résonner dans un grand vide.

Disparus tous deux depuis cinq ans. Il m'a fallu commencer une carrière de détective, à mon âge. Quand je repense à ces personnages d'enquêteurs que j'ai créés ! Toujours une astuce d'avance pour obtenir un indice ! Moins performant, j'ai passé deux semaines au téléphone avant de retrouver espoir. J'ai mis Patrick à contribution, il a joué avec ses modems, ses écrans et tous ces trucs censés nous relier à l'humanité entière. J'ai essayé les maisons de production, la presse, les amis d'amis, tout. Je suis passé sans distinction de la piste Mathilde à la piste Jérôme pour les voir converger, enfin, puis disparaître.

Au guichet, le type qui regarde mon laissez-passer a l'air étonné.

— Avec qui avez-vous rendez-vous ?

— Jérôme Durietz.

— Vous êtes sûr qu'il travaille ici ?

— Et Mathilde Pellerin ?

— Non plus. Mais vous avez un laissez-passer de type B. 1.

— Et… ça veut dire quoi ?

— On va vous conduire dans le bâtiment des conférences pour un entretien.

Il appelle un gars qui parle dans un talkie-walkie et me propose de le suivre. Ascenseur, dédale de couloirs et bureaux en enfilades. Tout le personnel est là, agité, préoccupé par l'avenir du monde. On me demande d'attendre près du distributeur de boissons chaudes.

Au bout d'une quinzaine de jours, j'ai réussi à coincer Oona qui travaille pour un trust californien. Elle se souvenait de moi. Sur l'écran, elle ressemblait toujours au rêve parfait d'un seul homme. Elle m'a raconté sa vie, ses diverses séparations avec Jérôme, jusqu'à la dernière qui semble définitive. Elle m'a annoncé la mort de Tristan, il y a trois ans. Nous avons bavardé jusqu'à ce qu'elle me dise que Jérôme travaillait à l'O.N.U. Elle en était la première surprise et bien incapable de me dire ce qu'il y faisait. Elle m'a promis d'essayer de le joindre, sans garantie.

Deux types me questionnent comme si j'étais suspect. Ils veulent savoir qui je suis, comment j'ai connu Jérôme et Mathilde et ce que je leur veux aujourd'hui.

— Ne le prenez pas mal, ce sont les consignes de sécurité.

— Si Jérôme est dans la maison, prévenez-le que je suis là.

— Ça n'ira pas plus vite.

J'ai appris la patience en trois semaines. Ça m'a rappelé l'époque où je traquais la femme de ma vie sans que personne ne daigne me mettre sur la voie. La piste Mathilde n'a rien donné de fructueux les premiers jours. Depuis longtemps, elle fait don de ses droits d'auteur à diverses associations qui parlent d'elle comme d'une sainte, sans jamais l'avoir vue. Son duc de mari reste très discret, échaudé qu'il est par la presse à sensation qui ne les a jamais lâchés. Il a fini par me dire qu'il avait reçu une longue lettre pour la procédure de divorce, envoyée de l'O.N.U. J'ai donc fait le siège de cette glorieuse institution jusqu'à ce qu'ils enregistrent ma demande. Un matin, au bord du découragement, j'ai enfin reçu le laissez-passer.

À force de tourner en rond dans un magasin duty-free, j'ai envie de crier un bon coup, juste pour me détendre les nerfs. Une hôtesse me conduit dans le bâtiment de l'assemblée générale, j'ai l'impression de prendre du galon. Au détour d'un couloir, j'aperçois *la* grande salle, celle où siègent les représentants de tous les pays du monde. L'hôtesse m'a confié à des sbires encravatés qui m'ont aidé à franchir les derniers mètres, au dernier étage du bâtiment, dans un recoin attenant à la coupole.

Au bout de trois salles de réunion complètement vides et une série de couloirs déserts, nous arrivons devant une longue porte coulissante épaisse comme celle d'un coffre-fort. Ils me prient d'entrer et restent à l'extérieur.

Je me retrouve dans un petit sas qui finit par s'ouvrir.

La pièce ne contient pas grand-chose, à part une très longue table en verre avec une chaise à chaque bout.

Jérôme est assis devant un large écran vidéo qui passe un reportage. Au beau milieu d'un gigantesque planisphère hologramme, la frêle silhouette de Mathilde se perd entre le Japon et l'Australie. Le son de la vidéo couvre le bruit de mes pas. Leurs sens ne sont plus assez aiguisés pour deviner ma présence.

Je les regarde un instant, sans me manifester. Avec sa silhouette replète, sa barbe poivre et sel, Jérôme ressemble à un vieux baroudeur qui a décidé de poser ses valises. Il a même abandonné ses allures de fêtard hollywoodien pour retrouver ses fringues élimées d'antan. Mathilde ressemble à une vieille institutrice rigide et consciente de son devoir. Un tailleur gris à jupe longue, des cheveux noués dans la nuque et des petites lunettes ovales. Elle ne fume plus.

Il fait un arrêt sur image et se retourne vers elle en faisant une moue.

— Dites, vous ne trouvez pas qu'ils déconnent sérieusement avec leur Front pacifique ?

Elle ne répond pas et hausse très légèrement les épaules.

— Ne faites pas la sourde oreille, bordel !

— Ils tiendront le coup si nous les aidons.

— Ben voyons… Vous avez déjà oublié le sommet de Cordoue ?

— La situation est complètement différente depuis que nous avons fait entrer Jeffrey dans la course. Ils ont confiance en lui, c'est une figure charismatique, il sera élu.

— Je veux bien attendre jusqu'aux élections, ensuite je prendrai des dispositions.

Silence. Il remet sa vidéo en marche, elle sort de son planisphère pour consulter un classeur ouvert sur la grande table en verre.

— Puisque vous semblez en mal de dispositions, vous avez pensé à Stockholm ?

— J'en étais sûr…

— Mon cher, il faudra bien qu'on en parle.

— Je suis en train de chercher une solution.

— L'embargo ne suffira pas.

— Je sais !

— Ce n'est pas en haussant le ton qu'on y arrivera.

— Ils commencent tous à me faire chier avec cette connerie de forêt boréale !

— J'avais saisi.

— J'attends le rapport et je vous propose un bon petit retournement de situation dont j'ai le secret, ils ne verront rien venir.

— Je ne vous laisserai pas toucher, même en pensée, aux accords des Deux Atolls. Essayons d'imaginer quelque chose de moins… rustique.

— Merci pour le rustique.

— Ce petit chercheur italien a obtenu des résultats formidables, il faudrait l'envoyer là-bas. Ça redonnerait un peu de punch. Il s'agit juste de trouver un prétexte.

— Le Nobel ?

Elle lève tout à coup le nez de son classeur et se retourne vers lui, radieuse.

— Excellente idée ! Enfin je vous retrouve, mon ami. Si vous aviez quelque chose d'aussi brillant pour l'incident de Kobé…

— Il faut leur acheter une loi et c'est réglé.

— Jamais !

Je ne peux plus retenir un éclat de rire. Surprise, Mathilde porte une main à son cœur et Jérôme se dresse sur son fauteuil.

Seul le regard d'un ami peut transformer une étincelle en incendie. Une douce chaleur est partie du cœur pour venir réchauffer mon corps tout entier.

*

Jérôme a ouvert des yeux ronds comme des soucoupes devant la bouteille de vodka.

— On en trouve encore ?

— Non.

Il sort trois verres d'un petit meuble caché dans un mur. Je leur propose de trinquer à la mémoire du Vieux.

— Il est mort quand ?

— Il y a un mois, dans son hôtel.

Nous cherchons chacun quelque chose à dire mais un petit rien nous en empêche. Un précepte de Louis : « Le scénario ce n'est pas du verbe, c'est avant tout de l'image. Aucun dialogue n'est meilleur que le silence. »

Nous avons levé et entrechoqué nos verres bien haut.

En avalant une gorgée rouge, le beau visage creusé de Mathilde s'est brouillé tout à coup.

— Même à l'époque je me demandais ce que vous trouviez à ce poison.

L'effet madeleine vient nous empourprer les joues. L'alcool précipite vers la tombe mais il a aussi le pouvoir de faire rajeunir de trente ans en quelques secondes.

— Ils ne vous ont pas fait trop de misères, en bas ?

— *Le Procès* de Kafka, rien de plus.

— On ne peut pas y faire grand-chose, ils sont assez chiants sur la sécurité. Il faut dire que tu es notre première visite depuis des années, ça leur a fait tout drôle.

— Je vous ai écoutés bavarder. Le dialogue avait l'air bon mais je n'ai pas compris la moindre réplique.

Leurs regards se croisent un court instant. Ils se sourient. Rien d'amoureux, rien d'ambigu. Juste une extraordinaire connivence. Jérôme, un peu embarrassé, me montre le sol du bout de l'index pour me désigner la salle de l'assemblée générale, sous nos pieds.

— Au début, nous ne devions pas rester si longtemps. Ils avaient juste besoin d'un coup de main, en dessous.

— Les délégués ?

— Ils nous ont « invités » en tant que consultants, il y a cinq ans. On n'est jamais repartis.

— Consultants ?

— Ce sont d'assez bons théoriciens mais ils manquent d'assurance structurelle.

— Question imagination, ils sont nuls.

— Qu'est-ce que vous êtes en train de me dire, tous les deux ?

— Faites-lui une phrase nue, Jérôme.

— Ils ont besoin de nègres pour écrire l'Histoire à leur place, mec.

— Arrêtez de vous foutre de moi…

— Ça nous a un peu surpris aussi, au début. Et à la longue, c'est devenu un job comme un autre.

— Nous sommes traités comme des rois. Chacun de nous a sa suite. Nous n'avons même plus envie de sortir, hein Mathilde ?

Elle acquiesce d'un sourire.

Un peu abasourdi, je m'assois sur une des deux chaises et regarde l'East River. Jérôme vide les dernières gouttes de vodka dans mon verre.

Incapable de prononcer le moindre mot, j'essaie de les imaginer, ici, seuls à longueur d'année dans leur tour d'ivoire.

Elle. Lui. Leur attraction mutuelle. Leur lutte permanente. La fascination qu'ils ont l'un pour l'autre.

L'apôtre de la guerre et la princesse de l'amour.

Il faut bien ça pour faire un monde…

— Tu gardes ça pour toi, mec. Ils ne tiennent pas à ce que ça se sache.

Pour la première fois, il va falloir que je mente à Charlotte.

Mais j'ai toute la durée du voyage pour trouver quelque chose de crédible.

L'ÉQUIPAGE   13
   Louis   15
   Mathilde   26
   Jérôme   32
   Moi   39

SAGA   51

COMME UN BOOMERANG   277
   Jérôme   279
   Mathilde   288
   Louis   294
   Moi   300

N° 80   309

HUBRIS   317

LES EXILÉS   367

L'AMOUR ET LA GUERRE   415

DU MÊME AUTEUR

Aux Éditions Gallimard

LA MALDONNE DES SLEEPINGS, *roman* (Folio policier n° 3)

TROIS CARRÉS ROUGES SUR FOND NOIR, *roman* (Folio policier n° 49)

LA COMMEDIA DES RATÉS, *roman* (Folio policier n° 12, 1 CD en Écoutez Lire)

SAGA, *roman* (Folio n° 3179). Grand prix de Lectrices de ELLE 1998

TOUT À L'EGO, *nouvelles* (Folio n° 3469) repris en partie dans *La boîte noire et autres nouvelles* (Folio 2 € n° 3619) et en album, avec des illustrations de Jacques Ferrandez dans *La boîte noire*, Futuropolis

UN CONTRAT. Un western psychanalytique en deux actes et un épilogue, coll. Le Manteau d'Arlequin

QUELQU'UN D'AUTRE, *roman* (Folio n° 3874). Grand Prix RTL-LIRE

QUATRE ROMANS NOIRS : *La Maldonne des sleepings – Les Morsures de l'aube – Trois carrés rouges sur fond noir – La Commedia des ratés* (Folio policier n° 340)

MALAVITA, *roman* (Folio n° 4283)

MALAVITA ENCORE, *roman* (Folio n° 4965)

SAGA. PIÈCE EN SEPT TABLEAUX, coll. Le Manteau d'Arlequin

LE SERRURIER VOLANT, *illustrations de Jacques Tardi* (Folio n° 4748)

HOMO ERECTUS, *roman* (Folio n° 5475)

Aux Éditions Rivages

LES MORSURES DE L'AUBE, *roman* (Rivages/Noir n° 143)

LA MACHINE À BROYER LES PETITES FILLES, *nouvelles* (Rivages/Noir n° 169)

Impression Maury-Imprimeur
45300 Malesherbes
le 8 septembre 2012.
Dépôt légal : septembre 2012.
1er dépôt légal dans la collection : mars 1999.
Numéro d'imprimeur : 176093.

ISBN 978-2-07-040845-0. Imprimé en France.